O ENIGMA DE JEFFERSON

OBRAS DO AUTOR PUBLICADAS PELA RECORD

A busca de Carlos Magno
O elo de Alexandria
O enigma de Jefferson
O legado dos templários
A profecia Romanov
A sala de Âmbar
O terceiro segredo
Traição em Veneza
A tumba do imperador
Vingança em Paris

STEVE BERRY

O ENIGMA DE JEFFERSON

Tradução de
Mauro Pinheiro

EDITORA RECORD
RIO DE JANEIRO • SÃO PAULO
2012

CIP-BRASIL. CATALOGAÇÃO NA FONTE
SINDICATO NACIONAL DOS EDITORES DE LIVROS, RJ

Berry, Steve, 1955-
B453c   O enigma de Jefferson/ Steve Berry; tradução de Mauro Pinheiro. – Rio de Janeiro: Record, 2012.

Tradução de: The Jefferson Key
ISBN 978-85-01-09864-1

1. Romance americano. I. Pinheiro, Mauro, 1957. II. Título.

12-6164.   CDD: 813
                                    CDU: 821.111(73)-3

Título original em inglês:
The Jefferson Key

Copyright © 2011 by Steve Berry

Publicado mediante acordo com Ballantine Books, um selo do Random House Publishing Group, uma divisão de Random House, Inc.

Texto revisado segundo o novo Acordo Ortográfico da Língua Portuguesa.

Todos os direitos reservados. Proibida a reprodução, no todo ou em parte, através de quaisquer meios. Os direitos morais do autor foram assegurados.

Editoração eletrônica: Abreu's System

Direitos exclusivos de publicação em língua portuguesa somente para o Brasil adquiridos pela
EDITORA RECORD LTDA.
Rua Argentina, 171 – Rio de Janeiro, RJ – 20921-380 – Tel.: 2585-2000,
que se reserva a propriedade literária desta tradução.

Impresso no Brasil

ISBN 978-85-01-09864-1

Seja um leitor preferencial Record.
Cadastre-se e receba informações sobre nossos lançamentos
e nossas promoções.
Atendimento e venda direta ao leitor:
mdireto@record.com.br ou (21) 2585-2002.

EDITORA AFILIADA

Para Zachary e Alex,
a próxima geração

AGRADECIMENTOS

A Gina Centrello, Libby McQuire, Kin Hovey, Cindy Murray, Carole Lowenstein, Quinne Rogers, Matt Schwartz e todo o pessoal de Promoções e Vendas — meus sinceros agradecimentos.

À minha agente e amiga, Pam Ahearn — curvo-me mais uma vez em profunda gratidão.

A Mark Tavani, por me incitar a atingir o limite.

E a Simon Lipskar, meu reconhecimento por sua sabedoria e orientação.

Outras menções especiais: obrigado à grande romancista e amiga, Katherine Neville, por me abrir as portas em Monticello; ao maravilhoso pessoal de Monticello, que foi extremamente prestativo; aos grandes profissionais da Biblioteca de Virginia, que colaboraram com a pesquisa sobre Andrew Jackson; a Meryl Moss e sua incrível equipe de publicidade; a Esther Garver e Jessica Johns, que mantiveram em funcionamento a Steve Berry Enterprises; a Simon Gardner, do Grand Hyatt, por oferecer percepções fascinantes tanto sobre o hotel como sobre Nova York; ao Dr. Joe Murad, nosso chofer e guia turístico em Bath; a Kim Hovey, que forneceu excelentes observações *in loco*, assim como as fotografias de Mahone Bay; e, como sempre, muito pouco seria realizado sem Elizabeth — esposa, mãe, amiga, editora e crítica. Um grande negócio.

Este livro é dedicado aos nossos netos, Zachary e Alex.

Para eles, eu sou o Papa Steve.

Para mim, eles são ambos muito especiais.

*O Congresso deverá ter poder para... expedir cartas de corso
e represália, assim como estabelecer as regras relativas
às apreensões em terra e mar...*

— CONSTITUIÇÃO DOS ESTADOS UNIDOS
ARTIGO I, SEÇÃO 8

Os navios corsários são o viveiro dos piratas.

— CAPITÃO CHARLES JOHNSON (1724)

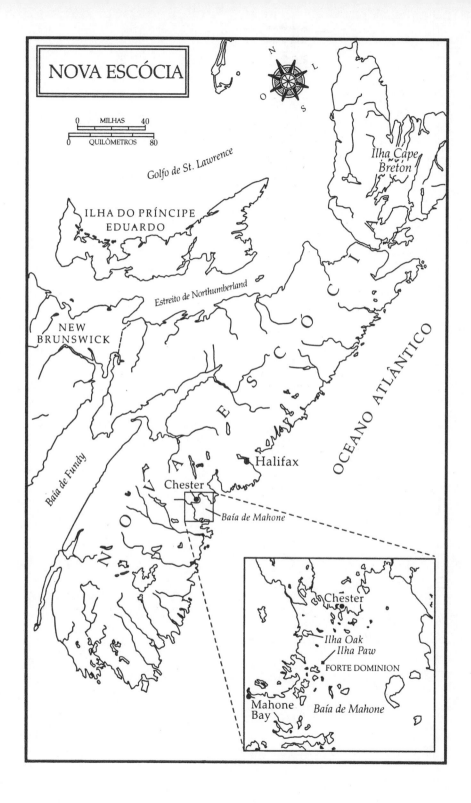

PRÓLOGO

Washington, DC
30 de janeiro de 1835
11h

O presidente Andrew Jackson estava com um revólver apontado contra o peito. Uma visão estranha, mas não totalmente incomum para um homem que passara quase a vida toda combatendo em guerras. Ele estava saindo da Rotunda do Capitólio, caminhando na direção do Pórtico Oriental, seu humor sombrio combinando com o clima naquele dia. O secretário do Tesouro, Levi Woodbury, o ajudava a caminhar, assim como sua fiel bengala. O inverno tinha sido severo naquele ano, especialmente em se tratando de um corpo esquelético de 67 anos — seus músculos estavam extraordinariamente tensos, seus pulmões sempre congestionados.

Ele se aventurara a vir da Casa Branca somente para se despedir de um antigo amigo — Warren Davis, da Carolina do Sul, duas vezes eleito para o Congresso, uma vez como aliado, um democrata jacksoniano, e a outra como um nulificador. Seu inimigo, o ex-vice-presidente John C. Calhoun, havia inventado o Partido Nulificador, e seus membros acreditavam realmente que os estados podiam escolher as leis federais que desejavam obedecer. *A tarefa do diabo* era como ele descrevia essa insensatez. Não haveria país algum se os nulificadores tivessem conseguido o que queriam — o que, ele imaginava, era a verdadeira intenção deles. Felizmente, a Constituição citava um governo unificado, não uma liga frouxa em que todos pudessem fazer o que bem entendessem.

O povo é supremo, os estados não.

Ele não tinha planejado comparecer ao funeral, mas mudou de ideia na véspera. Independentemente de suas desavenças políticas, ele gostava de Warren Davis; assim, toleraria o sermão deprimente do capelão — *a vida é incerta, particularmente para os idosos* — e então passaria pelo caixão aberto, murmuraria uma oração e voltaria para a Rotunda.

A multidão de curiosos era impressionante.

Centenas tinham vindo para vê-lo rapidamente. Ele sentira falta daquela atenção. Quando se encontrava no meio da multidão, era como se estivesse cercado pelos seus filhos, feliz com todo aquele afeto, amando-os devidamente como um pai. E havia muito do que se orgulhar. Ele acabara de realizar o impossível — saldar a dívida interna do país, plenamente quitada durante o 58º ano da república — no sexto ano de sua presidência, e muitos naquela multidão bradavam sua admiração por isso. No andar superior, um dos seus secretários de gabinete lhe contou que os espectadores tinham desafiado o frio principalmente para ver a Velha Nogueira.

Ele sorriu ao ouvir a referência a sua rigidez, mas suspeitava do elogio.

Era de seu conhecimento que muitos temiam que ele rompesse com a prática precedente e se candidatasse a um terceiro mandato, entre esses, membros de seu próprio partido, alguns dos quais cultivavam ambições presidenciais particulares. Os inimigos pareciam estar por todos os cantos, especialmente ali, no Capitólio, onde os representantes do sul do país ficavam cada vez mais ousados, e os do norte, cada vez mais arrogantes.

Manter algum tipo de ordem havia se tornado difícil, mesmo para seu pulso forte.

E pior ainda, recentemente, ele se surpreendera perdendo o interesse pela política.

Todas as grandes batalhas pareciam ter ficado para trás.

Apenas dois anos o separavam do fim de seu governo, e então sua carreira estaria terminada. Por essa razão, ele permanecia reservado em relação à possibilidade de um terceiro mandato. Pelo menos, a perspectiva de que se candidatasse novamente mantinha seus inimigos afastados.

Na verdade, ele não nutria intenção alguma de exercer um novo mandato. Aposentaria-se em Nashville. De volta ao seu lar no Tennessee e a sua adorada Hermitage.

Mas primeiro havia essa questão do revólver.

O desconhecido bem-vestido, apontando aquela pistola de uma só bala contra ele, havia surgido dentre os espectadores, seu rosto dissimulado por uma barba negra e espessa. Quando era general, Jackson derrotara britânicos, espanhóis e tropas indígenas. Como duelista, ele certa vez matara em nome da honra. Nenhum homem o amedrontava. E, certamente, tampouco aquele louco, cujos lábios pálidos tremiam, assim como a mão que apontava a arma.

O jovem apertou o gatilho.

O cão da arma estalou.

A cápsula foi detonada.

Um estrondo soou, ecoando nas paredes de pedra da Rotunda. Mas nenhuma fagulha causou a ignição da pólvora no tambor.

A arma negou fogo.

O agressor pareceu perplexo.

Jackson sabia o que havia acontecido. O ar frio e úmido. Ele já lutara muitas batalhas sob a chuva e sabia da importância de se manter a pólvora a seco.

A ira o invadiu.

Agarrando sua bengala com as mãos, como uma lança, ele investiu contra seu agressor.

O jovem largou o revólver.

Uma segunda pistola apareceu, com seu cano agora a apenas poucos centímetros do peito de Jackson.

O homem puxou o gatilho. A cápsula de percussão reagiu, mas não houve fagulha.

Segunda falha.

Antes que sua bengala pudesse atingir o agressor, Woodbury agarrou um dos seus braços, seu secretário da Marinha, o outro. Um homem uniformizado pulou sobre o atacante, assim como vários outros membros do governo. Um deles era Davy Crockett, do Tennessee.

— Soltem meus braços — berrou Jackson. — Deixem-me, vou pegá-lo. Eu sei de onde ele vem.

Mas os dois homens não o soltaram.

As mãos do assassino se agitavam por sobre um mar de cabeças e então ele foi finalmente derrubado no chão.

— Soltem-me — insistiu Jackson. — Posso me defender sozinho.

Apareceram alguns policiais e o homem foi posto de pé. Crockett o entregou a eles e exclamou:

— Eu queria ver o vilão mais safado deste mundo. Agora já o vi.

O atirador balbuciou algo, dizendo que era o rei da Inglaterra e que teria mais dinheiro quando Jackson estivesse morto.

— Temos que sair daqui — sussurrou Woodbury. — Esse homem é obviamente um louco.

Ele não aceitou a desculpa.

— Não há nada de louco. Houve uma conspiração, e aquele homem é apenas um instrumento dela.

— Vamos, senhor — disse o secretário do Tesouro, conduzindo o presidente pela manhã nebulosa à carruagem que o aguardava.

Jackson obedeceu.

Mas sua mente se debatia.

Ele concordava com o que Richard Wilde, um congressista da Georgia, certa vez lhe dissera. *O rumor, com suas mil línguas, produz pelo menos a mesma quantidade de histórias.* Assim ele esperava. Acabara de encarar aquele assassino sem um pingo de medo. Nem dois revólveres conseguiram atemorizá-lo. Todos os presentes constataram sua coragem.

E, graças a Deus, a Providência o protegera.

Ele parecia verdadeiramente destinado a erigir a glória do país e preservar a causa do povo.

Entrou na carruagem. Woodbury veio em seguida, e os cavalos avançaram sob a chuva. Não sentia mais o frio, a velhice ou o cansaço. A energia brotava em todo seu corpo. Como na última vez. Há dois anos. Durante uma excursão em um barco a vapor até Fredericksburg. Um ex-oficial da Marinha desequilibrado, que ele dispensara do serviço, ferira seu rosto, registrando o primeiro atentado físico a um presidente americano. Depois, ele desistiu de instaurar um processo e vetou o conselho de seus auxiliares para que fosse continuamente protegido por um guarda-costas. A imprensa já o havia rotulado de rei, sua Casa Branca era uma corte. Não iria dar mais pano para manga.

Dessa vez, alguém tinha de fato tentado matá-lo.

Outro fato inédito para um presidente americano.

Assassinato.

Aquele fora um ato, pensou ele, que condizia mais com a Europa e com a Roma Antiga. Em geral, empregado contra déspotas, monarcas e aristocratas, não contra líderes eleitos popularmente.

Ele encarou Woodbury.

— Eu sei quem tramou isso. Eles não têm coragem de me enfrentar. Em vez disso, mandam um louco para fazer o que querem.

— A quem está se referindo?

— Traidores. — Foi sua única resposta.

E ainda haveria gravíssimas consequências.

PARTE UM

UM

CIDADE DE NOVA YORK
SÁBADO, 8 DE SETEMBRO, TEMPO PRESENTE
18H13

UM SÓ ENGANO NÃO BASTARA PARA COTTON MALONE.

Ele cometeu dois.

O erro número um foi marcar o encontro no 15º andar do hotel Grand Hyatt. O pedido viera de sua antiga chefe Stephanie Nelle, por meio de uma mensagem eletrônica que chegara dois dias antes. Ela precisava vê-lo em Nova York no sábado. Aparentemente, o assunto só deveria ser discutido quando se encontrassem. E, aparentemente, era algo importante. Ainda assim, ele tentou telefonar para ela, ligando para o quartel-general do Magellan Billet, em Atlanta, mas foi informado pela sua assistente que "Faz seis dias que ela está fora, em regime de NEC".

Ele sentiu que era melhor não perguntar onde.

NEC. Não Entrar em Contato.

Isso significava: não me ligue, eu ligarei para você.

Ele próprio já estivera nessas missões externas — o agente no campo devia decidir o momento mais propício para entrar em contato. Aquela situação, contudo, era um tanto incomum para a diretora do Magellan Billet. Stephanie era responsável pelos 12 agentes secretos do departamento. Sua função era supervisionar. Se ela estava envolvida numa missão NEC, era porque se tratava de algo extraordinário que atraíra sua atenção.

Ele e Cassiopeia Vitt tinham resolvido transformar aquela viagem num fim de semana em Nova York, com jantar e um espetáculo, tão logo descobrissem o que Stephanie queria. Haviam tomado um avião em Copenhague na véspera e se hospedaram no St. Regis, alguns quarteirões ao norte de onde ele se encontrava agora. Cassiopeia escolhera as acomodações, e, como ela também estava pagando por elas, não reclamou. Além disso, era difícil argumentar com aquele ambiente régio, vistas de tirar o fôlego e uma suíte maior do que seu apartamento na Dinamarca.

Ele respondera ao e-mail de Stephanie, dizendo-lhe onde ficaria hospedado. Naquele dia, após o café da manhã, havia um cartão de acesso do Grand Hyatt esperando na recepção do St. Regis, assim como um recado e um número de quarto.

FAVOR ME ENCONTRAR HOJE PONTUALMENTE ÀS 18H5

Ele refletiu sobre a palavra *pontualmente*, mas se deu conta de que sua ex-chefe sofria de um caso incurável de comportamento obsessivo, que a tornava ao mesmo tempo uma boa administradora e uma pessoa exasperante. Mas ele também sabia que ela não teria entrado em contato se não fosse algo verdadeiramente importante.

Ele inseriu o cartão de acesso, percebendo e ignorando o NÃO PERTURBE pendurado na porta.

A luz vermelha na tranca eletrônica da porta ficou verde e o trinco se abriu.

O interior era espaçoso, uma cama *king-size* coberta com travesseiros de pelúcia roxa. Havia uma área de trabalho com uma mesa feita de madeira de carvalho e uma cadeira ergonômica. O quarto ficava em uma esquina, duas janelas dando para a rua 42 do East Side e a terceira oferecendo uma vista para o oeste, na direção da Quinta Avenida. O restante da decoração era o que se podia esperar de um hotel de classe alta no coração de Manhattan.

Exceto por duas coisas.

Seu olhar focalizou a primeira: uma espécie de aparato, feito a partir do que pareciam ser suportes de alumínio aparafusados, como um brinquedo de montar. Estava em frente a uma das janelas frontais, à esquerda da cama, virado para cima. Acima dessa vigorosa estrutura metálica, encontrava-se uma caixa retangular, com cerca de 60 centímetros por 1 metro, também feita de metal bruto, as laterais atarraxadas e posicionada no centro da janela. Outras vigas se estendiam até as paredes, por trás e pela frente, uma instalada no chão e outra fixada uns 50 centímetros acima, aparentemente prendendo o conjunto naquele lugar.

Era isso que Stephanie tinha em mente quando disse *importante*?

Um cano curto saía da parte da frente da caixa. Não parecia haver meios de vasculhar seu interior, sem aberturas laterais. Conjuntos de engrenagens enfeitavam a caixa e a estrutura. Correntes se estendiam ao longo dos suportes, como se aquela coisa toda estivesse pronta a se mover.

Seu olhar se estendeu até o outro objeto incomum.

Um envelope. Lacrado. Com seu nome escrito.

O seu relógio marcava 18h17.

Onde estava Stephanie?

Podia ouvir o som agudo de sirenes lá fora.

Com o envelope nas mãos, ele se aproximou de uma das janelas do quarto e olhou para a rua, 14 andares abaixo. A 42 não tinha carros. O trânsito fora desviado. Ele notara a presença da polícia lá fora, chegando ao hotel alguns minutos antes.

Alguma coisa estava acontecendo.

Ele conhecia a reputação do Cipriani, na calçada oposta. Já estivera ali antes e se lembrava de suas colunas de mármore, o chão em mosaico e os candelabros de cristal — um antigo banco, construído ao estilo renascentista italiano, que era alugado para reuniões sociais da elite. Mas algum evento muito importante parecia estar ocorrendo naquele fim de tarde, para que chegassem a interromper o trânsito, evacuar as calçadas e convocar a presença de meia dúzia de policiais, que estavam ali diante da entrada elegante.

Dois carros de polícia se aproximaram pelo lado oeste, as luzes acesas, seguidos por um Cadillac DTS preto de tamanho exagerado. Outro carro da polícia de Nova York veio logo atrás. Duas bandeirolas se agitavam nas laterais dianteiras do Cadillac. Uma era a bandeira americana e a outra trazia o emblema presidencial.

Somente uma pessoa andava naquele carro.

O presidente Danny Daniels.

O desfile de carros parou ao lado da calçada do Cipriani. As portas se abriram. Três agentes do Serviço Secreto saltaram, examinaram os arredores e fizeram um sinal. Danny Daniels apareceu, sua silhueta alta e forte vestida com um terno preto, camisa branca e gravata de um azul pálido.

Malone ouviu um zumbido.

Seu olhar procurou a origem do som.

O aparato ganhara vida.

Duas detonações espatifaram o vidro da janela do outro lado do quarto, que caiu na calçada lá embaixo. Um ar fresco invadiu o ambiente, assim como o som palpitante da cidade. Um mecanismo começou a funcionar e o dispositivo se introduziu no espaço aberto na janela.

Malone olhou para baixo.

Os vidros espatifados chamaram a atenção dos agentes secretos. Algumas cabeças se viraram para o alto, na direção do Grand Hyatt.

Tudo aconteceu em questão de segundos.

A janela partida, o dispositivo se movendo para fora. Então...

Rá-tá-tá.

Tiros disparados contra o presidente dos Estados Unidos.

Os agentes afastaram Daniels para a calçada.

Malone enfiou o envelope no bolso, atravessou o quarto correndo e agarrou a estrutura de alumínio, tentando remover o dispositivo.

Mas o aparato não saiu do lugar.

Olhando em volta, ele não viu nenhum fio elétrico. A coisa, aparentemente uma arma extremamente potente movida por controle remoto, continuava disparando. Lá embaixo, os agentes tentavam fazer com que o presidente voltasse para o carro. Assim que Daniels estivesse em seu interior, a blindagem o protegeria.

O dispositivo cuspiu mais algumas balas.

Malone se inclinou sobre a janela, equilibrando-se no parapeito, e agarrou a caixa de alumínio. Se conseguisse movê-la para um lado ou para outro, para cima ou para baixo, pelo menos desviaria sua pontaria.

Ele conseguiu deslocar o cano para a esquerda, mas o mecanismo interno logo compensou o desvio.

Lá na rua, com os disparos momentaneamente desviados, os agentes enfiaram Daniels dentro do carro e saíram dali. Três homens permaneceram junto aos policiais que esperavam no Cipriani.

As armas foram sacadas.

Seu segundo erro agora se tornara evidente.

Começaram a atirar.

Na sua direção.

DOIS

Costa da Carolina do Norte
18h25

Quentin Hale podia pensar em poucas coisas melhores do que ver seu barco cortando as cristas espumantes e brancas sob o intenso deslizar da vela. Se a água do mar podia realmente fazer parte do sangue de alguém, aquele certamente era seu caso.

As chalupas haviam sido os burros de carga oceânicos nos séculos XVII e XVIII. Pequenas, com mastro único, a envergadura das velas as tornava rápidas e fáceis de manobrar. As linhas rasas e dinâmicas só aumentavam sua conveniência. A maioria tinha capacidade para cerca de 75 homens e 14 canhões. Sua versão moderna era bem maior, 85 metros, e, substituindo a madeira, materiais de última geração a tornavam mais leve e ágil. Não havia canhões sobrecarregando essa maravilha. Ela era um prazer para os olhos, um regalo para a alma — uma embarcação para águas profundas, construída para o conforto e repleta de opções de entretenimento. Doze convidados podiam desfrutar de suas luxuosas cabines, e sua tripulação somava 16 homens, alguns deles descendentes daqueles que haviam servido à família Hale desde a Revolução Americana.

— Por que você está fazendo isso? — gritou sua vítima. — Por quê, Quentin?

Hale olhou para o homem estendido no convés, algemado com pesadas correntes e vestido com um gibanete — uma espécie de armadura vazada construída com barras planas de ferro com 9 centímetros de espessura. A parte arredondada encerrava o peito e a cabeça, e os membros eram fechados por armações separadas. Séculos atrás, essas couraças eram feitas para se ajustar à vítima, porém esta era mais improvisada. Nenhum músculo podia se mover, exceto a cabeça e a mandíbula do homem, e ele fora propositalmente deixado sem mordaça.

— Você está louco? — gritou o homem. — Isso é um assassinato.

Hale se ofendeu com tal acusação.

— Matar um traidor não é um assassinato.

O homem acorrentado era responsável pelas contabilidades da família Hale como foram seu pai e seu avô, antes dele. Era um contador que vivia no litoral da Virginia, numa propriedade sofisticada. A Hale Enterprises Ltd. se espalhava por todo o globo e empregava cerca de trezentas pessoas. Havia muitos contadores na folha de pagamento, mas aquele homem trabalhava fora dessa burocracia e respondia somente a Hale.

— Eu juro, Quentin — implorava o homem. — Eu só forneci a eles as informações mais básicas.

— Sua vida depende de isso ser verdade ou não.

Ele permitiu que suas palavras transmitissem alguma esperança. Era preciso fazer aquele homem falar. Era preciso ter certeza.

— Eles chegaram com uma intimação. Já sabiam as respostas para as perguntas que fizeram. Disseram-me que, se eu não colaborasse, seria preso e perderia tudo o que tenho.

O contador começou a chorar.

Outra vez.

Eles eram a Receita Federal. Agentes da divisão de combate ao crime que surgiram certa manhã na Hale Enterprises. Eles se dirigiram também a oito bancos no país, exigindo informações financeiras sobre Hale e sua empresa. Todos os bancos americanos colaboraram. Sem surpresa. Poucas leis asseguravam o sigilo, razão pela qual essas contas eram acompanhadas por documentos meticulosos. Mas não era esse o caso para os bancos estrangeiros, especialmente o suíço, onde o sigilo financeiro é, há muito tempo, uma obsessão nacional.

— Eles sabiam sobre as contas no UBS — bradou o contador, por cima do som do mar e do vento. — E foi sobre elas que falamos. Mais nenhuma. Eu juro, só sobre essas.

Ele olhou pela amurada o mar agitado. Sua vítima estava no convés da popa, perto da jacuzzi e da piscina, fora do alcance visual de qualquer barco que passasse por perto. Mas eles estavam navegando desde manhã cedo e, até então, não tinham avistado nenhuma embarcação.

— O que eu podia fazer? — queixou-se o contador. — O banco cedeu.

O United Bank of Switzerland havia de fato cedido à pressão americana e, finalmente, pela primeira vez, permitiu que mais de 50 mil contas fossem investigadas por um governo estrangeiro. É claro que ameaças de processo criminal aos executivos do banco nos EUA facilitaram essa decisão. E o que seu contador falava era verdade. Ele havia verificado. Somente os arquivos relacionados ao UBS tinham sido apreendidos. Nenhuma das contas em outros sete países havia sido tocada.

— Eu não tinha escolha. Pelo amor de Deus, Quentin. O que você queria que eu fizesse?

— Queria que fosse fiel aos Artigos.

Desde a tripulação da chalupa até seus empregados domésticos, passando pelos caseiros de suas propriedades e até ele próprio, todos eram mantidos unidos pelos Artigos.

— Você fez um juramento e deu sua palavra — prosseguiu ele, apoiado à amurada. — Você assinou embaixo.

O que significava garantir a lealdade. Ocasionalmente, contudo, ocorriam violações, e era preciso lidar com elas. Como naquele momento.

Ele olhou novamente para as águas azul-acinzentadas. O *Adventure* tinha encontrado uma brisa firme de sudeste. Estavam a 50 milhas náuticas em mar aberto, rumo ao sul, voltando da Virginia. O sistema dyna-rig estava funcionando perfeitamente. Quinze velas quadradas compunham a versão moderna do veleiro de outrora, com a diferença de que, agora, as vergas não giravam em torno de um mastro fixo. Em vez disso, elas ficavam permanentemente presas, os mastros girando com o vento. Nenhum marujo precisava desafiar a altura para soltar o cordame. Graças à tecnologia, as velas eram guardadas dentro dos mastros e se desfraldavam com o acionamento de um motor elétrico, levando menos de seis minutos para se abrirem completamente. Os computadores controlavam todos os ângulos, mantendo as velas infladas.

Ele sentiu o cheiro do ar marinho e tentou pensar com clareza.

— Diga-me uma coisa — perguntou Hale.

— Qualquer coisa, Quentin. Mas, por favor, me tire desta jaula.

— Os livros contábeis. Você falou sobre eles?

O homem sacudiu a cabeça.

— Sequer uma palavra. Nada. Eles apreenderam os registros sobre o UBS e nem mencionaram os livros contábeis.

— Eles estão em segurança?

— Onde os guardamos não tem risco. Eu e você somos os únicos que sabemos onde eles estão.

Hale acreditou nele. Até então, sequer uma palavra havia sido pronunciada sobre os livros, o que ajudava a relaxar um pouco a ansiedade.

Mas não completamente.

As tormentas que estavam prestes a enfrentar seriam bem piores do que o temporal que ele identificou se formando a leste. Todo o peso dos serviços de inteligência dos Estados Unidos, junto à Receita Federal e ao Departamento de Justiça, estava a ponto de se abater sobre ele. Semelhantemente às tempestades que seus ancestrais tinham enfrentado, quando reis, rainhas e presidentes despachavam frotas inteiras à caça das chalupas e enforcavam seus capitães.

Ele se virou para o homem deplorável dentro da armação de ferro e se aproximou dele.

— Por favor, Quentin. Estou implorando. Não faça isso. — A voz saía entrecortada por soluços. — Eu nunca perguntei nada sobre os negócios. Isso jamais me importou. Eu só cuidava dos livros contábeis. Como meu pai. E o pai dele. Nunca toquei em um centavo que não fosse meu. Nenhum de nós, jamais.

De fato, sua família nunca fizera isso.

Mas o Artigo 6 era claro.

Se qualquer um desonrar a companhia como um todo, deverá ser fuzilado.

A Comunidade jamais enfrentara algo tão ameaçador. Se ao menos pudesse encontrar a chave para decifrar o código secreto, isso acabaria com tudo de uma vez e tornaria desnecessário aquilo que estava a ponto de fazer. Infelizmente, algumas vezes o dever do capitão envolvia determinar ações desagradáveis.

Ele fez um gesto e três homens começaram a levantar o gibanete, deslocando-o na direção da amurada.

O homem imobilizado berrava.

— Por favor, não faça isso. Eu pensei que o conhecia. Pensei que éramos amigos. Por que você está agindo como um maldito pirata?

Os três homens hesitaram por um instante, aguardando o sinal.

Ele fez um gesto com a cabeça.

A couraça foi lançada ao mar, e este devorou a oferenda.

A tripulação voltou aos seus postos.

Ele ficou sozinho no convés, o rosto sendo lavado pela brisa, e refletiu sobre o insulto final daquele homem.

Agindo como um maldito pirata.

Monstros marinhos, cães do inferno, ladrões, opositores, corsários, bucaneiros, violadores de todas as leis humanas e divinas, encarnações do diabo, filhos do capeta.

Todos rótulos dos piratas.

Seria ele um desses também?

— Se é isso o que pensam de mim — sussurrou ele —, então, por que não?

TRÊS

CIDADE DE NOVA YORK

JONATHAN WYATT OBSERVAVA O DESENROLAR DO EVENTO. ESTAVA sentado sozinho ao lado da janela do restaurante do Grand Hyatt, uma sala num átrio envidraçado que oferecia uma vista livre da rua 42, dois andares abaixo. Ele percebera o momento em que o trânsito fora interrompido, as calçadas evacuadas e o comboio presidencial estacionara ao lado do Cipriani. Ouvira um estrondo vindo de cima, e os pedaços de vidro se espatifando sobre o pavimento. Quando os disparos começaram, teve certeza de que o dispositivo começara a funcionar.

Havia escolhido cuidadosamente aquela mesa e notara que dois homens ali perto tinham feito o mesmo. Agentes do Serviço Secreto, que ocuparam a outra extremidade do restaurante, tomando uma posição próxima à janela e dispondo igualmente de uma vista incomparável do local. Ambos os homens carregavam rádios consigo, e os funcionários tinham intencionalmente impedido a presença de outros clientes ali.

Ele conhecia os procedimentos operacionais.

A segurança presidencial se baseava numa noção de perímetro controlado geralmente em três camadas, começando com os atiradores de elite nos telhados adjacentes e terminando com os agentes protegendo o presidente a poucos centímetros de distância. Levar o presidente a um local tão congestionado quanto a cidade de Nova York implicava desafios extraordinários. Edifícios por todos os lados, cada qual com um mar de janelas, cobertos por telhados abertos. O Grand Hyatt parecia um exemplo perfeito. Mais de vinte andares e duas torres com paredes de vidro.

Lá embaixo, na rua, os policiais reagiram aos tiros, saltando sobre Danny Daniels, pondo em prática outra tática tradicional: "proteger e evacuar". Evidentemente, a arma automatizada havia sido instalada numa altura suficiente para atingir qualquer veículo, e ele observou os policiais e os agentes pularem de um lado para outro, tentando se proteger das balas.

Será que Daniels fora atingido? Difícil saber.

Ele viu quando dois agentes, com um espaço de 15 metros entre eles, reagiram à escaramuça, fazendo seu trabalho, agindo com toda atenção, nitidamente frustrados por se encontrarem tão longe. Ele sabia que os homens na rua carregavam rádios e fones de ouvido. Todos tinham sido treinados. Infelizmente, a realidade raramente se assemelhava aos cenários simulados no centro de formação. Este era um perfeito exemplo. Uma arma autômata, controlada a distância, dirigida por uma TV usada em circuito interno? Dava para apostar que eles nunca tinham visto algo parecido antes.

Havia outras trinta pessoas no restaurante, e a atenção de todos estava concentrada na rua.

A sirene dos reforços ecoou entre os prédios.

O presidente foi enfiado de volta na sua limusine.

O *Cadillac One* — ou, como o Serviço Secreto se referia a ele, a Fera — blindagem de padrão militar com 12 centímetros de espessura, e rodas capazes de seguir em frente ainda que com os pneus furados. Uma invenção da General Motors que custara 100 mil dólares. Ele sabia que, desde Dallas em 1963, aquele carro era transportado de avião para todo lugar onde o presidente precisasse fazer deslocamentos terrestres. O veículo havia chegado três horas antes no aeroporto JFK em transporte militar, e aguardou na pista a aterrissagem do *Air Force One*. Contrariando a rotina, nenhum outro carro viera a bordo, já que em geral outros veículos de apoio eram transportados juntos. Ele observou os dois agentes nervosos, que ainda se encontravam em suas posições.

Não se preocupem, pensou. *Logo vocês vão entrar na briga.*

Voltou sua atenção ao jantar, uma salada Cobb deliciosa. Seu estômago manifestava certa ansiedade. Tinha esperado muito tempo por isso. *Acampe ao lado do rio.* Um conselho que recebera há anos, e que ainda era válido. Se você esperar ao lado do rio por tempo suficiente, finalmente verá seus inimigos descendo as águas.

Depois de saborear mais uma porção de sua salada picante, ele bebeu um vinho tinto suave. Um ressaibo agradável de fruta e madeira se prolongou em sua boca. Ele achou que devia demonstrar maior interesse ao que estava acontecendo, mas ninguém estava lhe dando a mínima atenção. E por que deveriam? O presidente dos Estados Unidos estava sob fogo intenso e as pessoas ao seu lado assistiam a tudo de camarote. Várias delas logo estariam na CNN ou na Fox News, se tornariam celebridades por alguns preciosos momentos. Na verdade, elas deviam lhe agradecer pela oportunidade.

Os dois agentes começaram a falar alto.

Ele notou pela janela quando o *Cadillac One* arrancou ruidosamente. Os guarda-costas em frente ao Cipriano se levantaram e apontaram para cima, na direção do Grand Hyatt.

As armas foram sacadas.

As miras foram ajustadas.

Tiros foram disparados.

Ele sorriu.

Aparentemente, Cotton Malone havia feito exatamente aquilo que Wyatt pensara que faria.

Era uma pena para Malone que as coisas estivessem prestes a ficar ainda piores.

* * *

MALONE OUVIU AS BALAS SIBILANDO PELOS PAINÉIS DE VIDRO À SUA direita e à sua esquerda. O cavalo selvagem de alumínio no qual estava montado continuava disparando. Ele deu mais um puxão no dispositivo, mas engrenagens internas redirecionavam a arma de volta para o alvo.

Ele deveria recuar para o interior do quarto.

Daniels estava dentro do carro e se afastava rapidamente. Gritar seria inútil. Ninguém escutaria sua voz em meio àquele tiroteio e aos uivos da opereta urbana de Nova York.

Outra janela explodiu, agora no canto oposto do Grand Hyatt, a 30 metros de onde ele estava inclinado.

Outra caixa de alumínio surgiu na fachada.

Imediatamente, ele notou que seu cano era mais largo do que aquela que tentava domar. Aquilo não era um rifle. Parecia algum tipo de morteiro ou lança-foguetes.

Os agentes e os policiais que atiravam contra ele perceberam a novidade e dirigiram sua atenção para aquela nova ameaça. Naquele instante, ele se deu conta de que o cérebro que havia instalado aqueles dispositivos contara com a possibilidade de Daniels ser empurrado de volta para o carro e ir embora. Ele pensou na exatidão daquele rifle autômato com controle remoto — até que ponto seria certeiro? — e descobriu que a intenção a princípio não era acertar o presidente. O plano tinha sido deslocá-lo, transformando-o num alvo que pudesse ser mais facilmente atingido.

Como aquele Cadillac preto de tamanho exagerado.

Ele sabia que a limusine do presidente era blindada. Mas conseguiria suportar um ataque de foguetes vindo de poucos metros de distância? E que tipo de ogiva estava naquele projétil?

Os agentes e os policiais lá embaixo corriam pelas calçadas, tentando obter um melhor ângulo de tiro contra a nova ameaça.

A limusine de Daniels se aproximava do cruzamento entre a rua 42 e a Lexington Avenue.

O lança-foguetes girou sobre seu eixo.

Ele precisava fazer alguma coisa.

O rifle ao qual estava agarrado continuava disparando, um tiro após o outro, a cada cinco segundos. As balas zuniam nos prédios opostos e na rua lá embaixo. Esticando ainda mais seu corpo sobre a estrutura de alumínio, ele passou o braço em volta da caixa e deu um puxão violento para a esquerda. As engrenagens internas pareceram se deslocar e se rearmar à medida que ele forçava o cano paralelamente à fachada do hotel.

As balas varavam o ar na direção do lança-foguetes.

Ele ajustou a mira, buscando a trajetória certa.

Uma bala acertou o objetivo, atingindo a estrutura de alumínio.

A caixa que ele agarrava parecia fina, o alumínio flexível. Ele esperava que a outra fosse feita do mesmo material.

Mais dois tiros acertaram o alvo em cheio.

Uma terceira o perfurou.

Centelhas azuis espocaram.

As chamas surgiram no instante em que um foguete saiu do lançador.

* * *

Wyatt terminou sua salada no momento em que o *Cadillac One* atravessou o cruzamento. Ele ouvira a segunda janela se partir. Os homens embaixo tinham se deslocado na calçada e agora atiravam para o alto. Mas as pistolas Sig Sauer P229 do Serviço Secreto eram de pouca serventia, e as submetralhadoras que geralmente vinham nos veículos de apoio haviam sido deixadas em Washington. Assim como os atiradores de elite.

Erros e mais erros.

Ele ouviu uma explosão.

Um foguete fora disparado.

Ele enxugou a boca com um guardanapo e olhou naquela direção. O carro de Daniels saiu do cruzamento, se dirigindo para o prédio das Nações Unidas e o East River. Ele provavelmente tomaria o Roosevelt Drive e seguiria até um hospital ou para o aeroporto. Ele se recordou de dias passados, quando um vagão exclusivo do metrô era mantido num trilho especial, perto do hotel Waldorf Astoria, pronto para remover o presidente de Manhattan, sem demora.

Mas isso era passado.

Inútil.

Os dois agentes de terno saíram correndo do restaurante, seguindo na direção de uma escada adjacente que descia até a entrada principal do Hyatt.

Ele largou seu guardanapo e se levantou.

Todos os garçons e recepcionistas, até mesmo o pessoal da cozinha, estavam apinhados contra as janelas. Ele duvidou que alguém lhe trouxesse a conta. Calculou então o preço da salada mais o vinho e, acrescentando 30 por cento de gorjeta —— ele se orgulhava da própria generosidade —, deixou uma nota de 50 dólares sobre a mesa. Provavelmente era muito, porém, estava sem tempo para esperar o troco.

O foguete nunca atingiu o solo, e o segundo e o terceiro jamais foram disparados. Obviamente, o herói obteve êxito.

Agora, era a hora de ver a sorte de Cotton Malone se acabar.

QUATRO

Clifford Knox interrompeu a conexão via rádio e fechou seu notebook. O lançador de foguetes disparara apenas uma vez, e o projétil não atingiu a limusine presidencial. As atualizações do circuito interno de TV — cortesia das câmeras instaladas em ambas as unidades autômatas — mostravam apenas imagens tremidas, oscilando da direita para a esquerda. Ele teve dificuldades para manter o rifle apontado para baixo várias vezes, sem conseguir que seus comandos fossem obedecidos. Ele mesmo havia encomendado os propulsores e os explosivos, assegurando-se de que as três ogivas pudessem destruir um veículo robustamente blindado.

Tudo se mostrara em perfeito funcionamento pela manhã.

Então, o que acontecera?

A imagem da tela da televisão brilhando à sua frente, dentro do quarto de hotel, explicara a falha.

Telefones celulares na rua captaram fotos e vídeos que já haviam sido transmitidos pela internet para as redes de notícias. Eles mostravam um homem balançando sobre uma janela partida do Grand Hyatt, bem no alto da rua 42 do East Side. Ele estava montado sobre uma estrutura de metal e forçava o dispositivo para um lado e para o outro, e finalmente direcionava o rifle para o lança-foguetes, destruindo as instalações elétricas no momento em que a arma disparava.

Knox acionara o comando de disparar. Três projéteis deviam ter sido lançados, um após o outro. Mas somente um fora deflagrado e sumira no céu em direção ao sul da cidade.

O telefone do quarto tocou.

Ele atendeu e uma voz grave no outro lado da linha disse:

— É um desastre.

Seu olhar manteve-se fixo na tela da televisão. Outras imagens mostravam os dois dispositivos, projetados para fora de retângulos sombrios na fachada de vidro do Grand Hyatt. Ao pé da tela, um texto informava não haver ainda informações sobre o estado do presidente.

— Quem era aquele homem que interferiu? — Outra voz soou no seu ouvido.

Ele imaginou a cena no outro lado da linha. Três homens, todos com seus 50 e poucos anos, vestidos informalmente, sentados num salão elegante, inclinados sobre um telefone no viva-voz.

A Comunidade.

Menos um.

— Não tenho a menor ideia — respondeu ele. — Evidentemente, eu não esperava qualquer interferência.

Não havia muitos dados sobre aquele intruso, exceto que era um caucasiano, cabelos castanho-claros, casaco escuro e calça de cor clara. Devido à baixa resolução das câmeras de telefones celulares e ao movimento constante dos aparelhos, era impossível ver seu rosto. O texto que percorria a parte inferior da tela informava aos telespectadores que aquele homem aparecera, fora alvo dos tiros vindos de baixo, desviara uma das armas na direção da outra e desaparecera novamente no interior do quarto.

— Como alguém poderia ficar sabendo disso? — Foi a pergunta que ouviu. — E ainda por cima se encontrar em condições de interferir na missão?

— Com certeza, houve um vazamento na segurança.

O silêncio do outro lado da linha confirmou que estavam de acordo.

— Intendente — disse um dos homens, tratando Knox pelo seu cargo oficial —, você estava encarregado da operação. Este fracasso é responsabilidade sua.

Ele havia se dado conta disso.

Como o capitão de um navio há muitos anos, um intendente era escolhido pela tripulação para cuidar dos interesses de todos. Enquanto o capitão detinha autoridade absoluta durante qualquer conflito, a administração cotidiana de um navio cabia ao intendente. Ele partilhava as provisões, distribuía os frutos das pilhagens, julgava os conflitos e mantinha a disciplina. Um capitão podia empreender pouca coisa sem a aprovação do intendente. O sistema perdurava ainda atualmente, exceto em caso de complicações mais graves, quando os *quatro* capitães passavam a dirigir a Comunidade. Knox obedecia a cada um deles, individual e coletivamente. Ele supervisionava também a tripulação, que trabalhava diretamente para a Comunidade.

— Com certeza há um espião entre nós — repetiu ele.

— Você percebe o que vai acontecer a partir de agora? As repercussões serão imensas.

Knox respirou profundamente.

— O pior disso tudo é que o capitão Hale foi excluído dessa decisão.

Seu comentário não seria considerado insubordinado. Um bom intendente falava o que pensava, sem temor, uma vez que seu poder vinha da tripulação, não do capitão. Ele os havia prevenido uma semana antes de que aquele plano estava malprojetado. Guardara para si outra observação que, ele achava, beirava o desespero. Mas, quando três dos quatro capitães no comando emitiam uma ordem, era seu dever cumpri-la.

— Tanto os seus conselhos como as suas objeções foram registrados — disse um dos homens. — Nós tomamos a decisão.

Mas isso talvez não fosse o bastante quando Quentin Hale percebesse o que os outros haviam feito. Esse procedimento particular já havia falhado na Comunidade, mas há muitos anos. O pai de Knox tinha sido o último intendente a tentar a façanha, e fora bem-sucedido. Mas isso acontecera numa época diferente, com regras diferentes.

— Talvez devêssemos informar o capitão Hale — sugeriu ele.

— Como se ele já não soubesse — disse um deles. — Logo teremos notícias dele. Enquanto isso, o que você pretende fazer?

Knox já estava considerando uma opção. Não existia meio algum de rastrear os mecanismos encontrados nos dois quartos do hotel. Eles foram fabricados secretamente pelos membros da tripulação, todas as peças estavam livres de impressões digitais. Qualquer que fosse o resultado, os mecanismos seriam descobertos, e, assim, todas as precauções tinham sido tomadas. Os dois quartos do hotel Grand Hyatt foram reservados por indivíduos fictícios — membros da tripulação que apareceram disfarçados na recepção e pagaram com cartões de crédito baseados em identificações falsas. As valises continham as várias peças dos dispositivos que, durante a noite, haviam sido montados, pedaço por pedaço. O aviso NÃO PERTURBE sobre a maçaneta garantira a privacidade ao longo do dia. Ele controlara as duas armas dali, do local em que estava naquele momento — alguns quarteirões de distância — via rádio, e os sinais estavam cortados agora.

Tudo havia sido minuciosamente elaborado.

Algumas vezes, séculos atrás, os intendentes eram autorizados a assumir o leme do navio, direcionando seu curso. A Comunidade havia lhe passado o leme.

— Eu vou assumir o controle.

* * *

Malone hesitava em tomar uma decisão. Ele notara os agentes se dirigindo para a entrada principal do Grand Hyatt. O Serviço Secreto era meticuloso, o que significava que, muito provavelmente, já haveria agentes dentro do hotel, posicionados onde pudessem ver a rua lá embaixo. Certamente, eles seriam chamados e instruídos a seguir para os dois quartos. Deveria sair dali? Ou apenas esperar por eles?

Então, ele se lembrou do envelope em seu bolso.

Abrindo-o, viu um texto datilografado.

Eu precisava que você visse isso. Desarme-os antes de o presidente chegar. Isso não poderia ser feito antes. Eu explicarei tudo mais tarde. Você não deve confiar em ninguém, especialmente no Serviço Secreto. Esta conspiração tem os braços longos. Saia do hotel e eu entrarei em contato com você pelo telefone antes da meia-noite.

Stephanie

Decisão tomada.

Hora de partir.

Aparentemente, Stephanie estava envolvida em algo muito importante. Ele deveria pelo menos seguir suas instruções.

Por ora.

Ele se deu conta de que os telefones celulares tinham câmeras embutidas e que as calçadas lá embaixo estavam cheias de gente. Logo, sua imagem poderia ser vista em toda a mídia. Só se expusera por poucos minutos, por isso esperava que as fotos e as gravações efetuadas não fossem de boa qualidade.

Ele abriu a porta, sem se preocupar com as evidências que deixava para trás. Suas impressões digitais estavam em todo o dispositivo dependurado à janela.

Calmamente, ele saiu andando pelo corredor deserto em direção aos elevadores. O vago odor de nicotina o fez lembrar que estava num andar para fumantes. Ninguém apareceu nas portas dos quartos dispostos em ambos os lados.

Ele fez a curva do corredor.

Dez elevadores serviam ao hotel. Não havia indicação de em qual andar cada um deles estava naquele momento. Decidiu que nenhum seria uma boa opção. Olhou para a direita, depois para a esquerda e localizou a saída para as escadas.

Depois de abrir a porta metálica, ele parou por um instante e, não ouvindo nada, subiu os degraus.

Dois pavimentos acima, ele parou um instante. Estava no 17º andar. Tudo sossegado. Chegou a outro hall de elevadores bem semelhante ao de dois andares abaixo. Uma mesinha com um vaso de flores e um espelho decoravam a parede.

Ele olhou para seu reflexo.

O que estava acontecendo?

Alguém acabara de tentar matar o presidente dos Estados Unidos, e, naquele instante, ele era o principal suspeito.

Tirou o casaco, ficando apenas com uma camisa social azul-clara. Deviam estar procurando um homem com casaco escuro e cabelos claros. Viu uma lata de lixo sob outro vaso de flores, entre duas portas de elevadores, e enfiou o casaco lá dentro.

Da esquerda, uma família se aproximava pelo corredor. Mãe, pai, três crianças. Pareciam animados, falando sobre a Times Square e um de seus painéis em neon. O pai apertou um botão para subir, chamando o elevador. Malone esperou pacientemente com eles, até que a porta se abrisse. Aquelas pessoas tinham, de alguma forma, perdido tudo o que acabara de acontecer. Devia ser difícil ignorar um foguete lançado no ar, deixando um rastro de fumaça pelo caminho. Os turistas, todavia, sempre o deixavam perplexo. A Højbro Plads, em Copenhague, onde ficava sua livraria, estava diariamente repleta de pessoas assim.

O elevador chegou e ele deixou a família embarcar primeiro. O pai inseriu um cartão magnético que lhe dava acesso ao 31º piso. Aparentemente, o andar era reservado para hóspedes especiais, provavelmente uma área VIP. Malone concluiu que seria um bom lugar para pensar.

— Exatamente para onde eu vou — disse ele.

Eles subiram em silêncio mais 14 andares, em seguida todos saíram. Conforme suspeitara, ali estava a área VIP do hotel, acessível somente àqueles clientes que pagavam pelo privilégio. Ele deixou o pai passar à frente e o homem inseriu seu cartão em outra fenda, abrindo a porta de vidro.

Malone seguiu a família para dentro.

O salão em forma de L estava apinhado de gente que saboreava um bufê de frios com carnes, queijos e frutas. Ele examinou a área e logo identificou dois homens de terno, fones nos ouvidos e microfones nas lapelas, próximos às janelas que davam para a rua 42.

Serviço Secreto.

Ele apanhou uma maçã numa travessa de madeira sobre a mesa, assim como um exemplar do *New York Times*. Afastando-se para a parte extrema do salão, mastigando ruidosamente sua maçã, ele sentou-se com um olho no jornal e outro nos agentes.

Depois, torceu para não estar cometendo um terceiro erro.

CINCO

Baía de Pamlico, Carolina do Norte

Hale estava sentado no salão principal do *Adventure* e percebeu que a embarcação guinava para oeste, deixando o mar aberto para trás e entrando na baía. As águas azul-acinzentadas ganharam tonalidades escuras graças ao fluxo regular de sedimentos levado para leste pelo sinuoso rio Pamlico. Canoas de madeira e a remo, pequenos barcos a vapor, todos navegavam por aquelas águas. Mas assim também o fizeram chalupas, corsários e fragatas, tripuladas por oportunistas, que chamavam de lar aquele litoral densamente arborizado da isolada Carolina. O rio Pamlico compreendia alguns dos mais complexos canais de navegação do planeta. Uma série imensa de ilhotas cheias de viveiros de ostras, pântanos de maré, barrancos e brejos. Suas margens mais afastadas eram obstruídas por cabos perigosos cujos nomes — Lookout e Fear, "Cuidado" e "Medo" — advertiam sobre as tragédias. O mar que se estendia ali era tão traiçoeiro que havia recebido o título de Cemitério do Atlântico.

Ele nascera e crescera por ali, assim como todos os Hale desde o início do século XVII. Aprendeu a velejar ainda garoto e lhe ensinaram a evitar os bancos de areia inconstantes e a vencer correntes perigosas. A Enseada de Ocracoke, que acabavam de cruzar, foi onde, em novembro de 1718, Barba Negra em pessoa foi finalmente morto. Os habitantes locais ainda falam com reverência dele, assim como do seu tesouro. Ele olhou para a mesa onde estavam os dois documentos.

Ele os trouxera consigo, sabendo que, assim que o assunto do contador estivesse solucionado, precisaria voltar a se concentrar no engano que cometera Abner Hale, seu trisavô, que tentara, em 30 de janeiro de 1835, assassinar o presidente Andrew Jackson.

A primeira vez na história em que a vida de um presidente em exercício fora ameaçada diretamente.

E a resposta de Jackson àquele atentado — uma carta manuscrita para Abner, agora plastificada — desde então atormentava Hale.

Então você finalmente cedeu aos impulsos traiçoeiros. Sua paciência não pôde mais ser contida. Fico contente. Isso nos conduzirá à guerra, tão grandiosa quanto aquela em que as tropas guerreiras desta nação foram convocadas aos campos de batalha. Você clamou por uma luta e eu não fugirei para me esconder, agora que o primeiro tiro foi disparado. Por não ter cedido aos seus avanços, não ter concordado com suas exigências ou me curvado em sua presença, minha vida é considerada desnecessária? Você ousa enviar um assassino? Recuar diante de uma afronta repulsiva seria vergonhoso. Meus sentimentos estão bem vivos e, posso garantir, eu também estou. O tal assassino passa os dias murmurando tolices. Você escolheu bem esse serviçal. Ele deverá ser considerado insano e colocado numa solitária, uma vez que ninguém jamais acreditará em sequer uma palavra que ele pronuncie. Não existem provas de sua conspiração, mas nós dois estamos cientes de que você convenceu esse homem chamado Richard Lawrence a atirar contra mim. Neste instante em que meus sentimentos ainda estão tão vivos, eu cometeria um ato de violência contra eles se não me precipitasse para provocar sua derrocada. Ainda assim, fiquei hesitante quanto a minha reação. E dessa forma, após buscar conselho e orientação junto àqueles que são mais sábios do que eu, um caminho adequado foi estabelecido. Meu objetivo com esta comunicação é anunciar que qualquer autorização legal existente para proteger seus roubos está extinta. Arranquei toda referência à sua carta de corso dos relatórios oficiais do Congresso. Quando você se aproximar de outro presidente e pedir-lhe que sua carta seja respeitada, ele não será obrigado por lei a fazê-lo, como eu fui. A fim de aumentar seu tormento e assim prolongar a agonia de sua situação desamparada, eu não destruí a autorização.

Essa teria sido minha escolha, confesso, mas outros me convenceram de que tal certeza poderia tornar sua situação tão desamparada que acabaria inspirando-o mais atos de desespero.

Considerando que você adora segredos e que sua vida percorre um caminho imerso em sombras, ofereço-lhe um desafio que deverá lhe convir.

A folha anexa a esta carta é um código, formulado pelo estimado Thomas Jefferson. Fui informado de que ele considerava se tratar de um criptograma perfeito. Se você conseguir descobrir a mensagem, saberá onde eu escondi aquilo que você deseja. Caso não tenha sucesso, vocês continuarão sendo os patéticos traidores que são hoje. Devo admitir, prefiro esse caminho. Em breve, me retirarei para o Tennessee, onde passarei os últimos anos de minha vida, aguardando o dia em que voltarei a dormir ao lado da minha amada Rachel. Espero sinceramente que a conduta covarde acima descrita venha a ser sua ruína e que eu viva o bastante para saborear esse dia.

Andrew Jackson

Hale olhou para a segunda folha, também plastificada.

Sua família tentara solucionar o criptograma de Jefferson por 175 anos. Especialistas foram contratados. Recursos foram gastos.

Mas não conseguiram decifrar o código.

Ele ouviu passos se aproximando da proa da embarcação e viu seu secretário particular entrar no salão.

— É melhor ligar a televisão.

Ele notou a expressão de inquietação nos olhos do homem.

— É terrível — acrescentou o secretário.

Ele achou o controle remoto e a tela se acendeu.

* * *

MALONE TERMINOU SUA MAÇÃ E MANTEVE O JORNAL ABERTO À SUA frente. Não viu nenhuma matéria sobre a viagem presidencial para Nova York. Estranho. Em geral, os presidentes fazem muito alarde sobre suas aparições. Ele precisava sair do hotel, e rapidamente. Cada segundo que permanecesse ali tornava esse intento muito mais complicado. Ele sabia que o Grand Hyatt gozava de uma reputação inquestionável, um complexo hoteleiro imenso de vários andares em que milhares de pessoas entravam e saíam 24 horas por dia. Era de se duvidar que a polícia ou o Serviço Secreto pudessem bloquear todos os acessos em tão pouco tempo. Havia dois aparelhos de TV ligados no salão e ele pôde ver como, de fato, as câmeras de telefones celulares haviam captado imagens — mas, felizmente, a maioria delas estava borrada. Até então, notícia alguma sobre o estado do presidente Daniels fora veiculada. As pessoas conversavam sobre o ataque, observando que aquilo havia ocorrido bem debaixo de seus pés. Alguns tinham ouvido o estrondo e visto o foguete. Os dois agentes de terno com seus rádios, no outro lado do salão, continuavam atentos à rua lá embaixo, falando em seus microfones.

Ele se levantou para partir.

Os agentes abandonaram a janela e correram na sua direção. Ele se preparou para reagir, notando que a pesada mesa de madeira com maçãs e jornais poderia ser usada para interromper o avanço deles.

Evidentemente, eles portavam armas e Malone não, assim, a mesa serviria apenas por alguns instantes.

Os dois agentes passaram rapidamente por ele e cruzaram a porta de saída em direção aos elevadores. Assim que um deles chegou ao andar, os dois entraram.

Soltando um suspiro silencioso de alívio, ele saiu em seguida, apertou o botão de um elevador e optou por uma abordagem direta.

Sair pela porta principal do hotel.

SEIS

Wyatt aguardava no saguão agitado do Grand Hyatt, repleto de turistas que passavam o fim de semana na Big Apple, agora bem mais emocionante por causa de uma tentativa de assassinato contra o presidente dos EUA. Ele ouviu fragmentos de conversas vindos de uma sala nas proximidades e descobriu que ninguém sabia se Daniels fora alvejado, apenas que tinha deixado rapidamente o local. Alguns se lembraram da tentativa de assassinato de Reagan, em 1981, quando somente após o presidente ser levado para cirurgia foi transmitida uma declaração oficial.

Pelo menos uma dúzia de policiais de Nova York e a metade desse número de agentes secretos circulavam às pressas pelo saguão de dois andares. Vozes se exaltavam e alguns ocupavam posições perto das escadas rolantes e das saídas. Difícil saber por onde Malone tentaria escapar, mas os meios de sair daquele hotel se limitavam a uma entrada no andar inferior, à esquerda, que levava à rua 42 do East Side — assim como outro conjunto adjacente de portas de vidro que conduziam a um túnel conectado ao Grand Central Terminal — e a um segundo conjunto de portas envidraçadas um nível acima, que ele podia observar de sua posição privilegiada. Se ele conhecia seu adversário tão bem quanto pensava, Malone simplesmente sairia pelas portas principais. Por que não? Ninguém vira seu rosto, e a melhor maneira de se esconder era sempre ficando à vista de todos.

Ele percebeu que as autoridades adorariam evacuar o hotel, mas isso poderia se revelar impossível. Havia pessoas demais nos vinte e tantos andares. Se contasse com os habituais seis meses de período de preparação para uma visita presidencial, o Serviço Secreto teria sido capaz de cuidar disso. Daquele jeito, porém, com pouco menos de oito semanas de antecedência, as principais táticas sigilosas tinham sido concluídas de manhã, quando a Casa Branca avisou simplesmente que Daniels estaria em Nova York para uma visita particular. Um evento semelhante a esse já ocorrera com um ex-presidente, que anunciara um deslocamento com a esposa para assistir a um espetáculo na Broadway. Essa excursão tinha se realizado sem contratempos, mas Danny Daniels devia estar bem arrependido agora, isso se não estivesse sofrendo com a falência dos órgãos ou perdendo grande quantidade de sangue.

Wyatt adorava quando as pessoas estragavam as coisas.

Isso tornava tudo mais fácil.

Era muito provável que Malone tivesse fugido por cima, pelo menos inicialmente. Seria preciso ainda sair por um dos elevadores à vista de Wyatt. Com certeza ele não usaria as escadas, pois a polícia as teria bloqueado desde o início. Mas o recado que deixara no quarto deveria levar Malone a seguir em frente. Como sempre, agiria feito um cavaleiro solitário. Bom e fiel à sua querida Stephanie Nelle.

Agradava-lhe estar de volta ao combate.

Já fazia algum tempo desde sua última missão. Elas tinham sido menos frequentes nos últimos anos, e ele sentia falta do seu trabalho de agente em tempo integral. Oito anos desde que fora obrigado a sair. Ainda assim, ganhava a vida vendendo seus serviços, o que parecia ser o futuro da espionagem. Menos agentes na folha de pagamento e mais contratados de acordo com sua especialização — empreendedores independentes que podiam ser dispensados e não exigiam pagamento de encargos. Mas ele já estava com 50 anos e, a essa altura, deveria ter sido promovido a vice-gerente, ou até mesmo ao comando de uma agência. Ele já fora conhecido como um dos melhores agentes de campo existentes.

Até que...

— *O que você vai fazer?* — perguntou-lhe Cotton Malone.

Eles tinham caído numa armadilha. No alto, os dois atiradores os mantinham imóveis e outros dois estavam posicionados nos vãos escuros que se estendiam à frente. Ele havia suspeitado de uma armadilha, e, agora, o receio se confirmara. Felizmente, ele e Malone tinham vindo preparados.

Ele pegou o rádio.

Malone agarrou seu braço.

— *Você não pode fazer isso.*

— *Por que não?*

— *Nós sabemos o que está ali. Eles, não.*

Eles eram três agentes instruídos para vigiar o perímetro.

— *Não sabemos ao certo quantos são* — *disse Malone.* — *Já notamos quatro, mas pode haver muitos outros.*

Seu dedo achou o botão ENVIAR.

— *Nós não temos escolha.*

Malone arrancou-lhe o rádio.

— *Se eu concordar com isso, estaremos os dois errados. Podemos lidar com essa situação.*

Mais tiros foram disparados contra eles, que estavam agachados entre os caixotes.

— *Vamos nos dividir* — *sugeriu Malone.* — *Eu vou para a esquerda, você para a direita e nos encontramos no centro. Eu fico com o rádio.*

Ele não disse nada.

Malone olhou para a escuridão, aparentemente avaliando o risco, preparando-se para avançar.

Wyatt decidiu tomar outro rumo.

Com uma coronhada de sua arma na cabeça de Malone, ele o derrubou sobre o chão frio de cimento.

Recuperou o rádio e deu ordem aos três homens para entrarem.

Uma voz alta o fez retornar à realidade.

Mais um bando de policiais invadiu o saguão. As pessoas agora estavam sendo empurradas para as saídas, com o auxílio de funcionários do hotel. Ao que tudo indicava, alguém enfim tomara uma decisão.

Seus olhos percorreram a confusão.

Os elevadores principais se abriram no andar térreo e as pessoas saíram apressadas. Uma delas era Cotton Malone.

Wyatt sorriu.

Malone dispensara seu casaco, exatamente como ele sabia que faria. Esse era um dos detalhes que os agentes procurariam. Ele observou enquanto Malone se misturava à multidão e se precipitava através do saguão na direção da escada rolante, descendo até a entrada principal do hotel. Wyatt manteve-se afastado, protegido por uma grande cortina. Os agentes secretos e os policiais se encaminharam até onde ele se encontrava e gesticularam para todos saírem dali.

Malone desceu pela escada rolante e, em vez de seguir pelas portas centrais, virou à direita e se dirigiu para a saída que conduzia ao Grand Central Terminal. Wyatt se esgueirou para dentro uma das salas de reunião, fechadas à noite, e pegou o rádio no bolso, já sintonizado na frequência usada pelo Serviço Secreto.

— Alerta para todos os agentes. Suspeito usando camisa azul e calças claras, sem casaco agora, saindo neste instante do hotel Grand Hyatt pelo saguão central e seguindo pelo túnel de acesso ao Grand Central Terminal. Estou indo nessa direção.

Ele aguardou um momento, colocou o rádio no bolso e então se virou na direção do saguão.

Malone desaparecera pelas portas de saída.

Os agentes do Serviço Secreto abriram caminho a cotoveladas no meio das pessoas e começaram a persegui-lo.

SETE

Knox saiu do Plaza Hotel. Ele sabia que pelo menos três membros da Comunidade estavam à beira do pânico. Como era de se esperar. O procedimento que eles haviam autorizado era repleto de riscos. Muitos, em sua opinião. No passado, eles sempre trabalharam com o incentivo e a bênção do governo, que aprovava suas ações e seu poder. Agora, eram renegados, navegando em águas tempestuosas e desconhecidas.

Ele atravessou a rua e entrou no Central Park. Sirenes soavam ao longe, e ainda continuariam assim por várias horas. Até então, não havia notícia alguma sobre o estado de saúde do presidente, mas tudo acontecera tinha menos de uma hora.

Sempre gostara do Central Park. Mais de oitocentos acres de árvores, gramados, lagos e trilhas. Um quintal para toda a cidade. Sem ele, Manhattan seria um ininterrupto bloco de concreto e edifícios.

Ele fizera uma chamada do Plaza, exigindo uma reunião imediata. Seu contato também queria conversar — até aí, nenhuma surpresa — e estava nas proximidades, então escolheram o mesmo banco de praça próximo ao Sheep Meadow, perto da fonte Bethesda, onde já haviam se encontrado antes.

O homem que o aguardava era comum em todos os aspectos, desde os traços que podiam ser facilmente esquecidos até a maneira simples de se vestir. Knox chegou e sentou-se, antipatizando imediatamente com o ar presunçoso de Scott Parrott.

— O cara dependurado na janela — perguntou ele a Parrott — era um dos seus homens?

— Não me contaram como iriam intervir, só me disseram que haveria uma intervenção.

A resposta gerava mais perguntas do que esclarecimentos, mas ele deixou que o outro prosseguisse.

— E agora?

— Queremos que isso sirva de recado para os capitães — disse Parrott. — Nós queremos que saibam que estamos a par de tudo relacionado à Comunidade. Conhecemos seus empregados...

— Tripulação.

— O quê?

— É a tripulação que faz a companhia funcionar.

Parrott riu.

— Vocês não passam de um bando de malditos piratas.

— Corsários.

— Porra, qual é a diferença? Vocês roubam todo mundo.

— Somente os inimigos deste país.

— Não importa o que vocês são — disse Parrott. — Supostamente, estamos no mesmo time.

— Não é o que parece, do nosso ponto de vista.

— E eu compreendo seus chefes. Sei que estão sob pressão. Entendo isso. Mas existem limites. Vocês precisam compreender. Eles precisam saber que nunca permitiríamos que matassem o presidente. Estou perplexo que tenham pensado o contrário. Como eu disse, trata-se de um recado.

O que a Agência Nacional de Inteligência, a NIA, aparentemente queria que ele transmitisse em pessoa. Parrott era o contato de Knox com a NIA. Há um ano, quando se tornou evidente que facções dentro da rede de inteligência decidiram destruir a Comunidade, somente a NIA ficara ao lado deles.

— Os capitães se perguntarão por que vocês estão mandando recados. Por que vocês interferiram.

— Então diga-lhes que temos algumas boas notícias. Tão boas que eles deviam agradecer pelo que fizemos hoje.

Ele duvidava disso, mas continuou escutando.

— A solução para o criptograma de Jefferson deve estar sendo baixada em meu notebook neste momento. Nosso pessoal a descobriu.

Será que tinha ouvido direito? O código? Decifrado? Depois de 175 anos? Parrott tinha razão — os capitães ficariam emocionados. Mas ainda havia a loucura que acabara de acontecer. Só esperava ter encoberto suas pegadas sem erro. Caso contrário, nenhum código decifrado importaria mais.

— Se precisavam de alguma coisa capaz de ajudá-los a sair do buraco que cavaram para eles mesmos hoje — disse Parrott —, acharam.

— E por que não nos dizer apenas isso?

O agente deu uma risada.

— A decisão não é minha. Duvido que vocês tenham deixado uma pista que leve a alguma informação, e nós estávamos lá, prontos para frustrar o atentado, então não importa.

Ele se manteve calmo e, silenciosamente, reafirmou a resolução que tomara ao chegar.

Precisava ser feito.

— Pensei que você pudesse me convidar para jantar — disse Parrott. — Alguma coisa saborosa e consistente. Você pode bancar isso. Depois, podemos ir até o meu hotel e você descobrirá o que Andrew Jackson tinha a dizer.

Talvez a boa sorte tivesse de fato vindo desse desastre. Mesmo Quentin Hale, que devia estar furioso, ficaria pasmo ao ouvir que o criptograma havia sido decodificado.

Knox servira como intendente durante quase 15 anos, assumindo o posto que fora de seu pai. Os filmes de piratas com suas caricaturas do capitão todo-poderoso que impiedosamente infligia sofrimento à sua tripulação sempre o faziam rir. Nada podia estar mais longe da verdade. As comunidades de piratas haviam funcionado como democracias informais, com os membros decidindo por si mesmos quem os comandaria e por quanto tempo. O fato de o capitão e o intendente serem eleitos garantia que o tratamento dispensado aos subalternos seria justo e sensato. Para evitar que alguém tivesse demasiado poder, os votos da tripulação poderiam ser dados a um novo capitão ou intendente a qualquer momento. E muitos capitães que foram longe demais acabavam banidos ao primeiro vestígio de terra firme, e outro homem era promovido à liderança. O intendente andava por uma corda ainda mais bamba, servindo a ambos, capitão e tripulação.

Um bom intendente sabia como agradar a todos.

Então, ele sabia o que devia ser feito.

— Tudo bem — disse ele, com um sorriso. — O jantar é por minha conta. — Estendendo o braço, deu dois tapinhas no ombro de Parrott. — Eu entendi. Vocês estão no comando. Levarei o recado.

— Eu esperava que você visse as coisas desse jeito.

Ele retraiu a mão e perfurou a parte exposta do pescoço de Parrott com uma pequena agulha. Um pouquinho mais de pressão e então um aperto, e o conteúdo da seringa foi injetado.

— Ei. — Parrott pôs a mão no pescoço dolorido.

Um. Dois. Três.

O corpo de Parrott perdeu a firmeza.

Knox o manteve sentado e, em seguida, deitou-o sobre o banco. A mistura que usara derivava de um peixe dos recifes caribenhos. *Karenia annulatus*. Uma toxina rápida e letal. Séculos atrás, durante os dias gloriosos, quando as chalupas varavam os mares do sul, mais de um inimigo havia sido morto, o efeito quase imediato.

Uma pena que esse homem tivesse que morrer.

Mas não havia escolha.

Absolutamente nenhuma.

Cuidadosamente, Knox colocou as mãos de Parrott sob a cabeça, apoiando-a, como se ele estivesse cochilando. Nada de incomum num banco do Central Park. Ao apalpar as calças do homem, encontrou uma chave de quarto do Helmsley Park Lane Hotel. Nada mal. Ele já se hospedara lá algumas vezes.

Em seguida, se foi.

OITO

MALONE DESCEU CALMAMENTE PELA PASSAGEM DE TETO BAIXO QUE ligava o Hyatt ao Grand Central Terminal. Ele sabia que, quando alcançasse o imenso saguão da estação, poderia tomar um trem de volta ao St. Regis, onde Cassiopeia o aguardava. Juntos, decidiriam o que fazer em seguida.

Era interessante que ele pensasse dessa maneira.

Juntos.

Durante anos, ele vivera e trabalhara sozinho. Conhecera Cassiopeia dois anos antes, mas há apenas poucos meses, na China, ambos perceberam o que sentiam. No início, ele achara que a ligação mais íntima entre eles era simplesmente um efeito colateral emocional do que havia acontecido.

Mas tinha se enganado.

Eles foram combatentes, competidores e então amigos. Agora se amavam. Cassiopeia era confiante, esperta e linda. Compartilhavam uma intimidade prazerosa e segura, sabendo que um poderia prover qualquer coisa de que o outro precisasse. Como neste momento, quando um grupo de policiais de dedos nervosos caçava Cotton Malone, depois de tudo o que acontecera.

Ele precisava de um pouco de ajuda.

Na verdade, precisava de muita ajuda.

Saindo do túnel, cruzou as portas de vidro que davam para o saguão da estação, cercado por lojas movimentadas. Havia uma saída para a rua a 50 metros, à sua direita. Ele virou à esquerda e entrou no terminal ferroviário mais conhecido do mundo, quase do tamanho de um campo de futebol em comprimento e com um terço disso em largura. O teto famoso — um zodíaco folheado a ouro sobre um firmamento azul-celeste — pairava 30 metros acima da sua cabeça. No alto de uma cabine de informações, o célebre relógio de quatro faces em bronze marcava 19h20. Corredores se ramificavam em todas as direções, levando às plataformas dos trens. As escadas rolantes subiam e desciam de outros pavimentos, cortados por trilhos. Lá embaixo, ele sabia, ficava uma imensa praça de alimentação, repleta de cafés, padarias e lanchonetes. Num nível ainda mais abaixo, as linhas de metrô, seu destino.

Seu olhar procurou os restaurantes abertos que dominavam os dois lados do saguão cavernoso, um piso acima. Ele ouvia fragmentos das conversas de outros passageiros em trânsito. Até então, nenhuma palavra sobre o estado de Daniels.

Dois homens de terno entraram no terminal, vindos da mesma passagem que ele acabara de percorrer.

Três outros apareceram em seguida.

Ele disse a si mesmo para ficar calmo. Não havia como eles o identificarem. Não dispunham praticamente de elemento algum. Estavam apenas explorando o local. Buscando. Esperando alguma falha.

Três policiais da cidade de Nova York apareceram correndo por uma das saídas para a rua. Vários outros surgiram à sua direita, saltando das escadas rolantes que conduziam à rua 45.

Engano. Eles estavam mirando um alvo. Mas o que dizia o bilhete de Stephanie? *Você não deve confiar em ninguém.* Ele precisava descer dois níveis até o metrô. Infelizmente, não havia opção senão se dirigir para a esquerda e tomar a saída que conduzia à 42.

Seria esse o plano deles?

Ele atravessou uma ampla passarela para pedestres que passava acima de uma calçada. Um dos policiais apareceu, vindo da cabine de informações, e correu na sua direção.

Ele continuou caminhando.

Não havia policiais nem homens de terno à sua frente.

Uma balaustrada de mármore, à altura da cintura, protegia as extremidades da passarela. Ele notou uma saliência estreita do outro lado do parapeito, na parte externa da passagem, a qual fazia um ângulo com a calçada embaixo.

O inesperado era sempre a melhor opção, mas teria que agir rapidamente. O policial atrás dele estava a apenas alguns passos.

Ele se deslocou para o lado, girou e acertou a barriga do homem com o joelho, deixando-o caído no chão. Esperou ter conseguido assim alguns preciosos segundos a mais, o suficiente para escapar dos outros que ainda estavam no saguão principal.

Ele saltou pelo corrimão de mármore e se equilibrou sobre a borda, ciente de que se arriscava a uma queda de uns bons 10 metros. Alto demais para saltar. Seguiu em frente, os braços estendidos para manter o equilíbrio, até chegar à parte mais baixa da passarela, onde a distância da calçada era de meros 3 metros.

Agentes e policiais apareceram lá em cima.

As armas foram sacadas.

O pânico tomou conta das pessoas no pavimento inferior, que começaram a se espalhar quando viram as armas. Malone usou aquela confusão para se disfarçar e saiu correndo sob a passarela, fora da linha de fogo. Os policiais lá em cima precisariam de alguns segundos até alcançarem a outra ponta da passarela, o que deveria lhe dar tempo suficiente para fugir. O restaurante Oyster Bar estava aberto à sua esquerda, e a praça de alimentação principal, à sua direita. Ele sabia que pelo menos uma dúzia de saídas conduzia da praça de alimentação até os trilhos, aos trens, às escadas rolantes e às rampas. Poderia tomar qualquer trem e comprar a passagem a bordo.

Depois de se precipitar pelo salão do restaurante, ele tomou uma das saídas mais afastadas. Um labirinto de cafeterias, mesas, cadeiras e pessoas entre elas.

Bastante proteção.

Dois homens apareceram. Estavam esperando ao lado de um pilar central. Eles sacaram suas armas e um velho clichê lhe veio à mente.

Você não pode correr mais do que as mensagens de rádio.

Ele ergueu os dois braços.

Berros o ordenaram a se deitar no chão.

Ele se ajoelhou.

NOVE

Cassiopeia Vitt saiu do chuveiro e pegou seu roupão felpudo. Antes de encobrir sua pele molhada com o tecido aconchegante, fez o que costumava fazer após um banho, pelo menos sempre que possível — se pesou. Tinha experimentado a balança digital na véspera, depois de apagar os vestígios de um voo transatlântico com um longo banho quente. Evidentemente, esses voos sempre lhe acrescentavam alguns quilos. Por quê? Algo a ver com a desidratação e a retenção de líquido. Ela não estava obcecada com seu peso. Era mais curiosidade. A meia-idade estava próxima e o que ela comia e fazia pareciam ter muito mais importância agora do que tinham há cinco anos.

Ela examinou a tela digital.

Cinquenta e seis quilos e setecentos gramas.

Nada mal.

Amarrou o roupão e enrolou os cabelos numa toalha. O CD player no outro quarto tocava uma miscelânea de clássicos. Ela gostava do hotel St. Regis, uma referência lendária bem no coração de Manhattan, a curta distância do Central Park. Era ali que seus pais se hospedavam quando visitavam Nova York, e onde ela também sempre ficava. Assim, quando Malone sugeriu um fim de semana no outro lado do Atlântico, ela imediatamente se propôs a cuidar da hospedagem.

Escolhera a Governor's Suite não somente pela vista, mas também por causa de seus dois quartos conjugados. Embora estivessem fazendo progresso, ela e Malone ainda exploravam aquele relacionamento recente. Até então o outro quarto não tinha sido utilizado, mas ele estava ali, só por precaução.

Eles haviam passado um bocado de tempo juntos desde o retorno da China, tanto em Copenhague como em seu castelo francês. Até agora, aquela imersão emocional, algo novo para ambos, estava indo bem. Ela se sentia segura com Malone — era confortador saber que eram iguais. Ele dizia o tempo todo que as mulheres não eram o seu ponto forte, mas estava se subestimando. Aquela viagem era um exemplo perfeito. Embora o objetivo principal fosse o encontro dele com Stephanie Nelle, ela apreciara o simples fato de ele querer sua companhia.

Mas ela também havia conciliado prazer com alguns compromissos.

Uma das tarefas que menos apreciava era cuidar dos problemas familiares. Cassiopeia era a única herdeira do império financeiro de seu pai, que totalizava bilhões de dólares e se espalhava por seis continentes. Uma administradora sediada em Barcelona gerenciava as operações cotidianas. Ela recebia relatórios semanais, mas, ocasionalmente, sua presença como única acionista era exigida. Assim sendo, na tarde anterior e novamente naquele dia, ela se encontrara com os gerentes americanos. Era boa nos negócios, mas suficientemente esperta para confiar em seus empregados. Seu pai sempre lhe dissera para dar aos funcionários do alto escalão uma participação nas receitas — uma porcentagem dos lucros, ainda que modesta — e ele estava sempre certo. Ela fora abençoada com uma equipe que tratava a empresa como se fosse dona dela e, de fato, eles multiplicaram o lucro líquido.

Malone saíra há algumas horas, determinado a caminhar até a rua 42. Nova York tinha essas coisas — com um trânsito tão intenso, era bem mais fácil andar 13 quarteirões. À noite, eles jantariam e depois iriam a um espetáculo. Escolha dela, dissera ele. Então ela comprou as entradas alguns dias antes e fez reservas em um de seus restaurantes prediletos. Havia também passado pela Bergdorf Goodman e comprado um vestido novo.

Por que não? De vez em quando tinha o direito de esbanjar.

A sorte lhe sorrira na loja. O Armani que escolhera serviu perfeitamente, nem sequer um ajuste seria necessário. Seda negra, costas nuas, exuberante.

Exatamente aquilo de que ambos precisavam.

Ela gostava da ideia de agradar outra pessoa. Durante a maior parte da sua vida, esses pensamentos foram estranhos para ela. Seria aquilo o que chamavam de amor? Talvez fizesse parte disso. Assim, pelo menos, ela esperava.

A campainha tocou.

Ela sorriu, lembrando da véspera, quando eles chegaram.

Aprendi uma coisa há muito tempo, dissera Malone. *Se você entrar em seu quarto de hotel e houver portas duplas, alguma coisa muito boa está do outro lado. Se houver uma campainha, isso também é sempre um bom sinal. Mas se houver portas duplas e campainha, caramba, tome cuidado.*

Ela pedira vinho e um *hors-d'oeuvre*, já que levaria algum tempo até o jantar. Malone não bebia álcool — nunca bebera, dissera —, então pediu um suco de cranberry para ele. Logo estaria de volta. Seu encontro com Stephanie estava marcado para as 18h15, e agora já eram quase 20h. Teriam que sair em breve.

A campainha soou outra vez.

Ela saiu do banheiro e caminhou pela espaçosa sala de estar até a porta dupla. Ao abrir o trinco, a porta foi empurrada bruscamente contra ela. Surpresa, Cassiopeia recuou.

Dois homens entraram apressados.

Ela reagiu e girou lançando uma perna no estômago de um deles e saltando com as mãos na direção do pescoço do outro. Sua perna acertou o alvo e o homem se curvou de dor, mas com o outro ela fracassou. Ela se virou novamente, a toalha caindo dos cabelos, e viu uma arma.

Apontada contra ela.

Três outros homens armados apareceram.

Ela ficou imóvel e se deu conta de que seu roupão estava entreaberto, oferecendo aos visitantes uma bela visão. Seus punhos estavam erguidos, os nervos, de prontidão.

— Quem são vocês?

— Serviço Secreto — disse um deles. — Você está presa.

O que Malone teria feito agora?

— Por quê?

— Assassinato do presidente dos Estados Unidos.

Raramente ela ficava surpresa. Já acontecera, contudo, poucas vezes. Mas assassinato do presidente dos Estados Unidos? Isso era novidade.

— É melhor você abaixar os braços e colocá-los para trás — disse o agente calmamente. — E talvez fosse bom fechar seu roupão também.

Ela fez o que ele sugerira e se recompôs.

— Posso me vestir antes de me levarem?

— Não sozinha.

Ela deu de ombros.

— Se não for um problema para vocês, para mim também não é.

DEZ

MALONE SE DEU CONTA DE QUE NÃO ESTAVAM SE DIRIGINDO PARA nenhum distrito policial. Ele fora algemado e rapidamente removido do Grand Central Terminal. Tinham confiscado sua carteira e a chave do hotel St. Regis, assim deduziu que Cassiopeia logo teria visitas. Lamentou pelo jantar e pelo espetáculo. Teria sido divertido. Ele chegara até mesmo a comprar roupas novas para a ocasião.

Não lhe deram tempo para falar. Em vez disso, o enfiaram dentro de um carro, no qual ficou sozinho por alguns minutos, antes de ser levado. Agora, estavam cruzando as águas do East River e entrando no Queens, rumo a Manhattan. À frente, carros de polícia abriam o caminho. Ele podia jurar que o estavam levando para o aeroporto JFK, onde seria transportado para um local controlado exclusivamente por eles.

Você não deve confiar em ninguém.

A advertência de Stephanie.

Talvez ela tivesse razão.

Ele duvidava de que alguém naquele carro pudesse revelar alguma coisa, mas havia algo que precisava dizer.

— Meus camaradas, vocês sabem meu nome, então conhecem meu histórico. Eu não tentei matar ninguém.

Nenhum dos agentes no banco dianteiro ou aquele sentado no banco de trás, ao seu lado, respondeu. Ele tentou então outra abordagem.

— Daniels está bem? — perguntou.

Mais uma vez, ficou sem resposta.

O cara ao seu lado era mais jovem e ansioso. Provavelmente, sua primeira vez numa situação assim.

— Preciso falar com alguém na Magellan Billet — pediu, mudando o tom de sua voz de cordial para irritado.

O agente à frente, no banco do passageiro, virou-se para ele.

— Você precisa é ficar sentado aí e calar a boca.

— Vocês são mesmo uns babacas.

O homem sacudiu a cabeça.

— Escute, Malone, não complique as coisas. Apenas fique calado. Ok?

Esta conspiração tem os braços longos.

Mais uma advertência passada por Stephanie.

Que agora estava com eles, pois encontraram o bilhete quando o revistaram.

Portanto, eles sabiam que ele sabia.

Fantástico.

Seguiram em silêncio por mais dez minutos. Depois, entraram no JFK, passando pelo portão que conduzia diretamente até onde os aviões manobravam. Um deles, porém, estava imóvel, afastado dos demais, cercado por policiais. Um 747, pintado de azul e branco, a bandeira americana na cauda, as palavras UNITED STATES OF AMERICA em cor dourada na fuselagem.

Air Force One.

Um casaco azul-marinho foi lançado do banco da frente na direção dele.

— Vista isso.

Ele notou as três letras douradas estampadas na frente e atrás.

FBI.

Eles estacionaram ao lado da escada que levava ao avião. As algemas em seus punhos foram removidas e ele saiu do carro, vestido com o casaco. Um homem apareceu descendo a escada. Alto, magro, cabelos grisalhos e uma expressão tranquila.

Edwin Davis.

— Eles estão nos observando — disse Davis. — Lá do terminal. Todas as redes de TV têm uma câmera sobre nós com lentes telescópicas. Cuidado com suas palavras. Eles trabalham com pessoas que fazem leitura labial.

— Eu soube que você foi promovido.

Na última vez que tinham se encontrado, em Veneza, Davis era um consultor-assistente de segurança nacional. Agora servia na Casa Branca como chefe de gabinete.

Davis fez um gesto na direção da escada e sussurrou:

— Tive sorte. Vamos subir.

— E como está Daniels?

— Você vai ver.

* * *

HALE ASSISTIA À TELEVISÃO. O *ADVENTURE* SE APROXIMAVA DO CAIS, agora movido pelo motor, navegando em direção ao oeste pelas águas escuras do rio Pamlico. Ele baixara o volume, cansado de ouvir os apresentadores dos jornais especulando, na esperança de reter a atenção dos espectadores, enquanto os mesmos vídeos granulosos dos dois dispositivos mecânicos brotando da fachada do Grand Hyatt eram retransmitidos repetidamente. Os noticiários veiculados em canais de 24 horas de notícias eram eficientes nos primeiros trinta minutos de uma crise, mas depois disso tornavam-se massacrantes.

Ele sacudiu a cabeça, pensando em seus companheiros capitães.

Aqueles loucos.

Ele sabia que tinham o direito de agir como bem quisessem — na Comunidade, a maioria comandava —, mas ele fora excluído da votação. E isso era contra os Artigos. Infelizmente, situações desesperadas geravam atitudes desesperadas. Ele podia entender a frustração, eles estavam ameaçados de prisão e do confisco de tudo que suas famílias haviam acumulado nos últimos séculos. A única esperança que lhes restava encontrava-se numa mera folha de papel que ele tinha agora em mãos, numa embalagem plastificada.

A segunda página da carta sarcástica de Andrew Jackson.

Considerando que você adora segredos e que sua vida percorre um caminho imerso em sombras, ofereço-lhe um desafio que deverá lhe convir.

A folha anexa a esta carta é um código, formulado pelo estimado Thomas Jefferson. Fui informado de que ele considerava se tratar de um criptograma perfeito. Se você conseguir descobrir a mensagem, saberá onde eu escondi aquilo que você deseja. Caso não tenha sucesso, vocês continuarão sendo os patéticos traidores que são hoje.

Ele olhou para a página.

Nove fileiras de letras e símbolos aleatórios.

XQXFEETH
APKLJHXREHNJF
TSYOL:
EJWIWM
PZKLRIELCPΔ
FESZR
OPPOBOUQDX
MLZKRGVKΦ
EPRISZXNOXEΘ

Algaravia.

Espero sinceramente que a conduta covarde acima descrita venha a ser sua ruína e que eu viva o bastante para saborear esse dia.

Durante 175 anos, a impossibilidade de decifrar o código de Jefferson fora uma fonte de preocupação. Por quatro vezes, essa preocupação chegou às raias de uma possível ruína, por quatro vezes a situação tinha sido controlada.

Agora surgia um quinto cenário.

Mas, ao contrário do que seus colegas pudessem pensar, ele não ficara ocioso. Estava trabalhando numa solução para o problema. Na verdade, seguiu por dois caminhos diferentes. Infelizmente, seus companheiros podiam agora ter colocado em risco ambos os esforços.

Apareceu algo novo na televisão.

A imagem do *Air Force One* na pista do aeroporto internacional JFK. Na base da tela, um texto anunciava que um suspeito havia sido capturado tentando fugir do Grand Hyatt, mas já havia sido liberado.

Tinham confundido sua identidade.

POR ENQUANTO, NENHUMA PALAVRA SOBRE O ESTADO DO PRESIDENTE, QUE, SEGUNDO AS INFORMAÇÕES, FOI LEVADO DIRETAMENTE PARA O *AIR FORCE ONE.*

Ele precisava falar com Clifford Knox.

* * *

MALONE ENTROU NO *AIR FORCE ONE*. ELE SABIA QUE AQUELA AEROnave tinha 1.200 metros quadrados de área especialmente projetados em três andares, incluindo uma suíte para o presidente, um escritório, acomodação para os funcionários e até um centro cirúrgico. Geralmente, quando o presidente viajava, uma comitiva o acompanhava, incluindo um médico, consultores seniores, o Serviço Secreto e a imprensa.

Mas o avião parecia completamente vazio.

Ele se perguntou se Daniels fora trazido até ali para ser tratado e se a aeronave havia sido evacuada.

Ele seguiu Davis, que o conduziu até uma porta fechada. Davis girou a maçaneta e a porta se abriu, revelando uma luxuosa sala de conferências, com as persianas abaixadas. Danny Daniels estava sentado na extremidade de uma mesa comprida. Ileso.

— Ouvi dizer que você tentou me matar — disse o presidente.

— Se esse fosse o caso, o senhor estaria morto.

O homem mais velho soltou uma risadinha.

— Nesse ponto, você provavelmente tem razão.

Davis fechou a porta.

— Você está bem? — perguntou o presidente.

— Não me fizeram nenhum buraco. Mas machucaram minha cabeça quando me atiraram dentro do carro. Felizmente, como muitas pessoas já notaram em todos estes anos, eu tenho a cabeça dura.

Ele notou o bilhete datilografado do quarto do hotel sobre a mesa.

Daniels se levantou de sua poltrona de couro.

— Obrigado pelo que você fez. Ao que parece, estou sempre em dívida com você. Mas assim que descobrimos quem eles têm sob custódia e eu li aquele bilhete que você estava carregando, supostamente da parte de Stephanie, soubemos que a merda realmente atingira o ventilador.

Ele não apreciou o tom. Aquela conversa tinha algum objetivo.

— Malone — disse Daniels —, nós temos um problema.

— Nós?

— Isso. Você *e* eu.

ONZE

Wyatt saiu do metrô e chegou à Union Square. Não tão alvoroçada quanto a Times Square e a Herald Square, ou pretensiosa como a Washington Square. Para ele, aquela praça tinha uma personalidade própria, atraindo os frequentadores mais ecléticos.

Viu quando Cotton Malone fora detido no Grand Central e depois levado do terminal. Mas sabia que ele não ficaria preso por muito tempo. Só até Danny Daniels descobri que um de seus agentes preferidos estava envolvido — e Malone certamente fazia parte desse clube exclusivo.

Ele atravessou a rua 14 e caminhou para o sul, descendo pela Broadway na direção da livraria Strand — quatro andares abarrotados de livros novos, usados, raros e fora de catálogo. Escolhera aquele local para o encontro em deferência a seu adversário, que ele sabia apreciar os livros. Pessoalmente, ele desprezava essas coisas. Nunca lera sequer um romance em sua vida. Para que desperdiçar seu tempo com mentiras? Ocasionalmente, ele consultava uma ou duas obras de não ficção, mas preferia a internet ou apenas perguntar a alguém. Ele nunca conseguira entender o motivo de tanto fascínio por palavras sobre um papel, nem o fato de as pessoas acumularem toneladas deles, guardando-os como se fossem metais preciosos; isso não fazia o menor sentido para ele.

Ele identificou seu contato.

Ela estava na calçada, folheando caixotes com livros a 1 dólar que se amontoavam diante da Strand, na Broadway. Tinha a reputação de ser perspicaz, distante e reservada. Nada fácil trabalhar com ela. Tudo isso contrastava totalmente com sua aparência física, sua figura curvilínea, cabelos pretos, olhos escuros e a pele trigueira que revelava seus antepassados cubanos.

Andrea Carbonell já dirigia a NIA há mais de uma década. Era uma agência remanescente da era Reagan, quando fora responsável por algumas das mais bem-sucedidas ações do país. A CIA, a NSA e praticamente todas as outras agências os odiavam. Mas os dias de glória da NIA tinham acabado, e agora ela parecia apenas mais um item de vários milhões de dólares no orçamento destinado a operações clandestinas.

Danny Daniels sempre preferira a Magellan Billet, comandada por outra de suas agentes favoritas, Stephanie Nelle. Seus 12 agentes foram responsáveis por muitas missões de sucesso do governo — descobrindo a traição do primeiro vice-presidente de Daniels, obstruindo a Federação da Ásia Central, eliminando o Clube de Paris, e mesmo garantindo a transição pacífica de poder na China. E tudo isso sem jamais contratar quaisquer serviços de Wyatt. A Magellan Billet trabalhava internamente, sem ajuda exterior.

Exceto por Cotton Malone, é claro.

Stephanie não parecia se importar em contratar seu amigo elegante quando necessário. Ela sabia que Malone havia se envolvido com praticamente todos os empreendimentos notáveis da unidade secreta. E, segundo suas fontes, trabalhara de graça.

O imbecil.

Wyatt recebera um chamado de Andrea Carbonell três semanas antes.

— *Você quer esta missão?* — *perguntara ela.*

— *O que você está pedindo talvez não seja possível* — retrucou ele.

— *Para você? Deixe de bobagem. Tudo é possível para a Esfinge.*

Ele odiava aquele apelido, que se referia à sua tendência a ficar calado. Há muito tempo, ele adquirira a capacidade de não dizer nada numa conversa e ainda assim parecer estar fazendo parte dela inteiramente. Aquela prática enervava a maioria dos ouvintes, levando todos a falar ainda mais do que jamais fariam normalmente.

— *Meu preço é aceitável?* — perguntou Wyatt.

— *Perfeitamente.*

Ele continuou andando, passando pelos caixotes, sabendo que Carbonell o seguiria. Virando a esquina, seguiu meio quarteirão pela rua 12, disfarçando-se na entrada de uma loja fechada.

— Daniels está bem — disse Carbonell ao se aproximar dele.

Ele ficou contente em saber. Missão cumprida.

— Eu me perguntei quando finalmente você iria interferir.

— Onde está Daniels?

Ele percebeu que ela não apreciou sua pergunta, mas e daí, ele não apreciara o tom de sua voz.

— No JFK. A bordo do *Air Force One*. Antes de chegar aqui, ouvi dizer que ele está prestes a fazer um pronunciamento. Quer mostrar ao mundo que está bem.

Só então ele resolveu responder à sua pergunta.

— Eu fiz meu trabalho.

— E isso significava envolver Cotton Malone? O Serviço Secreto o deteve no Grand Central. Foram avisados por um alerta de rádio. Você não saberia dizer quem forneceu essa informação, por acaso?

— Por que você faz perguntas cujas respostas já conhece?

— E se Malone tivesse fracassado?

— Ele não fracassou.

Ela o tinha contratado para impedir uma tentativa de assassinato, dizendo-lhe que não podia atribuir a tarefa a nenhum agente interno. Disse-lhe também que a agência estava com o orçamento restrito, o rumor oficial era de que ela própria seria eliminada no próximo ano fiscal. Wiatt não se solidarizou com ela. Ele próprio fora eliminado cinco anos fiscais antes.

— Eu fiz o que você pediu — disse Wyatt.

— Não exatamente. Mas chegou bem perto.

— Está na hora de eu ir para casa.

— Não quer ficar mais um pouco e ver o que acontece? Você se dá conta, Jonathan, de que, se a NIA for tirada do orçamento, você também vai deixar de ganhar dinheiro? Acho que sou a única pessoa a contratar seus serviços regularmente.

De qualquer modo, ele sobreviveria. Sempre o fizera.

Ela olhou para o relógio de pulso dele, um Rolex Submariner.

— Gostou dele? — perguntou Wyatt.

Por que não gostaria? Dourado com inscrições em ouro, com a precisão de até um décimo de segundo e uma bateria que podia durar praticamente para sempre. Um presente que dera a si mesmo há alguns anos, depois de uma missão bem lucrativa.

Ele encarou os olhos escuros dela.

— Você sabe como os suíços se tornaram os supremos fabricantes de relógio que são? — perguntou Andrea.

Ele ficou calado.

— Em 1541 — disse ela —, Genebra, por questões religiosas, baniu todas as joalherias, então os joalheiros foram obrigados a aprender outro ofício: a relojoaria. Com o tempo, eles foram se aperfeiçoando. Durante a Primeira Guerra Mundial, quando a concorrência estrangeira teve suas fábricas destruídas ou tomadas, os suíços prosperaram. Hoje, eles produzem a metade dos relógios vendidos em todo o mundo. O selo de Genebra é o padrão ouro pelo qual os outros são avaliados.

— E daí?

— Jonathan, eu e você não somos mais o padrão ouro de coisa alguma.

O olhar dela fixou-se no dele antes de prosseguir.

— Mas, assim como aqueles joalheiros suíços, eu tenho uma saída estratégica.

— Desejo-lhe sorte. Para mim, acabou.

— Não quer mais enfrentar Malone?

Ele deu de ombros.

— Considerando que ninguém atirou nele, vai ser necessário esperar outro dia.

— Você só sabe arrumar encrencas — disse ela. — É isso que as outras agências dizem de você.

— Ainda assim, elas parecem recorrer a mim sempre que estão no sufoco.

— Talvez você tenha razão. Volte para a Flórida, Jonathan. Divirta-se. Jogue golfe. Ande pela praia. Deixe esse trabalho para os adultos.

Ele ignorou os insultos. Tinha seu dinheiro e fizera seu trabalho. Vencer um embate verbal não significava nada para ele. O que lhe *interessava* era que estavam sendo observados. Ele percebera o homem no metrô e confirmou sua presença quando o mesmo rosto reapareceu na saída, na Union Square. Naquele instante, ele se encontrava posicionado do outro lado da Broadway, a 100 metros dali.

E não estava sendo muito discreto.

— Boa sorte, Andrea. Talvez você tenha mais do que eu tive.

Ele a deixou ali na porta e não olhou para trás.

Vinte metros adiante, um carro dobrou a esquina e veio bem na sua direção.

Quando parou, dois homens saíram do seu interior.

— Você é capaz de se comportar direitinho e vir conosco sem causar problemas? — perguntou um deles.

Wyatt estava desarmado. Portar uma arma pela cidade tinha se mostrado algo complicado, principalmente na atmosfera tensa que ele sabia que reinaria após a tentativa de assassinato.

— Algumas pessoas querem conversar com você — acrescentou o homem.

Ele se virou.

Carbonell tinha sumido.

— Nós não estamos com ela — disse o outro homem. — Na verdade, a conversa é sobre ela.

DOZE

MALONE ESPEROU COM EDWIN DAVIS DENTRO DO *AIR FORCE ONE*, observando o espetáculo lá embaixo. A imprensa tinha sido autorizada a se aproximar, e agora havia dezenas de jornalistas atrás de uma barreira organizada às pressas, as câmeras apontadas na direção de um punhado de microfones que surgiram diante de Danny Daniels. O presidente estava ali, ereto, sua voz de barítono se dirigindo ao mundo.

— O que ele quis dizer com "nós" temos um problema? — perguntou Malone a Davis.

— Na verdade, os últimos meses têm sido um pouco maçantes. O último ano do segundo mandato de um presidente é como os últimos meses de vida de um papa. Todo mundo fica esperando o velho ir embora, assim o outro pode assumir. — Davis apontou para os jornalistas. — Agora eles têm algo a noticiar.

Eles se aproximaram de uma das janelas do avião, sem serem vistos pelo lado de fora. Uma televisão ao lado mostrava o que estava sendo transmitido pela CNN, o volume alto o suficiente para Malone ouvir Daniels tranquilizando a todos quanto ao seu estado de saúde.

— Você ainda não respondeu à minha pergunta.

Davis apontou para fora da janela.

— Ele me pediu para que eu não desse nenhuma explicação até que tenha acabado o pronunciamento.

— Você sempre faz o que ele diz?

— Dificilmente, como você sabe muito bem.

Malone virou-se para o monitor e ouviu Daniels proclamar:

— Faço questão de enfatizar que considero que o Serviço Secreto e a polícia de Nova York fizeram um trabalho magnífico, e quero lhes agradecer por tudo que realizaram durante este infeliz incidente. Esta devia ser uma viagem pessoal para homenagear um velho amigo. Em nenhuma circunstância, este incidente me impedirá de viajar por todo o país e pelo mundo. É lamentável que indivíduos ainda pensem que matanças e assassinatos sejam um meio de promover mudanças.

— Senhor presidente — gritou um dos repórteres —, pode nos dar uma ideia de suas impressões, o que viu e sentiu no momento?

— Acho que não consigo descrever o que vi, além da explosão da janela e do surgimento de um dispositivo metálico. Em seguida, vi somente as ações rápidas e eficazes coordenadas pelo Serviço Secreto.

— E como se sentiu, senhor presidente?

— Senti-me grato ao Serviço Secreto pelo magnífico trabalho realizado.

— O senhor usou a palavra *indivíduos* agora há pouco ao se referir à tentativa de assassinato. Quem o senhor tem em mente com esse plural?

— Alguém aqui acredita que uma só pessoa tenha fabricado todo aquele equipamento?

— O senhor tem alguns indivíduos específicos em mente?

— Este assunto será o foco de uma rígida investigação, que já está sendo feita.

Davis apontou para a tela plana.

— Ele precisa ser cuidadoso. Apenas o suficiente para enviar a mensagem.

— Que diabo está acontecendo? — perguntou Malone.

Davis não respondeu. Meticuloso, com a espada afiada da imprensa sobre sua cabeça, ele simplesmente encarou a tela da televisão enquanto Daniels se afastava dos microfones e seu assessor de imprensa respondia outras perguntas. O presidente subiu pela escada, seguido pelas lentes das câmeras. Em alguns segundos ele entraria pela porta a poucos metros dali.

— É Stephanie — disse Davis. — É a ela que nós precisamos ajudar.

* * *

CASSIOPEIA ESTAVA SENTADA NO BANCO TRASEIRO DE UM VEÍCULO, um agente ao seu lado e mais dois à frente. Eles tinham permitido que ela se vestisse e, depois, reunisse todos os pertences, os seus e os de Malone, para levarem tudo com eles.

Aparentemente, eles a estavam conduzindo a algum lugar.

Saíram do hotel St. Regis calmamente e seguiram sem escolta para fora de Manhattan, cruzando a ponte sobre o East River até chegar ao Queens. Ninguém abrira a boca, e ela não fizera pergunta alguma.

Desnecessário.

O rádio do carro contava a história.

Alguém tentara assassinar o presidente Danny Daniels, e ele acabara de aparecer diante da imprensa a fim de assegurar a todos que saíra ileso. Malone estava de algum modo envolvido, e ela se perguntou se era por isso que Stephanie Nelle quisera encontrar-se com ele.

Stephanie e Malone eram muito próximos — amigos há mais de 15 anos. Ele trabalhara para ela por pelo menos 12 deles, na Magellan Billet, uma unidade secreta de espionagem que fazia parte do Departamento de Justiça dos EUA. Malone fora oficial da Marinha, tendo recebido treinamento como piloto e como advogado, e havia sido pessoalmente recrutado por Stephanie. Durante esse período, ele cuidara das missões mais delicadas, até se aposentar antecipadamente há três anos. Foi nessa época que ele se mudou para Copenhague a abriu sua livraria de obras antigas.

Ela esperava que Malone estivesse bem.

Ambos tinham achado estranha a mensagem de Stephanie, mas ignoraram esses sinais de advertência. Um fim de semana em Nova York tinha-lhes parecido apenas uma boa diversão. Infelizmente, ela não estava usando seu Armani preto dentro de um teatro. Em vez disso, estava detida e sendo levada para algum lugar ignorado.

Seus longos cabelos negros, ainda molhados, começavam a se encrespar ao secar. Estava sem maquiagem, mas de qualquer maneira raramente se maquiava. Havia escolhido um elegante conjunto de calça de couro marrom-claro, uma blusa bege de caxemira e uma jaqueta de pelo de camelo. A vaidade nunca fora um ponto fraco para ela, mas isso não significava que negligenciava sua aparência.

— Lamento pelo chute — disse ela ao agente sentado ao seu lado. Ele fora o primeiro a se precipitar para dentro do apartamento.

Ele aceitou o pedido de desculpas com um gesto de cabeça e não disse mais nada. Cassiopeia se deu conta de que raramente os prisioneiros eram autorizados a levar suas bagagens para a cadeia. Aparentemente, após terem descoberto sua identidade, eles receberam novas instruções.

Mais adiante, ela identificou as amplas instalações do aeroporto internacional John F. Kennedy. Eles entraram por um portão aberto e ela notou a presença do *Air Force One* parado na pista. Uma multidão estava sendo levada para longe do avião.

— Vamos esperar até que a imprensa vá embora — disse o agente no banco dianteiro.

— E depois? — perguntou ela.

— Depois, você subirá a bordo.

TREZE

RIO PAMLICO, CAROLINA DO NORTE

HALE CONTINUOU ASSISTINDO À COBERTURA TELEVISIVA. O *ADVENTU-re* estava a menos de trinta minutos de casa. Tinham reduzido a velocidade, considerando o fato de o rio Pamlico, apesar de sua vastidão, ter no máximo 7 metros de profundidade. Ele se lembrou do que seu avô lhe dissera sobre os sinalizadores de canais de navegação — outrora, simples galhos de cedro, sempre deslocados pelos pilotos locais a fim de encorajar os capitães dos barcos visitantes a contratá-los. Graças a Deus, aqueles dias de desvios por causa de bancos de areia que não existiam até o dia anterior estavam no passado. Os motores faziam uma grande diferença. Depois de tirar o som da TV, ele ficou escutando o barulho das águas do rio contra o casco liso da embarcação.

Esperando.

Ele fizera uma chamada vinte minutos antes e deixara uma mensagem gravada.

Danny Daniels tinha se mostrado impressionante diante da imprensa. Hale entendera a mensagem dissimulada nas palavras do presidente. As investigações já haviam começado. Ele se perguntou se a atuação do intendente fora bem-sucedida. Felizmente, Knox era um homem meticuloso, e isso ele tinha de admitir. O pai de Knox procedera da mesma forma quando servira ao pai de Hale. Mas a situação agora era incomum, para dizer o mínimo.

O telefone tocou.

Quando ele atendeu, ouviu a voz de Knox.

— Eu disse a eles para não fazerem isso, mas eles insistiram.

— Você deveria ter me falado antes.

— Não difere em nada do que eu fiz para você. E eles não têm a menor ideia disso. Eu nunca traí sua confiança, portanto, você não pode esperar que eu traia a deles.

Verdade. Poucos dias antes, Knox tinha de fato realizado uma missão clandestina para Hale. De grande importância.

E ele nunca traíra a confiança deles.

Das quatro famílias, os Hale eram de longe os mais prósperos, dispondo de uma rede equivalente à soma das outras três. Essa superioridade sempre havia gerado ressentimentos, evidenciados de vez em quando por rompantes de independência, o meio de que dispunham para se impor. Assim, os eventos daquele dia não deveriam surpreendê-lo.

— O que aconteceu? — perguntou ele.

O intendente relatou tudo, inclusive a interferência da NIA e a eliminação de seu agente.

— Por que eles interferiram? — perguntou Hale. — Eles foram os únicos que ficaram do nosso lado.

— Aparentemente, nós exageramos. Além disso, o agente deles não deu qualquer explicação. Ele parecia ter a intenção de nos enviar um recado. Eu achei que era importante eles saberem que nós o recebemos, e não apreciamos o que fizeram.

Não havia como argumentar sobre aquela conclusão.

A ideia de missão sempre unira uma companhia de piratas: o grupo é mais importante do que o indivíduo. Seu pai havia lhe ensinado que as missões exigiam metas e recompensas, todos os participantes unidos pelo mesmo propósito. Assim agiram seus antepassados, e, até hoje, todo bom capitão de uma embarcação sabe que uma missão claramente definida transforma os caçados em caçadores.

Por isso, resolveu não punir Knox e disse simplesmente:

— A partir de agora, quero que me mantenha informado.

O intendente não objetou.

— Vou recuperar o notebook de Parrott.

Seu coração acelerou. A perspectiva de elucidar o criptograma de Jefferson o deixava animado. Seria possível? Ainda...

— No seu lugar, eu tomaria cuidado.

— Estou pensando em fazer isso.

— Avise-me assim que conseguir. E, Clifford, mais nenhuma ação como essa de hoje.

— Suponho que você vai tratar disso com os outros três.

— Assim que eu voltar à terra firme.

Ele desligou.

Pelo menos uma coisa parecia ter dado certo hoje.

Ele observou as duas folhas de papel plastificadas.

Em 1835, quando seu trisavô tentara assassinar Andrew Jackson, acabou pagando um preço alto. E, exatamente como agora, existiam divisões dentro da Comunidade. Só que, à época, um Hale dera ordem ao intendente de matar o presidente dos Estados Unidos.

Richard Lawrence, um pintor de paredes desempregado, fora recrutado secretamente. Antes da tentativa de assassinato, Lawrence tentara atirar em sua irmã, ameaçara abertamente outras duas pessoas e, por fim, acabou por acreditar que Andrew Jackson tinha assassinado seu pai. Ele achava também que era o rei da Inglaterra e declarava com veemência que Andrew Jackson estava interferindo em seu legado real. Ele considerava o presidente responsável pelo seu desemprego e pela escassez generalizada de dinheiro no país.

Não foi nada difícil encorajar um homem assim a agir.

O problema fora o próprio Jackson, que se isolara na Casa Branca durante o inverno rigoroso de 1834. Um funeral no Capitólio finalmente fizera o presidente se expor. Assim, Lawrence fora despachado para

Washington com duas pistolas. Ele se misturara à multidão num dia frio e chuvoso para afrontar seu adversário.

Mas o acaso interveio e salvou a Velha Nogueira.

Graças à pólvora úmida, ambas as armas falharam.

Imediatamente, Jackson acusara o senador George Poindexter, do Mississippi, alegando uma conspiração. O Senado abriu um inquérito oficial, mas Poindexter foi inocentado. Porém, em segredo, Jackson tramava uma verdadeira vingança.

O avô de Hale lhe contara a história.

Havia sido fácil trabalhar com os seis presidentes anteriores a Jackson. Washington sabia o que a Comunidade havia feito pelo país durante a Revolução. Assim como Adams. Até mesmo Jefferson os tolerara, e a ajuda que deram na guerra entre os Estados Unidos e os piratas da Berbéria eliminou qualquer mancha que pudesse perdurar. Madison, Monroe e o segundo Adams nunca causaram problema.

Mas aquele velho maluco do Tennessee estava disposto a mudar tudo.

Jackson teve que lutar com o Congresso, a Corte Suprema, a imprensa — contra todos. Ele era o primeiro presidente indicado por um partido político, não pelas lideranças políticas, o primeiro a fazer campanha diretamente com o povo e que só vencera graças a ele. Odiava a elite política e, assim que assumiu, certificou-se de que a influência dessa classe declinasse. Jackson já havia até lidado com piratas antes, quando fora general na Guerra de 1812 e fizera um acordo com Jean Lafitte para salvar Nova Orleans dos britânicos. Na verdade, ele gostava de Lafitte, mas anos depois, como presidente, quando surgiu um conflito com a Comunidade, algo que deveria ter sido fácil de resolver, Jackson recusou-se a capitular. Os outros capitães à época queriam manter a paz e assim votaram por relevar.

Somente os Hale disseram não.

E então enviaram Richard Lawrence.

Mas, como agora, a tentativa de assassinato falhou. Felizmente, Lawrence foi considerado insano e tirado de circulação. Ele morreu em 1861, sem jamais pronunciar nada de compreensível.

Poderia alguma boa sorte surgir do fiasco de agora?

Pela janela do salão, Hale viu o *ferryboat* de Bayview atravessando outra vez o rio Pamlico para o sul, na direção de Aurora.

Não estava longe de casa.

Sua mente continuava agitada.

O caminho que seu trisavô escolhera continuava acidentado. Andrew Jackson deixara uma cicatriz na Comunidade que, em quatro outras ocasiões, infeccionara, se tornando uma ferida aberta.

Espero sinceramente que a conduta covarde acima descrita venha a ser sua ruína.

Talvez não, seu miserável filho da puta.

Seu secretário entrou no salão. Hale o encarregara de localizar os outros três capitães.

— Eles estão no complexo da casa de Cogburn.

— Diga-lhes que quero vê-los na residência principal dentro de uma hora.

O secretário saiu.

Olhando novamente para as águas agitadas do rio, ele viu a barbatana de um tubarão acompanhando a esteira do barco. Uma visão interessante a 80 quilômetros do mar aberto. Recentemente, ele notara cada vez mais a presença de predadores circulando por aquelas bandas. Pouquíssimos dias atrás, um tubarão arrancara a isca de sua linha de pesca e quase o arrastou para dentro do rio.

Ele sorriu.

Eram valentes, agressivos e impiedosos.

Como ele.

QUATORZE

AIR FORCE ONE

MALONE ESTAVA FICANDO IMPACIENTE. AQUELE COMENTÁRIO SOBRE Stephanie Nelle se encontrar em apuros o preocupava. E ele registrara o que o presidente dissera no início.

Eu li aquele bilhete supostamente *da parte de Stephanie.*

Stephanie não era apenas sua ex-chefe, era uma boa amiga. Tinham trabalhado juntos durante 12 anos. Quando ele se aposentou prematuramente, ela tentou dissuadi-lo. Por fim, entendera seus motivos e lhe desejara sorte. Mas nos últimos três anos eles haviam se ajudado mais de uma vez. Ele podia contar com ela, e ela com ele.

Essa era a única razão pela qual ele atendera ao pedido feito em seu e-mail.

O presidente voltou ao avião e se dirigiu até onde ele estava, junto com Davis. Eles seguiram Daniels até a sala de conferências. Continuavam sozinhos. As telas de LCD mostravam imagens geradas pela Fox, pela CNN e por um canal local do exterior do Boeing 747, enquanto a imprensa era afastada. Daniels retirou seu terno e afrouxou a gravata, desabotoando o colarinho.

— Sente-se, Malone.

— Preferiria que me dissesse logo o que está acontecendo.

Daniels soltou um suspiro.

— Isso pode ser uma tarefa difícil.

Davis sentou-se numa das cadeiras.

Malone resolveu se sentar e ouvir o que eles tinham a dizer.

— O planeta deve estar tranquilo agora sabendo que o líder do mundo livre ainda vive — disse Daniels, com nítido sarcasmo.

— Precisava ser feito — esclareceu Davis.

Daniels se acomodou numa cadeira. Ele estava nos seus 16 últimos meses de mandato, e Malone se perguntou o que aquele homem faria quando não estivesse mais ocupando o lugar mais importante da mesa. Ser um ex-presidente não parecia tarefa fácil. Num dia, o peso do mundo repousava sobre seus ombros. Depois, às 12h de 20 de janeiro, ninguém mais dava a mínima importância para a sua existência.

Daniels esfregou os olhos e o rosto.

— Outro dia, eu estava pensando em uma história que alguém me contou certa vez. Dois touros estavam sentados no alto do morro, olhando um bando de belas vacas lá embaixo. O touro mais jovem disse: "Vou descer correndo e traçar uma daquelas belezas." O mais velho não se entusiasmou. Apenas ficou quieto. O mais jovem o provocou, indagando sobre sua capacidade, e disse outra vez: "Vamos descer correndo e traçar uma delas." Finalmente, o velho touro inclinou a cabeça e falou para seu jovem amigo: "E se descermos devagar e traçarmos todas elas?"

Malone sorriu. Ele sentiu empatia por aquele jovem touro.

Nas telas de televisão, via-se uma imagem distante e imprecisa do avião e de dois carros se aproximando da escada. Três agentes saíram dos carros usando jaquetas do FBI, como a que ele ainda estava vestindo, e bonés na cabeça.

Um deles subiu os degraus.

Malone pressentia que estavam esperando alguma coisa, mas, ao voltar a pensar na história e em sua metáfora, queria saber: "Qual dos dois você está planejando seguir?"

O presidente apontou um dedo para ele e Davis.

— Vocês estão voltando a se familiarizar?

— Já somos uma família — respondeu Malone. — Sinto que o amor está no ar. E você, Davis?

Este balançou a cabeça.

— Pode acreditar em nós, Malone. Preferíamos que isso não estivesse acontecendo.

A porta da sala de conferências se abriu e Cassiopeia entrou. Ela tirou sua jaqueta e seu boné azul-marinho, expondo os cabelos pretos e molhados.

Estava linda, como sempre.

— Não é exatamente um jantar com um espetáculo em seguida — disse ele. — Mas estamos a bordo do *Air Force One*.

Ela sorriu.

— Sequer um instante de monotonia.

— Agora que o bando está todo reunido — disse Daniels —, podemos nos concentrar nos negócios.

— E de que negócio se trata? — perguntou Cassiopeia.

— É muito bom voltar a ver você também — disse o presidente, se dirigindo a ela.

Malone sabia que Cassiopeia tinha trabalhado com Daniels antes, em algo que ela e Stephanie haviam participado. As duas mulheres eram boas amigas. Aquela relação se estendia desde a época do falecido marido de Stephanie, Lars. Portanto, Cassiopeia também ficaria preocupada com a notícia de que Stephanie estava em apuros.

Cassiopeia deu de ombros.

— Não sei se isso é muito bom. Estou sendo acusada de tentar matá-lo. Considerando que você, obviamente, não está morto, o que estamos fazendo aqui?

A expressão de Daniels tornou-se severa.

— Isso não é muito bom. Nem um pouco.

QUINZE

BATH, CAROLINA DO NORTE

HALE SALTOU DO *ADVENTURE* E SEGUIU PELO EMBARCADOURO. A TRI-pulação estava ocupada amarrando a chalupa na extremidade do cais de 70 metros. O sol de fim de verão se desvanecia a oeste, o ar adquirira um frescor familiar. Toda aquela terra ao longo do rio, cerca de 32 quilômetros quadrados, pertencia à Comunidade — a área era distribuída entre as quatro famílias, incluindo a margem do rio. Bath ficava a poucos quilômetros ao leste, atualmente uma aldeia pacata de 267 habitantes — em grande parte, residências secundárias e cabanas à beira do rio — sem o menor vestígio da glória de outrora. A parte da propriedade que pertencia aos Hale sempre foi meticulosamente cuidada. Quatro casas se espalhavam pelos bosques vizinhos, uma para cada filho de Hale e outra para ele próprio. Era onde vivia a maior parte do tempo, ocupando apenas quando necessário os apartamentos de Nova York, Londres, Paris e Hong Kong. Os outros clãs faziam o mesmo. E isso desde 1793, quando foi criada a Comunidade.

Um carrinho movido a eletricidade o aguardava, e ele o conduziu por um bosque de carvalhos, pinheiros e ciprestes até sua casa, uma mansão construída em 1883, estilo rainha Ana, com suas formas irregulares e seu telhado extravagante. Sacadas e varandas envolviam todos os três andares, arejando cada um de seus 22 cômodos. Aconchego e personalidade brotavam das paredes verdes, das telhas finas de ardósia vermelho-claro e cinza, das janelas de vidros resplandecentes e das portas de mogno. Sua marcenaria elaborada fora produzida na Filadélfia, enviada para o sul e retirada do rio em carros de boi.

Seus ancestrais, com certeza, sabiam como viver. Haviam construído um império, e depois o transmitiram a seus filhos. Isso aumentava o constrangimento do dilema atual.

Ele não queria ser o último de uma longa linhagem.

Parou o veículo e supervisionou as terras.

O bosque mais adiante estava sossegado como uma igreja, pontilhado de sombras, as clareiras abertas, iluminadas pelo sol poente. A tripulação conservava a propriedade em ótimo estado. O que antes havia sido uma leiteria com os telhados de extremidades curvas se transformara numa oficina. A antiga casa de defumação abrigava agora um centro de comunicação e segurança. Os banheiros exteriores não existiam mais, porém os estábulos de madeira ainda estavam ali, armazenando os equipamentos agrícolas. Ele sentia um orgulho particular de suas parreiras, de onde saíam as uvas mais doces de todo o estado. Não sabia se seus filhos já haviam voltado à propriedade. Eram adultos e casados, porém ainda sem filhos. Eles trabalhavam nas empresas lícitas da família, cientes de sua herança, mas ignorantes quanto às suas responsabilidades. Isso sempre fora mantido entre o pai e o único descendente escolhido. Sua irmã e seu irmão nunca souberam nada sobre a Comunidade. Estava chegando o momento em que teria que escolher seu sucessor e dar início ao processo de treinamento, assim como seu pai fizera com ele.

Ele se pôs a imaginar o que estaria acontecendo a pouco mais de 1 quilômetro dali com os outros três capitães, chefes de suas respectivas famílias, que se preparavam para atender à sua convocação. Ele disse a si mesmo para controlar os nervos. Em 1835, os Hale agiram de forma unilateral em detrimento dos outros. Agora ocorria o contrário.

Ele pisou no acelerador e seguiu em frente.

A estrada de cascalhos se estendia paralela a um de seus campos mais produtivos de soja; o bosque denso do lado oposto estava cheio de cervos. O canto alto de um melro, entoando as estrofes finais de uma melodia, podia ser ouvido ao longe. Sua vida sempre fora vivida fora de casa. Os Hale vieram da Inglaterra para a América em 1700, uma travessia do Atlântico tão longa que os coelhos que traziam tiveram tempo de produzir três ninhadas.

Sempre o agradava a maneira como o primeiro Hale fora descrito. *Um homem vigoroso e inteligente, cheio de perspicácia, encanto e habilidades.*

John Hale chegara à cidade de Charles, na Carolina do Sul, no dia de Natal. Três dias depois, ele se lançou para o norte por trilhas conhecidas unicamente pelos nativos. Duas semanas depois, encontrou o rio Pamlico e uma baía azul cercada de árvores, onde ergueu uma casa. Em seguida, construiu um porto, protegido contra ataques marítimos, mas navegável em sua parte leste até o mar. Ele chamou o lugar de Bath Town, e cinco anos mais tarde sua corporação estava legalmente fundada.

Sempre ambicioso, John Hale construiu barcos e fez sua fortuna com o comércio de escravos. À medida que sua riqueza e reputação cresciam, Bath também se desenvolvia, se tornando um centro de atividade náutica e um berço para a pirataria. Assim, foi natural que Hale se tornasse um pirata, saqueando embarcações britânicas, francesas e espanholas. Em 1717, quando o rei George anunciou seu ato de clemência, garantindo a absolvição para os homens que jurassem não recomeçar com as ações corsárias, Hale fez seu juramento e, abertamente, se tornou um respeitável agricultor e membro do conselho de Bath. Secretamente, seus navios continuaram a semear a destruição, mas ele atacava apenas os espanhóis, algo com que os britânicos não se importavam muito. As colônias se tornaram mercados ideais para a compra e venda de mercadorias ilegais. Pela lei britânica, as exportações americanas só podiam ser expedidas em embarcações inglesas com tripulação inglesa

— um pesadelo em relação ao custo e ao abastecimento. Os negociantes e governadores coloniais saudavam os piratas de braços abertos, desde que eles pudessem fornecer o que era necessário pelo preço justo. Muitos portos se tornaram um antro de piratas, sendo Bath o mais notável e produtivo. Finalmente, a Guerra da Revolução alterou as alianças e levou à formação da Comunidade.

Desde então, as quatro famílias se mantiveram unidas.

Para garantir nossa unidade e defender nossa causa, todo homem tem um voto nos negócios do momento, além de igual direito às provisões frescas e bebidas alcoólicas apreendidas sob qualquer circunstância, as quais poderá usar como desejar. Nenhum homem é melhor que outro, e cada um deverá se erguer para defender o outro.

Palavras dos Artigos, que ele levava a sério.

Ele parou o veículo diante de outra construção da propriedade, esta com telhados proeminentes, cumeeiras, águas-furtadas e uma torre numa das extremidades. Uma escada ligava os dois andares. A natureza aprazível no exterior ocultava o fato de o lugar funcionar como uma prisão.

Ele digitou um código para abrir a pesada porta de carvalho e a tranca cedeu. Outrora, as paredes eram construídas apenas com tijolos e madeira. Agora, a tecnologia mais recente as tornara à prova de som. No interior, havia oito celas. Não era uma prisão horrível, mas, ainda assim, uma prisão. E muito conveniente.

Como ocorrera alguns dias antes, quando Knox deslocou o alvo.

Ele subiu ao segundo andar e se aproximou das barras de ferro. A pessoa no outro lado da grade levantou-se de seu banco de madeira e o encarou.

— Confortável? — perguntou ele. A cela media uns 3 metros quadrados e era, na verdade, bem espaçosa, considerando o que seus ancestrais tinham sido obrigados a suportar. — Você precisa de alguma coisa?

— Da chave da porta.

Ele sorriu.

— Mesmo se a tivesse, não haveria para onde ir.

— Eles estavam certos sobre você: patriota coisa nenhuma, apenas um pirata ladrão.

— É a segunda vez que me chamam assim hoje.

A prisioneira se aproximou das barras. Hale estava bem perto, do outro lado, a uns 30 centímetros de distância. Ele observou as roupas encardidas, o rosto exausto. Haviam lhe dito que a prisioneira quase não se alimentara nos últimos três dias.

— Ninguém dá a mínima para o fato de você ter me capturado.

— Não tenho tanta certeza assim. Até agora, eles não se deram conta do perigo em que você se encontra.

— Sou dispensável.

— Certa vez, César foi capturado por piratas sicilianos — disse ele. — Eles pediram um resgate de 25 barras de ouro. Ele achava que valia mais e pediu que elevassem o resgate para cinquenta barras, que foram pagas. Depois de ter sido libertado, perseguiu seus sequestradores e assassinou até o último homem. — Fez uma pausa. — Quanto você acha que vale?

O cuspe voou entre as barras e atingiu seu rosto.

Ele fechou os olhos e lentamente pegou um lenço no bolso, limpando a face.

— Você sabe onde enfiar suas histórias — disse a prisioneira.

Colocando a mão no outro bolso, ele retirou um isqueiro folheado a prata alemã com seu nome gravado, um presente dado por seus filhos no antepenúltimo Natal. Ateou fogo no lenço e o atirou entre as barras, bem em cima da prisioneira.

Stephanie Nelle recuou e deixou o pano em chamas cair no chão, onde o apagou com os pés, sem tirar os olhos de seu raptor um instante sequer.

Ele a sequestrara para fazer um favor a outra pessoa, mas, nos últimos dias, andava pensando no que podia fazer para utilizá-la em benefício próprio. Ela poderia até se tornar dispensável se as notícias que Knox trouxesse de Nova York — que o código havia sido decifrado — se revelassem verdadeiras.

Considerando o que acabara de acontecer, ele torceu para ser esse o caso.

— Posso garantir a você — disse ele —, vai se arrepender pelo que acabou de fazer.

PARTE DOIS

DEZESSEIS

MALONE SEGUROU-SE FIRME EM SEU ASSENTO QUANDO O *AIR FORCE One* decolou da pista e fez uma curva para o sul, de volta a Washington. Todos continuavam ocupados na sala de conferências.

— Teve um dia duro no escritório, querido? — perguntou Cassiopeia.

Ele percebeu a expressão brincalhona nos olhos dela. Qualquer outra mulher ficaria altamente irritada naquele momento, mas Cassiopeia lidava com o inesperado melhor do que qualquer outra pessoa que ele já conhecera. Tranquila, ponderada, concentrada. Ele ainda se recordava da primeira vez que se encontraram — na França, em Rennes-le-Château, numa noite escura, quando ela atirara contra ele e fugira numa motocicleta.

— Apenas o habitual — respondeu ele. — O lugar errado na hora certa.

Ela sorriu.

— Você perdeu a chance de me ver num vestido fantástico.

Cassiopeia lhe contara, antes de sair, que passaria pela Bergdorf Goodman. E ele ficara ansioso para ver o que ela comprara.

— Lamento pelo nosso compromisso — disse ele novamente.

Ela deu de ombros.

— Olhe onde viemos parar.

— É um prazer conhecê-la, finalmente — disse Edwin Davis a Cassiopeia. — Por pouco não nos vimos na Europa.

— Esta visita a Nova York foi uma travessura — falou Danny Daniels. — Até onde uma travessura é permitida a um presidente.

Malone escutava enquanto Daniels explicava que um amigo próximo e colaborador reunira um grupo para comemorar sua aposentadoria. O presidente havia sido convidado, mas não se decidira a ir até alguns meses atrás. Ninguém fora da Casa Branca ficara sabendo da viagem até a véspera, e a imprensa foi informada somente de que o presidente visitaria Nova York. O local, a hora e a duração da visita não tinham sido revelados. Assim que entrassem no Cipriani, todos os frequentadores passariam por um detector de metais. Por ele não ter avisado previamente a ninguém, e com a imprensa no escuro até o último minuto, o Serviço Secreto achou que aquele deslocamento seria razoavelmente seguro.

— É sempre a mesma coisa — prosseguiu Daniels. —Todo assassinato, ou tentativa de assassinato, aconteceu por causa de trapalhadas. Lincoln, McKinley e Garfield estavam sem guarda-costas. Foi só se aproximar e atirar neles. A proteção de Kennedy foi descartada por questões políticas. Queriam vê-lo o mais perto possível do povo. Então anunciaram que ele desfilaria por uma rua movimentada com o carro aberto. "Venham ver o presidente." — Daniels balançou a cabeça. — Reagan foi baleado somente porque suas esferas de proteção se desfizeram. Sempre uma trapalhada. Agora, foi a minha vez.

Malone estava surpreso em ouvir tal confissão.

— Eu insisti nesta viagem. Disse para todo mundo que não haveria problema. Eles tomaram algumas precauções e queriam tomar outras. Mas eu disse que não era preciso.

O avião se estabilizou na rota, após a decolagem. Malone tapou os ouvidos para ajustá-los à altitude.

— Quando o senhor decidiu viajar — perguntou Cassiopeia —, quem ficou sabendo?

— Não muita gente — respondeu Daniels.

Malone achou a resposta curiosa.

— Como você entrou naquele hotel? — perguntou o presidente.

Ele falou sobre o e-mail de Stephanie, o cartão de acesso que o esperava no hotel St. Regis e sobre o que encontrara. Cassiopeia tirou o recado de dentro do envelope e começou a lê-lo.

Daniels fez um gesto para Davis, que retirou um gravador portátil do bolso e o empurrou, fazendo-o deslizar sobre a mesa.

— Esta é uma gravação do rádio dos seguranças após o atentado, enquanto você tentava escapar do Hyatt — explicou Davis.

Daniels o acionou.

Alerta para todos os agentes. Suspeito usando camisa azul e calças claras, sem casaco agora, saindo neste instante do hotel Grand Hyatt pelo saguão central e seguindo pelo túnel de acesso ao Grand Central Terminal. Estou indo nessa direção.

O presidente interrompeu a reprodução.

— É impossível que alguém pudesse saber disso — disse Malone.

— Nenhum de nossos agentes transmitiu esse alerta — esclareceu Davis. — E, como você sabe, nossas frequências não são acessíveis ao público em geral.

— Você reconhece essa voz? — perguntou Daniels.

— Difícil saber. A estática na transmissão a camufla um pouco. Mas há algo de familiar nela.

— Parece que você tem um admirador — disse Cassiopeia.

— E que caiu numa armadilha — concluiu Daniels. — Exatamente como nós.

* * *

Wyatt passou de carro pelo Columbus Circle na direção do Upper West Side de Manhattan, uma área menos comercial, menos congestionada, cheia de lojas fantásticas e prédios de tijolos marrons. Ele foi escoltado até o segundo andar de um dos muitos edifícios e entrou num apartamento espaçoso, frugalmente decorado, persianas de madeira encobrindo as janelas. Ele deduziu que aquilo era uma espécie de esconderijo.

Dois homens o aguardavam.

Ambos eram diretores adjuntos — um da CIA e outro da NSA, a Agência Nacional de Segurança. O rosto do homem da NSA ele conhecia, do outro ele apenas se lembrava vagamente. Nenhum dos dois agentes pareceu contente ao vê-lo. Eles ficaram sozinhos, enquanto os outros dois que o tinham acompanhado aguardavam do lado de fora, perto do elevador.

— Você pode nos contar o que andou fazendo hoje? — perguntou o homem da CIA. — Como você explica sua presença no Grand Hyatt?

Ele odiava tudo que dissesse respeito à CIA. Só trabalhara com eles ocasionalmente, porque pagavam bem.

— Quem disse que eu estive por lá?

O homem da CIA estava nervoso, andando de um lado para outro.

— Não me venha com essa, Wyatt. Você estava lá. Por quê?

Interessante notar que aqueles dois estavam claramente cientes de alguma coisa.

— Foi você o responsável pela presença de Malone? — perguntou o agente da NSA.

— Por que você acha isso?

O agente da CIA apresentou um gravador portátil e o ligou. Ele ouviu a própria voz, pelo rádio, informando ao Serviço Secreto que Malone se dirigia para a Grand Central Terminal.

— Vou perguntar outra vez. Malone estava lá por sua causa?

— A mim parece que foi uma grande sorte que ele estivesse por lá.

— E o que aconteceria se ele falhasse em sua intervenção?

Ele deu a mesma resposta que dera a Carbonell.

— Ele não falhou. — E não tinha a intenção de explicar mais nada para aqueles idiotas. Mas estava curioso. — Por que vocês não intervieram? Obviamente, vocês estavam lá.

— Nós não sabíamos de nada — exclamou o homem da CIA. — Passamos o resto do dia tentando nos recuperar.

— Parece que conseguiram — disse Wyatt, dando de ombros.

— Seu babaca filho da puta — esbravejou o homem da CIA. — Você e Carbonell estão interferindo em nossos assuntos. Vocês dois estão tentando salvar aquela porcaria de Comunidade.

— Vocês estão me confundindo com outra pessoa.

Ele resolvera acatar o conselho de Carbonell e ir jogar golfe no dia seguinte. Finalmente, acabara por apreciar aquele esporte, e o campo dentro de seu condomínio era espetacular.

— Sabemos tudo sobre você e Malone — vociferou o agente da NSA.

Esse homem estava um pouco mais calmo do que o outro, mas, ainda assim, ansioso. Wyatt sabia que a NSA representava bilhões no orçamento anual da inteligência. Eles estavam metidos em tudo, inclusive no monitoramento secreto de quase todas as ligações telefônicas feitas dos Estados Unidos para o exterior, e vice-versa.

— Malone foi a principal testemunha no processo administrativo — disse o agente da NSA. — Você o atingiu, derrubando-o, de modo a poder levar três homens a começarem um tiroteio. Dois dos quais morreram. Malone o acusou. O que descobriram? *Riscos desnecessários assumidos em prejuízo da vida.* Vocês foram afastados. O fim de uma carreira de vinte anos. Sem aposentadoria. Nada. Eu diria que você tem uma dívida com Cotton Malone.

O agente da CIA apontou o dedo para ele.

— O que fez Carbonell? Contratou você para ajudar a Comunidade? Para tentar salvar a pele deles?

Ele conhecia pouco sobre a Comunidade além dos dados escassos contidos no dossiê que ela lhe fornecera. A maior parte das informações estava relacionada com a tentativa de assassinato, e havia pouco sobre o histórico. Ele recebera um breve resumo sobre Clifford Knox, o intendente da organização, que conduzia o atentado à vida de Daniels. Ele notara Knox se movimentando pelo Grand Hyatt nos últimos dias, preparando os armamentos, e diversas vezes esperara ele sair para inspecionar seus artefatos e, por fim, deixar um recado para Malone.

— São esses os piratas que tentaram matar Daniels? — perguntou o representante da NSA. — Você sabe quem instalou aquelas armas, não sabe?

Considerando que duvidava de que aquelas armas automáticas levassem a algum lugar além do Grand Hyatt, ele não estava disposto a ser o principal acusador. Seu problema imediato, contudo, era ainda mais substancial. Obviamente, ele conseguira se meter no meio de alguma espécie de guerra de espionagem. A CIA e a NSA, aparentemente, estavam em desacordo com a NIA, e a Comunidade encontrava-se no centro desse conflito. Nada de novo. As agências de inteligência raramente cooperavam umas com as outras.

Ainda assim, essa contenda parecia diferente.

Mais pessoal.

E isso o preocupava.

DEZESSETE

BATH, CAROLINA DO NORTE

HALE ENTROU EM CASA, AINDA PERTURBADO COM O INSULTO DE STE-
phanie Nelle. Apenas um exemplo recente da contínua ingratidão dos
Estados Unidos. Depois de tudo o que a Comunidade fizera pelo país,
durante a Revolução Americana e desde então, ele ganhava uma cus-
parada.

Ele parou no vestíbulo, ao pé da escada principal, e organizou seus
pensamentos. Lá fora, seu secretário lhe dissera que os outros três capitães haviam chegado. Seria preciso tratá-los com cuidado. Ele olhou
para uma das telas que decoravam as paredes de madeira de carvalho
— um retrato de seu trisavô, que vivera naquela mesma terra e também atacara um presidente.

Abner Hale.

Mas era bem mais fácil sobreviver em meados do século XIX, uma
vez que o mundo era um lugar mais amplo. Na época, era realmente
possível sumir. Frequentemente, ele imaginava como seria navegar os
oceanos então, conforme escrevera um historiador, *como leões rugindo,
em busca de alguém para devorar.* Uma vida imprevisível num mar agitado, sem casa, sem limites, poucas regras, apenas os Artigos com os
quais todos concordavam.

Respirou fundo algumas vezes, ajeitou suas roupas e seguiu pelo corredor, entrando em sua biblioteca, um amplo espaço retangular com o teto abaulado e uma parede cheia de janelas emoldurando a vista dos pomares. Ele remodelara a sala uma década antes, removendo a maior parte das influências de seu pai e, propositalmente, evocando o espírito de uma propriedade rural inglesa.

Fechou as portas da biblioteca e encarou os três homens sentados nas poltronas confortáveis de veludo cor de vinho.

Charles Cogburn, Edward Bolton e John Surcouf.

Todos eram magros, dois tinham bigodes, e os três estavam com os olhos cerrados, como se afetados pelo sol. Eram homens do mar, como ele, signatários dos Artigos atuais da Comunidade, chefes das respectivas famílias, ligados uns aos outros por um juramento sagrado. Ele imaginou que deviam se sentir incomodados, assim como Abner Hale em 1835, quando agira de modo insensato.

Resolveu começar com uma pergunta cuja resposta já conhecia.

— Onde está o intendente?

— Em Nova York — disse Cogburn. — Reparando os danos.

Ótimo. Pelo menos tinham planejado se comportar de modo razoavelmente honesto com ele. Dois meses atrás, fora ele que lhes informara sobre a viagem secreta de Daniels a Nova York, indagando se, talvez, aquela não seria uma oportunidade. Eles debateram e discutiram longamente o curso a seguir, depois votaram.

— Não preciso dizer o óbvio. Nós decidimos que não faríamos isso.

— Nós mudamos de ideia — disse Bolton.

— O que, tenho certeza, contou com seu encorajamento.

Os Bolton sempre haviam demonstrado uma agressividade irracional. Seus ancestrais ajudaram a fundar Jamestown, em 1607, e então fizeram fortuna abastecendo a colônia. Numa daquelas viagens, eles importaram um novo tipo de tabaco, que se revelou a salvação daquela região, prosperando em seu solo arenoso e se tornando a mercadoria de exportação mais valiosa da Virginia. Os descendentes dos Bolton finalmente se instalaram nas Carolinas, em Bath, e ramificaram seus negócios para a pirataria, tornando-se corsários.

— Achei que essa ação resolveria o problema — disse Bolton. — O vice-presidente nos deixaria em paz.

Ele teve que intervir.

— Você não tem ideia do que teria acontecido, *caso* houvesse obtido sucesso.

— Tudo o que sei, Quentin — disse John Surcouf —, é que estou correndo o risco de ir preso e perder tudo o que minha família possui. Não vou ficar parado e esperar que isso aconteça. Mesmo que tenhamos fracassado, deixamos uma mensagem clara hoje.

— Para quem? Vocês estão planejando assumir a responsabilidade por isso? Alguém na Casa Branca sabe que vocês aprovaram o assassinato? Se sabe, quanto tempo vocês acham que vai levar até serem detidos?

Todos ficaram calados.

— Foi uma ideia insensata — prosseguiu ele. — Não estamos em 1865 ou mesmo em 1963. É um novo mundo, com novas regras.

Ele se lembrou de que a história da família Surcouf se diferenciava da dos outros. Eles começaram como construtores de embarcações, imigrando para as Carolinas logo após John Hale fundar Bath. Os Surcouf, finalmente, financiaram grande parte da expansão da cidade, reinvestindo seus lucros ali e ajudando o local a prosperar. Vários deles chegaram a se tornar governadores coloniais. Outros partiram para o mar, em suas chalupas. O início do século XVIII fora a época áurea da pirataria, e os Surcouf colheram sua participação naqueles espólios. Por fim, como os outros, eles se legitimaram como corsários. Uma história interessante ocorreu no final do século XIX, quando o dinheiro dos Surcouf ajudou a financiar as guerras napoleônicas. Aproveitando-se então dessas relações cordiais, os Surcouf, que na época viviam em Paris, perguntaram ao imperador se podiam construir um terraço revestido com moedas francesas em uma de suas propriedades. Napoleão recusou, não querendo que as pessoas pisassem sobre sua imagem. Destemido, Surcouf construiu o terraço assim mesmo, mas com as moedas em pé, as extremidades tocando na superfície, o que resolveu o problema. Infelizmente, mais tarde, os descendentes de Surcouf também agiram de modo insensato com seu dinheiro.

— Olhe — disse Hale, suavizando o tom de voz —, eu entendo a ansiedade de vocês. Também tenho minha parte nisso. Mas estamos todos juntos nessa história.

— Eles têm tudo registrado — murmurou Cogburn. — Todas as minhas contas em bancos suíços foram averiguadas.

— As minhas também — acrescentou Bolton.

Juntos, vários bilhões de dólares de seus fundos se encontravam em bancos estrangeiros, sobre os quais nenhum imposto jamais fora recolhido. Cada um deles recebera uma carta de um procurador dos Estados Unidos notificando que eram alvos de uma investigação criminal em âmbito federal. Hale presumira que quatro inquéritos separados — em vez de um só — visavam dividir os recursos dos capitães, lançando-os uns contra os outros.

Mas esses procuradores subestimavam a força dos Artigos.

As raízes da Comunidade repousavam justamente na sociedade pirata, um bando rude, temerário e voraz, sem dúvida, mas com leis próprias. As sociedades piratas eram bem-organizadas, suas engrenagens ajustadas para obter lucros e ganhos mútuos, sempre evoluindo. Tinham sabiamente aderido ao que Adam Smith observara. *Se houver alguma sociedade entre ladrões e assassinos, eles devem pelo menos se abster de roubar e assassinar uns aos outros.*

Era o que os piratas faziam.

A pirataria, que acabou se tornando um hábito naquela região costeira, exigia que artigos fossem elaborados antes de cada viagem, especificando as regras de conduta, todas as punições e a divisão dos saques entre oficiais e tripulantes. Cada um deles jurava sobre a Bíblia obedecer a esses artigos. Enquanto bebiam um trago de rum misturado à pólvora, eles assinavam seus nomes nas margens verticais, nunca embaixo da última linha, o que demonstrava que ninguém, sequer o capitão, era superior ao conjunto. Era exigido o consentimento unânime para a aprovação dos artigos, e qualquer um que discordasse era livre para buscar em outro lugar termos mais satisfatórios. Quando diversos navios se reuniam, artigos adicionais eram acrescentados à parceria, e foi assim que a Comunidade se formou. Quatro famílias unidas para alcançarem um mesmo objetivo.

Traição da tripulação, ou de um ao outro, deserção e abandono de uma batalha serão punidos pelo intendente e e/ou pela maioria, como for considerado apropriado.

Ninguém jamais denunciou o outro.

Ou, pelo menos, ninguém viveu o bastante para se aproveitar dos benefícios.

— Meus contadores estão cercados — disse Bolton.

— Trate desse assunto com eles — retrucou Hale. — Em vez de assassinar um presidente, você devia matar todos eles.

— Para mim, isso não é tão simples — disse Cogburn.

Ele olhou para seu parceiro.

— Matar nunca é simples, Charles. Mas, ocasionalmente, é preciso ser feito. A arte está em escolher o momento e o modo certos de fazê-lo.

Cogburn não reagiu. Ele e os outros tinham claramente escolhido o momento errado.

— Tenho certeza de que o intendente fez seu trabalho — disse Surcouf, tentando relaxar a tensão. — Nada respingará sobre nós. Mas ainda temos um problema.

Hale parou ao lado de uma mesinha de bambu presa à parede de pinho. Nada disso devia estar acontecendo. Mas talvez esta tivesse sido a intenção: descartar a ameaça de um processo e depois aguardar e ver o que aconteceria quando o medo se instalasse. Talvez todos pensassem que a Comunidade se autodestruiria e os pouparia dos aborrecimentos causados por julgamentos e prisões. Mas, certamente, ninguém tinha imaginado que o presidente dos Estados Unidos seria atacado.

Ele havia tentado sua forma particular de diplomacia, que falhara. A humilhação de sua viagem à Casa Branca permanecia fresca em suas lembranças. Semelhante à visita feita em 1834 por Abner Hale, que também malograra. Mas ele pretendia aprender com os erros de seu antepassado, não os repetir.

— O que vamos fazer? — perguntou Cogburn. — Estamos na beira da prancha.

Ele sorriu com a referência ao estereótipo de um homem vendado sendo obrigado a andar até o final da prancha para cair no mar. Na realidade, esse castigo só fora empregado por capitães medrosos, aqueles que evitavam o derramamento de sangue, ou que queriam se convencer de que não eram responsáveis pela morte de outra pessoa. Os aventureiros audaciosos e ousados, aqueles que forjavam as lendas que eram contadas continuamente em inúmeros livros e filmes, não temiam encarar seus adversários, mesmo diante da morte.

— Vamos erguer a bandeira — disse ele.

DEZOITO

AIR FORCE ONE

CASSIOPEIA ESCUTAVA ENQUANTO DANNY DANIELS EXPLICAVA COMO a voz no gravador havia alertado a todos onde procurar.

— Ele tinha que estar lá — disse Malone. — No saguão do Grand Hyatt. Era o único jeito de saber para onde eu ia. Eles estavam evacuando o lugar quando eu saí.

— Nosso homem misterioso também sabia o que dizer e como agir — observou Davis.

Ela compreendeu as implicações. Um deles, ou pelo menos alguém que sabia tudo sobre eles, estava envolvido. Cassiopeia identificou uma expressão no rosto de Daniels, uma expressão que já havia visto antes — em Camp David, com Stephanie —, que dizia que aquele homem sabia mais.

Daniels assentiu para o chefe do gabinete.

— Conte para eles.

— Há cerca de seis meses, eu recebi uma visita na Casa Branca.

* * *

Davis encarou o homem sentado do outro lado da sua mesa. Sabia que ele tinha 56 anos, era um americano de quarta geração, com laços familiares que datavam de antes da Revolução Americana. Ele era alto, olhos verdes luminosos e um queixo espectral, que parecia duro feito uma armadura. Seus cabelos lisos com mechas prateadas se precipitavam para trás como a juba de um leão adulto. Seus dentes brilhavam como pérolas, exceto por uma perceptível brecha entre os dois frontais. Estava vestido com um terno caríssimo que parecia combinar tão bem com ele como o timbre de sua voz.

Quentin Hale comandava um sólido império empresarial que envolvia usinas, bancos e varejo. Ele era um dos maiores proprietários de terrenos no país, em sua maioria ocupados por centros comerciais e prédios de escritórios, localizados em praticamente todas as cidades importantes. Sua renda líquida se situava na casa dos bilhões, e, com frequência, ele aparecia na lista da Forbes *dos homens mais ricos do mundo. Era também um entusiasta do presidente, tendo contribuído com várias centenas de milhares de dólares para ambas as campanhas, algo que lhe dera o direito de se reunir pessoalmente com o chefe de gabinete da Casa Branca.*

Mas o que Davis acabara de ouvir deixou-o perplexo.

— Você está dizendo que é um pirata?

— Um corsário.

Ele sabia a diferença. Um era criminoso, o outro trabalhava dentro da lei, graças a uma concessão oficial do governo para atacar inimigos.

— Durante a Revolução Americana — disse Hale —, só havia 64 navios de guerra na Marinha continental. Esses navios capturaram 196 embarcações inimigas. Ao mesmo tempo, havia 792 corsários, autorizados pelo Congresso Continental, que capturaram ou destruíram seiscentos navios britânicos. Durante a Guerra de 1812, foi ainda mais dramático. Havia somente 23 navios na Marinha e foram capturadas 254 embarcações. Ao mesmo tempo, 517 navios corsários autorizados pelo Congresso capturaram 1.300 navios. Você percebe o serviço que realizamos para este país?

Davis percebia, mas não via aonde ele queria chegar.

— Não foi o Exército Continental que ganhou a Guerra Revolucionária — disse Hale. — Foi a devastação do comércio inglês que virou a mesa. Os cor-

sários levaram a guerra pelo Atlântico até o litoral da Inglaterra e o deixaram em estado contínuo de alerta. Eles colocavam os navios dentro de seus portos em perigo e quase interromperam todo o comércio. Isso tumultuou a vida dos comerciantes. Os níveis de seguro marítimo subiram a ponto de os britânicos começarem a usar navios franceses para transportar suas mercadorias, algo inédito àquela época.

Ele adotou um tom de cortesia mais distinto em seu relato.

— Esses negociantes finalmente pressionaram o rei George a abandonar o combate na América. Foi assim que a guerra acabou. A história deixa claro que não se chegaria à vitória na Revolução Americana sem os corsários. O próprio George Washington reconheceu publicamente isso em mais de uma ocasião.

— E o que isso tem a ver com vocês? — perguntou Davis.

— Meu ancestral era um desses corsários. Junto a três outras famílias, comandamos várias embarcações na Revolução Americana e organizamos as outras numa força de combate coesa. Alguém precisava coordenar os ataques. Nós o fizemos.

Davis fez um esforço de memória e tentou se lembrar do máximo possível. O que Hale dizia era verdade. Um corsário carregava uma carta de corso, autorizando-o a saquear os inimigos da nação, livre de punição. Então, perguntou:

— Sua família possuía uma carta de corso?

— Possuíamos e ainda possuímos. Eu a trouxe comigo.

Seu visitante enfiou a mão dentro do terno e retirou uma folha de papel dobrada. Davis a abriu e viu uma fotocópia de um documento de mais de duzentos anos. Uma parte impressa e outra manuscrita.

George Washington, Presidente dos
Estados Unidos da América

A quem possa interessar o presente documento, saudações:

Faça-se saber que, em concordância com um Decreto do Congresso dos Estados Unidos, neste caso provido e sancionado em *Nove de fevereiro de mil setecentos e noventa e três,* eu autorizei e pelos presentes autorizo *Archibald Hale,* licenciando e outorgando ao dito indivíduo, seus tenentes, oficiais e tripulações *subjugar, apreender e se apoderar de toda propriedade e riqueza de qualquer um dos inimigos dos Estados Unidos da América.* Todos os itens apreendidos, incluindo embarcações, canhões, acessórios, bens, propriedades, mercadorias e artigos de valor, devem ser atribuídos ao portador desta autorização, após pagar uma quantia igual a vinte por cento do valor apreendido ao governo dos Estados Unidos da América. De modo a encorajar um ataque contínuo e vigoroso contra os ditos inimigos, da maneira que temos desfrutado durante os conflitos recentes, o dito *Archibald Hale* ficará isento de todas as leis regulatórias e pecuniárias dos Estados Unidos, e de qualquer de seus estados, que possam afetar ou desencorajar toda e qualquer ação agressiva, excetuando o assassinato intencional. Esta compilação deverá vigorar perpetuamente a partir da presente data desta autorização e terá efeito em benefício de todo e qualquer herdeiro do dito *Archibald Hale.*

Lavrado pela minha mão e pelo selo dos Estados Unidos da América, em Filadélfia, *Nove de fevereiro de mil setecentos e noventa e três,* **no** *vigésimo sétimo* **dia da Independência dos ditos Estados.**

George Washington

Davis olhou por cima da folha.

— *Sua família tem, essencialmente, uma autorização dos Estados Unidos para devastar nossos inimigos? Isenta da lei?*

Hale assentiu com a cabeça.

— *Concedida em reconhecimento por parte de uma nação grata por tudo que fizemos. As outras três famílias também possuem cartas de corso assinadas pelo presidente Washington.*

— *E o que vocês realizaram com essas autorizações?*

— *Estivemos na Guerra de 1812 e ajudamos no conflito. Estivemos envolvidos na Guerra Civil, na Guerra Hispano-Americana e em ambas as guerras mundiais. Quando o serviço nacional de inteligência foi criado, após a Segunda Guerra Mundial, fomos recrutados para auxiliar. Mais recentemente, nos últimos vinte anos, atormentamos o Oriente Médio, interrompendo atividades financeiras, roubando ativos, recusando fundos e lucros. Tudo o que for necessário. Obviamente, não temos mais chalupas e navios corsários atualmente. Então, em vez de navegar com nossas embarcações equipadas de homens e canhões, viajamos de maneira virtual, ou trabalhamos através dos sistemas financeiros. Mas, como pode ver, nossa carta de corso não explicita o uso de navios.*

De fato, não mencionava isso.

— *Tampouco está fora da validade.*

Davis se levantou e apanhou uma brochura que ele mantinha à mão, numa prateleira intitulada A Constituição dos Estados Unidos.

Hale viu o título e disse:

— *Artigo I, Seção 8.*

O homem lera seu pensamento. Ele estava procurando a autorização legal e a achou exatamente onde Hale dissera.

O Congresso deverá ter poder para declarar guerra, expedir cartas de corso e represálias assim como estabelecer as regras relativas às apreensões em terra e mar.

— *As cartas de corso existem desde o início do século XIII — disse Hale.*

— *Sua primeira utilização registrada foi por parte de Eduardo III, em 1354. São consideradas uma convocação honorável, combinando patriotismo e lucro. Ao contrário dos piratas, que não passam de ladrões.*

Aquele raciocínio era interessante.

— Durante quinhentos anos, os corsários prosperaram — prosseguiu Hale. — Francis Drake foi um dos mais famosos, destruindo a força marítima espanhola por ordem de Elizabeth I. Os governos europeus rotineiramente emitiam cartas de corso, não apenas em guerra, mas também em tempos de paz. Era uma prática tão comum que os Pais Fundadores garantiram especificamente ao Congresso o poder de editar tais cartas, e o povo aprovou, quando a Constituição foi ratificada. Esse documento sofreu 27 emendas desde a fundação, e esse poder nunca foi modificado ou removido.

Hale parecia menos interessado em atacar seus interlocutores do que persuadi-los. Em vez de esbravejar seus argumentos, ele baixava a voz, exibindo uma atenção concentrada.

Davis ergueu uma das mãos semiaberta para dizer alguma coisa, mas mudou de ideia no momento em que o pragmatismo que trazia em si se reafirmou.

— O que você quer?

— Uma carta de corso garante ao seu portador proteção legal. A nossa é bem específica quanto a isso. Queremos simplesmente que nosso governo honre suas próprias palavras.

— Ele é um maldito pirata — exclamou Daniels. — Assim como os outros três.

Malone concordou.

— Os navios corsários eram o viveiro dos piratas. Não fui eu, mas o capitão Charles Johnson que fez essa observação. Ele escreveu um livro no século XVIII. *A General History of the Robberies and Murders of the Most Notorious Pirates.* Um sucesso de vendas, na época, e ainda disponível hoje em dia. Uma edição original vale uma fortuna. É um dos melhores estudos da vida pirata que existe.

Cassiopeia balançou a cabeça.

— Não tinha notado que seu interesse era tão grande.

— Quem não adora piratas? Eles declararam guerra contra o mundo. Durante séculos, atacaram e saquearam à vontade, e então, desapareceram, deixando pouquíssimos registros de sua existência. Numa coisa Hale tem razão: se não fossem os corsários, talvez a América não existisse.

— Eu reconheço — disse Daniels — que nunca tinha imaginado o quanto esses oportunistas fizeram por nós. Um bocado de homens valentes e honestos aderiu ao corso. Eles deram suas vidas e, obviamente, Washington sentiu-se em dívida com eles. Mas esses folgazões, hoje em dia, perderam a nobreza. Podem chamar a si mesmos como quiserem, mas não passam de puros e simples piratas. No entanto, é inacreditável que o Congresso de 1793 tenha sancionado a existência deles. Aposto que não há muitos americanos que sabem que a Constituição permitiu que isso acontecesse.

Todos ficaram sentados em silêncio por um momento, enquanto o presidente parecia perdido em seus pensamentos.

— Conte o restante para eles, Davis.

— Após o fim da Guerra da Independência, Archibald Hale e seus três comparsas formaram a Comunidade. Utilizando suas cartas de corso, juntos, eles encheram os bolsos de dinheiro. Também contribuíram para o Tesouro, pagando 20 por cento de suas posses ao novo governo nacional. Eu também desconfio de que a maioria dos americanos ignora essa informação. Ganhamos dinheiro com ajuda de ladrões. No que diz respeito ao bando atual, as declarações de imposto de renda têm pouca relação com o estilo de vida deles. E, sim, nas últimas décadas, o talento deles tem sido usado pelos serviços de inteligência. Eles conseguiram causar certo dano no Oriente Médio, pilhando contas financeiras, roubando ativos, desvalorizando empresas cujos lucros estavam sendo revertidos para os extremistas. Eles são bons. Bons demais, na verdade. Eles simplesmente não têm limites.

— Deixe-me adivinhar — disse Malone. — Eles começaram a roubar gente que nós preferiríamos deixar sossegada.

— Algo assim — assentiu Daniels. — Eles não são muito bons quando se trata de seguir orientações, se você entende o que eu quero dizer.

— Declarou-se um conflito entre essa Comunidade e a CIA — prosseguiu Davis. — A gota d'água foi aquele problema em Dubai e a derrocada financeira. A CIA apurou que a Comunidade fora responsável por grande parte do caos. Quando a dívida do Tesouro de Dubai foi para o espaço, a Comunidade colheu os frutos dos melhores ativos, comprando-os por ninharia. Conseguiram também frustrar alguns planos de reestruturação de dívidas que os países da região estavam oferecendo para solucionar a crise. De modo geral, eles são um imenso aborrecimento. Mas não podíamos deixar Dubai ir por água abaixo. É um dos poucos países moderados naquela parte do planeta. Quase um aliado. A Comunidade foi avisada para interromper suas operações, e eles disseram que as interromperiam, mas continuaram. Então a CIA os ameaçou com a Receita Federal. Depois, a agência pressionou os suíços, que acabaram nos fornecendo relatórios financeiros sobre todos os membros atuais da Comunidade. Foi apurado que aqueles quatro possuem centenas de milhões em impostos atrasados. Se agirmos corretamente, podemos confiscar todos os seus ativos, que somam bilhões de dólares.

— Isso deve bastar para deixar um bando de piratas realmente nervoso — disse Malone.

Davis concordou.

— Hale veio me pedir proteção por causa da carta de corso. E ele tem um argumento. O texto os imuniza especificamente de todas as leis, exceto assassinato. O Departamento Jurídico da Casa Branca nos diz que a carta é um comprometimento legal. A Constituição dos Estados Unidos autoriza seu cumprimento direto, e a própria carta de corso menciona o decreto do Congresso que a aprovou.

— Então, por que não está sendo respeitada? — perguntou Cassiopeia.

— Porque — respondeu o presidente — Andrew Jackson tornou isso impossível.

DEZENOVE

CIDADE DE NOVA YORK

WYATT NÃO GOSTOU DO COMENTÁRIO SOBRE SUA DEMISSÃO. NA VERdade, haviam sido feitas acusações contra ele por parte de Malone; uma audiência foi convocada e, finalmente, três burocratas de alto e médio escalões concluíram que suas ações foram injustificadas. *Será que eu devia ter simplesmente começado a atirar junto com Malone?*, perguntara ele no tribunal. *Ele e eu, com nossas armas fumegantes, esperando resolver tudo, enquanto três agentes aguardavam lá fora?*

Ele considerara sua pergunta justa — foi tudo o que disse durante a audiência —, mas o tribunal resolveu aceitar a avaliação de Malone de que os homens foram usados como alvos, não como proteção. Inacreditável. Ele sabia de meia dúzia de agentes que tinham se sacrificado por menos do que isso. Não era de surpreender que aquela coleta de informações estivesse cheia de problemas. Todos pareciam mais preocupados em ter razão do que em ter sucesso.

Sem muita escolha, ele aceitou a conclusão e seguiu em frente.

Mas isso não significava que havia esquecido seu acusador. Sim, aqueles homens tinham razão. Ele tinha uma dívida com Malone.

E tentara resolvê-la hoje.

— Você se dá conta de que Carbonell está totalmente acabada? — disse o homem da NSA. — A NIA é inútil. Ninguém mais precisa dela ou daquela agência.

— A Comunidade também está acabando — reforçou o agente da CIA. — Nossos piratas dos tempos modernos passarão o restante de suas vidas numa penitenciária federal, que é o lugar deles. E você ainda não respondeu à minha pergunta. Os piratas foram responsáveis pelo que aconteceu hoje?

O dossiê que Carbonell havia preparado sobre a Comunidade continha uma visão sucinta dos quatro capitães, observando que eram os últimos remanescentes dos aventureiros do século XVIII, descendentes diretos de piratas e corsários. O resumo de uma avaliação psicológica explicava que um homem da Marinha ia para o combate no mar sabendo que, se combatesse o bom combate e vencesse, as recompensas viriam na forma de elogios e promoções. Mesmo que fracassasse, a história registraria sua bravura. Mas era preciso ser uma pessoa de valentia incomum para encarar o perigo quando se sabia que ninguém conheceria suas façanhas. Especialmente se falhasse, pois a maioria riria de seu infortúnio.

Os corsários trabalharam sob ambas as condições.

Se bem-sucedidos, sua recompensa era a divisão dos espólios. Caso se desviassem de sua carta de corso de alguma maneira, se tornavam piratas e eram enforcados. Um corsário podia capturar um dos mais formidáveis cruzadores do rei da Inglaterra e a ação passaria totalmente despercebida. Por outro lado, se um membro ou uma vida fosse sacrificada, pior para eles.

Não podiam contar com ninguém.

Era fácil entender, concluía o relatório, por que eles desdenhavam das regras.

O agente da NSA se aproximou dele.

— Você atraiu Malone, depois o empurrou direto para uma armadilha. Você sabia o que ia acontecer lá hoje. Você queria que alguém atirasse nele, não é? Qual é o problema, Wyatt, perdeu o prazer de matar?

Ele manteve a calma e perguntou:

— Nós terminamos?

— Terminamos — disse o homem da CIA. — Aqui. Mas, já que você não vai nos contar nada, dispomos de pessoas que podem conseguir respostas mais facilmente.

Ele os observou trocando o peso do corpo de um pé para o outro, esperando que reconhecesse sua superioridade. Talvez aquela ameaça de um interrogatório mais enérgico visasse a assustá-lo. Ele se indagava o que estaria acontecendo com eles para pensarem que tal tática funcionaria. Felizmente, havia depositado bastante dinheiro em bancos estrangeiros para viver confortavelmente para sempre. Na verdade, não precisava de nada dessa gente. Era essa a vantagem de ser pago com o orçamento para operações clandestinas — nada de declaração de rendimentos.

Assim, ponderou suas opções.

Ele deduziu que os dois homens que o haviam trazido até ali estivessem lá fora. Além da janela, no lado oposto da sala, atrás das persianas, havia seguramente uma saída de incêndio. Todos aqueles prédios velhos tinham uma.

Deveria permanecer quieto e eliminar os dois ou fazer barulho e acabar com os quatro?

— Você vem conosco — disse o agente da NSA. — Carbonell tem muita coisa a explicar, e você será a principal testemunha do processo. O homem que pode contradizer as mentiras dela.

— E vocês acham que eu realmente faria isso?

— Você vai fazer o que for necessário para salvar sua pele.

Interessante como o conheciam tão pouco.

Um mecanismo profundo dentro dele começou a assumir o controle, e ele o permitiu.

Com um giro do corpo, seu punho direito acertou o pescoço do homem da CIA. Depois, o cara da NSA se curvou com o chute que tomou no peito, sem que Wyatt perdesse o equilíbrio da perna de apoio. Enquanto um deles se contorcia, arquejante, ele golpeou o pescoço do outro, amparando sua queda com o braço e deitando-o gentilmente no chão.

Em seguida, se dirigiu ao agente da CIA e apertou o pescoço dele.

— Eu podia estrangular você — sussurrou ele no ouvido do homem, cerrando os dentes e aumentando a pressão sobre sua traqueia.

— Na verdade, eu adoraria ver você respirar pela última vez. — Apertou ainda mais forte. — Fique fora do meu caminho.

O homem da CIA agarrou seu braço, mas ele apertou ainda mais.

— Está me ouvido?

Finalmente, o agente concordou e a falta de ar sugou toda a resistência de seus músculos.

Ele o soltou.

O corpo caiu no chão quase sem fazer ruído.

Ele verificou seu pulso. Fraco, mas ainda vivo. A respiração era tímida, mas constante.

Aproximando-se da janela, ele a abriu e se foi.

* * *

MALONE ESTAVA ESPERANDO DANIELS E DAVIS EXPLICAREM O QUE SE passava com Stephanie. Mas, ao mesmo tempo, percebeu que o presidente tinha muito a dizer. Então, considerando que estavam a 10 mil metros de altitude, sem ter para onde ir, ele resolveu se acomodar e escutar, enquanto Daniels explicava o que havia acontecido na primavera de 1835.

— Jackson ficou furioso com aquela tentativa de assassinato — disse o presidente. — Ele culpou abertamente o senador Poindexter, do Mississippi, classificando tudo como uma conspiração dos nulificadores. Ele odiava John Calhoun. Chamava-o de traidor da União. E isso eu entendo.

Calhoun fora vice-presidente de Jackson e, inicialmente, um grande colaborador. Mas, diante de uma crescente afinidade com o sul, Calhoun tornou-se seu benfeitor e criou o Partido Nulificador, defensor dos direitos dos estados — especialmente os dos sulistas. Daniels também tivera sua dose de traição por parte de vice-presidentes.

— Jackson já havia lidado com piratas antes — disse Daniels. — Ele gostava de Jean Lafitte, de Nova Orleans. Juntos, salvaram a cidade na Guerra de 1812.

— Por que vocês chamam essas pessoas de piratas? — perguntou Cassiopeia. — Eles não eram corsários? Com autorização específica da América para atacar seus inimigos?

— De fato, eram. Se tivessem parado por aí estava tudo bem. Em vez disso, assim que receberam a carta de corso perpétua, se tornaram o inferno dos mares.

Malone escutou Daniels explicar que, durante a Guerra Civil, a Comunidade operava em ambos os lados do conflito.

— Já vi documentos confidenciais da época — prosseguiu Daniels. — Lincoln odiava a Comunidade. Seu plano era processar todos. Nesse tempo, a ação dos corsários era ilegal, graças à Declaração de Paris, em 1856. Mas foi aí que surgiu um obstáculo. Somente 52 nações assinaram o tratado. Os Estados Unidos e a Espanha se recusaram.

— E então a Comunidade continuou agindo? — perguntou Cassiopeia. — Tirando vantagem dessa brecha?

Daniels assentiu.

— A Constituição autoriza as cartas de corso. Visto que os Estados Unidos nunca renunciaram à atividade corsária assinando esse tratado, aqui isso era essencialmente legal. E, muito embora não tenhamos assinado o tratado durante a Guerra Hispano-Americana, tanto nós como os espanhóis concordamos em respeitar os princípios presentes nele. A Comunidade, contudo, ignorou o acordo e atacou os navios espanhóis. O que irritou tanto William McKinley que, finalmente, o Congresso aprovou um decreto em 1899 tornando ilegal a captura de navios ou a distribuição de qualquer produto apreendido.

— O que não significava absolutamente nada para a Comunidade — disse Malone. — Suas cartas de corso lhes davam imunidade àquela lei.

Daniels apontou um dedo na direção dele.

— Agora você está começando a enxergar o problema.

— Alguns presidentes — disse Davis — usaram a Comunidade a seu favor, alguns a combateram, mas a maior parte a ignorou. No entanto, nenhum deles, jamais, quis que o público soubesse que George Washington e o governo dos Estados Unidos tinham aprovado suas ações. Ou que o Tesouro dos Estados Unidos havia tirado proveito de suas ações. Simplesmente, os deixaram agir como bem entendessem.

— O que nos traz de volta a Andrew Jackson — disse Daniels. — Foi o único a mandá-los para os diabos.

Davis apanhou uma bolsa de couro sob a mesa e retirou uma folha de papel, fazendo-a deslizar sobre a mesa.

— Aí está a carta — prosseguiu o presidente. — Jackson escreveu para Abner Hale, que em 1835 era um dos quatro membros da Comunidade. O então presidente guardou uma cópia num esconderijo de documentos presidenciais que permaneceu lacrado nos Arquivos Nacionais. São papéis aos quais poucos têm acesso. Davis os encontrou.

— Não sabia que existia um depósito desse tipo — exclamou Malone.

— Nós tampouco, até começarmos a procurar — disse Daniels. — E não sou o primeiro a lê-lo. Eles mantêm um registro para cada arquivo. Vários presidentes deram uma olhada nesta carta. Nos últimos tempos, porém, nenhum deles o fez. Kennedy foi o último. Ele pediu a seu irmão, Bobby, para lê-la. — O presidente apontou para a carta. — Como pode ver, Abner Hale mandou um assassino atrás de Jackson, ou, pelo menos, foi o que Jackson deduziu.

Malone leu a carta e depois a passou para Cassiopeia.

— Abner era parente de Quentin? — perguntou.

— Foi seu trisavô — respondeu Daniels. — Uma bela árvore genealógica, a deles.

Malone sorriu.

— Andrew Jackson — continuou o presidente — ficou tão furioso com a Comunidade que rasgou as duas páginas dos anais da Câmara e do Senado em que constavam os registros da aprovação das cartas de corso pelo Congresso para as quatro famílias. Eu vi esses anais, as bordas das páginas rasgadas em cada volume.

— É por isso que o senhor não pode simplesmente revogar as cartas? — perguntou Cassiopeia.

Malone sabia a resposta.

— Não havendo nenhum registro do Congresso, isso significa que nenhuma autorização legal atesta que elas precisam ser honradas. Presidentes não podem assinar cartas de corso, a menos que o Congresso esteja de acordo com elas, e não há indícios de que um dia o Congresso as tenha aprovado.

— Os presidentes não podem assiná-las usando seu próprio poder? — perguntou Cassiopeia.

— Não segundo a Constituição — respondeu Daniels.

— E se você tomasse uma atitude — disse Malone — e revogasse as cartas de fato, isso implicaria que elas eram válidas anteriormente. Além disso, qualquer revogação não afetaria decretos passados. Eles ainda estariam imunes, exatamente o que a Comunidade quer.

Daniels assentiu com a cabeça.

— O problema é justamente este. Estamos ferrados se o fizermos e ferrados se não o fizermos. Teria sido melhor se Jackson tivesse simplesmente destruído as duas páginas dos anais. Mas aquele filho da puta maluco as escondeu. Como ele disse, pretendia atormentá-los. Dar-lhes algo com que se preocupar, em vez de tentarem assassinar um presidente. Mas tudo o que conseguiu foi passar o problema para nós.

— Se o senhor tivesse essas duas páginas, o que faria? — Cassiopeia quis saber.

— Em parte, foi isso que eu pedi a Stephanie para analisar. Eu não quero passar problemas para meus sucessores.

— Então, o que aconteceu? — perguntou Malone.

Daniels soltou um suspiro.

— A situação se complicou. Depois de Hale vir falar com Davis, nós ficamos curiosos e então começamos a averiguar. Descobrimos que a chefe da NIA, Andrea Carbonell, está ligada à Comunidade.

Malone conhecia Carbonell, por causa de seus dias na Magellan Billet. Cubano-americana. Durona. Prudente. Nada de tolices. Ele sabia também o que o presidente queria dizer.

— Muito próxima?

— Não temos certeza — respondeu Davis. — Foi uma descoberta inusitada. Dessas que causam preocupação. O suficiente para nos levar a querer saber mais.

— E, então, Stephanie se propôs a avaliar isso de perto — acrescentou Daniels. — Sozinha.

— Por que ela? — perguntou Malone.

— Porque ela quis. Porque eu confio nela. A NIA está em desavença com os outros serviços de inteligência no que diz respeito à Comunidade. Eles querem os piratas na cadeia, mas Carbonell, não. O envolvimento de outras agências teria aumentado esse conflito. Eu e Stephanie falamos sobre isso na semana passada. Ela concordou que o melhor era agir sozinha. Então, foi ao DNC para encontrar alguns antigos agentes da NIA que poderiam esclarecer a relação entre Carbonell e a Comunidade. Ela deveria ter ligado para Davis há alguns dias. Isso não aconteceu, e, infelizmente, não fazemos a menor ideia do motivo. Só podemos supor que tenha sido capturada.

Ou pior, pensou Malone.

— Pressione Carbonell. Vá atrás da Comunidade.

Davis sacudiu a cabeça.

— Não sabemos se eles a capturaram. Além do mais, nossas provas sobre Carbonell são praticamente nulas. Ela iria simplesmente negar tudo e depois se esconderia. Todos os quatro membros da Comunidade são homens de negócios respeitados, com fichas limpas. Nós os acusamos de serem piratas, eles chamam a mídia e começa um pesadelo para o serviço de relações públicas.

— E quem se importa com isso? — indagou Malone.

— Nós — disse Daniels. — Precisamos nos importar com isso.

Ele pôde ouvir a frustração.

Mas alguma coisa o incomodava.

Quatro dias atrás.

Mas se foi assim...

— Então quem me enviou aquele e-mail há dois dias e deixou aquele bilhete no Grand Hyatt?

VINTE

BATH, CAROLINA DO NORTE

HALE OBSERVAVA OS OUTROS TRÊS PONDERAREM SOBRE SUA PROPOSTA de hastear a bandeira. Ele sabia que tinham consciência do significado daquilo. Durante os dias gloriosos, piratas e corsários sobreviviam graças à sua reputação. Embora a violência fosse certamente um modo de vida, seu método preferido de se apoderar de um tesouro era *sem* luta. Os ataques custavam caro, de muitas maneiras. Ferimentos, mortes, danos causados às embarcações, ou pior, prejuízos aos espólios. As batalhas aumentavam desnecessariamente os custos e, de modo inevitável, reduziam o lucro. Além disso, a vasta maioria da tripulação sequer sabia nadar.

Então, foi desenvolvida uma estratégia melhor de combate.

Hastear a bandeira.

Expor sua identidade e suas intenções.

Se o alvo se rendesse, vidas seriam poupadas. Se resistissem, a tripulação, até o último homem, seria dizimada.

E isso funcionava.

A reputação dos piratas se tornou infame. As crueldades de George Lowther, Bartholomew Roberts e Edward Low eram lendárias. Finalmente, a simples visão do pavilhão da caveira era o bastante. Os navios mercantes que identificavam aquele pavilhão conheciam suas opções.

Rendição ou morte.

— Nossos antigos amigos nos serviços de inteligência — disse ele — precisam compreender que devem nos levar a sério.

— Eles sabem que fomos nós que atacamos Daniels — disse Cogburn. — O intendente já enviou seu relatório. Foi a NIA que interveio.

— O que gera uma lista de perguntas incômodas — salientou Hale. — E a mais importante de todas a seguinte: o que mudou? Por que nosso último aliado nos abandonou?

— Isso significa encrenca — acrescentou Bolton.

— O que está havendo, Edward? Mais uma decisão errada para piorar tudo?

Ele não pôde se opor àquele golpe. Os Hale e os Bolton nunca haviam gostado uns dos outros.

— Você se considera invulnerável — disse Bolton.— Você com toda sua grana e influência. Mas nem isso pode nos salvar agora, pode?

— Sou realmente um péssimo anfitrião — reagiu Hale, ignorando o insulto. — Alguém está a fim de beber alguma coisa?

— Não estamos aqui para beber — recomeçou Bolton. — Estamos atrás de resultados.

— E matar o presidente dos Estados Unidos teria resolvido tudo?

— O que você teria feito? — inquiriu Bolton. — Voltaria à Casa Branca para fazer mais súplicas?

Nunca mais. Ele odiara estar lá, sentado à frente do chefe de gabinete, depois que seu pedido para ter um encontro pessoal com Daniels fora recusado. E o telefonema que recebera uma semana após a reunião com Davis foi ainda mais insultante.

— *O governo dos Estados Unidos não pode aprovar suas infrações à lei* — *dissera Davis.*

— *Mas é isso que fazem os corsários. Nós saqueamos o inimigo com a bênção do governo.*

— *Duzentos anos atrás, talvez.*

— *Pouca coisa mudou. As ameaças persistem. Talvez hoje mais que nunca. Tudo que temos feito é defender esta nação. Todo o empenho da Comunidade tem sido direcionado contra nossos inimigos. Agora querem nos processar?*

— *Estou ciente do seu problema — assentiu Davis.*

— *Então estão a par do nosso dilema.*

— *Eu sei que os serviços de inteligência estão fartos de vocês. O que vocês fizeram em Dubai quase devastou toda a região.*

— *O que fizemos lá foi frustrar nosso inimigo, atacando-os quando estavam mais vulneráveis.*

— *Eles não são nossos inimigos.*

— *Isso é um tema a ser debatido.*

— *Sr. Hale, se vocês tivessem ficado por lá e levado Dubai à falência, o que era uma possibilidade real, as repercussões teriam abalado toda a política do Oriente Médio. A perda de um aliado de tal importância na região teria efeito devastador. Temos tão poucos amigos naquelas bandas. Seriam necessárias décadas para cultivar outro relacionamento semelhante. O que vocês estavam fazendo era contraproducente em relação a qualquer ação sensata e lógica.*

— *Eles não são nossos amigos, e vocês sabem disso.*

— *Talvez. Mas Dubai precisa de nós e nós precisamos deles. Assim, colocamos de lado nossas divergências e trabalhamos juntos.*

— *Por que não fazer o mesmo conosco?*

— *Francamente, Sr. Hale, a situação de vocês não é algo que preocupe a Casa Branca, de maneira alguma.*

— *Mas devia. O primeiro presidente e o segundo Congresso deste país concederam-nos legalmente autorização para agir, desde que fosse contra nossos inimigos.*

— *Há só um problema — disse Davis. — A autorização legal de sua carta de corso não existe. Ainda que quiséssemos honrá-la, isso seria impossível. Não existem referências escritas nos Anais do Congresso sobre as sessões que abordaram esse tema. Estão faltando duas páginas, e acredito que vocês saibam disso. Elas estão protegidas pelo criptograma de Jefferson. Eu li a carta de Andrew Jackson para seu trisavô.*

— Devemos então concluir que, se decifrarmos esse código e encontrarmos essas páginas, o presidente honrará a carta?

— Vocês podem concluir que sua posição legal seria muito mais sólida, uma vez que, por enquanto, vocês não têm nenhuma.

— Senhores — disse Hale aos outros três. — Eu me recordo de uma história que meu avô me contou certa vez. Um navio mercante britânico avistou uma embarcação no horizonte, ignorando sua identidade e intenções. Eles a vigiaram por quase uma hora até que, finalmente, a viram seguir em sua direção. À medida que se aproximava, o capitão perguntou à tripulação se eles resistiriam e defenderiam seu navio. "Se eles forem espanhóis", disseram, "nós os combateremos. Mas, se forem piratas, não." Assim que perceberam que se tratava do Barba Negra em pessoa, todos abandonaram o navio, acreditando que seriam assassinados.

Os outros três olharam para ele.

— É chegada a hora de hastearmos nossa bandeira. Fazer nossos inimigos saberem que vamos partir para cima deles.

— Por que você é tão presunçoso? — perguntou Cogburn. — O que você andou fazendo?

Hale sorriu.

Charles o conhecia bem.

— Talvez o bastante para nos salvar.

VINTE E UM

CIDADE DE NOVA YORK

KNOX ENTROU NO HELMSLEY PARK LANE, O ELEGANTE HOTEL SITUA-do na extremidade sul do Central Park. Embora estivesse com a chave, ele não sabia a que quarto ela dava acesso. Esse era o problema com esses cartões de plástico. Nenhuma informação. Ele seguiu pelo saguão até a recepção. Uma jovem de olhos brilhantes com seus 20 e poucos anos perguntou se podia ajudar.

— Scott Parrott. Quero fechar minha conta — disse ele, acrescentando um sorriso e lhe entregando o cartão.

Ele esperava que Parrott não tivesse sido notado. Se por azar a mulher soubesse quem era Parrott, ele já preparara um plano B. *Sou eu que estou pagando a conta. Scott trabalha para mim.* Mas nada foi dito por ela, ocupada digitando o teclado e imprimindo o recibo.

— Indo embora um dia antes do previsto? — indagou a moça.

Ele aquiesceu.

— É necessário.

Ela apanhou uma folha da impressora e lhe entregou. Ele fez menção de verificar os dados, concentrando-se apenas no número do quarto.

— Oh, não! — exclamou ele. — Acabo de me lembrar que deixei algo no quarto. Eu já volto. Aguarde um instante, por favor.

Ele agradeceu e se encaminhou até os elevadores, tomou um que estava vazio e subiu ao quinto andar. Ao inserir o cartão, a porta se abriu. O quarto era espaçoso e a cama de casal estava desfeita. Uma das paredes era composta de janelas amplas com uma vista impressionante do Central Park, e as copas coloridas de suas árvores, sugerindo a chegada gloriosa do outono, contrastavam com os prédios do Upper West Side.

Seu olhar vasculhou o interior até encontrar um notebook sobre a mesa. Ele se aproximou e puxou o fio da tomada.

— Quem é você? — perguntou uma voz feminina.

Ele se virou.

Uma mulher estava em pé à porta do banheiro. Era baixa, com cabelos castanhos lisos, vestindo jeans e um suéter.

Na mão direita, ela segurava um revólver.

— Scott me pediu para apanhar o computador.

— É a melhor desculpa que você é capaz de inventar ou poderia fazer melhor se tivesse mais tempo?

Ele deu de ombros, fazendo um gesto para o computador na sua mão.

— Se tivesse mais tempo...

— Onde está Scott?

— E você, não tem nada melhor a dizer?

— Não sei, Knox. Ao que parece sou eu que tenho uma arma na mão, portanto, responda à minha pergunta.

Pronto, não lhe faltava mais nada. Outro problema. Já tivera tantos naquele dia. Mas suas suspeitas agora se confirmavam.

Aquilo era uma armadilha.

Ainda assim, havia sido necessário tentar.

Ela avançou na direção do centro do quarto, mantendo a arma apontada contra ele. Pondo a mão no bolso traseiro, ela sacou um telefone celular. Com um toque nos botões, ela disse:

— Nosso pirata chegou.

As coisas ficavam cada vez melhores.

Ela estava muito longe — a uns 3 metros, talvez — para que ele pudesse fazer alguma coisa sem levar um tiro. Percebeu que o revólver estava equipado com um silenciador. Obviamente, a NIA queria pouca atenção para aquele empreendimento, que poderia se virar a seu favor. Era preciso fazer algo, e rápido, uma vez que ele não sabia a que distância se encontravam seus auxiliares.

Ela guardou o telefone.

— O notebook — disse ela. — Jogue-o em cima da cama.

Ele assentiu com a cabeça e fez menção de lançá-lo sobre a cama. No último instante, atirou-o na direção dela.

A mulher se esquivou e ele aproveitou para atacar, chutando a arma de sua mão. Ela recobrou o equilíbrio e ergueu os braços, investindo na direção dele. Knox desferiu um soco de direita no rosto dela, fazendo-a cair sobre a cama. Aturdida com o golpe, ela levou a mão ao sangue que escorria de seu nariz.

Ele pegou o revólver sobre o tapete.

Com o dedo no gatilho, Knox pegou um travesseiro na cama e o colocou entre o cano da arma e a cabeça da mulher. Em seguida, disparou uma única vez.

Ela ficou imóvel.

O travesseiro sobre o silenciador havia abafado quase completamente o tiro.

Merda. Matar não era algo que o divertia. Mas não fora ele o responsável por aquela cilada.

Ele largou o travesseiro.

Pense.

Só havia tocado no notebook, em seu fio de energia e na maçaneta da porta.

Apanhou o computador no chão. Uma poltrona amortecera a queda e o objeto parecia ileso. Resolveu ficar com a arma. Usando uma toalha de rosto do banheiro, ele abriu a porta do quarto com ela e limpou a maçaneta dos dois lados. Depois, enfiou a toalha no bolso e se dirigiu para os elevadores.

Assim que virou o corredor, ouviu um som que anunciava a chegada de um deles.

Dois homens apareceram, ambos jovens e bem-apessoados. Certamente, os auxiliares que foram contatados. Ele passou casualmente por eles, sem sequer olhá-los. Eles levariam menos de um minuto para descobrir o corpo e começar a persegui-lo. Não que estivesse especialmente preocupado com aqueles dois, mas os que poderiam ser chamados pelo rádio talvez se tornassem um problema.

Ele apertou um botão com o cotovelo e aguardou.

— Ei, você — disse alguém.

Knox se virou.

Os dois homens voltavam correndo na sua direção.

Droga.

Sua mão direita continuava dentro do bolso, segurando o revólver. Ele o sacou.

VINTE E DOIS

Cidade de Nova York

Wyatt pulou do último lance da escada de incêndio, recuperou o equilíbrio na calçada e seguiu alguns quarteirões até o Central Park, decidido a encontrar um táxi. Era uma rua transversal, sossegada, arborizada e com pouco tráfego, porém apinhada de carros estacionados, vários com multas presas sob os limpadores de para-brisa. A noite caíra trazendo um frio que combinava com seu humor. Ele não gostava de ser usado ou manipulado.

Mas Andrea Carbonell fizera as duas coisas.

Aquela mulher era um problema.

Era uma agente de carreira do serviço de inteligência, que passara de analista de baixo escalão à direção da agência, conseguindo manter a NIA útil, mesmo em tempos difíceis. As relações anteriores que tivera com ela haviam sido variadas — missões ocasionais para as quais ela pagava bem — e nunca houvera problema algum, nada fora do comum.

Então por que desta vez fora diferente?

Nada disso realmente o preocupava. Mas, ainda assim, estava curioso. Era um resquício do agente secreto que existia dentro dele, e que voltava à tona.

Ele se aproximou de um cruzamento e estava a ponto de atravessá-lo quando percebeu um carro preto estacionado a uns 15 metros de distância. O rosto que olhava para ele da janela aberta lhe era familiar.

— Quarenta e dois minutos — disse Carbonell pela janela. — Eu lhe dei 45. Você os machucou?

— Vão precisar de um médico.

Ela sorriu.

— Entre. Posso dar uma carona.

— Você me despediu e depois deixou que aqueles idiotas me levassem. É melhor eu ir para casa.

— Agi precipitadamente em ambos os casos.

Aquela curiosidade dentro dele começou a aflorar. Sabia que não devia, mas resolveu aceitar a oferta. Ele atravessou a rua e o carro arrancou assim que se instalou no banco traseiro.

— Achamos Scott Parrott — disse ela. — Morto no Central Park. Os piratas são previsíveis, isso eu posso dizer.

Wyatt trabalhara com Parrott no último mês. Era um canal de contato da NIA com a Comunidade, a fonte de todas as suas informações. Evidentemente, ele não contara nada disso à NSA ou à CIA. O problema não era seu.

— Eu sabia que Clifford Knox faria alguma coisa — disse ela. — Ele precisava fazer.

— Por quê?

— Isso tudo faz parte da pirataria. Nós os insultamos com nossa interferência, agora eles têm que retaliar. Faz parte da cultura deles.

— Então você sacrificou Parrott?

— Essa é uma maneira rude de descrever a situação. O que você disse na sua entrevista de admissão? Faz parte da missão. Às vezes as pessoas são mortas.

Sim, ele dissera aquilo. Mas não entendia a conexão entre seu comentário sobre os agentes alvejados que precisavam de socorro e enviar um homem para encontrar alguém que, obviamente, o mataria.

— Parrott foi descuidado — disse ela. — Confiante demais. Ele poderia ter se protegido.

— E você poderia tê-lo advertido ou mandado alguém para cobri-lo. Ela lhe passou um dossiê.

— Não é assim que isso funciona. Está na hora de você aprender mais sobre a Comunidade.

Ele devolveu o dossiê.

— Para mim, chega.

— Você se dá conta de que haverá repercussões sobre o que acaba de acontecer?

Ele deu de ombros.

— Não matei ninguém.

— Eles não vão pensar assim. O que queriam? Que você se virasse contra mim? Que denunciasse a Comunidade pela tentativa de assassinato?

— Alguma coisa desse tipo.

— Você é um cara esperto, Wyatt. O único capaz de assumir essa missão. — Ela sorriu. — Eu sei que estão atrás de mim. Já faz algum tempo que eu sei disso. Eles pensam que estou associada à Comunidade.

— E não está?

— Nem um pouco. Não me interessam em nada seus ganhos desonestos.

— Mas, aparentemente, você é útil para eles.

— Sou uma sobrevivente, Wyatt. Tenho certeza de que você não precisa se preocupar com seu contracheque. Já escondeu milhões que ninguém poderá tocar. Eu não tenho tanta sorte. Preciso trabalhar.

Não, isso não era verdade. Ela *adorava* trabalhar.

— Mesmo num mercado de trabalho flutuante — continuou ela —, graças à redução de efetivo do presidente, ainda existem oportunidades. Eu quero apenas uma dessas para mim. Nada mais. Nada de subornos. Só um emprego.

Considerando que, claramente, ninguém da NSA ou da CIA iria querê-la, e ela não aceitaria nada abaixo de um cargo de diretora ou chefe de administração, suas opções eram limitadas. Ela também desejava ir para um lugar seguro. Salvar a pele. Para que pular de um incêndio para outro?

Ele se concentrou nos olhos dela.

Ela pareceu ler seu pensamento.

— Isso mesmo. Eu quero a Magellan Billet.

* * *

KNOX DEU MEIA-VOLTA E SUA ARMA EQUIPADA COM UM SILENCIADOR interrompeu o avanço dos dois homens.

— Deixem as mãos à vista — disse ele. — Voltem.

Eles obedeceram e lentamente recuaram pelo corredor.

Outro elevador chegou e as portas se abriram.

No interior, mais duas ameaças, semelhantes ao primeiro par. A visão da arma os surpreendeu momentaneamente, pois nenhum deles tinha um revólver na mão. Ele disparou duas vezes para dentro do elevador, mirando para o alto, tentando não acertar ninguém, apenas assustá-los.

As portas se fecharam e os dois foram despachados para baixo, os braços protegendo as cabeças, tentando evitar as balas. Mas os dois segundos usados para desencorajar a nova dupla encorajaram a primeira, e um corpo se chocou contra a lateral do seu.

Ele caiu sobre o tapete, largando o notebook.

Usando as pernas, Knox se virou e empurrou o homem que estava em cima dele. Depois, rolou para a direita e atirou no segundo homem, que fugiu correndo pelo corredor e caiu mais adiante.

O primeiro homem se recuperou e lhe desferiu um soco.

Que acertou em cheio.

* * *

WYATT PONDEROU SOBRE O QUE CARBONELL LHE CONTARA.

A Magellan Billet.

— Parece um bom lugar para trabalhar — disse Carbonell. — Daniels a adora. Há chances de que seu partido se mantenha na Casa Branca depois do ano que vem. É o cargo perfeito para uma mulher de carreira como eu.

— Exceto pelo fato de Stephanie Nelle ser a chefe atualmente.

Ele percebeu o itinerário deles, seguindo para a Times Square em direção ao hotel, cuja localização ele jamais mencionara para Andrea Carbonell.

— Receio que Stephanie esteja passando por um momento difícil — disse ela. — A Comunidade a capturou há alguns dias.

O que explicava a razão de seu e-mail para Malone ter funcionado tão facilmente. Ele abrira uma conta no Gmail com o nome de Stephanie Nelle. Por sua vez, Malone não desconfiou de nada. Os agentes de campo regularmente usam provedores de internet comuns, por não atraírem atenção, não revelarem nada sobre o remetente e se misturarem perfeitamente a bilhões de outros. Se Malone não tivesse mordido a isca ou tivesse se comunicado com Nelle por outros meios, ele teria esperado outro momento para saldar sua dívida. Felizmente, isso não ocorrera.

Mas ele ainda estava curioso.

— A Comunidade está ajudando você a conseguir um novo emprego?

— Quase isso.

— E o que você tem para *lhes* dar em troca?

Ela colocou uma pasta de papéis no colo de Wyatt.

— Está tudo explicado aí.

Ela fez um resumo sobre os corsários, as cartas de corso de George Washington, um atentado contra a vida de Andrew Jackson e o criptograma que Thomas Jefferson considerava indecifrável.

— Um amigo de Jefferson — continuou ela. — Robert Patterson, professor de matemática, concebeu o que chamava de criptograma perfeito. Jefferson era fascinado por códigos. Ele gostou tanto daquele criado por Patterson que, durante sua presidência, o deu para seu embaixador na França, para que fosse utilizado oficialmente. Pena que não haja registros de sua solução. O filho de Patterson, também chamado Robert, foi nomeado por Andrew Jackson diretor da Casa da Moeda. Foi assim, provavelmente, que Jackson descobriu o criptograma e sua solução. É lógico supor que o filho o conhecesse. A Velha Nogueira era um grande admirador de Thomas Jefferson.

Ela lhe mostrou uma cópia de uma página manuscrita que continha nove linhas de letras numa sequência aparentemente aleatória.

— A maior parte das pessoas não sabe — prosseguiu Andrea —, mas, antes de 1834, havia poucos arquivos no Congresso. O que existia ficava guardado dentro de anais separados para a Câmara de Deputados e para o Senado. Em 1836, Jackson autorizou a criação do *Debates e Procedimentos no Congresso dos Estados Unidos*, que levou vinte anos para ser concluído. Para elaborar aquele arquivo oficial, foram usados diários, relatos da imprensa, testemunhas oculares, qualquer coisa e pessoa que pudesse ajudar. A maior parte era formada por informações de terceiros, mas essa obra se tornou os Anais do Congresso e são agora o arquivo oficial do Congresso americano.

Ela explicou que nenhum trecho dos Anais possuía qualquer menção às quatro cartas de corso concedidas a Hale, Bolton, Cogburn e Surcouf. Na verdade, estavam faltando duas páginas nos anais oficiais da Câmara e do Senado, relativas às sessões do Congresso de 1793.

— Jackson as arrancou e escondeu — disse ela —, ocultando-as segundo o criptograma de Jefferson. Durante todo esse tempo, nenhuma solução foi encontrada... — Ela fez uma pausa. — Até poucas horas atrás.

Ele avistou seu hotel na Broadway.

— Nós contratamos um especialista há alguns meses — continuou ela. — Um indivíduo particularmente esperto que achava que conseguiria decifrá-lo. A Comunidade tem tentado, mas nenhum de seus homens foi capaz de solucionar o enigma. O nosso profissional está lá no sul, em Maryland. Ele é um dos responsáveis pelos programas de computação que usamos para decifrar mensagens do Oriente Médio, e, aparentemente, funcionou. Eu preciso que você vá até lá e recupere essa solução.

— Não podem mandá-la pela internet ou pelo correio?

Ela sacudiu a cabeça.

— Há muitos riscos associados a isso. Além do mais, há outro problema.

Ele compreendia as implicações, então perguntou:

— Outras pessoas estão sabendo disso?

— Infelizmente. Duas das quais você acabou de mandar para o hospital, mas a Casa Branca também está a par.

— E como você sabe disso?

— Eu contei para eles.

VINTE E TRÊS

Air Force One

MALONE ESPEROU POR UMA RESPOSTA ÀS SUAS PERGUNTAS — *QUEM entrou em contato comigo dois dias atrás e quem deixou aquele recado?* — mas não obteve nenhuma. Em vez disso, Edwin Davis entregou-lhe outra folha de papel. Nela estavam nove linhas de letras em sequência aleatória, escritas com a mesma caligrafia apresentada na carta de Andrew Jackson para Abner Hale.

— Este é o código Jefferson — disse Davis. — A Comunidade tenta decifrá-lo desde 1835. Os especialistas dizem que não se trata de simples substituições, em que uma letra do alfabeto é trocada por outra. Trata-se de uma transposição, em que as letras aparecem dispostas em ordem definida. Para conhecer a sequência, é preciso conhecer o código. Existem cerca de 100 mil possibilidades.

Ele examinou as letras e os símbolos.

XQXFEETH
APKLJHXREHNJF
TSYOL:
EJWIWM
PZKLRIELCPΔ

FESZR
OPPOBOUQDX
MLZKRGVKΦ
EPRISZXNOXEΘ

— Alguém certamente o decifrou — disse Malone. — De que outra forma Jackson teria escrito a mensagem?

— Ele teve a sorte — respondeu Daniels — de nomear o filho do autor do código diretor da Casa da Moeda. Nós supomos que o papai tenha contado para o filho, que contou para Jackson. Mas Jackson morreu em 1845, e o filho, em 1854. Ambos levaram a solução para o túmulo.

— O senhor acha que a Comunidade tentou matá-lo? — perguntou Cassiopeia a Daniels.

— Não sei.

Mas Malone estava mais preocupado com Stephanie.

— Não podemos ficar sentados e não fazer nada.

— Não é esse meu plano — retorquiu Daniels.

— Se existem milhares de agentes à sua disposição, use-os.

— Conforme disse o presidente — interveio Davis —, não é tão simples assim. A CIA e várias outras agências de inteligência querem processar a Comunidade. A NIA quer salvá-la. Nós também estamos prestes a eliminar a NIA e cinquenta outras agências redundantes no próximo ano fiscal.

— E Carbonell sabe disso? — perguntou ele.

— Claro — respondeu o presidente.

— E atrair atenção para a Comunidade só agravaria o problema — esclareceu Davis. — Eles adorariam que isso se tornasse um espetáculo público. Na verdade, eles estão nos empurrando para algo assim.

Daniels balançou a cabeça.

— Isso tem que ser tratado com calma, Malone. Confie em mim. Nossos serviços de inteligência são como um bando de galos que vi certa vez numa fazenda. Só o que fazem é brigar um com o outro para ver quem manda no pedaço. No final, acabam todos exaustos e nenhum deles serve mais para nada.

Malone tinha experiência pessoal com esse tipo de disputa territorial, que foi mais uma razão para sua aposentadoria antecipada.

— Esses rapazes resolveram destruir a Comunidade — disse Daniels. — O que é excelente para mim. Não me importa. Mas se começarmos a interferir publicamente nessa história, aí a briga passa a ser *nossa*. E então teremos mais problemas, incluindo o que eu menos desejo: problemas jurídicos. — O presidente fez um movimento com a cabeça. — Temos que tratar disso com tranquilidade.

Malone não concordava nem um pouco.

— Que a CIA e a NIA vão para o inferno. Deixe-me ir atrás da Comunidade.

— Para fazer o quê? — perguntou Cassiopeia.

— Você tem uma ideia melhor? Stephanie precisa de ajuda. Não podemos ficar parados.

— Nós sequer sabemos se ela está nas mãos da Comunidade — ponderou Cassiopeia. — Ao que parece, essa tal de Carbonell é a melhor pista.

Sua amiga estava em apuros. Ele se sentia frustrado e furioso, como em Paris, no Natal passado, quando outro amigo estivera em perigo. Ele chegara dois minutos atrasado então, e ainda se lamentava por isso.

Dessa vez, não. De jeito nenhum.

Daniels apontou para a folha de papel.

— Nós temos um trunfo. Esse criptograma foi decodificado há algumas horas.

Aquela revelação surpreendeu Malone e Cassiopeia.

— Um especialista contratado pela NIA o decifrou, usando alguns programas de computador secretos e uns bons palpites.

— Como o senhor sabe disso? — perguntou ele.

— Carbonell me contou.

Mais alguns elementos começavam a fazer sentido.

— Ela está fornecendo informações para vocês. Está jogando dos dois lados. Tentando se mostrar útil.

— E isso me aborrece — disse Daniels. — Ela acha que sou estúpido demais para ver o que está acontecendo.

— Ela sabe que Stephanie estava de olho nela? — perguntou Cassiopeia.

— Não sei — respondeu Daniels, a voz definhando. — Espero que não. Isso poderia significar um enorme problema.

Como a morte, pensou Malone. Os serviços de inteligência eram um jogo rápido e intenso. As apostas eram altas, e a morte, comum.

Portanto, encontrar Stephanie era *a* prioridade.

— A respeito daqueles documentos presidenciais no Arquivo Nacional — prosseguiu Daniels —, pouquíssimas pessoas têm acesso a eles. Os diretores das agências de inteligência são algumas delas.

— Carbonell está nessa lista? — perguntou Malone.

Davis confirmou.

— E foi ela que contratou alguém para decifrar o criptograma.

— Ela me faz pensar — disse Daniels — num daqueles galos de briga. Um galinho bem esquelético, que assiste a todas as lutas sem se meter, esperando se tornar o campeão simplesmente por ser o último a ficar em pé. — O presidente hesitou por um instante. — Fui eu que dei essa missão a Stephanie. É minha culpa que ela tenha desaparecido. Não há mais ninguém que eu possa usar agora, Malone. Preciso de você.

Malone notou que Cassiopeia estava assistindo à TV sem som, os três canais retransmitindo várias vezes a tentativa de assassinato.

— Se conseguirmos a solução do código, teremos algo que a Comunidade *e* Carbonell desejam. Isso nos daria uma vantagem na negociação.

Então, Malone concluiu:

— Carbonell lhe forneceu a informação para que chegue à solução do código. Ela quer que vocês a tenham.

Daniels assentiu.

— Absolutamente. Imagino que seja para mantê-la longe dos colegas, pois tudo o que eles desejam é destruí-la. Corroborar essas cartas de corso pode se tornar problemático para a instauração do processo. Se eu guardar o código, então ele estará seguro. Nosso problema, Malone, é que não dispomos sequer de um par de dois para blefar, portanto, estou disposto a aceitar qualquer coisa.

— E não se esqueça — disse-lhe Cassiopeia —, você foi convidado. Recebeu um convite especial. Sua presença foi requisitada.

Malone olhou para ela.

— Alguém, especificamente, queria vê-lo lá.

— E queriam que você saísse do Grand Hyatt — disse Daniels, erguendo da mesa o papel com o recado datilografado. — Stephanie não escreveu isso. Foi só para desentocá-lo. Ou quem quer que tenha enviado esse bilhete desejava que um policial ou agente secreto matasse você.

Aquela ideia havia lhe ocorrido.

— Vá até o Garver Institute, em Maryland, e consiga a solução do criptograma — continuou Daniels. — Carbonell me disse que estão esperando por você. Ela nos forneceu uma senha de acesso.

Ele não era estúpido.

— Isso soa como uma cilada.

Daniels concordou.

— Provavelmente é. As pessoas que querem processar a Comunidade não desejam que o criptograma seja elucidado.

— O senhor não é o presidente? Eles todos não trabalham para o senhor?

— Sou um presidente com pouco mais de um ano de mandato pela frente. Eles não se importam mais com o que eu penso. Estão mais interessados no próximo a sentar-se no meu lugar.

— Podemos estar desperdiçando tempo — disse ele. — Quem quer que esteja com Stephanie pode simplesmente matá-la e tudo estará acabado. Nós nunca saberemos.

— Assassiná-la seria contraproducente — salientou Davis.

— E assassinar o presidente seria producente? — perguntou Cassiopeia.

— Esse é um ponto interessante — disse Daniels. — Temos que correr o risco. Precisamos fazê-lo. E, pessoalmente, acho que ela está viva.

Ele não apreciou a passividade do comentário, mas reconheceu que o que Daniels dizia fazia sentido. Além disso, estava ficando tarde, e o Garver Institute parecia ser a melhor maneira de aproveitar o tempo até a manhã seguinte. De fato, a posse da solução do criptograma lhes daria poder de barganha.

— Por que estou aqui? — perguntou Cassiopeia ao presidente.

— Suponho que se eu disser que é para nos honrar com sua beleza não vai funcionar.

— Numa outra ocasião, talvez.

Daniels acomodou-se na poltrona, que rangeu sob seu peso.

— Aqueles dispositivos que dispararam contra mim devem ter levado tempo para serem fabricados. Todo o atentado deve ter exigido um bocado de planejamento.

Isso era óbvio.

— Havia meia dúzia de pessoas na Casa Branca que estava ciente da minha ida a Nova York — disse Davis — nesses dois meses que se passaram desde que eu decidi viajar. Todas do alto escalão do Serviço Secreto. Elas serão interrogadas e investigadas, mas eu apostaria minha vida em cada uma delas. Algumas outras pessoas ficaram sabendo uns dois dias antes, mas o Serviço Secreto me informou que as reservas daqueles quartos do Hyatt foram feitas há apenas cinco dias, por meio de cartões de crédito falsificados.

Malone identificou uma preocupação pouco comum na expressão de Daniels.

— Temos que investigar todas as pistas — disse Davis. — E há um problema específico que Cassiopeia pode averiguar. Não queremos o FBI ou o Serviço Secreto envolvido nisso.

— Um possível vazamento? — indagou Malone.

— É — respondeu Daniels. — Algo extraordinário.

Ele aguardou alguns segundos, antes de concluir.

— Minha esposa. A primeira-dama.

VINTE E QUATRO

CIDADE DE NOVA YORK

KNOX AINDA SEGURAVA O REVÓLVER, MAS A ARMA NÃO AJUDAVA muito, pois o homem sobre ele mantinha seu braço imóvel. Ele precisava sair daquela posição. Os dois homens no elevador certamente haviam desembarcado num andar abaixo e deviam estar voltando.

Ele conseguiu se contorcer e inverter a situação, mas o homem, agora embaixo, ainda segurava seu braço. Ele se revirou e enfiou o joelho no estômago do oponente. Repetindo o golpe, deixou-o com falta de ar e aproveitou aquele instante para se desvencilhar e disparar à queima-roupa contra seu peito.

Um grito de agonia saiu da garganta do sujeito.

Knox o afastou.

O corpo se dobrou e estremeceu, depois ficou inerte.

Ele apanhou o notebook e se levantou.

A porta de um dos quartos se abriu. Ele atirou no batente e ela se fechou. A última coisa que faltava agora era o envolvimento de um hóspede do hotel.

Ele estudou a situação.

Certamente, ninguém voltaria pelo elevador. Era arriscado demais.

Então, apertou o botão e rapidamente arrastou o corpo do agente ferido para fora do campo de visão de quem estivesse dentro do elevador. O outro agente, no fim do corredor, continuava estendido e imóvel. A escada encontrava-se a 3 metros dele, virando o corredor.

Mas poderia haver homens armados por lá.

O elevador chegou.

Ele enfiou a arma no bolso, mantendo o dedo no gatilho.

Havia três pessoas lá dentro. Duas mulheres e um homem, vestidos para sair à noite. Um deles carregava uma sacola de compras. Knox se recompôs e entrou. Desceram e pararam no segundo andar, onde os três saíram.

Assim como ele.

Com certeza, Parrott tentara enganá-lo com a história do jantar e depois iria atraí-lo para uma armadilha. Conseguira evitar isso, mas era um absurdo causado por mais uma bobagem de seus chefes. Acabara de matar duas pessoas, com certeza, e talvez duas outras. Jamais uma operação havia ficado tão fora de controle.

Ele seguiu pelo corredor e se virou ao avistar um carrinho de camareira parado ao lado de uma porta. Pôde ver um saco de lixo numa extremidade, com uma bolsa de compras da Sacks Fifth Avenue para fora. Ele agarrou a bolsa e, sem parar de andar, colocou o notebook dentro dela.

A situação era difícil.

Quantos agentes estariam por ali? E até que ponto estariam dispostos a chamar a atenção para si mesmos? Com quatro deles no chão, provavelmente estariam muito dispostos.

Ele concluiu que não havia escolha.

Precisava sair andando pela porta da frente.

E rápido.

* * *

WYATT ENTROU EM SEU QUARTO DE HOTEL E IMEDIATAMENTE ARRUmou as malas. Tinha trazido poucas roupas, já sabia há muito tempo o valor de viajar com pouca coisa. Ele ligou a televisão e assistiu a outras coberturas sobre o atentado. O noticiário informava que Danny Daniels estava retornando para Washington a bordo do *Air Force One*.

Com um passageiro, sem dúvida.

Cotton Malone.

O que significava que a Casa Branca estava a par da solução para o código de Jefferson, conforme Carbonell deixara bem claro; Malone também sabia.

— *Dois homens morreram por culpa sua* — *disse Malone.*

A audiência administrativa estava encerrada, um veredicto foi dado e, pela primeira vez em muito tempo, ele estava desempregado.

— *E quantos devem seus túmulos a você?* — *perguntou ele.*

Malone parecia imperturbável.

— *Nenhum deles morreu porque eu quis salvar minha própria pele.*

Wyatt empurrou seu adversário contra a parede, uma das mãos agarrando seu pescoço. Estranhamente, não houve uma ação defensiva. Em vez disso, Malone simplesmente o encarou, sem medo ou inquietação nos olhos. Os dedos de Wyatt apertaram ainda mais. Queria desferir um soco no rosto de Malone. Em vez disso, ele disse:

— *Eu fui um bom agente.*

— *Isso é o pior de tudo. Você foi um bom agente.*

Ele apertou ainda mais intensamente o pescoço, mas Malone não reagiu. Era um homem que sabia como lidar com o medo. Como dominá-lo, conquistá-lo e nunca demonstrá-lo.

Ele se lembrava disso.

— *Está terminado* — *disse Malone.* — *E você está acabado.*

Não, não estou, pensou ele.

Carbonell tinha se deleitado contando-lhe sobre o Garver Institute, informando-lhe o endereço e dando-lhe uma senha de acesso. Ela dissera que haveria um homem lá esperando por ele e, assim que conseguisse a solução do código, Wyatt deveria entrar em contato com ela.

— *O que você vai fazer com o código decifrado?* — *perguntara ele.*

— Estou planejando salvar Stephanie Nelle.

Ele duvidou disso. Não podia esperar algo assim de uma mulher que acabara de sacrificar dois de seus próprios agentes.

— Em troca dessa missão — disse ela —, vou dobrar seus honorários.

Isso era um bocado de dinheiro para algo que um de seus homens poderia fazer, ou, melhor ainda, ela poderia fazer sozinha. Então ele entendeu.

— Quem mais vai estar lá? — perguntou Wyatt.

Ela deu de ombros.

— Difícil dizer, mas todos estão sabendo. A CIA, a NSA e várias outras agências que não querem que o código seja decifrado ou que as tais páginas sejam achadas.

Ele ainda se sentia indeciso.

Os olhos delas se suavizaram. Ela era tremendamente atraente, e sabia disso.

— Vou levar você até Maryland — disse ela. — Tenho um helicóptero me aguardando. No caminho, depositarei seus honorários duplos em qualquer conta estrangeira que você quiser. Aceita a missão?

Ela conhecia seus pontos fracos. Por que não? Dinheiro era dinheiro.

— Há um lucro adicional nisso também — observou ela. — Cotton Malone está a bordo do Air Force One. Como eu forneci esta informação à Casa Branca, meu palpite é que ele também estará lá. — Ela sorriu. — Talvez alguém possa acabar o que você começou hoje.

Talvez, ele pensou.

* * *

KNOX SAIU DO ELEVADOR E CAMINHOU PELO SAGUÃO DO HELMSLEY Park Lane. Felizmente, apesar de serem quase 21h30, o local estava bem movimentado. Seus olhos esquadrinharam os rostos, tentando detectar problemas, mas nada chamou sua atenção. Ele seguiu calmamente até a porta principal, uma das mãos carregando a bolsa de compras, a outra enfiada no bolso do casaco, sobre a arma. Se necessário, ele sairia dali a tiros.

Ele tomou a saída para Central Park South.

A calçada estava cheia de gente muito animada, e ele seguiu o fluxo na direção da Quinta Avenida e do Plaza Hotel. Precisava juntar suas coisas e sair de Nova York. Qualquer agente que ainda restasse no Helmsley Park estaria agora certamente ocupado, descobrindo a extensão da carnificina e limpando a sujeira. A NIA não ia querer perder o controle da situação. Nenhum policial local ou jornalista podia ser envolvido. Com sorte, isso iria lhes consumir bastante tempo, permitindo que ele saísse da cidade.

Aquilo tinha que acabar, mas o pesadelo parecia muito longe do fim. Os capitães estavam em segurança em suas propriedades na Carolina do Norte. Ele era o batedor, esquivando-se das balas, tentando se manter vivo.

Será que tudo fora um ardil? Existiria alguma solução para o código?

Ele precisava saber.

Tomando o elevador do Plaza, ele subiu até seu andar e, assim que entrou no quarto, ligou o notebook. Bastou-lhe um instante para perceber que não havia nada no computador. Apenas alguns programas-padrão que vêm com todos os aparelhos.

No programa de e-mail, ele não viu conta alguma.

O computador fora comprado recentemente.

Como uma isca.

Para ele.

Ou seja, um dia ruim acabara de se tornar pior.

VINTE E CINCO

CASA BRANCA

22H20

CASSIOPEIA ESTAVA SENTADA NO CARRO. ELES ANDAVAM EM COMboio, vindos diretamente da base da força aérea de Andrews — ela, Edwin Davis e Danny Daniels. Malone seguiu rumo ao Garver Institute, que ficava a cerca de 45 minutos ao sul, em Maryland. Ela não apreciara a ideia de vê-lo partir sozinho, especialmente com a perspectiva de problemas, mas concordou que aquela parecia ser a única opção. Stephanie Nelle era sua amiga e ela estava preocupada. Todos tinham que fazer sua parte.

— Preciso que lide cuidadosamente com esta situação — disse Daniels, quando adentraram o terreno da Casa Branca.

— Por que eu? — ela quis saber.

— Porque você está aqui, você é boa e também é um elemento externo.

— E uma mulher?

O presidente assentiu.

— Isso pode ajudar. Pauline sabe ser bastante rabugenta.

Ela tentou resgatar o que se lembrava da primeira-dama, mas não sabia muita coisa. Política americana não era sua especialidade, uma vez que suas preocupações profissionais se encontravam em grande parte

155

fora da América do Norte. Sua primeira incursão no governo Daniels tinha ocorrido com Stephanie, há alguns anos — a primeira vez que visitara a Casa Branca —, o que havia sido revelador em muitos aspectos.

— O que o leva a suspeitar de que sua esposa esteja deixando vazar informações?

— Eu disse que suspeitava dela?

— Suas palavras poderiam muito bem ter sido essas.

— Ela é a única pessoa — interveio Davis — além do presidente, de mim mesmo e de alguns membros do alto escalão que sabia de tudo.

— Daí a acusá-la há uma grande distância.

— Não é uma distância assim tão grande quanto você pensa — murmurou Daniels.

Os dois estavam escondendo algo, e isso a irritava.

O comboio estacionou sob o pórtico. Ela avistou um grupo de pessoas aguardando na entrada iluminada. Daniels saiu do carro sob uma ovação de aplausos e saudações.

— Pelo menos algumas pessoas me amam — ela o ouviu murmurar.

Daniels agradeceu aos presentes com apertos de mãos e sorrisos.

— É realmente uma alegria trabalhar com ele — disse Davis, enquanto ambos observavam do interior do carro. — Quando assumi a chefia de gabinete, logo descobri que esta era uma Casa Branca feliz.

Ela teve que admitir que o comitê de boas-vindas parecia sincero.

— Não é todo dia que tentam matar um presidente — concluiu Davis.

Ela encarou o chefe de gabinete. Davis era frio e calculista, sua mente parecia nunca parar de funcionar. A pessoa perfeita, concluiu ela, para proteger alguém.

— Você percebeu alguma coisa? — perguntou ele.

Sim, ela percebera algo.

Entre as quase quarenta pessoas que aguardavam àquela hora para cumprimentar Danny Daniels, faltava a primeira-dama.

* * *

HALE CAMINHAVA DE UM LADO PARA OUTRO EM SEU GABINETE. Os três outros capitães tinham partido há uma hora. Felizmente, até a manhã seguinte, o código de Jefferson estaria decifrado e eles poderiam recuperar a imunidade constitucional. E aí, aqueles promotores federais e suas acusações de evasão fiscal poderiam ir para o inferno.

Ele observou as águas escurecidas do rio Pamlico. A solidão era uma das coisas de que mais gostava naquele refúgio familiar. Verificando seu relógio, viu que eram 22h30. Knox já devia ter feito contato.

Ressentiu-se do fato de ser chamado de pirata. Pelo seu contador. Por Stephanie Nelle. Por todos e qualquer um que não entendesse seu legado. Era verdade que a Comunidade se inspirava de modo consistente na sociedade pirata, implementando políticas e práticas iniciadas durante o século XVII e início do XVIII. Mas aqueles homens não eram imbecis, e eles ensinaram uma lição duradoura. Hale nunca a esquecia.

Agarre o dinheiro.

Política, moralidade, ética — nada disso importava. Tudo se resumia ao lucro. O que seu pai lhe ensinara? *Não esperamos que nosso jantar venha da benevolência do açougueiro, do cervejeiro e do padeiro, mas da consideração por terem seus próprios interesses correspondidos.* A ambição era o que impulsionava todo negócio a atender seus clientes. O que garantia o melhor produto e o melhor preço.

O mesmo ocorria com a atividade corsária. Caso o atrativo da riqueza fosse removido, toda motivação acabaria. Todos queriam ir além.

O que havia de errado nisso?

Aparentemente, tudo.

O mais absurdo é que nada disso era revolucionário. As cartas de corso existiam há setecentos anos. Em francês, essas cartas chamavam-se *lettre de marque*, uma licença para "apreender bens". No início, os corsários vinham de famílias de comerciantes bem-educados, algumas nobres. Eles eram descritos respeitosamente como "cavalheiros do mar". O credo deles? *Nunca volte de mãos vazias.* Seus espólios aumentavam o tesouro real, o que permitia aos reis reduzirem os impostos em seus domínios. Eles ofereciam proteção contra os inimigos nacionais e ajudavam os governos durante os períodos de guerra. Como instituição, a pirataria acabara nos anos 1720, mas os corsários continuaram a atuar por mais 150 anos. Agora, ao que parecia, os Estados Unidos tinham resolvido suprimir seus últimos vestígios.

Ele era um pirata?

Talvez.

Seu pai e seu avô não teriam se importado com esse rótulo. Na verdade, sentiam orgulho de seus modos de vida bucaneiros. Por que ele não?

O telefone tocou.

— Tenho más notícias — disse Knox quando ele atendeu. — Eles me armaram uma cilada.

À medida que escutava o que acontecera em Nova York, sua ansiedade voltara. A salvação parecia se afastar novamente.

— Quero que você volte, agora mesmo.

— Estou a caminho. Foi isso que atrasou minha ligação. Eu precisava primeiro sair de Nova York.

— Venha diretamente até aqui em casa no seu retorno. Nada de relatórios para os outros. Não por enquanto.

Ele desligou.

E imediatamente ligou para outro número.

VINTE E SEIS

La Plata, Maryland
23H20

Wyatt vigiava o campus arborizado do Garver Institute. O conjunto de cinco prédios de tijolos com três andares se situava num vale florestal a 400 metros da rodovia. As nuvens desfilavam pelo céu escuro, encobrindo a meia-lua. A chuva fina o acompanhara desde o pequeno aeroporto a alguns quilômetros dali, onde Andrea Carbonell o deixara. Os trovões se faziam ouvir ao longe.

Propositalmente, ele não se dirigira até o estacionamento iluminado do instituto, com mais de cem vagas desocupadas. Na verdade, ele deixara na rodovia o carro que Carbonell lhe oferecera e caminhara até ali. Pronto para qualquer coisa que estivesse esperando por ele.

Ele observara quando Carbonell partira voando rumo ao sul, na direção de Potomac e Virginia. Washington ficava ao norte. Para onde ela iria agora?

Wyatt se aproveitou de uma alameda de pinheiros para se camuflar, enquanto se aproximava do prédio, onde algumas luzes no segundo andar estavam acesas. Carbonell dissera que o escritório que a interessava estava localizado ali. Devia procurar um tal de Dr. Gary Voccio, supostamente um matemático renomado. O Dr. Voccio recebera instruções para esperar até que um agente aparecesse com a senha apropria-

159

da, e então poderia fornecer a ele todos os dados e informações sobre o código de Jefferson, e somente a ele.

Seu olhar vasculhou a escuridão, o nível de atenção passando de amarelo para laranja. Um arrepio percorreu seu corpo. Ele não estava sozinho. Embora não pudesse vê-los, ele os pressentia. Carbonell lhe advertira que haveria gente por lá. Por que eles não tinham seguido para o instituto ainda? A resposta era clara.

Estavam esperando por ele.

Ou por outra pessoa.

A prudência aconselhava cautela, mas ele resolveu não os decepcionar.

Assim, saiu das sombras e caminhou diretamente até o prédio iluminado.

* * *

HALE OUVIA O SOM DO TELEFONE CHAMANDO.

Uma. Duas. Três vezes.

— O que você quer, Quentin? — respondeu finalmente a voz de Andrea Carbonell. — Você não dorme nunca?

— Como se você não estivesse esperando minha ligação.

— Knox armou uma confusão no Helmsley Park Lane. Um agente morto, dois feridos e mais outro morto no Central Park. Não posso deixar isso sem resposta.

Um ruído atravessou a linha, como o rotor de um helicóptero, revelando que ela estava em movimento.

— O que você pretende fazer? Vai nos prender? Boa sorte, considerando até onde você está metida nisso tudo. Eu adoraria divulgar pela televisão a vadia mentirosa que você é.

— Você está um pouco irritável hoje.

— Você nem imagina.

— Eu tenho tanta fé quanto você no sistema judiciário — esclareceu ela. — E, como você, prefiro minhas próprias formas de retribuição, administradas do meu jeito.

— Pensei que fôssemos aliados.

— Éramos, até vocês resolverem fazer algo estúpido em Nova York.

— Eu não fiz aquilo.

— Ninguém jamais acreditará em vocês.

— Você conseguiu decifrar o código de Jefferson ou é mais uma mentira sua?

— Antes de responder, quero saber uma coisa.

Ele não estava empolgado com a perspectiva de discutir muito tempo com aquela mulher, mas não havia escolha.

— Vá em frente.

— Por quanto tempo você acha que poderá agir como bem entende?

Isso podia ser debatido.

— Nós temos uma autorização constitucional sancionada pelo Congresso e pelo primeiro presidente dos Estados Unidos para atacar, à nossa vontade, os inimigos do país. Perpetuamente.

— Você está sendo anacrônico, Quentin. Isso é uma relíquia do passado que não faz mais sentido.

— Nossa Comunidade tem conseguido fazer coisas que nunca seriam realizadas pelos meios convencionais. Vocês queriam um caos econômico em alguns países do Oriente Médio. Nós o provocamos. Queriam que os ativos de certa pessoa do interesse de vocês fossem roubados. Nós os roubamos: Políticos que não estavam cooperando passaram a cooperar quando começamos a agir. — Ele sabia que ela não gostaria que essas informações fossem divulgadas para o mundo, portanto, se alguém estivesse escutando, certamente estaria se divertindo.

— E enquanto faziam tudo isso — retrucou ela — vocês roubavam para vocês mesmos, ficando com bem mais do que os 80 por cento permitidos.

— Você pode provar isso? Nós fazemos anualmente pagamentos consideráveis para diversas agências de inteligência, inclusive a sua. Pagamentos que chegam aos milhões. Eu me pergunto, Andrea, será que toda essa grana vai de fato para o Tesouro americano?

Ela riu.

— Até parece que estamos recebendo integralmente nossa participação. Vocês todos, piratas e corsários, possuem uma forma particular de contabilidade. Séculos atrás, isso acontecia em alto-mar, os saques eram divididos segundo seus preciosos Artigos, antes de qualquer um saber quanto havia sido pilhado. Como o chamavam? O livro contábil? Tenho certeza de que foram criados dois livros. Um para mostrar ao governo e deixá-lo contente e outro para que todo mundo inteirado dos Artigos não reclamasse.

— Estamos num impasse — disse ele. — Não chegamos a lugar algum.

— Mas isso explica por que estamos conversando a essa hora.

Ele tentou outra vez.

— Você decifraram o criptograma?

— Temos o código.

Ele não sabia se devia ou não acreditar.

— Eu o quero.

— Com certeza você o quer. Mas, atualmente, não estamos em condições de entregá-lo. Admito que eu estava pensando em tomar Knox como refém, usando-o como moeda de troca. Talvez até simplesmente matá-lo e acabar com isso. Mas seu intendente agiu rápido e nós sofremos perdas humanas. É esse o preço que nós pagamos pelo fracasso.

Se algum pirata ou corsário tivesse tratado sua tripulação com um desrespeito tão absurdo, ele teria sido abandonado na primeira ilha deserta que encontrassem.

E ela o chamara de *pirata*.

— Não esqueça — advertiu ele. — Eu tenho o que você realmente quer.

Ele havia sequestrado Stephanie Nelle somente porque Carbonell lhe pedira. Segundo ela, Nelle andava fazendo perguntas, investigando seu relacionamento com a Comunidade ou, mais exatamente, seu relacionamento com Hale. Nenhum dos outros três capitães sabia de sua existência, ou, pelo menos, era isso o que ele pensava.

Carbonell ficara sabendo de uma reunião que Stephanie marcara com um agente afastado da NIA, alguém que não conservava lealdade alguma para com sua antiga chefe. Ela informara Hale sobre o local em Delaware, e Knox sequestrara Stephanie lá mesmo, dissimulado na escuridão, sem testemunhas, um serviço rápido e limpo. Carbonell queria que ele a mantivesse quieta por alguns dias. Aquilo não tinha a menor importância para ele. Era apenas um favor que fazia. Mas, com tudo o que acontecera nas últimas horas, as circunstâncias haviam mudado.

A NIA não era mais aliada.

— Como está sua hóspede? — perguntou ela.

— Confortável.

— Isso é mau.

— O que você quer com ela?

— Ela tem algo que eu quero e não vai ceder voluntariamente.

— Então você pensou "vou trocar Stephanie pelo Knox"?

— Valia a pena tentar.

— Eu quero a solução do código. Se não estiver interessada, posso fazer um acordo com Stephanie Nelle. Tenho certeza de que ela adoraria saber por que a mantenho aqui. Ela me parece o tipo de pessoa que aprecia as barganhas.

O silêncio no outro lado da linha confirmou que suas suspeitas estavam corretas. Isso era algo que ela temia.

— Ok, Quentin. As coisas obviamente mudaram. Vamos ver agora se eu e você podemos chegar a um acordo.

* * *

MALONE SAIU DA RODOVIA E ENTROU NO GARVER INSTITUTE. EDWIN Davis lhe dissera que aquele era um grupo de pesquisa ricamente financiado e especializado em criptologia, o qual dispunha de sofisticados programas de codificação. Ali, os criptogramas mais difíceis eram considerados os melhores.

Levara um pouco mais de tempo do que esperava para cruzar os 60 quilômetros entre Washington e a bucólica Maryland. Uma tempestade estava vindo do norte da Virginia. O vento açoitava as folhagens com fúria. Não havia nenhum tipo de segurança protegendo a entrada e tampouco o estacionamento. Uma mata densa proporcionava certo isolamento da rodovia. Davis explicara que a ausência de qualquer segurança ostensiva mantinha o lugar anônimo. Dos cinco prédios retangulares, quatro eram manchas negras na noite e um tinha luzes acesas. Daniels dissera que o Dr. Gary Voccio o estava aguardando. Uma senha que lhe daria acesso à solução havia sido fornecida pela NIA.

Ele seguiu de carro até o estacionamento e parou. Depois, saiu andando pela noite, que estaria silenciosa se não fossem alguns trovões distantes.

Estava de volta ao combate. E parecia que não havia como escapar dele.

De repente, os pneus de um carro cantaram na outra extremidade do prédio. Sem faróis, o motor em aceleração. O veículo virou à direita, subiu pelo canteiro intermediário e entrou no estacionamento deserto.

Vinha bem na sua direção.

Um braço estendido para fora da janela dianteira.

Segurando uma arma.

VINTE E SETE

Casa Branca

Cassiopeia foi conduzida por Edwin Davis até o segundo andar da residência, onde ficava o lar particular da família do presidente. *Um refúgio seguro*, dissera Davis, protegido pelo Serviço Secreto. *Talvez o único lugar no mundo onde possam ser, de fato, eles mesmos.* Ela ainda tentava avaliar Davis. Cassiopeia o observara no momento em que os funcionários saudaram Daniels. O modo como se mantivera fora do caminho. À margem. Presente, mas não exposto.

Eles alcançaram o alto da escada e pararam num corredor iluminado que se estendia de uma extremidade a outra da casa. As portas enfileiradas em cada lado. Uma delas estava protegida por uma mulher que se mantinha ereta contra a parede ornamentada. Davis indicou uma porta do outro lado do corredor. Ambos entraram e ele a fechou. As paredes claras e a simplicidade das cortinas eram aquecidas pelo foco dourado das luminárias. Uma magnífica mesa vitoriana repousava sobre um tapete de cores fortes.

— A Sala do Tratado — disse Davis. — A maior parte dos presidentes a utilizou como gabinete de estudos particular. Quando atiraram em James Garfield, esta sala foi transformada numa espécie de quarto resfriado com máquinas de ar condicionado rústicos, tentando mantê-lo confortável enquanto ele agonizava.

Ela percebeu a ansiedade nele.

Estranho.

— A Guerra Hispano-Americana — continuou ele — terminou aqui, quando o presidente McKinley assinou o tratado de paz nesta mesa.

Ela encarou Davis.

— O que você quer me dizer?

Ele olhou para ela.

— Bem que me disseram que você era uma pessoa direta.

— Você me parece um pouco nervoso, e eu não vim aqui fazer uma excursão.

— Há algo que você precisa saber.

Danny Daniels acordou de um sono profundo e sentiu cheiro de fumaça.

O ar do quarto escuro estava pesado com uma neblina acre, o suficiente para que ele se engasgasse logo em seguida e tossisse. Ele sacudiu Pauline, acordou-a e então se livrou das cobertas. Sua mente despertou totalmente, e ele se deu conta do pior.

A casa estava pegando fogo.

Ele ouviu as chamas, a velha estrutura de madeira estalando e se desintegrando. O quarto deles ficava no segundo andar, assim como o de sua filha.

— Oh, meu Deus! — exclamou Pauline. — Mary!

— Mary! — gritou ele na direção da porta. — Mary!

As chamas tomaram o segundo andar, a escada para o térreo fora engolida pelo fogo. Parecia que a casa inteira estava sendo consumida, exceto o quarto deles.

— Mary! — berrou ele. — Responda, Mary!

Pauline estava ao seu lado, gritando o nome da filha de 9 anos.

— Vou buscá-la — disse ela.

Ele segurou seu braço.

— É impossível. Você não vai conseguir, o chão está em chamas.

— Não vou ficar aqui parada sem fazer nada.

Ele tampouco, mas era preciso raciocinar.

— Mary! — gritou Pauline. — Responda!

Sua esposa estava à beira da histeria. A fumaça continuava aumentando. Ele correu até a janela e a abriu. O despertador ao lado da cama marcava 3h15. Não se ouviam sirenes. A fazenda ficava a 5 quilômetros da cidade, nas terras de sua família; o vizinho mais próximo estava a uns 800 metros dali.

Ele encheu bem os pulmões com ar fresco.

— Porra, Danny — protestou Pauline. — Faça alguma coisa.

Ele tomou uma decisão.

Recuando, agarrou sua esposa e a empurrou em direção à janela. A queda de mais ou menos 5 metros acabava num canteiro de arbustos. Não havia meio de escapar pela porta do quarto. Aquela era a única rota de fuga, e ele sabia que ela não a usaria voluntariamente.

— Respire fundo — disse ele.

Ela tossia muito e viu sabedoria no conselho do marido. Inclinando-se para fora da janela, ela tentou desobstruir a garganta. Ele a agarrou pelas pernas e lançou seu corpo pela abertura, empurrando-a um pouco para o lado, de modo que caísse sobre a ramagem. Talvez quebrasse um osso, mas não morreria queimada. Ela não poderia ajudá-lo lá dentro. Precisava agir sozinho.

Ele viu que as moitas amorteceram sua queda e ela ficou de pé.

— Afaste-se da casa — berrou ele.

Em seguida, voltou correndo até a porta do quarto.

— Papai, me ajude!

A voz de Mary.

— Querida, estou aqui — respondeu ele através das chamas. — Você está no seu quarto?

— Papai. O que está acontecendo? Está tudo queimando. Não consigo respirar.

Ele precisava chegar a ela, mas não havia como. O corredor do segundo andar fora consumido. Quinze metros entre seu quarto e o da filha. Mais *alguns minutos e o quarto onde ele estava seria devorado. A fumaça e o calor se tornavam intoleráveis, fazendo arder seus olhos e congestionando seus pulmões.*

— Mary! Você está aí? — Ele aguardou um segundo. — Mary!

Era preciso alcançá-la.

Ele correu até a janela e olhou para baixo. Não viu Pauline. Talvez pudesse ajudar Mary pelo lado de fora. Havia uma escada no estábulo.

Ele desceu pela janela e esticou o corpo, agarrando-se na soleira. Quando soltou as mãos, caiu os 2 metros que faltavam, no meio dos arbustos e em pé. Saiu da moita e correu até o outro lado da casa. Seus maiores temores foram logo confirmados. Todo o segundo andar estava engolfado pelo incêndio, inclusive o quarto da filha. As chamas se projetavam para fora e destruíam o telhado.

Pauline apareceu ao seu lado, olhando para cima, os braços envolvendo o próprio corpo.

— Ela se foi — gemeu com a voz lacrimosa. — Meu bebê se foi.

— Aquela noite a tem atormentado pelos últimos trinta anos — disse Davis, num sussurro. — A filha única dos Daniels morreu e Pauline não podia mais engravidar.

Cassiopeia não sabia o que dizer.

— A causa do incêndio foi um charuto deixado aceso no cinzeiro. Na época, Daniels fazia parte do conselho municipal e gostava de fumar. Pauline implorara para que largasse o hábito, mas ele se recusou. Naquela época, os alarmes de incêndio não eram tão comuns como são hoje. O relatório oficial atestou que o incêndio poderia ter sido evitado.

Ela percebeu toda a dimensão daquela conclusão.

— E como o casamento deles sobreviveu a isso? — perguntou Cassiopeia.

— Não sobreviveu.

* * *

WYATT CHEGOU AO ESCRITÓRIO DO DR. GARY VOCCIO NO SEGUNDO andar. Ele atendera o interfone e abrira a porta eletrônica somente após ouvir a senha combinada. O homem o cumprimentou, atrás de uma mesa apinhada de papéis e com três monitores de computador ligados. Voccio devia ter quase 40 anos, um físico espartano, cabelos ruivos e uma franja infantil. Sua aparência era desgrenhada, as mangas da camisa arregaçadas, os olhos cansados.

Não parecia o tipo de gente que gosta de ar livre, concluiu Wyatt.

— Não costumo trabalhar à noite — disse Voccio apertando sua mão. — Mas a NIA está pagando a conta e nós queremos que fique satisfeita. Por isso eu esperei.

— Preciso que me dê tudo o que tiver.

— Foi difícil decifrar o criptograma. Nossos computadores precisaram de quase dois meses para descobri-lo. E, ainda assim, foi preciso um pouquinho de sorte para dar certo.

Ele não estava interessado em detalhes. Avançou pelo gabinete em desordem até a janela, que oferecia uma vista do estacionamento da frente, o asfalto úmido brilhando sob as luzes de vapor de sódio.

— Algo errado? — perguntou Voccio.

Ele ainda não sabia. Continuou olhando pela janela.

Viu um par de faróis.

Um carro entrando no estacionamento e parando numa das vagas disponíveis.

Um homem saiu do carro.

Cotton Malone.

Carbonell estava certa.

Outro carro surgiu da sua esquerda. Os faróis apagados. Seguindo bem na direção de Malone.

Houve alguns disparos.

* * *

HALE ESCUTAVA ANDREA CARBONELL. O TOM DE VOZ DELA NÃO ERA o de uma pessoa encurralada, soava mais à frivolidade de alguém que estava se divertindo.

— Sabe — disse ele —, eu posso libertar Stephanie Nelle após fazer um acordo com ela. Afinal de contas, trata-se da diretora de uma agência de inteligência respeitada.

— Você verá que é difícil lidar com ela.

— Mais difícil do que com você?

— Quentin, a diferença é que eu tenho a solução do criptograma.

— Não tenho certeza de que isso seja verdade. Você já mentiu para nós uma vez.

— O contratempo com Knox? Eu estava apenas me cercando de todos os lados, apostando em todas as possibilidades. Tudo bem. Você ganhou esse round. Que tal? Vou fornecer o código, e, assim que vocês encontrarem as duas páginas que estão faltando, nós dois estaremos em melhor posição para negociar.

— Eu suponho que, em troca, você queira que eu elimine o que estou guardando comigo.

— Como se isso fosse um estorvo para vocês.

— Eu não tenho imunidade em relação a essa acusação em particular, ainda que ache as páginas. — Ele sabia que ela estava ciente de que a carta de corso não o protegeria em caso de morte premeditada.

— Isso nunca pareceu incomodar vocês no passado, e tem um homem no fundo do oceano Atlântico que concordaria comigo.

Aquele comentário o pegou desprevenido, então ele se deu conta.

— Vocês têm um informante?

— Os espiões podem ser bem úteis.

Mas ela deu uma dica. Ele sabia onde procurar. E ela sabia que ele o faria.

— Você não dá ponto sem nó, não é? — perguntou ele.

Ela riu.

— Digamos simplesmente que eu posso ser muito generosa quando quero. Chame isso de uma demonstração da minha boa-fé.

Que Stephanie Nelle vá para o inferno. Talvez ela fosse mais valiosa morta.

— Entregue o código. Quando eu estiver com as duas páginas nas mãos, seu problema será resolvido.

VINTE E OITO

CASA BRANCA

CASSIOPEIA ENTROU NUM AMBIENTE INFORMAL, ADJACENTE AO quarto principal do presidente. Um refúgio aconchegante. Sentada num sofá estofado com estampas cintilantes estava Pauline Daniels.

A agente do Serviço Secreto posicionada do lado de fora fechara a porta depois de sua entrada.

Estavam sozinhas.

Os cabelos louros foscos da primeira-dama pendiam cacheados sobre suas orelhas delicadas e sua testa estreita. Suas feições delineavam uma aparência mais jovial do que seus 60 e poucos anos. Óculos oitavados sem aros realçavam seus belos olhos azuis. Sua posição não parecia natural, as costas eretas, as mãos raiadas de veias cruzadas sob o colo, um terninho conservador de lã e sapatilhas Chanel.

— Pelo que entendi, você quer me interrogar — disse a Sra. Daniels.

— Eu preferiria que fosse apenas uma conversa.

— E quem é você?

Ela optou por uma resposta defensiva àquela pergunta.

— Alguém que não queria estar aqui.

— O mesmo de minha parte.

A primeira-dama acenou para que Cassiopeia se sentasse numa cadeira a sua frente, a 2 metros do sofá, como se demarcasse ali uma zona desmilitarizada. Aquela situação era desconfortável em diferentes aspectos, ainda mais depois do que Edwin Davis acabara de lhe contar sobre Mary Daniels.

Ela se apresentou e depois perguntou:

— Onde estava quando houve um atentado contra a vida do presidente?

A mulher mais velha olhou para o tapete sobre o chão de madeira.

— Você faz isso soar tão impessoal. Ele é meu marido.

— Eu preciso fazer essa pergunta e a senhora sabe disso.

— Eu estava aqui. Danny teve que viajar para Nova York sem mim. Ele disse que ficaria ausente apenas algumas horas. Voltaria antes de meia-noite. E não pensei mais no assunto.

A voz continuava distante, alheia.

— Qual foi sua reação quando soube?

A primeira-dama olhou para cima, os olhos azuis concentrados.

— O que você quer realmente saber é se fiquei contente?

Ela se perguntou se algum atrito ou animosidade entre eles, real ou pressentido, já fora comentado na imprensa. Buscou na memória, sem nada encontrar. Aquele sempre fora considerado um casamento sólido. Mas, se era desse modo que aquela mulher queria abordar o assunto, então...

— A senhora *ficou* contente?

— Eu não sabia o que pensar, especialmente naqueles primeiros minutos após o acontecimento, antes de me dizerem que ele estava bem. Meus pensamentos estavam... confusos.

Um silêncio incômodo se insinuou entre elas.

— Você sabe, não é? — perguntou a Sra. Daniels. — Sobre Mary.

Ela assentiu.

O rosto permanecia congelado, uma máscara de indiferença.

— Eu nunca o perdoei.

— Por que ficou com ele?

— Ele é meu marido. Meu juramento foi para o melhor e para o pior. Minha mãe me ensinou o significado dessas palavras. — A primeira-dama respirou fundo, como que para revigorar-se. — O que você quer de fato saber é se eu falei para alguém sobre a viagem dele a Nova York.

Cassiopeia esperou, calada.

— Sim, falei.

* * *

MALONE SE AGACHOU ATRÁS DO CARRO ESTACIONADO E APANHOU A SE-miautomática que o Serviço Secreto lhe dera. Ele já esperava que algo acontecesse, mas não assim tão rápido. O carro que vinha em sua direção desacelerou, enquanto a mão projetada para fora da janela disparava mais três vezes. A arma dispunha de um silenciador, e os tiros soaram como se fossem balas de festim, não como calibres grossos e ruidosos.

O carro acabou parando 50 metros adiante.

Dois homens saltaram, um do assento do motorista e o outro do banco traseiro. Ambos armados. Ele resolveu não lhes dar tempo para pensar e acertou na coxa do que estava mais próximo. O corpo caiu no chão, a vítima soltando um grito de dor. O outro homem reagiu, adotando uma posição defensiva atrás do veículo.

A chuva ficou mais intensa, gotas d'água escorriam pelo seu rosto.

Olhando ao seu redor, ele verificou se havia outros riscos e avistou um.

Então, em vez de mirar no homem com o revólver, ele apontou sua arma para a porta aberta do lado do motorista e disparou contra o carro.

* * *

HALE DESLIGOU O TELEFONE. É CLARO QUE ELE NÃO ACREDITAVA EM sequer uma palavra de Andrea Carbonell. Ela estava ganhando tempo.

Mas e daí, ele também.

Incomodava-o o fato de ela ter tomado conhecimento daquele assassinato no mar. Certamente, havia um espião entre eles.

Algo que precisava ser resolvido.

Ele avaliou mentalmente a tripulação do *Adventure*. Muitos deles desempenhavam outras funções dentro da sua propriedade ou na oficina metalúrgica, onde Knox fabricara aquelas armas de controle remoto. Todos eles obtinham uma determinada parcela dos espólios anuais da Comunidade, e doía pensar que um deles houvesse traído o grupo.

Justiça precisava ser feita.

Os Artigos previam para o réu um julgamento diante de seus pares com a presidência do intendente e o júri formado pelos tripulantes e capitães. Um simples voto majoritário determinaria seu destino e, se fosse considerado culpado, a punição era implacável.

Morte.

Lenta e dolorosa.

Ele se recordou do que seu pai lhe contara sobre o que acontecia ao traidor condenado, décadas atrás. Eles lançavam mão dos recursos usados antigamente. Cerca de cem tripulantes se reuniam para desferir um golpe, cada um com uma chibata de nove pontas. Mas somente a metade conseguia infringir o castigo antes que o homem morresse.

Ele resolveu não esperar pelo intendente.

Embora já fosse quase meia-noite, ele sabia que seu secretário estava no fim do corredor. Ele nunca ia para cama antes de Hale.

Chamou-o então, e, alguns instantes depois, a porta se abriu.

— Quero que a tripulação do *Adventure* seja reunida imediatamente.

* * *

CASSIOPEIA MANTEVE A CALMA. APARENTEMENTE, OS INSTINTOS DE Danny Daniels tinham se mostrado exatos.

— Você é casada? — perguntou-lhe a primeira-dama.

Ela balançou a cabeça.

— Alguém especial na sua vida?

Cassiopeia assentiu, embora parecesse estranho admitir esse fato.

— Você o ama?

— Eu disse a ele que o amava.

— Era o que estava sentindo?

— Se não fosse, eu não teria dito.

Um sorriso malicioso se desenhou nos lábios finos da mulher à sua frente.

— Seria ótimo se tudo fosse assim tão simples. Ele a ama?

Ela assentiu com a cabeça.

— Conheci Danny quando eu tinha 17 anos — prosseguiu Pauline. — Nós nos casamos um ano depois. Eu confessei que o amava em nosso segundo encontro, e ele me disse o mesmo no terceiro. Sempre foi um pouco lento. Eu assisti a sua ascensão na carreira política. Começou como vereador e acabou sendo o presidente dos Estados Unidos. Se ele não tivesse matado nossa filhinha, eu acredito seriamente que o teria venerado.

— Ele não a matou.

— Sim, ele a matou. Eu lhe implorei que não fumasse dentro de casa e tomasse cuidado com as cinzas. Naquela época, ninguém sabia nada sobre o tabagismo passivo, tudo o que eu queria era que ele parasse de fumar. — As palavras lhe saíam rapidamente da boca, como se fosse urgente proferi-las. — Eu revivo aquela noite todos os dias. Quando me disseram que alguém tinha tentado matar Danny, voltei a pensar nisso. Eu o odiei por ter me lançado pela janela. Por ter sido teimoso. Por não ter salvado Mary. — Ela se recompôs. — Mas eu o amo também.

Cassiopeia ficou sentada em silêncio.

— Aposto que você está achando que fiquei louca — disse a primeira-dama. — Mas, quando me disseram que alguém viria aqui me interrogar, alguém de fora da Casa Branca, eu soube que teria de ser honesta. Você acredita que eu estou sendo honesta, não é mesmo?

Isso era algo sobre o que Cassiopeia não tinha a menor dúvida.

— A quem a senhora falou sobre a viagem a Nova York? — perguntou ela, tentando retomar o fio da meada.

O rosto de Pauline Daniels se iluminou de profunda simpatia. Seus olhos azuis pareciam à beira das lágrimas, e Cassiopeia imaginou o turbilhão de pensamentos na cabeça daquela mulher atormentada. Pelo que vira até então, a primeira-dama era uma pessoa equilibrada, digna, jamais fora alvo de palavras cruéis. Em todas as ocasiões, ela se comportava de maneira adequada, mas, aparentemente, essa mulher conservava suas emoções presas dentro da segurança relativa daquelas paredes, seu lar nos últimos sete anos, o único lugar onde podiam ser expostas.

— A uma amiga minha. Uma grande amiga. Foi para ela que eu contei. — Os olhos pareciam dizer mais. — Uma amiga com quem não quero que meu marido fale.

VINTE E NOVE

MARYLAND

WYATT VIU MALONE RECHAÇAR O ATAQUE, DISPARANDO CONTRA O carro parado a 50 metros dele.

Carbonell tinha razão quando disse que haveria mais pessoas lá.

— O que está acontecendo lá fora? — perguntou Voccio, avançando até a janela.

Wyatt virou-se e o encarou.

— Preciso ir embora.

Mais tiros espocaram lá embaixo. A preocupação tomou conta da expressão do homem, os olhos ansiosos de um animal que se sente ameaçado.

— Precisamos chamar a polícia — disse Voccio.

— Você tem todos os dados?

Ele fez que sim com a cabeça e apanhou um pen drive.

— Aqui.

— Me dê isso.

O acadêmico entregou-lhe o dispositivo.

— Não entendo por que você veio até aqui para pegar isso.

Uma pergunta estranha.

— Há algumas horas — prosseguiu ele — eu enviei o conteúdo por e-mail à NIA.

É mesmo? Um detalhe que Carbonell não mencionara. Mas aquilo não devia mais surpreendê-lo.

— Você tem um carro lá embaixo?

— No estacionamento dos fundos.

Ele fez um gesto na direção da porta.

— Apanhe a chave e vamos embora.

A sala, de repente, ficou escura.

Todas as luzes se apagaram depois de um forte estrondo, exceto pelos três monitores de computador. Até mesmo o murmúrio do sistema de ventilação cessou. O grau de alerta de Wyatt passou de laranja para vermelho.

Pelo visto eles também eram alvos daquele ataque.

— Os computadores têm bateria — disse Voccio, com a luz irregular das telas se projetando sobre eles. — O que está acontecendo?

Não podia lhe dizer que aqueles homens lá fora provavelmente estavam ali para matá-los.

Então ele simplificou.

— Precisamos sair daqui.

* * *

MALONE NÃO MIRARA PARA ATINGIR ALGUÉM, MAS PARA INCITAR O motorista a sair com o carro, e algumas balas deveriam bastar para isso.

E bastaram.

O motor foi ligado, as rodas giraram e o veículo se afastou.

O atirador do outro lado percebeu que sua única proteção tinha sumido. Agora se encontrava no meio de um estacionamento vazio, banhado pela luz de um poste, sem ter para onde ir. Então, ele se deitou no chão e disparou indiscriminadamente contra o carro de Malone, estilhaçando os vidros.

Malone se encolheu ainda mais, ouvindo o intenso impacto das balas de chumbo rasgando o metal, e esperou um momento. Quando os tiros cessaram, ergueu-se e mirou no atirador, derrubando-o com uma bala no ombro.

Ele correu até lá e chutou o rifle para longe.

O homem se contorcia de dor sobre o chão molhado, o sangue brotando do ferimento.

O temporal ficou mais forte, com rajadas de vento atacando as árvores. Seus olhos percorreram a escuridão e ele notou uma coisa.

Todas as luzes do prédio que estavam acesas tinham se apagado.

* * *

Knox desceu do avião no aeroporto de Greenville, na Carolina do Norte. Ele voara para Nova York a bordo do jato da Comunidade, ele mesmo pilotando a aeronave com capacidade para 12 passageiros. Aprendera a voar na força aérea. Seu pai o encorajara a se alistar, e os seis anos que passara na ativa tinham sido bons para ele. Seus filhos fizeram o mesmo, um deles estava concluindo seu serviço no Oriente Médio, outro acabara de se alistar. Orgulhava-se de seus filhos desejarem servir seu país. Eram bons americanos, assim como ele.

O pequeno aeroporto regional ficava quarenta minutos a oeste de Bath. Ele se dirigiu rapidamente até um Lincoln Navigator, estacionado ao lado do hangar privativo da Comunidade. Para todos os efeitos, os dois aviões e o prédio pertenciam a um dos negócios de Hale, e eram usados para transporte de executivos da empresa. Havia três pilotos na folha de pagamento, mas Knox nunca os usava. Suas viagens eram particulares; quanto menos testemunhas melhor. Ainda estava preocupado com Nova York e tudo o que dera errado. Mas, pelo menos, conseguira escapar ileso.

Ele abriu a porta traseira do carro e jogou sua bolsa de viagem no interior. O lugar estava calmo e silencioso para uma noite de sábado.

Um movimento lateral distraiu sua atenção. Um vulto surgiu da escuridão e disse:

— Eu estava esperando por você.

Ele encarou a sombra sem rosto, um borrão na noite, e retorquiu:

— Eu devia matá-la.

A mulher achou aquilo divertido.

— Engraçado, eu estava pensando o mesmo em relação a você.

— Nosso acordo está encerrado.

Andrea Carbonell deu um passo à frente.

— Nada disso. Nós dois estamos longe do fim.

* * *

MALONE RECUPEROU AS ARMAS DOS DOIS HOMENS CAÍDOS E DEPOIS correu em direção à entrada do prédio. Ele viu que as portas de vidro haviam sido estilhaçadas e a tranca eletrônica, destruída. Entrou no saguão, se escondendo imediatamente atrás de um sofá ao lado de algumas poltronas. Havia um balcão de recepção próximo a uma das paredes e dois elevadores na outra. Três conjuntos de portas de vidro levavam a outros escritórios, ele supôs, mas estava tudo escuro. Outra série de portas envidraçadas no canto dava para os fundos do prédio. Seu olhar conseguiu identificar uma escada, um sinal de SAÍDA vermelho brilhando debilmente com a bateria fraca.

Ele se aproximou e abriu uma daquelas portas.

Algo chamou sua atenção.

Os passos de alguém.

Acima dele.

* * *

WYATT SAIU COM VOCCIO DO ESCRITÓRIO E SEGUIU PELO CORREDOR, passando por algumas portas abertas e outras fechadas. As luzes de emergência indicavam a localização da escada, e, seguindo aquele brilho incandescente, ele avistou a porta de saída.

Que estava sendo aberta lentamente.

Ele agarrou o braço de Voccio, fazendo-lhe sinal para ficar quieto, e ambos entraram no primeiro espaço aberto que viram. Era uma espécie de sala de conferências, com toda a parede em frente repleta de janelas, cujas persianas refletiam a chuva com a luz que vinha do poste lá embaixo. Ele fez um gesto para que Voccio aguardasse num canto, depois espiou o corredor, seus olhos se esforçando para identificar formas humanas.

Duas silhuetas surgiram na escuridão, ambas avançando com rifles automáticos. Teve a impressão de notar a presença de óculos noturnos presos às suas cabeças. Fazia sentido que esses homens viessem bem equipados.

Felizmente, ele também se precavera.

* * *

Knox não estava com paciência para aturar os teatrinhos de Andrea Carbonell. Ele havia vendido sua alma para ela, fazendo algo que ia contra todas as fibras do seu ser.

Mas ela fora convincente.

A Comunidade estava acabada.

Todos os quatro capitães passariam uma década ou mais numa penitenciária federal. Cada centavo e todos os ativos que possuíam seriam confiscados pelo governo. Nada mais de tripulações. Nada mais de cartas de corso. Nada mais de intendentes.

Knox poderia sobreviver à calamidade ou fazer parte dela.

Ele escolheu a sobrevivência.

A NIA soubera da tentativa de assassinato porque ele lhes contara. Fora essa sua moeda de troca, a informação que nem a NIA nem ninguém mais conhecia.

Sua passagem para fora dali.

Carbonell o escutara com total concentração.

— Eles vão matar Danny Daniels? — perguntou ela.

— Três dos capitães acham que essa é a solução.

— E o que você acha?

— Eles estão loucos e desesperados. É por isso que estou falando com você.

— O que você quer?

— Ver meus filhos se formando na faculdade. Curtir meus netos. Não quero passar o resto da minha vida na prisão.

— Posso cuidar disso.

Claro que pode, pensou ele.

— Siga adiante com o plano deles. Não faça nada fora do comum. Mas me mantenha informada.

Aquela denúncia fizera com que ele odiasse a si mesmo. E odiasse os capitães por obrigarem-no a se encontrar naquela posição.

— Só uma coisa — disse ela. — Se você me ocultar algo ou me der qualquer informação falsa, o acordo está acabado. Mas você não será derrubado junto com eles.

Ele sabia o que ela ia fazer.

— Conto para eles que os dedurou e deixo-os cuidarem de você para mim.

Disso ele tinha certeza.

Então, ele fabricou as armas, levou-as para Nova York, e depois forneceu a Carbonell cartões de acesso para ambos os quartos, conforme ela solicitara. Então, ela lhe disse para seguir em frente com o atentado, como fora planejado, sem interrupções.

Ele havia ponderado sobre isso.

— Você correu muitos riscos — disse Knox. — Eu não tinha certeza se você conseguiria chegar ao final. O cara pendurado na janela era um dos seus?

— Uma complicação inesperada, mas funcionou. Você fez um bom trabalho com Scott Parrott.

Ele matara Parrott porque era isso que os capitães esperavam de seu intendente. A duplicidade jamais era tolerada. Qualquer outra atitude que não fosse direta teria sido considerada suspeita.

— Você não hesitou em abandoná-lo — disse ele.

— Preferia ter mais uma testemunha para denunciar você?

Não. Claro que não. E essa era outra razão para ter agido assim.

— Você ia me matar em Nova York?

Ela riu.

— Longe de mim. Aquilo seria um favor para você. Caso, por alguma razão, não eliminasse Parrott.

Ele não estava entendendo.

Ela prosseguiu:

— Há melhor maneira de ocultar o fato de você ser um traidor do que colocar a sua vida em grande risco e escapar?

— Aquilo tudo foi uma encenação?

— Não na perspectiva dos nossos agentes. Eles não sabiam de nada, exceto que tinham que interceptá-lo. Mas eu sabia que você conseguiria dar um jeito.

— E aí você também os sacrificou? Você não dá nenhuma importância às pessoas que trabalham com você?

Ela deu de ombros.

— Eles tiveram uma boa chance de vencê-lo. Cinco contra um. Não é minha culpa se falharam.

Maldita mulher. Nada disso havia sido necessário.

Ou havia?

De fato, ambos os incidentes lhe ofereceriam uma cobertura excelente.

— O capitão Hale — disse ela — e o resto da Comunidade certamente estão em pânico. Mas ao que parece os capitães trabalham juntos com a mesma eficiência que os serviços de inteligência.

Ele não podia questionar aquela conclusão. Eles estavam se tornando mais combativos, mais irracionais. Ele sabia que Hale assassinara o contador que trabalhava com ele há anos. Quem seria o próximo?

— Hale quer a solução do criptograma — prosseguiu Andrea. — Mas não quero realmente entregá-la a ele.

— Não o faça então.

— Eu gostaria que fosse tão fácil.

— Como eu disse, está tudo acabado. Fiz a minha parte.

— Eu gravei nossa conversa. Estou gravando agora mesmo. Seus capitães podem achá-la esclarecedora.

— E eu poderia matar você agora mesmo.

— Eu não estou sozinha.

Ele olhou para a escuridão ao redor e se deu conta de que, se os capitães descobrissem sua traição, não haveria no planeta um lugar onde pudesse se esconder. Embora se autodenominassem corsários, havia um pirata dentro de cada um deles. Traições nunca foram toleradas — e quanto mais alta fosse sua posição, mais sórdida era a punição.

— Não há nada a temer, Knox — disse finalmente Carbonell. — Eu fiz outro favor para você.

Ele ficou calado.

— Eu plantei outro informante. Alguém que pudesse me passar informações, independentemente de você.

Mais novidades.

— E eu acabo de denunciar essa fonte para Hale.

Ele estava imaginando como iria satisfazer a exigência dos capitães de que o espião fosse descoberto.

— E tudo o que você precisa fazer para demonstrar sua gratidão — disse ela — é algo bem simples.

Ele se deu conta de que todas as atitudes dela tinham um preço.

— Mate Stephanie Nelle.

TRINTA

Washington
Domingo, 9 de setembro
0H10

Cassiopeia montou em sua motocicleta e disparou pela Interestadual 95, rumo ao sul, na direção da Virginia. Edwin Davis lhe propusera escolher um meio de transporte, e ela optara por uma das motos do Serviço Secreto. Também trocara de roupa, vestindo um jeans, botas de couro e um suéter preto.

A conversa que tivera com a primeira-dama ainda a perturbava. Pauline Daniels era uma mulher angustiada.

— *Eu não odeio meu marido* — admitira a primeira-dama.

— *É apenas um ressentimento. A senhora guardou isso durante trinta anos.*

— *A política é uma droga poderosa* — disse ela. — *Se você tiver sucesso, os efeitos são sedativos. Adoração. Respeito. Necessidade. Essas coisas podem fazer você esquecer. E algumas vezes aqueles de nós que recebem uma dose exagerada dessa droga começam a acreditar que são amados por todos, que o mundo estaria em piores condições se não estivéssemos por perto para fazê-lo funcionar. Chegamos mesmo a nos sentir responsáveis por isso. E eu não estou falando simplesmente do presidente dos Estados Unidos. O universo político pode ser muito grande ou muito pequeno, conforme o concebemos para nós mesmos.*

Ela acelerou, se precipitando em direção à rodovia escura. O tráfego era escasso a essa hora, exceto por uma procissão de carretas que aproveitavam as pistas livres.

— *Quando Mary morreu* — disse Pauline —, *Danny era vereador. No ano seguinte, foi eleito prefeito, depois senador estadual e, finalmente, governador. Parecia que seu sucesso brotava das profundezas de nossa tragédia. Ele suprimiu seu sofrimento através da política. Ele sucumbiu ao sedativo. Eu não tive tanta sorte.*

— *Vocês discutiram sobre isso? Tentaram encarar o problema?*

Ela balançou a cabeça.

— *Ele não é assim. Depois do funeral, ele nunca mais falou de Mary. Como se ela nunca tivesse existido.*

— *Mas não foi assim com a senhora.*

— *Oh, não. Eu não disse isso. Receio que eu, tampouco, não seja imune à política. À medida que Danny prosperava, eu também prosperava.* — *Sua voz foi sumindo e Cassiopeia se perguntou com quem ela realmente estava falando.* — *Deus me perdoe, mas tentei esquecer minha filha.* — *Algumas lágrimas escorreram de seus olhos cansados.* — *Eu tentei. Mas não fui capaz.*

— *Por que a senhora está me contando isso?*

— *Quando Edwin Davis me disse que você viria, ele também me falou que você era uma boa pessoa. Confiei nele. Ele também é uma boa pessoa. Talvez esteja na hora de eu me livrar desse fardo. Tudo o que sei é que estou cansada de suportar esse sofrimento.*

— *O que está dizendo?*

O silêncio se estendeu, tenso, por um instante.

— *Acabei esperando que Danny estivesse sempre por perto.* — *A voz da primeira-dama mantinha seu tom monótono.* — *Ele sempre esteve.*

E Cassiopeia ouviu o que não foi dito. Ainda assim, ela o culpava pela morte de Mary. Todos os dias.

— *Mas, quando me contaram que haviam tentado assassiná-lo...*

Ela aguardou que a frase chegasse ao final.

— *Eu me senti feliz.*

Sua moto ultrapassou um carro e entrou rugindo no estado da Virginia, na direção de Fredericksburg, a uns 60 quilômetros dali.

— *Viver com Danny não é fácil* — disse Pauline. — *Ele cria uma série de divisões em sua vida. Passa de um compartimento para outro, sem problemas. Suponho que seja por isso que é um grande líder. E faz tudo isento de emoções.*

Não necessariamente, pensou Cassiopeia. *O mesmo fora dito sobre ela — até Malone a havia punido certa vez pela sua falta de sentimentos. Mas o fato de você não as demonstrar não quer dizer que essas emoções não existam.*

— *Ele nunca foi até o túmulo da filha* — prosseguiu Pauline. — *Sequer uma vez, desde o funeral. Nós perdemos tudo o que tínhamos naquele incêndio. O quarto de Mary e o restante da casa, tudo virou cinzas. Sequer uma fotografia sobreviveu. Acho que isso o deixou quase feliz. Ele não queria mais nenhuma lembrança.*

— *E a senhora queria muitas.*

Seus olhos cintilantes de dor se fixaram nela.

— *Talvez quisesse.*

Cassiopeia notou que o céu escuro estava encoberto de nuvens. Sequer uma estrela visível. O asfalto estava úmido. A chuva viera e se fora. Ela se dirigia para um lugar ao qual preferiria não ir. Mas Pauline Daniels confiara nela, contando-lhe algo que somente duas outras pessoas sabiam — e nenhuma delas era Danny Daniels. Antes de partir, o presidente lhe perguntou qual era seu destino, mas ela se recusou a revelá-lo.

— O senhor quer que eu cuide disso — retrucou ela. — Então, deixe comigo.

* * *

WYATT COLOCOU A MÃO NO BOLSO E PEGOU A BOMBA DE LUZ. UMA invenção própria, desenvolvida há alguns anos. Ele levara a sério a advertência de Carbonell, prevendo a presença de outras pessoas no local, não exatamente amigas, e era sensato supor que viriam com óculos equipados com visão noturna.

— Feche os olhos — disse ele a Voccio.

Ele destravou o pino de segurança e lançou o cartucho, embalado num invólucro de papel, no corredor.

Um clarão ofuscante reverberou sob suas pálpebras, prolongou-se por alguns segundos e se apagou.

Ouviram-se gritos.

Ele sabia o que estava acontecendo.

Os dois homens, surpreendidos, ficaram momentaneamente cegos, suas pupilas, dilatadas pelos óculos especiais, fecharam-se bruscamente ante a claridade inusitada.

Em seguida viriam a dor e depois a confusão dos sentidos.

Ele sacou sua arma, saiu pela porta e disparou.

* * *

MALONE OUVIRA DOIS TIROS. ELE ESTAVA NA ESCADA, ESPERANDO AO lado de uma porta metálica que dava para o segundo andar. As brechas em torno da soleira da porta se iluminaram com um fulgor intenso, que imediatamente se apagou. Alguma coisa sibilou no outro lado, depois a porta se abriu e dois vultos surgiram no poço da escada, ambos com as mãos na cabeça, blasfemando, arrancando os óculos com visão noturna do rosto. Aproveitando-se da confusão em que se encontravam, ele subiu a escada, em direção ao andar superior e se escondeu.

— Filho da puta — exclamou um dos homens.

Houve um momento de calma, enquanto os dois se recuperavam do choque e preparavam suas armas.

— Fique com os olhos descobertos — disse um deles.

Ele ouviu a porta se abrindo.

— Eles devem ter fugido pela outra extremidade.

— Acho que desceram pela escada.

— Número Três, aqui é o número Dois. — Ele ouviu um homem dizer em voz baixa. Fez-se uma pausa. — Os elementos estão indo na sua direção. — Outra pausa. — Estão saindo.

— Vamos acabar com isso — disse o outro homem.

Um estalo suave assinalou que a porta metálica tinha se fechado.

Ele arriscou uma olhada na escada escura.

Os dois homens haviam sumido.

* * *

— POR QUE EU MATARIA STEPHANIE NELLE? — PERGUNTOU KNOX a Carbonell.

— Porque você não tem escolha. Se os capitães descobrirem sua traição, quanto tempo acha que vai viver? É uma tarefa banal, matar alguém. Não deve ser difícil para você.

— É isso o que você acha que eu faço? Mato as pessoas o tempo todo?

— Com certeza foi o que andou fazendo nas últimas horas. Tenho dois agentes mortos para provar, e mais dois no hospital.

— Tudo isso graças a você. — Ele estava curioso com aquela reviravolta. — Você sabe que Hale teve muito trabalho para capturá-la a seu pedido. Suas instruções foram de que ela não fosse ferida de modo algum.

Ela deu de ombros.

— Ele estava fazendo um favor para mim. Eu entendi isso. Mas as coisas mudaram. Stephanie agora se tornou um problema.

— Suponho que você não vai me explicar o motivo.

— Knox, você queria cair fora. Eu lhe ofereci uma saída. Agora estou lhe dizendo o preço.

Sua voz não tinha o menor resquício de raiva, desprezo ou satisfação.

— Assim que a Comunidade deixar de existir — disse ela —, o que está prestes a acontecer, você estará livre para agir como bem entender.

Poderá viver a própria vida. Desfrutar dos seus espólios. E ninguém saberá de nada. Se quiser, pode até trabalhar para mim.

— Vocês realmente decifraram o criptograma de Jefferson? — Ele quis saber.

— E isso importa?

— Eu quero saber.

Carbonell hesitou um instante, antes de responder.

— Sim, nós o deciframos.

— Então, por que você mesma não matou Stephanie? Por que nos envolveu com ela, para começar?

— Em primeiro lugar, eu não tinha a solução do criptograma quando pedi a Hale para capturar Stephanie. Agora eu tenho. Em segundo lugar, ao contrário do que acontece nos filmes, não é tão fácil assim eliminar alvos no meu trabalho. As pessoas que fazem esse tipo de serviço querem muito em troca do silêncio.

— E eu não quero?

Ela mostrou indiferença.

— Nada que eu não possa dar.

— Você não respondeu minha pergunta. O que vai acontecer se Hale não quiser a morte de Stephanie?

— Estou quase certa de que ele não quer, não por ora pelo menos. Mas eu quero. Portanto, ache um jeito de fazer com que isso aconteça. E rápido.

Ele estava exasperado. Aquilo era um exagero.

— Você disse que denunciou a outra fonte. Hale conhece a identidade?

— Ele sabe por onde começar a procurar, o que certamente está fazendo agora mesmo. Com certeza, vai passar esse assunto para você muito em breve. O fiel servidor voltando de um combate em Nova York. Viu o que eu fiz pela sua imagem? Você é um herói. O que mais poderia querer? E para demonstrar minha boa-fé, para deixar claro que somos um por todos e todos por um, vou lhe dizer o nome da minha fonte e como provar exatamente que se trata de um traidor.

Era isso o que ele queria saber. Os capitães pediriam que o homem fosse julgado, condenado e punido de imediato. Se ele próprio conseguisse executar essa tarefa, seu valor aumentaria incomensuravelmente. E, acima de tudo, isso desviaria ainda mais a atenção de si mesmo. Que ela se danasse.

— Me dê esse nome e garanto que Stephanie Nelle vai desaparecer.

TRINTA E UM

Fredericksburg, Virginia

Cassiopeia cumprimentou a mulher que abriu a porta. Era uma casa grande, arejada, georgiana, cheia de plantas, três gatos e antiguidades finas. O exterior estava tingido por uma luz amarelada, e um portão de ferro, que bloqueava o caminho pavimentado de tijolos, fora deixado aberto. Sua anfitriã estava com uma roupa de ginástica larga da Nike e tênis Coach. Ela era visivelmente contemporânea da primeira-dama, suas idades e aparências não muito diferentes, exceto pelos cabelos ondulados de Shirley Kaiser, que eram longos e tingidos de um discreto tom vermelho com reflexos dourados.

Suas posturas também eram diferentes.

Se o rosto de Pauline Daniels era pálido e cansado, o de Kaiser resplandecia cortesia, suas feições alegres ressaltadas pelas maçãs do rosto proeminentes e os olhos castanhos brilhantes. Elas entraram numa sala iluminada pelas arandelas de cristal das paredes e luminárias da Tiffany. Foi-lhe oferecida uma bebida, mas ela recusou, embora um copo d'água fosse bem-vindo.

— Pelo que entendi, você quer me fazer algumas perguntas. Pauline me disse que você era uma pessoa de confiança. Eu me pergunto se é de fato. Podemos confiar em você?

Ela reparou no uso do plural e resolveu abordar aquela mulher com mais cautela do que fizera com Pauline.

— Há quanto tempo a senhora e a primeira-dama se conhecem?

Uma expressão divertida passou por seu rosto.

— Você é bem esperta, não? Fazendo com que eu fale primeiro de mim mesma.

— Não sou novata nisso.

Isso pareceu diverti-la ainda mais.

— Aposto que não. Você é de onde? Serviço Secreto? FBI?

— Nada disso.

— É, você não se parece com eles.

Ela se perguntou o que a mulher queria dizer com isso, mas respondeu somente:

— Digamos que sou apenas uma amiga da família.

Kaiser sorriu.

— Prefiro assim. Muito bem, amiga da família, Pauline e eu nos conhecemos há vinte anos.

— O que significa que se conheceram uma década após a morte da filha dela.

— Por aí.

Ela já havia chegado à conclusão de que Kaiser era uma mulher noturna. Os olhos, que já deviam estar opacos, brilhavam vivazes. Infelizmente, aquela mulher tivera duas horas para se preparar. A primeira-dama jamais permitiria uma visita sem prévio aviso. Telefones celulares haviam sido usados para a troca de breves mensagens de texto.

— A senhora conhece o presidente há vinte anos também? — indagou Cassiopeia.

— Infelizmente.

— Posso supor que a senhora não votou nele?

— Dificilmente faria isso. Tampouco teria me casado com ele.

Se Pauline optara pela expiação, Kaiser buscava o desabafo. Mas Cassiopeia não tinha tempo para a raiva.

— E se a senhora deixasse esses joguinhos de lado e me contasse o que se passa pela sua mente?

— Eu gostaria de fazer isso, sim. Pauline está morta por dentro. Você notou?

Sim, ela notara.

— Danny sabe disso desde o dia do funeral de Mary — prosseguiu Kaiser. — Mas você pensa que ele se importou? Ele não dá a mínima. Será que alguém já parou para pensar: se ele trata sua esposa com tanta frieza, imagine como deve tratar os inimigos. Não é de se espantar que alguém tenha tentado matá-lo.

— Como a senhora sabe o que ele sente?

— Faz vinte anos que estou por perto. Nunca o ouvi mencionando o nome de Mary. Nunca reconheceu o fato de ter tido uma filha. Como se ela jamais tivesse existido.

— Talvez seja assim que ele lida com a dor — ela sentiu-se forçada a dizer.

— Aí está o problema. Ele não sente dor.

* * *

Wyatt aproveitou os instantes que conseguiu com a bomba de luz e avançou com Voccio na direção de outra escada, cuja existência o matemático lhe indicara, na extremidade do segundo andar. Ela era utilizada pelos funcionários como um atalho para a cantina. O homem estava em pânico, certamente nunca havia passado por uma situação perigosa como aquela.

Felizmente, o mesmo não valia para Wyatt.

Alguém tinha vindo para *fazer a faxina*, como diziam naquele ramo de atividade. Ele próprio executara essa tarefa algumas vezes. A questão era saber se havia sido a CIA, a NSA ou qualquer outra combinação de letras. Andrea Carbonell também poderia ter enviado aqueles homens.

Na verdade, isso fazia muito sentido.

Eles correram pelo corredor e abriram a porta de saída. Pararam para escutar por um instante, depois desceram. Wyatt foi à frente pela escada escura, usando o corrimão de metal para guiá-lo, mantendo Voccio por perto.

Ele parou assim que chegaram ao térreo.

— Onde está seu carro? — perguntou ele num sussurro.

Wyatt o ouviu arquejar profundamente, mas Voccio não lhe respondeu.

— Escute, para sairmos daqui, eu preciso da sua ajuda.

— Não está longe... logo ao lado da saída da porta dos fundos. À direita, quando chegar ao saguão.

Ele transpôs os últimos degraus. Sua mão encontrou a porta de saída e a empurrou.

O saguão estava sossegado.

Ele fez um gesto para que se agachassem e seguissem em frente.

Eles saíram pela porta.

E o tiroteio começou.

* * *

MALONE ASSISTIRA A TUDO DA PORTA DA ESCADA, ENQUANTO OS dois atiradores atravessavam o corredor abaixados e sumiam 20 metros à frente. Ele notou a claridade vinda de uma das portas dos escritórios. Estranho, visto que a energia acabara.

Depois ele se aproximou e olhou para dentro.

As telas de três computadores estavam acesas. Uma placa sobre a porta trazia o nome Voccio. O homem que viera encontrar.

Ele começou a vasculhar o escritório, mas uma série de disparos se desencadeou lá embaixo.

* * *

Cassiopeia sentiu necessidade de defender Danny Daniels. O motivo ela não sabia, mas aquela mulher parecia incontrita em suas ásperas críticas.

— O que Danny sente — disse Kaiser — é culpa, não dor. Certa vez, cerca de um ano antes de Mary morrer, seu tabagismo causara um pequeno incêndio em casa. Naquela ocasião, só uma poltrona foi destruída. Pauline implorou para que ele parasse, ou fumasse do lado de fora, qualquer coisa. Por um tempo, ele obedeceu. Depois, fez o que Danny sempre faz. O que lhe dá na cabeça. Aquele incêndio jamais devia ter acontecido, e ele sabe disso.

Ela resolveu voltar ao objetivo de sua visita.

— Quando a senhora e a primeira-dama falaram pela primeira vez sobre a viagem a Nova York?

— Você não quer mais saber minhas opiniões?

— Gostaria que respondesse às minhas perguntas.

— Para ver se minhas respostas e as de Pauline combinam?

— Algo assim. Mas, como vocês duas já se comunicaram, isso não deverá ser um problema.

Kaiser balançou a cabeça.

— Olha, senhorita, eu e Pauline nos falamos diariamente, às vezes mais de uma vez. Conversamos sobre tudo. Ela me falou sobre a visita de Danny a Nova York há cerca de um mês. Ela estava sozinha na Casa Branca. As pessoas ainda não perceberam, mas as aparições dela são cada vez mais raras. Eu estava aqui em casa.

Isso era exatamente o que ela já sabia. A primeira-dama também deixara claro que nunca usava um telefone celular ou sem fio quando falava com Kaiser. Sempre uma linha fixa. Então, ela perguntou e obteve a mesma resposta.

— A mensagem de texto mais cedo foi a primeira vez que usamos um celular para nos comunicar — disse Kaiser. — Passei no teste?

Ela se levantou.

— Preciso ver se os telefones estão grampeados.

— Foi por isso que fiquei acordada até agora. Faça o que for necessário.

Cassiopeia tirou de dentro de sua bolsa um detector eletromagnético que fora fornecido pelo Serviço Secreto. Ela duvidava que os grampos estivessem dentro da casa. Isso exigiria que verificasse cada centímetro quadrado dentro do alcance de um aparelho de escuta. Assim, ela resolveu começar pelos próprios telefones.

— Onde ficam as caixas externas de eletricidade, cabo e telefone?

Kaiser permaneceu sentada.

— Ao lado da garagem. Atrás da cerca. As luzes externas já estão acesas para você. Estou aqui para satisfazer suas vontades.

Ela saiu da casa e seguiu o caminho de tijolos até a lateral. Elas ainda não tinham sequer se aproximado das perguntas mais incômodas, mas estas teriam que ser feitas por ela ou por pessoas com as quais nenhuma das duas mulheres queria falar. Ela disse a si mesma para ser paciente. Havia um bocado de histórias ali, a maior parte desagradável.

Ela localizou as caixas de força conectadas à casa. Avançou entre a lateral da residência e uma cerca alta, acionando seu detector eletromagnético. Não era um dispositivo com precisão integral, mas bastava para descobrir quaisquer outras emissões eletromagnéticas que poderiam justificar uma verificação mais severa.

Ela apontou o aparelho para as caixas de metal.

Nada.

Os fios saíam do conector telefônico e subiam pela parede antes de entrarem na casa, alimentando as tomadas internas. Seria preciso que ela verificasse todas individualmente. Além disso, o que Cassiopeia procurava poderia muito bem estar escondido dentro dos próprios telefones.

— Achou alguma coisa? — perguntou uma voz.

Assustada, acabou deixando o detector cair no chão.

Ela se virou.

Kaiser a observava na esquina da casa, depois do final das cercas.

— Não tive a intenção de assustá-la.

Ela não acreditou.

O detector começou a vibrar, seu indicador verde passando a vermelho e piscando cada vez mais rápido. Se não o tivesse colocado no silencioso, um som agudo estaria agora perturbando a noite. Ela se curvou e apontou o dispositivo em diversas direções, finalmente concluindo que deveria mantê-lo posicionado para baixo, voltado para o chão. Cavando a terra úmida, seus dedos rasparam em algo sólido. Afastando a lama, ela descobriu uma caixinha de plástico com cerca de 8 centímetros quadrados, o fio subterrâneo do telefone esticado no interior.

O detector continuou soando.

Uma situação ruim piorava ainda mais.

Os telefones de Kaiser haviam sido grampeados.

TRINTA E DOIS

Wyatt deitou sobre o chão de ladrilhos e certificou-se de que Voccio se estendesse ao seu lado.

Balas atingiram as paredes.

Ele não saberia dizer quantos atiradores estavam enfrentando. O saguão continuava no escuro, apenas uma luz periférica vinda do estacionamento permitia enxergar alguma coisa. Duas cadeiras enormes os haviam protegido da fonte dos disparos, posicionada a cerca de 20 metros dali.

Ele puxou Voccio para perto.

— Fique agachado — sussurrou para ele.

As portas de vidro para as quais eles se dirigiam, aquelas que, segundo Voccio, conduziam ao estacionamento dos fundos, estavam a uns 7 metros deles, na extremidade de um saguão. Ele estava decidido a tirar ambos dali. Seu coração batia com uma pressa familiar, o silêncio ao redor era interrompido apenas pela respiração nervosa de Voccio. Wyatt tentou acalmá-lo colocando a mão sobre seu braço e balançando a cabeça. Se podiam escutar a respiração um do outro, então os atiradores também podiam.

Ele estava curioso em relação a Malone. Como seu adversário teria se virado? Não acompanhara o tiroteio no estacionamento até o final e se perguntava se o Capitão América estava ferido, morto ou atirando contra eles do outro lado.

Lá fora, a chuva havia abrandado.

— Não posso mais suportar isso — disse Voccio.

Ele não estava a fim de aturar derrotismo.

— Fique quieto. Eu sei o que estou fazendo.

* * *

MALONE DESCEU A ESCADA, REFAZENDO SEU ITINERÁRIO ATÉ O ANdar térreo, se aproximando ainda mais dos tiros. Ele achou a porta de saída, abriu-a e surpreendeu duas sombras avançando pelo saguão. A claridade era mínima, mas suficiente para ver dois homens com rifles automáticos concentrados num alvo na outra extremidade da sala. Não podiam ser os mesmos de antes. Eles tinham desaparecido pelo corredor do segundo andar, dirigindo-se para o outro lado do prédio e outra escada.

Aqueles deviam ser os que estavam em contato via rádio com os outros.

Independentemente de quem aquelas pessoas estavam caçando, a presa estava encurralada, com homens pela frente e por trás. Malone não podia se revelar, o anonimato parecia ser a melhor proteção, mas tampouco podia ficar esperando para ver o que aconteceria.

Então mirou e disparou.

* * *

WYATT OUVIU OS DISPAROS E VIU O REFLEXO DOS CANOS DAS ARMAS onde havia avistado as sombras em movimento.

Malone?

Tinha que ser ele.

* * *

Malone atirou novamente, atingindo uma das sombras no ombro. A silhueta deslocou-se para a frente, contra a parede, antes de cair pesadamente. A outra sombra reagiu, virando-se e descarregando uma saraivada de balas. Ele se recolheu de novo dentro do vão da escada e deixou a porta se fechar.

As balas atingiram o outro lado.

Aparentemente, sua presença não era esperada.

* * *

Wyatt ouviu a porta que dava acesso à escada se abrir — atrás do local onde ele e Voccio estavam deitados — e se virou a tempo de ver um movimento perturbar a escuridão.

Havia homens atrás deles também.

O atirador que ele supunha ser Malone derrubara um dos homens no saguão, e o outro estava agora atirando contra a segunda saída. Ele girou no chão e, com as costas contra o solo, disparou contra a outra porta, que estava a 7 metros de distância.

Eles precisavam sair dali.

Aparentemente, Voccio pensava o mesmo e saiu se arrastando na direção da saída.

Estupidez.

Havia pouca cobertura entre um ponto e outro, embora a principal ameaça na retaguarda, do outro lado do saguão, parecesse ocupada.

Ele viu quando Voccio alcançou a porta de vidro, abriu o trinco e saiu. O outro atirador, aquele que disparava contra Malone, percebeu a fuga, se virou e mirou na direção da porta. Antes que pudesse apertar o gatilho, Wyatt disparou três vezes contra ele. A sombra girou, cambaleou para trás e, em seguida, desabou.

Dois adversários derrubados.

Voccio conseguiu sair correndo.

Um instante depois, as duas silhuetas se levantaram novamente com as armas nas mãos.

Então ele entendeu.

Estavam usando coletes de proteção.

Nem ele nem Malone tinham conseguido interromper coisa alguma.

* * *

MALONE ABANDONOU A PORTA DE ACESSO À ESCADA E SUBIU DE VOLTA ao primeiro andar, penetrando num outro corredor, idêntico ao do piso superior. Chegou até uma escada na outra extremidade. Sua intenção era correr e posicionar-se atrás dos dois homens que havia visto antes, mas assim que virou no corredor a porta da escada foi aberta.

Ele sumiu dentro do primeiro escritório que viu e espiou cautelosamente, colado ao batente. Um homem armado com um rifle inspecionou o corredor e depois, satisfeito por tudo parecer calmo, avançou. Malone deixou sua arma no chão atapetado e se preparou, mantendo as costas contra a parede, esperando que ele passasse. Quando isso aconteceu, deu o bote e imobilizou-o, agarrando seu pescoço com um braço enquanto lhe tomava o rifle com a outra mão.

Depois de desarmá-lo, Malone o fez se virar e deu uma joelhada em sua virilha. Já havia notado o colete à prova de balas e sabia que era inútil acertá-lo acima da cintura.

Seu oponente caiu ajoelhado, com um gemido de dor. Outro golpe do joelho no seu queixo e o corpo caiu para trás. Ele se preparou para um terceiro, dessa vez um soco no rosto, quando de repente o homem deu um chute bem no rim esquerdo de Malone.

Uma dor passageira o atravessou.

Seu adversário ignorou o rifle caído sobre o tapete e fugiu na direção da porta que dava para a escada.

Malone respirou fundo e se pôs a persegui-lo.

A sombra fugidia virou-se para ele, um revólver na mão.

Uma arma reserva.

E disparou.

* * *

WYATT SE AGACHOU E SEGUIU PARA A SAÍDA. QUANDO CHEGOU PERTO DA vidraça, virou-se, pronto para atirar, mas não havia ninguém ali.

Aproveitando a calmaria, ele destrancou a porta e saiu para a noite. Imediatamente, tomou uma posição junto à parede de tijolos, usando-a como proteção e vigiando atentamente a porta e o interior do saguão.

Três homens saíram correndo do prédio pela entrada principal.

De início, ele pensou que estavam fazendo um cerco, organizando um ataque pelo lado externo, mas então viu a luz de faróis no estacionamento. Os três se precipitaram na direção do veículo.

Impossível que aqueles caras atirassem tão mal.

Eles haviam esperado por ele e Malone prontos e equipados, mas não tinham feito nada, senão um bocado de barulho, deixando o saguão crivado de balas.

Mais um tiro interrompeu o silêncio.

Vinha de dentro, de um andar superior.

Onde estava Voccio?

Vasculhando a escuridão, ele viu o matemático a 50 metros dali, se arrastando na direção de um carro estacionado. Wyatt removeu o cartucho da sua arma e colocou um novo. Ao olhar para o interior do prédio mais uma vez, ele avistou outro vulto descendo a escada, cruzando o saguão e saindo pela porta da frente.

Aparentemente, a festa acabara.

Alguma coisa estava errada.

Ele olhou de novo na direção de Voccio, que entrava no carro. Ele também deveria partir, junto com o acadêmico.

Então algo lhe ocorreu.

Era exatamente isso que queriam que fizesse. Sua mente efetuou alguns cálculos rápidos e o resultado o surpreendeu.

Ouviu então o som de um motor frio começando a funcionar.

Ele abriu a boca para gritar.

O carro de Voccio explodiu.

TRINTA E TRÊS

FREDERICKSBURG, VIRGINIA

CASSIOPEIA EXAMINOU O DISPOSITIVO DESCOBERTO PELAS SUAS ES-cavações. Alguém se dera ao imenso trabalho de escutar as conversas telefônicas de Kaiser. Alguém que sabia exatamente o que queria ouvir.

— Que outras pessoas sabem que a senhora conversa ao telefone com a primeira-dama? — perguntou ela a Kaiser. — Alguém que saiba que essas conversas são constantes e íntimas.

— Ora, Danny Daniels. Quem mais podia ser?

Ela estava em pé sobre a grama úmida e se aproximou, afastando-se dos arbustos que cercavam a garagem.

— O presidente não — sussurrou ela.

— Ele sabe que Pauline e eu somos bem próximas.

— A senhora é casada?

A pergunta pareceu surpreender Kaiser Edwin Davis contara a Cassiopeia sobre a casa, a vizinhança e o fato de Kaiser ser uma figura presente tanto nos eventos sociais da Virginia como nos da capital. Seu extenso trabalho de caridade incluía um cargo na diretoria da Biblioteca da Virginia e em vários conselhos consultores do estado. Mas ele não falara muito sobre a vida pessoal dela.

— Sou viúva.

— Sra. Kaiser, alguém tentou assassinar o presidente dos Estados Unidos hoje. Alguém que sabia com exatidão onde e quando ele estaria em Nova York. Seus telefones estão grampeados. Preciso que responda à minha pergunta. Quem poderia saber disso? Ou a senhora fala comigo ou chamarei o Serviço Secreto e deixarei que eles cuidem disso.

— Pauline está à beira de um ataque de nervos — disse Kaiser. — Há semanas eu percebo isso em sua voz. Está vivendo um período infernal, e há muito tempo. O que aconteceu hoje com Danny poderia tê-la derrubado. Se você mantiver essa pressão sobre ela, poderá fazê-la desabar.

— Então, ela precisa de ajuda profissional.

— Isso não é tão fácil quando se é a primeira-dama.

— Não é tão fácil para uma mulher que quer culpar o marido pela morte trágica de sua filha. Uma mulher que não teve coragem de deixar esse homem e, em vez disso, mantém tudo represado dentro de si, e o culpa por tudo na vida.

— Você é uma das tietes de Danny, não é?

— Sou. Adoro homens poderosos. Eles me excitam.

Kaiser percebeu seu sarcasmo.

— Não foi isso que eu quis dizer. Ele produz um efeito nas mulheres. Fizeram uma pesquisa há alguns anos e quase 80 por cento das mulheres o apoiavam. Como elas representam a maioria dos eleitores, é fácil entender por que ele nunca perdeu uma eleição.

— Por que a senhora o odeia?

— Eu não o odeio. Simplesmente adoro Pauline e sei que ele não dá a mínima para ela.

— Ainda não respondeu minha pergunta.

— Nem você a minha.

Ela apreciava as mulheres fortes. Ela mesma era uma. Concluiu que o maior talento de Kaiser era simplesmente ser ela própria — tranquila, natural —, dando e recebendo sem questionamentos, nunca pensando muito além do momento. Cassiopeia chegou a pensar que não encontraria nada por ali. Só um beco sem saída. Infelizmente, esse não era o caso.

— Pauline sempre precisou de alguém com quem conversar — disse Kaiser. — Uma pessoa em quem pudesse confiar. Há muito tempo, eu me tornei esta pessoa. Depois que ela se mudou para a Casa Branca, isso se tornou ainda mais importante.

— Exceto pelo fato de que não se pode confiar na senhora.

Ela notou que Kaiser percebeu as implicações daquilo que estava no chão, a 2 metros dali.

— Quem mais sabia sobre a viagem a Nova York? — perguntou Cassiopeia novamente.

— Não posso dizer.

— Tudo bem. Há outra maneira de se fazer isso.

Ela pegou seu telefone celular e ligou para o número direto da Casa Branca. Depois de dois toques, uma voz masculina atendeu.

— Pode ir em frente — disse ela e desligou. — Há um agente do Serviço Secreto em contato com a operadora de sua linha telefônica, tanto a do telefone fixo como a do celular. A senhora tem duas contas. A empresa já recebeu uma intimação e as informações estão disponíveis. Nas atuais circunstâncias, nós não queríamos invadir sua privacidade, a menos que fosse imprescindível.

Seu telefone tocou. Ela atendeu, escutou e desligou.

A expressão de Kaiser era de derrota.

Como era de se esperar.

— Fale-me sobre os 135 telefonemas entre a senhora e Quentin Hale.

* * *

HALE ENTROU ONDE, OUTRORA, FICAVA UMA COZINHA EXTERNA E UM defumadouro. Agora, a construção, com suas paredes de pinho, janelas corrediças e cúpula envidraçada, servia de sala de reuniões utilizada pelas quatro famílias. Os 16 tripulantes do *Adventure* haviam sido tirados de suas camas, inclusive o comandante da embarcação. A maioria deles vivia a meia hora de distância da propriedade, em terras compradas por suas famílias, gerações atrás. Ele não conseguia aceitar que um deles tivesse traído sua ascendência.

Mas, aparentemente, isso acontecera.

Todos os 16 homens diante dele assinaram os Artigos vigentes, jurando lealdade e obediência em troca de uma parcela específica dos saques da Comunidade. Certamente, suas respectivas porcentagens eram pequenas, mas, associadas ao plano de saúde, benefícios trabalhistas e assistência médica, a vida deles era bastante confortável.

Ele percebeu uma expressão estranha em seus rostos. Embora não fosse incomum que algumas coisas se passassem no meio da noite, era seguramente pouco habitual que todo o grupo se reunisse em terra.

— Nós temos um problema — começou ele.

Hale observou as feições, avaliando-as, lembrando-se dos quatro homens que haviam içado a jaula e arremessado o desesperado contador dentro do mar.

— Um de vocês é um traidor.

Ele sabia que aquelas palavras arrebatariam a atenção de todos.

— Hoje — prossegui Hale — estamos todos envolvidos numa missão, algo de imensa importância para a companhia. Um traidor morreu e um de vocês descumpriu o sigilo que todos nós juramos manter.

Nenhum dos 16 homens abriu a boca. Sabiam que era o melhor a fazer. O capitão falava até indicar que estava pronto para ouvir.

— Fico triste ao pensar que um de vocês nos traiu.

E era assim que ele via o mundo. *Nós.* Uma grande sociedade, erguida sobre a lealdade e o sucesso. Há muito tempo, os piratas aprenderam a atacar com rapidez, habilidade e urgência, as tripulações funcionando como unidades firmes, coesas. Preguiça, incompetência, deslealdade e covardia não eram jamais toleradas, posto que colocavam a vida de todos em risco. Seu pai lhe ensinara que os melhores planos eram simples, fáceis de entender e suficientemente flexíveis para lidar com as contingências.

E ele tinha razão.

Hale deu alguns passos.

Os capitães deviam sempre lançar mão de táticas ousadas, audaciosas. Os tripulantes os elegiam intencionalmente em desacordo com a tradição naval, que conferia a liderança independente da competência.

Mas os capitães hoje em dia não eram eleitos.

A hereditariedade justificava sua ascendência. Com frequência, ele se imaginava ao leme de um daqueles navios antiquíssimos, espreitando suas presas, seguindo-as a distância segura por vários dias ao mesmo tempo em que avaliava suas próprias forças e fraquezas. Se o alvo se revelasse um poderoso navio de guerra, ele podia desviar e procurar uma presa mais fraca. Se parecesse vulnerável, podiam atacá-lo de surpresa ou numa investida frontal.

Escolhas.

Frutos da paciência.

O que ele pretendia exercitar nessa noite.

— Nenhum de vocês deixará esta sala até que eu descubra o traidor. Quando amanhecer, suas contas bancárias serão vasculhadas, suas casas revistadas, e conseguirei seus históricos telefônicos. Vocês assinarão qualquer autorização que se faça necessária, ou concederão a permissão exigida...

— Isso não será preciso.

Ele se assustou com a interrupção, até se dar conta de que aquela voz pertencia a Clifford Knox, que acabara de entrar na sala.

Os intendentes não estavam submetidos às mesmas regras de silêncio.

— Eu sei quem é o traidor.

TRINTA E QUATRO

MARYLAND

MALONE CORREU PARA O ESCRITÓRIO AO LADO. A BALA ACERTOU A parede de gesso. Outros disparos foram feitos e os projéteis zuniram no ar. Ele preparou sua arma e pulou para se esconder atrás de uma mesa. Mas ouviu apenas o estalo da porta se fechando no corredor.

O homem se fora.

Uma explosão fez tremer as janelas, seguida por um brilho resplandecente, indicando que algo estava se incendiando lá fora.

Ele se aproximou do vidro, mantendo-se agachado, alternando sua atenção entre a porta atrás dele e um carro queimando lá embaixo. Do outro lado do corredor, num outro escritório, percebeu um lampejo de claridade através da janela. Rapidamente, ele se dirigiu para lá e avistou um homem entrando num carro no estacionamento principal, depois o veículo se foi. Ele também devia partir, e rápido. Embora aquele prédio se encontrasse no campo, alguém podia ter escutado os tiros ou a explosão e chamado a polícia.

Mas, primeiro...

Ele voltou correndo ao escritório de Voccio e percebeu que as três telas de computador ainda estavam ligadas. Ele se concentrou no primeiro monitor e parou um instante.

O arquivo aberto explicava a solução para o código de Jefferson. Aparentemente, Voccio partira apressado.

Ele fechou o arquivo, achou o programa de e-mails, anexou o documento a uma mensagem e a encaminhou para si mesmo. Em seguida, apagou a mensagem e o arquivo do computador.

Não era uma medida altamente segura, mas bastaria por ora.

Ele olhou de novo para a noite lá fora, enquadrada no retângulo da janela.

O carro ainda estava em chamas.

Agulhas de chuva arranhavam o vidro. À sua direita, a 100 metros do incêndio caótico, ele percebeu uma silhueta escura.

Correndo.

Sumindo.

* * *

Wyatt decidiu que uma retirada estratégica parecia ser a melhor opção. Voccio estava morto. Ele dissera ao frágil imbecil para ficar ao seu lado e, se o tivesse feito, ainda estaria vivo.

Portanto, não devia se sentir mal. Mas, ainda assim, era como se sentia.

Ele continuou correndo.

Carbonell o atraíra até lá com a proposta de dobrar seus honorários, mas ela queria que ele caísse numa armadilha. Aqueles homens eram dela.

Eles precisavam ter uma conversa.

Sobre suas condições.

E ele sabia exatamente como lidar com isso.

* * *

Knox entrou na sala e olhou para os tripulantes do *Adventure*. Quentin Hale ficou calado, claramente aguardando para ouvir o que o intendente tinha a dizer.

— Capitão Hale, quando nos falamos mais cedo, não pude dizer tudo o que sabia porque estávamos usando uma linha aberta, não confidencial.

Ele estava colocando em prática, no seu paroxismo, uma das estratégias que seu pai lhe ensinara. *Sempre tenha um plano.* Ao contrário do mito popular, os bucaneiros nunca atacavam às cegas. Independentemente de onde estivesse o alvo, no mar ou em terra, uma equipe avançada sempre fazia um reconhecimento prévio para garantir o sucesso. O momento preferido para qualquer investida era a aurora, ou num domingo, ou num feriado religioso, ou, como nesse caso, no meio da noite. O elemento surpresa era usado para evitar fugas e superar as resistências.

— Periodicamente, faço minhas verificações — disse ele. — Procurando qualquer coisa que escape à normalidade. Grandes compras. Estilo de vida incomum. Problemas em casa. É estranho, mas uma mulher pode levar um homem a fazer loucuras.

Ele deixou a última frase flutuando no ar e observou os membros da tripulação. Tomava cuidado para manter seu olhar inconstante, passando de um para outro, nunca se fixando num só ponto.

Pelo menos, não ainda.

Ele representava para uma plateia de uma única pessoa. Quentin Hale. Se o capitão fosse convencido, não haveria problema.

Ele se concentrou.

Defenda seu ponto de vista.

Em seguida, se perguntou como mataria Stephanie Nelle.

* * *

MALONE SE AFASTOU CORRENDO DO PRÉDIO E DEU UMA OLHADA NO carro destruído. De fato, havia alguém ao volante, o corpo ainda ardia intensamente. A placa do carro estava carbonizada, mas ainda era legível. Ele registrou os números em sua memória fotográfica.

Circundando o prédio, encontrou o carro que o governo colocara à sua disposição. O para-brisa traseiro e a maioria dos vidros estavam partidos, a lateral perfurada de balas. Mas não havia vazamento de combustível e os pneus estavam intactos, o que significava pelo menos duas boas notícias. Logo, o lugar estaria infestado de luzes azuis e vermelhas, com a polícia em todos os cantos.

O vento murmurava nas copas das árvores, como se aconselhasse as folhas a partir. Ele olhou para o céu; a chuva e as nuvens se dissipavam, dando espaço para estrelas que cintilavam timidamente.

O vento tinha razão.

Era hora de partir.

TRINTA E CINCO

Cassiopeia estava sentada na sala de estar de Shirley Kaiser. Seus pais tinham um salão semelhante na residência de Barcelona. Apesar de milionários, haviam sido almas simples e discretas, reservadas, dedicando suas vidas a ela, um ao outro e aos negócios familiares. Jamais ouvira o menor indício de escândalo associado a eles. Pareciam viver vidas exemplares. Ambos morreram na casa dos 70 anos, com poucos meses de diferença. Ela sempre sonhara em encontrar alguém a quem pudesse se dedicar daquela maneira.

Talvez esse alguém fosse Cotton Malone.

Naquele momento, contudo, ela estava preocupada com a mulher sentada à sua frente, que, ao contrário de seus pais, conservava segredos gravíssimos.

A começar por aquelas 135 ligações.

— Quentin Hale e eu namoramos — explicou Kaiser.

— Há quanto tempo?

— Passamos por idas e vindas durante o último ano.

Ela ouviu a explicação de Kaiser. Hale era casado e tinha três filhos. Há quase uma década, estava separado da esposa — ela vivia na Inglaterra, ele, na Carolina do Norte. Hale e Kaiser haviam se encontrado num evento social e, imediatamente, gostaram um do outro.

— Ele insistiu que mantivéssemos discrição acerca de nosso caso — prosseguiu ela. — Achei que ele estava se preocupando com minha reputação. Agora, percebo que a razão pode ter sido outra bem distinta.

Cassiopeia concordou.

— Eu sou louca — constatou Kaiser. — Acabei me metendo numa tremenda confusão.

Quanto a isso, não havia dúvida.

— Nunca tive filhos. Meu marido... não podia. Isso nunca me incomodou. Nunca fui dominada por meus instintos maternos. — Um leve arrependimento cruzou o rosto de Kaiser. — Mas agora que estou envelhecendo, me pego repensando minha conduta em relação às crianças. Às vezes, a solidão é grande.

Cassiopeia podia entender isso. Embora fosse pelo menos uns vinte anos mais jovem do que Kaiser, ela também sentia aqueles instintos maternos.

— Você pode me explicar o que meu relacionamento com Quentin Hale tem a ver com o que se encontra no chão lá fora? — perguntou Kaiser. — Eu gostaria de saber.

Responder àquela pergunta poderia ser difícil. Mas, como ela já tinha certeza de que a cooperação daquela mulher seria requisitada, resolveu ser honesta.

— Hale pode estar envolvido nesse atentado contra o presidente.

Kaiser não reagiu. Em vez disso, ficou quieta, contemplativa.

— Nós falamos frequentemente de política — disse ela finalmente. — Ele não parecia se importar com esse assunto. Apoiava Danny, contribuindo com um bocado de dinheiro para ambas as campanhas presidenciais. Nunca dizia nada de mal sobre ele. Ao contrário do que eu faço.

— Suas palavras pareciam vazias, como se estivesse falando sozinha, organizando seus pensamentos e preparando sua mente para o que ela achava que iriam lhe perguntar. — Mas por que ele diria algo de ruim sobre o presidente? Ele estava conquistando minha confiança.

— A quem exatamente a senhora falou sobre a viagem a Nova York?

— Só para Quentin. — Kaiser olhou para ela com uma expressão indisfarçável de medo. — Falamos frequentemente sobre Pauline. Você precisa entender, Pauline e Quentin são meus amigos mais próximos.

Ela pôde ouvir o comentário que não fora dito.

E um deles me traiu.

— Falamos sobre isso há cerca de um mês, logo depois de Pauline mencionar a ida a Nova York. Não dei muita importância ao assunto. Pauline nunca disse que a viagem era um segredo. Eu não imaginava que não seria divulgado publicamente. Ela simplesmente disse que Danny ia para Nova York participar de um jantar de comemoração da aposentadoria de alguém.

Hale entendera o motivo de a Casa Branca ter retido essa informação, e então ela decidira agir.

— Preciso saber mais sobre a senhora e Hale — disse Cassiopeia. — O Serviço Secreto vai querer saber todos os detalhes.

— Não é complicado. Quentin é muito conhecido nos círculos sociais. É um grande navegador. Já participou duas vezes da America's Cup. É rico, bonito e charmoso.

— Pauline sabe sobre ele?

Kaiser balançou a cabeça.

— Não, é algo pessoal. Não há necessidade de falar com ela sobre isso. — Sua postura arrogante havia abrandado, e a voz se tornava mais penitente à medida que se dava conta do que acontecera.

— Ele usou a senhora.

Cassiopeia podia apenas imaginar as emoções se agitando dentro dela.

— Sra. Kaiser...

— Não podemos nos tratar por Shirley e Cassiopeia? Tenho a impressão de que iremos nos ver ainda várias vezes.

Cassiopeia também.

— Eu terei que relatar tudo, mas todas as informações serão confidenciais. É por isso que eu estou aqui, e não o Serviço Secreto. Tenho uma proposta. Gostaria de retribuir o favor que Hale lhe fez?

Cassiopeia já estava pensando no que fazer, pois agora eles dispunham de um meio de extrair Hale das sombras. Que melhor caminho do que uma fonte que ele julgava ser sua?

— Eu gostaria sim — disse Kaiser. — Eu realmente gostaria.

Mas algo ainda a incomodava. Aquilo que Pauline Daniels dissera. *Uma amiga com quem não quero que meu marido fale.* Pauline temia pelo que Kaiser sabia sobre ela. Alguma coisa que poderia deixar de ser secreta se certas perguntas fossem feitas.

E, de repente, ela se deu conta do que era.

— A primeira-dama está tendo um caso, não está?

A pergunta não pegou Kaiser desprevenida. Era como se a estivesse esperando.

— Não exatamente. Mas algo muito parecido.

* * *

MALONE SAIU DO CARRO, AGORA PARADO SOB UMA ENTRADA COBERta do The Jefferson Hotel, em Richmond, o mais sofisticado da Virginia. O prédio em estilo *beaux-arts*, construído no final do século XIX, estava situado a alguns quarteirões da sede do governo. Seu saguão grandioso era remanescente da Era Dourada, e no centro destacava-se uma estátua de mármore branco do próprio Jefferson. Malone já se hospedara ali outras vezes. Ele gostava do lugar. E gostou também do olhar estranho do porteiro quando entregou a ele uma nota de 5 dólares e a chave para o carro baleado.

— Minha futura ex-esposa me deu um flagrante.

O cara pareceu entender.

Embora já fossem quase 3 horas da madrugada, a recepção estava em plena atividade. Havia um quarto disponível, mas, antes de subir até ele, uma nota de 20 dólares deu-lhe acesso ao *business center*, que estava fechado. Lá dentro, com a porta fechada, ele esfregou as têmporas, fechou os olhos e tentou esvaziar a mente. Seu corpo estava esgotado de cansaço, mas, embora entendesse o risco que estava correndo, era preciso fazê-lo.

Ele digitou alguns comandos no computador e abriu o e-mail que enviara para si mesmo.

* * *

HALE ENCAROU O ACUSADO DE TRAIÇÃO, UM DOS TRIPULANTES DO *Adventure*, um homem que estava com eles há somente oito anos. Não era um daqueles cuja família trabalhava na Comunidade há gerações, mas, ainda assim, era um associado de confiança. Um julgamento foi logo convocado e presidido, conforme especificação dos Artigos, pelo intendente. Hale e a tripulação do *Adventure* atuavam como jurados.

— Meu contato na NIA se gabou dizendo que havia um espião entre nós — começou Knox. — Estavam a par de tudo sobre a execução que ocorreu hoje no *Adventure*.

— O que eles sabem, exatamente? — indagou Hale.

— Que seu contador está no fundo do oceano. Os nomes dos tripulantes que o jogaram na água. Todos, inclusive você, Hale, são culpados de homicídio premeditado.

Ele percebeu que aquelas palavras provocaram um arrepio nos jurados, todos agora implicados. Isso era a justiça em seu estado mais puro. Homens que viviam, lutavam, morriam e julgavam juntos.

— O que você tem a dizer? — perguntou Knox ao acusado. — Você nega isso?

O homem ficou calado. Mas aquilo não era um tribunal. Não havia privilégios como o artigo V da Constituição americana. O silêncio podia e seria usado contra ele.

Knox explicou que o casamento do prisioneiro estava em crise e ele se consolara com outra mulher que se achava grávida. Ofereceu-lhe dinheiro para o aborto, mas ela recusou, dizendo-lhe que pretendia ter o filho. Ela o ameaçou também de comunicar o fato à sua esposa, caso ele não a sustentasse.

— A NIA ofereceu dinheiro pela informação — acrescentou Knox.

— E esse homem aceitou.

— Como você sabe disso? — perguntou um dos tripulantes.

As perguntas eram bem-vindas e podiam ser feitas à vontade.

— Sei porque eu matei o homem que fez o acordo. — Knox encarou o réu. — Scott Parrott. Um agente da NIA. Ele está morto.

O acusado tinha uma expressão estoica.

— Conversei longamente com Parrott — prosseguiu Knox. — Ele parecia exultante por conhecer nossas ações. É por isso que hoje ele estava preparado para impedir o atentado à vida do presidente Daniels. Ele sabia com exatidão o local e a hora. Estava planejando me matar também, razão pela qual foi tão generoso com essas informações. Infelizmente, ele não teve sucesso.

Hale olhou diretamente para o réu e perguntou:

— Você nos traiu?

O homem saiu correndo na direção da porta.

Dois outros interromperam sua fuga e o imobilizaram no chão, onde ele se debateu para se soltar.

Knox encarou os jurados.

— Acho que vocês já viram e ouviram o bastante.

Todos assentiram com um movimento da cabeça.

— O réu é julgado culpado — berrou um deles.

— Há alguma objeção? — indagou Knox.

Ninguém se manifestou.

— Não pode ser. Isso está errado — gritou o prisioneiro, ainda se contorcendo.

Hale sabia o que os Artigos prescreviam. *Traição à tripulação, deserção ou abandono de uma batalha serão punidos da maneira que o intendente ou a maioria considerar adequada.*

— Traga-o aqui — ordenou Hale.

O homem foi jogado aos seus pés.

Aquele indivíduo imprestável e contrito o tinha colocado numa posição insuportável com Andrea Carbonell. Ele entendia agora por que ela lhe parecera tão arrogante. Estava a par de tudo. E todos os seus planos poderiam agora estar comprometidos. A morte daquele homem seria dolorosa. Um exemplo para todos.

Knox sacou um revólver.

— O que você está fazendo? — perguntou Hale ao intendente.

— Executando o castigo.

O pânico tomou conta do condenado ao perceber qual seria sua sorte. Ele voltou a se debater contra os dois homens que o seguravam.

— O Artigo diz que cabe ao intendente *ou à maioria* decidir a execução apropriada — disse Hale, citando os Artigos. — O que diz a maioria?

Ele observou os tripulantes do *Adventure* acatarem seu comentário e ouviu um dos homens dizer "O que o capitão achar melhor". Todos pareciam satisfeitos por não estarem eles mesmos à beira da morte. Normalmente, um capitão nunca questionava o intendente diante da tripulação, ou vice-versa. Mas estavam em tempos de guerra, e a palavra do capitão era incontestável.

— Ele morrerá às 7 horas da manhã, com a presença de toda a companhia.

TRINTA E SEIS

3H14

CASSIOPEIA SAIU DA CASA DE SHIRLEY KAISER E PAROU NUM ESTA-cionamento vazio de um shopping, de onde ligou para a Casa Branca.

— Você vai gostar disso — disse a Edwin Davis.

Ela lhe contou tudo, exceto sobre o último assunto que havia conversado com Kaiser.

— Mas isso tem potencial — concluiu ela. — Podemos tirar Hale de circulação, se agirmos corretamente.

— Estou entendendo.

Havia muito mais a dizer, mas ela estava cansada e podia esperar.

— Vou dormir um pouco. Conversaremos de manhã.

Um momento de silêncio se prolongou antes da resposta de Davis:

— Eu estarei aqui.

Ela guardou o celular.

Antes de ligar a moto e sair à procura de um hotel, o telefone soou. Ela verificou a chamada. Malone. Já era hora.

— O que aconteceu? — perguntou ela.

— Mais uma noite de diversão. Preciso que o Serviço Secreto verifique a placa de um veículo. Mas eu acho que já sei a quem o carro pertence.

Ele lhe passou a informação da placa de Maryland.

— Mas tenho uma boa notícia — acrescentou ele.

Aquilo soou como música aos ouvidos de Cassiopeia.

— O criptograma foi decifrado. Eu tenho a mensagem que Andrew Jackson deixou para a Comunidade.

— Onde você está? — perguntou ela.

— Em Richmond. Num hotel formidável chamado The Jefferson.

— Eu estou em Fredericksburg. É perto?

— Uma hora de distância.

— Estou chegando.

* * *

AO LONGO DE MINHAS PESQUISAS PRELIMINARES NOS ARQUIVOS NACIONAIS, DEScobri referências de que Robert Patterson, um professor de matemática na Universidade da Pennsylvania, escreveu para Jefferson em 1801. Na época, Jefferson era o presidente dos Estados Unidos. Ele e Patterson eram membros da Sociedade Filosófica Americana, um grupo que promovia a pesquisa acadêmica em ciências e humanidades. Ambos gostavam de códigos, os quais trocavam regularmente entre si. Patterson escreveu: "A arte da escrita secreta tem atraído a atenção de políticos e filósofos ao longo de muitos anos." Mas Patterson notou que a maioria dos criptogramas ficava "bem aquém da perfeição". Para ele, o código perfeito tinha quatro propriedades: (1) deveria ser adaptável a todos os idiomas; (2) ser de entendimento e memorização simples; (3) fácil de ler e escrever; e (4) o mais importante, "ser absolutamente inescrutável a todos que desconhecem o código em particular ou o segredo para sua decifração".

Patterson incluiu com a sua carta um exemplo de um criptograma tão difícil de decifrar que "desafiaria toda engenhosidade da raça humana". Palavras ousadas para um homem do século XIX, mas isso foi antes da existência dos algoritmos dos computadores de alta velocidade.

Patterson tornou a tarefa especialmente difícil, explicando em sua carta que ele escrevera a mensagem de texto verticalmente, em colunas, da esquerda para a direita, usando letras minúsculas ou espaços, com linhas de cinco letras.

Em seguida, acrescentou aleatoriamente letras a cada linha. Para solucionar o criptograma era preciso conhecer o número de linhas, a ordem em que essas linhas tinham sido transcritas e o número de letras aleatórias adicionadas a cada linha.

Seguem as letras da mensagem de Andrew Jackson:

XQXFEETH
APKLJHXREHNJF
TSYOL:
EJWIWM
PZKLRIELCPΔ
FESZR
OPPOBOUQDX
MLZKRGVKΦ
EPRISZXNOXEΘ

A chave para a solução é uma série de pares de números de dois dígitos. Patterson explicou em sua carta que o primeiro dígito de cada par indicava o número de linhas dentro de uma seção, o segundo dígito, o número de letras acrescentadas ao início dessa linha. Evidentemente, Patterson nunca revelou essa chave numérica, o que manteve seu criptograma insolúvel por 175 anos. Para descobri-la, eu analisei a probabilidade dos dígrafos. Certos pares de letras simplesmente não existem em nossa língua, tais como dx, *enquanto outros quase sempre aparecem juntos, tais como o* qu. *Para chegar a uma noção aproximada dos padrões de linguagem da época de Patterson e Jefferson, estudei as 80 mil letras contidas nos discursos do presidente ao Congresso e contei a frequência com que os dígrafos ocorrem. Em seguida, fiz uma série de palpites conjecturais, tais como o número de linhas por seção, em que duas linhas pertencem uma à outra, e o número de letras aleatórias inseridas numa linha. Para avaliar esses palpites, recorri aos algoritmos de computador e ao que é chamado de programação dinâmica, que resolve problemas decompondo o quebra-cabeça até suas unidades componentes e encadeando junto às soluções. Os cálculos gerais para a análise foram inferiores a 100 mil, o que não chega a ser maçante. É importante observar que os programas disponíveis para mim não o são para o público em geral, o que pode explicar a razão de o criptograma ter permanecido indecifrado. Após algumas semanas trabalhando com esse código, o computador descobriu a chave numérica.*

33, 28, 71, 11, 56, 40, 85, 64, 97.

Para utilizar a chave, voltemos às próprias linhas do criptograma e coloquemos umas após as outras, segundo as instruções de Patterson:

XQXFEETHAPKLJHXREHNJFTSYOL:
EJWIWMPZKLRIELCPΔFESZROPPOB
OUQDXMLZKRGVKΦEPRISZXNOXEΘ

Se aplicarmos a primeira chave numérica, 33, às letras, contaríamos três letras na primeira linha e depois identificaríamos as cinco próximas letras, FEETH. O número 3 anterior indica a posição original dessa linha de letras. Usando 28, contamos mais oito letras e identificamos as cinco letras que seriam colocadas na posição da fila dois. Aplicando as chaves restantes às letras, a grade reaparecia em sua ordem original:

JWIWM
EHNJF
FEETH
FESZR
ELCPΔ
RGVKΦ
SYOL:
OUQDX
NOXEΘ

A mensagem pode ser lida verticalmente em cinco colunas da esquerda para a direita:

JEFFERSONWHEEL

GYUOINESCVOQXWJTZPKLDEMFHR

ΔΦ:ΧΘ

Malone releu o relatório de Voccio e a mensagem codificada de Jackson.

Jefferson Wheel. O cilindro de Jefferson.

Seguido de 26 letras aleatórias e cinco símbolos.

Ele já havia pesquisado na internet e determinado o que significavam as palavras *Jefferson Wheel*. Vinte e seis discos de madeira sobre os quais eram gravadas as letras do alfabeto em sequência aleatória. Cada disco era numerado de 1 a 26 e, dependendo da ordem em que os discos fossem dispostos sobre um eixo de ferro, e da maneira na qual eram alinhados, a mensagem codificada poderia ser transmitida. A única exigência era que o remetente e o destinatário possuíssem a mesma coleção de discos e os arrumassem na mesma ordem. Jefferson concebeu pessoalmente a ideia a partir das fechaduras com códigos sobre as quais lera em jornais franceses.

O problema?

Existia somente um desses cilindros.

O do próprio Jefferson.

Que ficara perdido durante décadas, mas agora estava em exibição em Monticello, a propriedade de Thomas Jefferson na Virginia. Malone concluiu que as 26 letras aleatórias da mensagem de Jackson alinhariam os discos.

Mas em que ordem eles deveriam estar?

Visto que nenhuma ordem havia sido especificada, ele supunha que seria numericamente. Então, quando os discos estivessem na sequência correta e adequadamente arrumados, 25 linhas não fariam sentido.

Uma só revelaria uma mensagem coerente.

Ele não tinha contado a Cassiopeia o que descobrira.

Não pelo telefone.

Monticello ficava a menos de uma hora a oeste.

Eles iriam no dia seguinte.

* * *

Wyatt encontrou um hotel bem na periferia de Washington, um estabelecimento elegante com computadores nos quartos. Ele disse a si mesmo que, num futuro não muito remoto, esse acessório seria tão comum nos quartos de hotel quanto o secador de cabelos e o aparelho de TV.

Ele inseriu o pen drive e leu o que Voccio havia decifrado.

Um cara esperto.

Pena que estivesse morto, mas a culpa era dele mesmo. Aqueles homens tinham vindo com o objetivo de encurralá-los no carro do acadêmico. Apenas dispararam alguns tiros, permitiram-lhe que realizasse sua tarefa e achasse que tinha conseguido. Depois, esperariam e observariam o carro-bomba resolver dois problemas de uma só vez.

Carbonell estava encobrindo seus rastros. O fato de a NSA e a CIA o seguirem deve tê-la assustado. Uma testemunha a menos contra si nunca representava uma má notícia.

Mas estava furioso consigo mesmo. Ele deveria ter percebido. Entretanto, acabara pensando apenas no dinheiro e achando que poderia se dar bem.

Felizmente tivera um pouco de sorte.

Num site sobre Monticello, ele leu a respeito do cilindro de Jefferson, observando que ele estava em exibição na mansão. A propriedade não ficava muito distante. Ele iria até lá no dia seguinte e faria o necessário para obter o objeto.

Verificou as horas.

4h10.

Acionou alguns comandos no teclado e descobriu que Monticello abria às 9h.

Isso lhe dava cinco horas para tratar de Andrea Carbonell.

PARTE TRÊS

TRINTA E SETE

WASHINGTON, DC
5H

WYATT ADMIROU O APARTAMENTO. ESPAÇOSO, ELEGANTE, CARO. ELE
entrou com facilidade, a porta tinha só uma tranca. Nenhum alarme,
nenhum cão, nenhuma luz. O condomínio estava localizado perto da
autoestrada, numa área luxuosa, com lojas da moda e restaurantes finos, dentro de um impressionante complexo cercado por barras de ferro. Ele imaginou que uma entrada acessível por controle remoto representava um bom argumento de venda para um potencial morador que
apreciasse o status de fazer seus convidados esperarem pela abertura
das barras de ferro. O condomínio em que morava na Flórida dispunha
de portão e guardas que custavam, a ele e a muitos outros moradores,
algumas centenas de dólares por mês.

Mas valia a pena. Mantinha a ralé afastada.

Ele examinou o cenário, uma mistura bizarra de estilo minima-
lista e influências caribenhas em ônix, ferro fundido e terracota. Uma
luz leve que trespassava as janelas revelava uma combinação vibrante
de cores e tons. Ele achou uma pilha de CDs e observou os gêneros
musicais — principalmente mambo, salsa e jazz latino. Nada disso
o agradava, mas podia entender como se ajustava à proprietária do
apartamento.

Andrea Carbonell.

Foi preciso entrar em contato com fontes antigas para descobrir onde ela morava. Diferentemente da maioria de seus colegas, ela residia fora dos limites da capital e ia diariamente para o trabalho num carro oficial com motorista. A mesma fonte também lhe dissera que Carbonell estava a bordo de um helicóptero da NIA que pousaria em Dulles em meia hora. Ela já havia informado no trabalho que não estaria de volta à sua mesa antes das 8 horas. Ele esperava que aquilo significasse que ela planejava passar rapidamente em casa. Andrea estivera fora durante toda a noite, viajando até algum lugar no sul, depois de tê-lo deixado em Maryland. Para uma pessoa tão cuidadosa em relação aos seus pensamentos e planos, ele pensou em como ela era descuidada no que dizia respeito à sua agenda. Pensou também no ataque em Maryland. Já teriam informado a Carbonell que Gary Voccio estava morto? Com certeza.

Durante todo o dia anterior, ela estivera um passo à sua frente.

Hoje era a vez dele.

Não viu nada de pessoal ou íntimo exposto em lugar algum. Nenhuma fotografia, suvenir, nada. Aparentemente, não tinha um marido, namorado, filhos, amigas, animais de estimação.

Mas quem era ele para criticar?

Ele também não tinha nada disso. Morava sozinho, desde sempre. Fazia anos que não havia uma mulher em sua vida. Diversas pretendentes — divorciadas, viúvas ou ainda casadas — haviam demonstrado interesse, mas ele nunca retribuíra. Bastava o pensamento de partilhar sua intimidade em troca das vulnerabilidades de outra pessoa para que sentisse dores estomacais. Wyatt preferia a solidão e a calma que agora o envolviam.

Mas um barulho chamou sua atenção.

Ele se virou em direção à porta da frente.

Algo sendo raspado.

Não como uma chave entrando na fechadura, mas como se alguém mexesse em seu mecanismo.

Como ele acabara de fazer.

Sacou sua arma e refugiou-se num dos quartos, posicionando-se de maneira que pudesse espiar pela porta.

A porta da frente foi aberta devagar e um vulto entrou.

Homem. Com aproximadamente a mesma altura e constituição de Wyatt, vestido de preto e dando passos silenciosos.

Aparentemente, ele não era o único interessado em Carbonell.

* * *

KNOX PASSOU EM CASA PARA TOMAR UMA DUCHA E TROCAR DE ROU-pa. Sua esposa o recebeu com sua jovialidade costumeira, sem perguntar nada sobre por onde andara e o que tinha feito. Isso fora esclarecido há muito tempo. Seu trabalho na Comunidade era confidencial. É claro, ela acreditava que isso se devia a autênticas preocupações corporativas e segredos comerciais. Não a assassinatos de presidentes, sequestros, homicídios e uma variedade de outras infrações menores que ele cometia diariamente. Ela sabia apenas que seu marido a amava e cuidava dos filhos, e eles eram felizes. O sigilo lhe permitia incontáveis oportunidades para fazer o que ele quisesse. Ele aprendera com seu pai, que fora também intendente, que o risco traz recompensas.

É injusto com sua mãe, dissera seu pai, que eu tenha outras mulheres? Porra, com certeza. Mas sou eu que estou lá fora, não ela. Se me pegarem, vou preso. Não ela. No final, eu sempre volto para ela, cuido dela. Vou envelhecer ao seu lado. Mas, enquanto posso, tenho o direito de viver como bem entender.

Ele só conseguiu compreender aquela conduta egoísta quando chegou sua vez, quando testemunhou as exigências imediatas do trabalho. Duzentos e quatorze homens compunham a companhia atualmente, espalhados entre as quatro famílias. Ele servia a todos e todos contavam com ele. Mas os quatro capitães também exigiam que ele salvaguardasse seus interesses. E, embora eles não pudessem demiti-lo, podiam transformar sua vida num tremendo inferno.

Se falhasse com qualquer um deles, o castigo seria impiedoso.

Um bom intendente era capaz de compreender esse equilíbrio. E, sim, um caso ocasional aqui e ali com as mulheres que encontrava podia diminuir o estresse. Mas ele nunca sucumbira. Amava sua esposa e sua família. Enganá-los estava fora de questão. Seu pai nem sempre agira corretamente em tudo. Não no casamento e nem na Comunidade. As coisas tinham mudado desde a época de seu pai e, com frequência, ele se perguntava o que aquele homem teria feito se precisasse encarar os desafios atuais. Os capitães se envolviam em conflitos cada vez mais intensos, a ponto de ameaçar a existência da companhia. Os laços que os uniam, existentes há tanto tempo, pareciam prestes a se romper. E ele cometera um terrível engano ao se envolver com Andrea Carbonell. Graças a Deus, o traidor que ela o indicara havia se comprometido inquestionavelmente. De um modo estranho, ele se sentia solidário àquela alma condenada.

Encurralado. Sem saída.

À mercê dos outros.

— Você está com o ar cansado — disse sua esposa ao lado da porta do banheiro.

Ele se preparava para se barbear e tomar um banho.

— A noite foi longa.

— Podemos ir para a praia no próximo fim de semana e descansar.

Eles tinham uma casa perto de Cabo Hatteras, que ele herdara do pai.

— Ótima ideia. Nós dois, no próximo fim de semana.

Ela sorriu e o abraçou pelas costas.

Ele examinou seu rosto no espelho.

Estavam juntos há 25 anos, casados e com três filhos. Ela era sua melhor amiga. Infelizmente, uma parte enorme de sua vida permanecia um mistério para ela. Seu pai tinha guardado segredos e enganado a esposa. Ele apenas guardava segredos. Knox se perguntava como ela reagiria se soubesse o que fazia realmente.

Se soubesse que ele matava pessoas.

— O tempo vai estar ótimo — disse ela. — Agradável e fresco.

Ele se virou, a beijou e disse:

— Eu te amo.

Ela sorriu.

— É sempre bom ouvir isso. Eu te amo também.

— Adoraria não precisar voltar à propriedade. — Knox viu que ela compreendera o que ele queria dizer.

— E hoje à noite?

A perspectiva o fez sorrir.

— Está combinado.

Ela o beijou novamente e o deixou só.

Seus pensamentos voltaram aos problemas.

Era preciso que a história do traidor se encerrasse. Os receios dos capitães deviam ser atenuados. Nada devia apontar na sua direção. Agora, ele sabia por que Carbonell o deixara matar Scott Parrott. Por que não? Claro, isso o ajudava em relação aos capitães, pois estava fazendo o que eles esperavam. Mas a morte de Parrott também eliminava a única outra pessoa na NIA com quem ele já lidara anteriormente.

Isso o deixava totalmente nas mãos dela.

E não era nada bom.

Ele se recompôs.

Mais duas horas e estaria livre de qualquer suspeita.

* * *

WYATT OBSERVOU O RECÉM-CHEGADO. O ARROMBADOR NÃO AVERIguara nada, aparentemente ciente de que a casa estaria vazia. Ele trazia uma sacola escura, que colocou no chão, e começou a esvaziá-la. Uma das cadeiras da sala de jantar foi levada até perto da porta de entrada. Algo parecido com um revólver foi preso com grampos no espaldar da cadeira, e as pernas foram imobilizadas por um sofá empurrado contra ela. Em seguida, ele instalou parafusos no teto, na soleira e na própria porta, atando a cada um deles um fio que vinha do gatilho da arma e ia até a maçaneta.

Ele se deu conta do que estava sendo preparado.

Uma armadilha.

Antes usadas para proteger propriedades remotas, as armas presas a uma porta ou janela — de modo que qualquer um que tentasse entrar fosse alvejado — eram agora ilegais. Consideradas um tanto antiquadas e anacrônicas.

Mas eficazes.

O homem concluiu seu serviço, testou a tensão do fio e depois, cuidadosamente, abriu a porta e se foi.

Ele ficou pensando.

Quem mais teria perdido a paciência com ela?

TRINTA E OITO

BATH, CAROLINA DO NORTE

HALE NÃO CONSEGUIA DORMIR. ERA O QUE ESPERAVA FAZER APÓS O julgamento, ao voltar para casa e se deitar na cama. Mas pensamentos preocupantes demais se agitavam dentro da sua cabeça. Pelo menos o caso do traidor parecia solucionado. Knox administrara a situação exatamente como um intendente deveria fazer. Logo os capitães mostrariam para toda a companhia o que acontecia com aqueles que violavam os Artigos. Era sempre bom deixar certas coisas claras. O que realmente o preocupava, contudo, era a solução do código.

Carbonell seria capaz de fornecê-la?

Parrott mentira para Knox.

Será que ela também estaria mentindo para ele?

Será que ele obteria sucesso naquilo em que seu pai, seu avô, seu bisavô e seu trisavô falharam?

— *É indecifrável* — *dissera seu pai.* — *São apenas letras sobre um papel. Sem ordem nem sentido.*

— *Por que precisamos dele?* — *perguntou, na inocência de seus 20 anos.* — *Não estamos sob ameaça. Nossa carta de corso está sendo respeitada.*

— *Isso é verdade. O presidente tem sido cuidadoso. Wilson, durante a Primeira Guerra Mundial, ficou agradecido por todo nosso empenho. Roose-*

velt também, na Segunda Guerra. Mas por quatro vezes nosso governo decidiu não honrar o acordo, baseando-se no fato de não haver aprovação expressa do Congresso para nossa carta. Eles riram de nós, como fez Andrew Jackson, sabendo que, legalmente, nossa carta de corso não tinha amparo. Aqueles quatro homens se tornaram um problema.

Seu pai nunca falara sobre isso antes.

— *Que quatro homens são esses?*

— *São os que morreram à bala.*

Ele havia realmente entendido?

— *Quentin — prosseguiu seu pai —, seu irmão e suas irmãs não têm a menor ideia do que eu faço. Para eles, eu apenas administro meus vários negócios. Eles estão cientes, sem dúvida, de nossa herança naval, assim como você, e sentem orgulho do papel que desempenhamos na formação deste país. Mas ignoram o que fizemos depois disso.*

E ele também ignorava, mas seu pai lhe ensinava tudo gradualmente.

— *Durante a Guerra Civil, a União nos pediu para interromper o abastecimento dos Confederados por vias marítimas. Fomos encorajados a atacar cargueiros franceses e ingleses. Enquanto a marinha da União bloqueava os portos do sul, destruíamos os navios no mar. Mas não podíamos esquecer que éramos do sul. Então nós deixamos que passasse alguma coisa. O bastante para permitir que os Confederados resistissem por mais tempo do que deviam.*

Ele nunca ouvira isso antes.

— *Lincoln ficou furioso. Durante a guerra, ele precisou de nós. Ele sabia o que Jackson havia feito, que ele removera os fundamentos de nossas cartas de corso, mas ignorava esse ponto fraco e encorajava nossa força. Quando a guerra foi vencida, ele mudou de atitude. Ordens de prisão foram emitidas, e a Comunidade seria julgada por pirataria.* — *Seu pai fez uma pausa, os olhos negros concentrados intensamente no filho.* — *Eu me lembro quando papai me contou o que eu estou prestes a contar para você.*

Seu pai já estava com quase 70 anos e com a saúde debilitada. Hale era o mais jovem da linhagem, nascera quando seu pai tinha uns 50 anos. Seu irmão mais velho e suas irmãs haviam obtido muito mais sucesso na vida, mas ainda assim fora ele o escolhido.

— Lincoln sabia que, com duas páginas ausentes dos Anais do Congresso, nossas cartas de corso eram inúteis. Tínhamos sido tolos ao confiarmos nele. Se fôssemos julgados, não teríamos como nos defendermos. Os capitães iriam para a prisão, ou talvez fossem fuzilados como traidores.

— Mas jamais um Hale foi para a prisão.

Seu pai concordou.

— Porque cuidamos para que Abraham Lincoln morresse antes.

Ele ainda se lembrava de seu espanto quando o pai lhe contou o que a Comunidade fizera, concluindo a conexão entre Andrew Jackson e Abraham Lincoln.

— Abner Hale tentou assassinar Andrew Jackson. Ele recrutou e encorajou Richard Lawrence a matar o presidente. Jackson se deu conta disso imediatamente. O resultado foi sua retaliação, invalidando nossas cartas de corso. A razão de Abner ter agido assim se deveu ao fato de Jackson ter se recusado a perdoar dois piratas condenados por roubarem um navio americano. Foi um acontecimento popular na época, e contou com tudo o que se espera nesses casos: advogados célebres, personalidades importantes, alegações de má conduta oficial. Os veredictos de culpa foram tão controversos que inspiraram ameaças de morte a Jackson. Uma delas veio de um extravagante ator shakespeariano. Ele escreveu um bilhete sarcástico ameaçando cortar a garganta do presidente enquanto ele estivesse dormindo, ou queimá-lo numa fogueira em Washington, se o perdão não fosse concedido. O homem que escreveu essas palavras foi Junius Brutus Booth. — Seu pai fez uma pausa. — O pai de John Wilkes, que, 26 anos mais tarde, foi usado pela Comunidade para matar Abraham Lincoln.

Agora ele sabia como os capitães escaparam do julgamento em 1865.

— Acabamos com aquela ameaça — continuou seu pai — recrutando o jovem Booth, o que não foi nada difícil. Existem muitas pessoas por aí com uma causa arraigada em seus corações. A maioria é instável e facilmente manipulável. O assassinato de Lincoln lançou o governo no caos. Toda aquela conversa de nos levar à prisão murchou. Melhor ainda, Booth morreu ao tentar fugir. Quatro outros conspiradores foram logo detidos, julgados e enforcados. Ou-

tros cinco foram para a prisão. E nenhum deles sabia nada sobre nós. Assim, sobrevivemos.

E a Comunidade sobreviveria desta vez também.

Mas tudo dependia de Andrea Carbonell, ou melhor, de até que ponto ela queria desesperadamente a morte de Stephanie Nelle.

Precisava ser cuidadoso no próximo lance.

Uma batida na porta de seu quarto lhe chamou a atenção.

Seu secretário entrou.

— Eu vi que as luzes estavam acesas e resolvi avisá-lo.

Ele escutou em silêncio.

— O prisioneiro pediu para vê-lo.

— Qual?

— O traidor.

— Por que motivo?

— Ele não disse. Falou somente que precisa vê-lo a sós.

* * *

MALONE ACORDOU E VERIFICOU O RELÓGIO AO LADO DA CAMA. 6H50.

Cassiopeia estava deitada ao seu lado, ainda adormecida. Tinham cochilado por pouco mais de duas horas. Ele estava de camiseta e cueca. Ela estava nua, seu traje preferido para dormir, o que ele adorava. Seus olhos examinaram os contornos do corpo, sequer uma falha maculando aquela pátina morena. Era uma linda mulher.

Se pelo menos tivessem mais tempo.

Ele pôs os pés no chão.

— O que você está fazendo? — perguntou ela.

Ele já sabia que o sono dela era leve.

— Temos que ir.

— O que aconteceu ontem à noite?

Ele havia lhe prometido uma explicação quando acordassem. Então, lhe contou.

— Eu apaguei a solução do código do servidor de Garver, mas isso só vai atrasar por algumas horas as pessoas que forem lá procurá-lo. Provavelmente já sabem que eu enviei uma cópia para mim mesmo.

Ele aguardou que ela absorvesse a informação.

— O que significa que eles sabem onde você está — concluiu ela.

— Eu usei outro nome para registrar minha conta no hotel e paguei à vista. Isso me custou uma gorjeta de 100 dólares, mas o atendente não pediu nenhuma identificação. Eu disse que não queria que minha esposa soubesse onde eu estava. — Ele apanhou suas roupas. — Eu sabia que, ao acessar aquele e-mail ontem à noite, eles ficariam sabendo que estou aqui. Mas eu quero saber quem são *eles*. É possível que nos levem até Stephanie.

— Você acha que eles vão reagir?

— Com certeza. Meu palpite é que estejam aguardando lá embaixo. A questão é: até que ponto eles querem chamar atenção? Temos uma vantagem. Um elemento que eles ignoram.

Ele viu que ela entendeu.

— Exatamente. Você.

TRINTA E NOVE

Washington, DC

Wyatt observou pela janela quando um SUV entrou no estacionamento. Nenhum visitante até então tinha entrado na casa de Carbonell, e a armadilha continuava esperando. Inspecionando o artefato, ele se perguntou se a Comunidade o havia instalado. Era, sem dúvida, um dispositivo que se adequava ao *modus operandi* deles. Mas esse poderia ser justamente o motivo pelo qual outra pessoa escolhera aquele procedimento. Estava claro que Carbonell havia traído mais de um participante naquela disputa, e tanto a Comunidade como as agências de inteligência deviam estar furiosas com ela. Mas ele não conseguia deixar de pensar que, talvez, ela própria tivesse dado ordens para aquilo.

Em que ela estaria pensando?

Ele viu Carbonell sair do veículo. A luz interior do carro revelou que ela estava vestida como no dia anterior. Ela disse algo ao motorista e seguiu em direção à entrada do prédio. Seu apartamento ficava no segundo andar, com acesso por uma porta no térreo mantida destrancada. O veículo aguardou no estacionamento, as luzes apagadas.

Ele se aproximou do revólver.

A engenhosa disposição dos parafusos havia sido geometricamente preparada de modo que a porta, ao ser aberta, tensionasse gradualmente o fio, disparando o gatilho. Era uma arma automática. Ele já a verificara. Bem carregada, pronta a destruir a carne e os ossos de alguém a menos de 60 centímetros de distância.

Ele tocou novamente no fio de náilon.

Estava esticado como a corda de um violão.

Teria alguma importância se ela morresse?

* * *

CASSIOPEIA SAIU DO ELEVADOR E ENTROU NO SAGUÃO DO THE JEFFERson. Ela já havia ligado para a recepção e pedido que sua moto fosse trazida até a entrada principal. Ao chegar ao hotel, ela a entregara ao valete.

Havia quatro policiais à sua esquerda, próximos de uma estátua de mármore de Thomas Jefferson que dominava o centro do saguão.

Aparentemente, aquele não seria um encontro discreto.

Ela seguiu seu caminho, o estalo de suas botas anunciando sua presença. Lá fora, atrás das portas envidraçadas, ela avistou três carros da polícia municipal de Richmond. Quem quer que houvesse atacado Malone na véspera tinha, aparentemente, resolvido permanecer nas sombras hoje e deixar a polícia local ir em frente. Ela detectou algumas expressões preocupadas entre os hóspedes que iam e vinham, carregando seus jornais matutinos, uma pasta, ou puxando suas malas de rodinhas.

Mas ela os ignorou, estudando a geografia.

O saguão era espaçoso e tinha a forma de um L. À sua esquerda, uma escada vistosa descia para o vestíbulo com colunas que pareciam ser de mármore — e que, pouco depois, descobriu tratar-se de uma falsa impressão dada pela pintura. O teto estava a mais de 20 metros de altura, com uma claraboia de vitral no alto. Os tapetes e as mobílias vitorianas intensificavam a decoração estilo Velho Mundo. Na extremidade do saguão de dois andares, ela notou que havia outro conjunto de portas envidraçadas, adjacente ao restaurante.

Sua mente elaborou um plano.

Seria capaz de realizá-lo?

Com certeza.

Havia bastante espaço para manobras.

* * *

HALE ENTROU NA PRISÃO QUE OUTRORA FORA UM ESTÁBULO PARA OS cavalos da propriedade. Stephanie Nelle estava confinada no segundo andar. Ele dera ordens específicas para que os prisioneiros não se vissem, evitando que se falassem. De início, resistira à vontade de ir, mas queria ouvir o que aquele homem tinha a dizer.

O acusado estava sentado numa cama estreita e assim permaneceu quando Hale chegou. Ele optou por ficar em pé do lado de fora da cela, falando com ele através das barras. Ordenou que a porta do pavimento superior fosse fechada e que um rádio fosse ligado, de modo que a conversa não vazasse para o andar de cima.

— O que você quer? — perguntou ele calmamente.

— Há algumas coisas que você precisa saber.

Não havia vestígios de medo em suas palavras. O homem parecia encarar sua sorte com bravura. Ele apreciava isso. A imagem de um marinheiro sendo recrutado por um navio pirata à força, se debatendo e berrando para assumir um trabalho indesejado sempre o fizera rir. Na realidade, quando um capitão decidia que seu navio precisava recrutar tripulantes, todas as tabernas, todos os bordéis e becos fervilhavam com os rumores. Se esse capitão tivesse obtido sucesso em viagens anteriores, os antigos marinheiros, em geral, eram os primeiros a se interessar. Outros, desejando o mesmo êxito, vinham em seguida. A pirataria pagava bem, e os homens daquela época queriam obter o máximo retorno possível por seus investimentos de risco. Nenhum deles queria morrer. Todos desejavam voltar ao porto e usufruir de sua parte do saque. Ainda assim, um capitão precisava ser cauteloso em suas escolhas — assim que o acordo sobre os Artigos fosse assinado e o navio saísse para o mar, ele podia ser destituído pela tripulação.

Evidentemente, esse não era mais o caso. A hereditariedade, agora, determinava um capitão. Mas ainda restavam riscos, e esse homem era um perfeito exemplo.

— Estou ouvindo. Fale.

— Eu contei para a NIA sobre o assassinato no *Adventure*. Admito. Eles me ofereceram dinheiro e eu aceitei.

Hale já sabia disso, mas indagou:

— E você está orgulhoso do que fez?

— Eu entendo que toda essa história de companhia seja importante para você. Um por todos e todos por um, essas coisas. Mas falemos a verdade: vocês ficam com o bolo e nós, com as migalhas.

— Essas migalhas são muito mais do que o que você tinha antes.

— Realmente. Mas eu nunca acreditei muito nisso tudo.

O recrutamento sempre era realizado pelo intendente, em geral entre as famílias que haviam trabalhado para a Comunidade. Assim como no passado, os tripulantes mais recentes eram geralmente mal-educados e vinham de famílias pobres ou modestas. Mas, ainda assim...

— Sua palavra não vale nada? — perguntou Hale. — Você assinou os Artigos e fez um juramento. Isso não significa nada?

O homem deu de ombros.

— Entrei nisso por dinheiro. E também porque Knox já me tirou de alguns apuros. Sou grato por isso. Sou bom com metalurgia. Então, quando ele me ofereceu o trabalho, aceitei.

— Ao que parece você não foi grato o suficiente para manter sua palavra e ser leal.

— Foi você que matou aquele cara no barco. Ele era uma ameaça para você. Não para mim ou para os outros. Eu traí você, não os outros.

— É isso o que queria me dizer?

Ele notou a expressão severa de repugnância no rosto do homem.

— Quero que saiba que eu não tinha conhecimento de nada a respeito da tentativa de assassinato do presidente. Só ouvi isso na televisão, depois de ter acontecido. Sim, eu trabalhei na arma em nossa oficina e a reconheci quando a vi nos jornais. Mas não nos disseram nada sobre o local e a hora em que seria usada. Não fazia a menor ideia, e não disse nada sobre isso à NIA.

— Você é um mentiroso e um traidor. Não posso acreditar em você.

O homem voltou a dar de ombros.

— Como queira. Mas saiba que existem dois traidores na sua preciosa companhia, e um deles ainda está lá fora.

— Por que está me dizendo isso?

— Por duas razões. Primeiramente, como eu disse, nunca traí meus amigos, e eles precisam saber que há um espião entre eles. E, em segundo lugar, já que não há um meio de eu sair daqui, espero que você seja piedoso quando chegar a hora da minha morte.

QUARENTA

Richmond, Virginia

Malone entrou no elevador. Cassiopeia havia feito o reconhecimento do andar térreo do The Jefferson, notando três carros da polícia de Richmond vigiando a entrada principal. Porém, a saída secundária, que conduzia à West Main Street, ao sul do saguão, estava desguarnecida. Ela lhe dissera pelo celular que aquilo parecia uma operação local. O que significava que ele não ganharia nada ficando ali. Malone havia esperado que alguém importante se revelasse. Ele sabia que a solução para o criptograma de Jefferson lhe dava poder de barganha, e ele queria a oportunidade de usá-lo. Visto que esse não era o caso, o que o aguardava agora em Monticello parecia mais promissor.

Infelizmente, havia a questão da polícia.

Cassiopeia descera três longos lances de escadas atapetadas até um salão de falso mármore, depois caminhara uns 30 metros até as portas de vidro, no extremo sul do saguão. Elas estavam trancadas, e uma atendente num restaurante próximo explicou que aquelas portas só eram abertas depois das 9 horas da manhã. Aparentemente, os policiais acreditavam que o fato de elas estarem trancadas era proteção suficiente e vigiavam o andar superior do saguão, as escadas e a saída principal, por onde achavam que Malone poderia escapar. Considerando que ele não se registrara com seu verdadeiro nome, uma busca em todos os quartos seria algo complicado. Era mais fácil simplesmente esperá-lo sair do elevador e cair em suas mãos.

Mas eles não conheciam Cassiopeia Vitt.

Ela havia passado seu plano de fuga pelo telefone. Ele balançara a cabeça e falara *Ok. Por que não?*

A porta do elevador se abriu.

Malone saiu, virou à esquerda e se dirigiu à recepção, planejando virar outra vez à esquerda e descer a escada até o nível inferior. Ele percebeu que não conseguiria ir tão longe, e, conforme previra, três policiais uniformizados apareceram à sua direita e pediram para ele parar.

Parou.

— Cotton Malone — disse o policial no comando, que parecia ser um capitão. — Temos uma ordem de prisão.

— Eu sei que estou devendo um bocado de multas. Eu não devia rasgá-las...

— Ponha as mãos para trás — ordenou um segundo oficial.

* * *

Cassiopeia observou o valete chegando com sua moto. A Honda NT700V com motor V-twin, 680cc, oito válvulas e uma poderosa refrigeração a água, e o jovem pareceu curtir o curto trajeto do estacionamento. Ele desmontou, deixou o motor funcionando e manteve a máquina de mais de 200 quilos em pé, enquanto ela se instalava.

A gorjeta foi uma nota de 50 dólares.

Ele agradeceu com um gesto de cabeça.

Dois carros de polícia estavam estacionados um pouco depois da saída. Ela notara o policial dar uma olhada em sua bunda, realçada pelo jeans apertado.

— Preciso de um favor seu — disse ela ao valete.

— Só falar.

Ela apontou para uma das entradas que conduziam ao saguão.

— Pode manter aquela porta de vidro aberta para mim?

* * *

MALONE SE VIROU E OBEDECEU ÀS ORDENS POLICIAIS. O IMPORTAN-
te era que mantivessem seus revólveres nos coldres, e, até então, nenhum deles havia sacado a arma.

— Do que se trata? — perguntou ele.

— Você deve ser uma pessoa importante — disse o primeiro policial a abordá-lo, enquanto segurava suas mãos. — Os federais querem
falar com você.

— E por que eles não estão aqui? — perguntou ele.

A pressão sobre suas mãos aumentou.

— Cotton Malone — disse o outro policial. — Onde você foi arrumar um nome assim?

O rugido da motocicleta ficou mais forte quando a porta se abriu,
20 metros à esquerda.

— É uma longa história — respondeu ele, avistando Cassiopeia
montada na moto.

Ele sorriu.

Era impossível não a amar.

* * *

CASSIOPEIA AUMENTOU A ROTAÇÃO DO MOTOR DE 65 HP E NOTOU
pelo espelho retrovisor que o policial atrás dela continuava mais interessado em sua bunda do que em suas intenções. Claramente, ele não
prestara atenção ao valete, a 10 metros dali, segurando a porta aberta.

Ela virou o guidão para a direita, engrenou a primeira marcha e
acelerou. Os pneus giraram, ela deu uma guinada para a direita, equilibrou a moto e avançou pela porta aberta até o saguão.

* * *

Knox estava diante da companhia, que se reunira no pátio diante da prisão às 7 horas da manhã. Duzentos e quatro dos 214 membros estavam presentes, os ausentes só eram desculpados por se encontrarem fora da cidade. As regras eram claras. Uma convocação nunca devia ser ignorada.

Considerando que nenhum dos três filhos de Hale estava na propriedade, a reunião podia se realizar ali mesmo. Os portões da frente estavam trancados, monitorados através de câmeras de vídeo pelos seguranças, que testemunhavam a punição eletronicamente. Aquele era um terreno sagrado. O local onde a companhia se reunia desde a criação da Comunidade. Durante 250 anos, milhares de homens haviam se encontrado ali para ouvir discursos, enterrar capitães, eleger intendentes ou, como nessa ocasião, testemunhar uma execução.

Ele supervisionara pessoalmente a preparação do prisioneiro, certificando-se de que suas mãos estivessem atadas e a boca amordaçada. Não queria nenhum grito ou discurso. Aquele assunto deveria ser encerrado de uma vez.

Mas o que o homem relatara o deixara preocupado. Ele havia exigido falar em particular com Hale e o capitão concordara, passando alguns minutos sozinho com ele.

Perturbador. Sem dúvida.

Seu olhar se concentrou nos quatro capitães, juntos no canto extremo do pátio. O prisioneiro estava amarrado a uma estaca no centro, a companhia reunida no lado oposto.

Ele deu um passo à frente.

— Este homem foi julgado e condenado por traição. A punição é a morte.

Ele deixou que aquelas palavras fossem absorvidas. Todo o conceito de disciplina envolve a ideia de torná-la inesquecível.

Ele encarou os capitães.

— O que vocês têm a dizer quanto ao método?

Nos séculos passados havia opções. Podiam ser algemados e acorrentados, depois trancados sem comida nem água. Isso levava dias. Dependurado de um mastro até que a exposição e a fome acabassem com ele. Mais rápido. Açoitado com chicotes de nove pontas. Ainda mais rápido, já que as tiras nodosas de couro matavam em questão de minutos.

Forca. Fuzilamento. Afogamento.

— O garrote — gritou Hale.

QUARENTA E UM

WASHINGTON, DC

WYATT ESPEROU AO LADO DA ARMADILHA, ENQUANTO A CHAVE ENtrava na fechadura, no outro lado da porta.

Ele viu a maçaneta girar.

Andrea Carbonell estava a ponto de entrar no apartamento. Estaria ela ciente de que o simples ato de voltar para casa poderia colocar sua vida em risco?

A porta se abriu.

O náilon se estendeu ao passar pelas argolas dos parafusos; as dobradiças se inclinaram 30, 40, 45 graus.

Ele já havia calculado que seriam necessários pelo menos 60 graus para acionar o gatilho.

Com o pé, ele imobilizou o movimento da porta e cortou o fio com uma tesoura.

Depois, retirou o pé e a porta se abriu por completo.

Carbonell o encarou, depois a arma, o náilon balançando sob a luz mortiça. Sequer um traço de surpresa em seu rosto.

— Foi uma decisão difícil? — perguntou ela.

Ele ainda estava com a tesoura na mão.

— Mais do que eu imaginava.

— Obviamente, não é obra sua. Quem fez isso?

Ele deu de ombros.

— Um homem veio, preparou tudo e se foi.

— E você não o impediu.

Ele deu de ombros novamente.

— Não é assunto meu.

— Suponho que eu deva agradecer por você estar aqui.

— Agradeça por eu ter cortado o fio.

Ela entrou e fechou a porta.

— Por que fez isso? Você deve estar furioso com o que aconteceu ontem à noite.

— Estou. Você queria que eu morresse.

— Ora, Jonathan. O meu respeito por suas habilidades é bem maior do que isso.

Ele avançou contra ela, a mão direita agarrando seu pescoço, empurrando seu corpo magro contra a parede. Os quadros pendurados ao lado começaram a balançar.

— Você queria que minhas habilidades me matassem. Queria que eu retirasse Voccio de lá, que entrássemos os dois no carro e morrêssemos na explosão.

— Você veio aqui para me matar? — disse ela com dificuldade, o pescoço ainda comprimido, mas sem o menor indício de inquietação no rosto.

Já fora bastante enfático. Agora a soltava.

Carbonell ficou olhando para ele, enquanto se recompunha. Depois, ela acariciou a arma na cadeira, admirando o artefato.

— Calibre pesado, disparo automático. Quantas balas? Trinta? Quarenta? Não ia sobrar muita coisa de mim.

Ele não dava a mínima para isso.

— Você tem a solução do criptograma?

— Voccio me mandou por e-mail algumas horas antes de sua chegada. Mas suponho que você já saiba. Por isso está furioso.

— Tenho outras razões para estar furioso.

Ela o avaliou longamente.

— Suponho que sim.

— Essa solução não ficará em segredo por muito tempo.

— Jonathan, *você* tem tão pouca confiança em *minhas* habilidades. Eu fiz com que ele me enviasse o e-mail de fora do instituto. Somente Voccio sabia de onde. Agora ele está morto.

— Isso é bem conveniente.

Ela percebeu sua insinuação.

— Você acredita que eu mandei aqueles homens para lá ontem. — Ela apontou para a armadilha. — E provavelmente acredita que fui eu quem mandou instalar isso também.

— As duas coisas são totalmente possíveis.

— Não me adiantaria em nada negar. Você tampouco acreditaria em mim. Portanto, não negarei. — Ela apanhou a tesoura de sua mão. — Isso estava na minha mesa?

Ele ficou calado.

— Gosto de você, Jonathan. Sempre gostei.

— Eu não sabia que você apreciava charutos. — Ele sentira um leve odor no ar e achara três estojos antigos, todos cheios.

— Meu pai costumava fabricá-los. Minha família vivia em Ybor City, em Tampa. Muitos dos imigrantes cubanos dos anos 1960 se instalaram por lá. A Flórida era como nosso lar. Na época era um ótimo lugar. Já foi lá?

Ele balançou a cabeça

— Espanhóis, cubanos, italianos, alemães, judeus, chineses. Todos nós coabitávamos, prosperando juntos. Que lugar fascinante. Tão vivo. Então, tudo acabou e eles construíram uma rodovia interestadual bem no meio da cidade.

Ele continuou em silêncio, deixando-a falar. Ela estava ganhando tempo. Tudo bem, que o fizesse.

— Meu pai abriu uma fábrica de charutos e se deu bem. Havia várias em Ybor City nos anos 1920, antes da Grande Depressão, mas foram todas desaparecendo gradualmente. Ele estava decidido a trazê-las de volta. Com ele, nada de máquinas. Todos os charutos eram preparados manualmente, um de cada vez. Adquiri o hábito bem cedo.

Ele sabia que os pais dela tinham fugido de Castro nos anos 1960 e que ela nascera e fora criada ali. Além disso, ela era um mistério.

— Você foi sempre um homem de poucas palavras?

— Eu digo somente o que é necessário.

Ela deu alguns passos em torno da armadilha e se aproximou.

— Meus pais eram bem ricos quando viviam em Cuba. Eles eram capitalistas, e Castro odiava os capitalistas. Eles deixaram tudo o que tinham e vieram para cá recomeçar, prontos a provar seu valor novamente. Eles amavam a América e, no início, este país lhes deu uma nova oportunidade. Depois, a economia ruim e as péssimas escolhas levaram tudo. Eles perderam tudo que tinham. — Ela se calou um instante, olhando-o da escuridão. — Morreram pobres.

Ele se perguntou o motivo de ela lhe contar tudo aquilo.

— Ouviu falar nos oportunistas que saíram de Cuba nos anos 1980? Os refugiados que fugiram de barco. Eles tentaram confiar em Castro e, quando não funcionou, decidiram vir para cá. Só o que conseguiram fazer foi tornar a vida mais difícil para os outros, inclusive para meus pais. Deviam ter sido mandados embora para viver de acordo com o que tinham escolhido. Eu construí meu próprio caminho. A cada passo. Ninguém me deu coisa alguma. Quando meu pai morreu, jurei para ele que não cometeria o mesmo erro. Eu seria cautelosa. Mas, infelizmente, hoje eu cometi um erro. — Seus olhos se fixaram nele. — Ainda assim, você me safou. Por quê? Para você mesmo poder me matar?

— Vou procurar o cilindro de Jefferson — disse ele. — Se tentar interferir, matarei as pessoas que você enviar, depois matarei *você*.

— Que importância tem isso? Você não tem mais nada a ver com esse assunto.

— Um homem inocente morreu ontem fazendo seu trabalho.

Ela riu.

— Isso o afetou?

— *Afetou* você.

Ele percebeu que ela o entendera. Ele podia lhe causar problemas. Alterar todos os seus planos. Estragar sua vida.

— Malone também tem a solução do criptograma — disse ela. — Ele a enviou para si mesmo pela internet ontem à noite a partir do computador de Voccio, depois apagou tudo do servidor do instituto. Não existe outro registro dessa solução. Somente ele, você e eu a temos.

— Ele vai direto para Monticello.

Ele se aproximou dela, que estava ao lado da porta.

Segurando seu braço e com o rosto bem próximo ao dele, ela retrucou:

— Você não pode fazer isso sozinho e sabe disso.

Ele sabia. Havia muitas incógnitas. Riscos demais. E ele não estava adequadamente preparado.

— Você não me engana, Jonathan — prosseguiu Andrea. — Não se trata de mim e do que aconteceu ontem à noite. Trata-se de Malone. Você não quer que ele tenha êxito. Posso ver isso em seus olhos.

— Talvez eu queira apenas que você fracasse.

— Vá para Monticello. Consiga o que vocês querem. O que vai fazer com Malone é problema seu. O que nós dois vamos fazer fica entre nós. Aposto que é capaz de separar as duas coisas. Você precisa de mim. É por isso que ainda estou viva.

Ela estava certa.

Era a única razão.

— Consiga aquele cilindro.

— Por que você mesma não vai buscá-lo?

— Conforme já disse em Nova York, prefiro ficar devendo só a você.

Isso queria dizer que ela estava chegando ao fim de seu plano. O envolvimento de outros agentes só aumentaria o trabalho de faxina.

— Você realmente queria a morte de Scott Parrott, não é mesmo?

— Se ele tivesse feito seu trabalho, não estaria morto.

— Ele nunca teve a oportunidade.

— Ao contrário daqueles três agentes, depois que você acertou a cabeça de Malone com um revólver? Eles *tiveram* uma oportunidade, não é?

Os dedos da sua mão direita se fecharam firmemente, mas ele se conteve. Aquela era exatamente a reação que ela queria.

— Consiga o cilindro, Jonathan. Depois conversaremos.

* * *

MALONE SALTOU PARA O LADO E ACERTOU, COM UM CHUTE NA CANELA, um dos policiais de Richmond. Depois, desferiu um cruzado de direita no outro e, com uma joelhada no ventre, atingiu o terceiro.

Os três caíram.

O ruído da moto entrando no saguão lhe dera o momento de distração de que precisava para agir.

Cassiopeia se dirigiu a Malone em alta velocidade pelo chão de mármore. Ela desacelerou o suficiente para que ele pulasse sobre a moto, depois arrancou com a máquina, virando à esquerda e se dirigindo à escada a uns 20 metros dali. Ele se agarrou ao corpo dela com uma das mãos, enquanto a outra sacava a arma. Olhando para trás, percebeu os policiais se levantando e empunhando seus revólveres.

Com a aproximação da escada, o motor desacelerou. Os degraus desciam por três longos lances retos, talvez por uns 30 metros, com dois patamares entre eles.

Por essa parte ele não esperava.

— Aqui vamos nós — disse ela.

Ele mirou e disparou contra os policiais.

Eles se agacharam e foram buscar refúgio atrás da estátua de Jefferson.

* * *

CASSIOPEIA, NA VERDADE, NUNCA DESCERA ESCADAS MONTADA numa motocicleta. Um tapete revestia os degraus de pedra, o que deveria ajudar a tração das rodas, mas seria um percurso acidentado.

Ela engatou a segunda marcha e seguiu em frente.

A suspensão trepidava, enquanto ela e Malone lutavam para não perder o equilíbrio. Ela tentava manter a moto estável. Estava bastante familiarizada com aquela máquina. Seu baixo centro de gravidade tornava-a fácil de manobrar. A polícia europeia a utilizara com sucesso durante anos. Um modelo mais antigo estava estacionado na garagem de seu castelo, na França. Fora por causa dessa familiaridade — a qual não existia com os veículos do Serviço Secreto — que a escolhera para fazer sua viagem até Fredericksburg.

Malone se agarrava a Cassiopeia com força, assim como ela segurava o guidão.

Alcançaram o primeiro patamar.

Ela aumentou um pouco a velocidade, depois deu um toque no freio, antes de encarar os demais degraus. No segundo patamar, a dianteira da moto virou bruscamente para a esquerda. Ela logo torceu o guidão para a direita, e a roda da frente começou a descer pelos últimos degraus, a força da gravidade aproximando-os do andar inferior.

— Temos companhia — ela o ouviu dizer.

Depois um tiro.

Disparado por Malone.

Mais alguns metros de solavancos e alcançaram uma superfície plana.

Ela acelerou e eles avançaram, costurando um caminho sobre os tapetes e entre poltronas e sofás, passando pelo salão de falso mármore, sob o teto de vitrais.

As pessoas que estavam sentadas ali saíram apressadas do caminho.

A porta de saída estava a 30 metros de distância.

* * *

MALONE FICOU SURPRESO POR TEREM CHEGADO TÃO LONGE. DE ACORdo com seus cálculos, só tinham 30 por cento de chances de êxito. Pegaram a polícia desprevenida, e ele ficou feliz ao ver que o caminho à frente estava desimpedido. O problema era a retaguarda. Ele avistou dois policiais descendo pela escada, alcançando o primeiro patamar e se preparando para atirar. Ele disparou três vezes contra o segundo lance de escada. As balas ricochetearam no mármore, dispersando os atiradores.

Ele esperava que as balas não tivessem atingido ninguém.

— Malone. — Ele ouviu a voz de Cassiopeia.

Ele se virou e olhou para a frente.

As portas de vidro, conforme lhe haviam dito, ficavam fechadas até as 9 horas e bloqueavam o avanço. Do outro lado, o sol luminoso da manhã anunciava a liberdade.

Mais uns 12 metros agora.

— Quando estiver pronto — disse ela, enquanto continuavam em frente.

Ele mirou por sobre seu ombro e deu três tiros, destruindo uma das portas de vidro.

Cassiopeia mirou a passagem e acelerou.

Eles saíram rugindo sobre a calçada e ela freou.

Seus pés tocaram no chão.

Uma rua movimentada se estendia perpendicular ao hotel.

Malone observou o tráfego, viu um espaço entre os carros e disse:

— Vamos sair daqui.

QUARENTA E DOIS

BATH, CAROLINA DO NORTE

HALE ESTAVA SATISFEITO COM TODOS OS PREPARATIVOS. A ESCOLHA do garrote havia de fato surpreendido Knox, que hesitara um instante antes de concordar, solicitando mais alguns minutos para que os itens necessários fossem reunidos. Ele notou que os outros três capitães estavam nervosos. A escolha da punição havia sido uma proposição sua, mas todos tinham votado a favor.

— Foi estupidez matar seu contador — disse-lhe Surcouf.

— Da mesma forma que este tripulante, ele me decepcionou.

— Você se arrisca muito — comentou Cogburn. — Exageradamente.

— Eu faço o que é preciso para sobreviver.

Um capitão não era obrigado e se explicar aos demais, desde que seus atos permanecessem numa esfera particular, e a morte do contador de sua família se encaixava nessa categoria. Da mesma forma que um capitão comandava seu próprio navio e a opinião de outro capitão só possuía alguma importância quando todas as companhias se reuniam.

Knox chamou sua atenção para dizer que estava tudo pronto.

Hale deu um passo à frente e convocou todos que estavam reunidos sob o sol matinal.

— Nós juramos lealdade aos Artigos. Vocês têm uma boa vida e uma boa situação. Nossa companhia funciona porque trabalhamos juntos — disse, apontando para o homem amarrado no mastro. — Ele cuspiu na nossa cara e pôs em risco a vida de todos vocês.

Os homens se agitaram.

— Traidores têm o que merecem — continuou ele.

Seguiu-se um rumor, demonstrando a anuência de todos. Um arrepio percorreu sua espinha. Era emocionante estar no comando. Só faltavam o gosto salgado do mar e o balanço do convés.

— Sejam testemunhas deste castigo — berrou ele.

Knox estava ao lado do homem amarrado e amordaçado, e Hale observou o intendente dar ordens a dois outros homens da tripulação. A punição escolhida era particularmente severa, embora de simples execução. Duas pranchas de madeira foram atadas uma a outra com tiras de couro de cerca de um metro de comprimento. A cabeça do prisioneiro foi colocada entre as tiras. De cada lado, os homens seguravam as pranchas com as duas mãos.

Ele esperava que Stephanie Nelle estivesse observando. Hale fizera com que a transferissem de uma cela sem janelas para outra, de onde pudesse avistar o pátio. Queria que ela soubesse do que ele era capaz. Ainda não recebera notícias de Andrea Carbonell sobre qualquer solução para o criptograma, portanto a sorte de Stephanie permanecia um suspense.

Os dois tripulantes começaram a girar as pranchas, torcendo as tiras de couro até que elas cingissem o crânio do homem. O prisioneiro mexeu a cabeça, tentando resistir ao esforço deles, mas aquilo se revelou inútil.

Knox lançou um último olhar para Hale.

Depois, olhou para os outros três capitães, que assentiram com a cabeça.

Em seguida, Hale virou-se para Knox e assentiu também.

O comando para eles prosseguirem foi dado, e as pranchas continuaram sendo giradas. Durante alguns instantes, enquanto as tiras de couro se tensionavam, o crânio resistiu. Na sexta volta, a pressão aumentou. O corpo do prisioneiro se agitava sob as cordas. Se ele não tivesse sido amordaçado, certamente estaria berrando de agonia.

As pranchas continuaram a ser giradas.

As pupilas se expandiram, os globos oculares se esbugalharam de forma extraordinária. Hale sabia o que estava acontecendo. A pressão interna do crânio comprimido os forçava para fora.

Os outros três capitães também perceberam.

Ele sabia que aqueles homens não estavam acostumados a testemunhar atos violentos. Eles podiam ordená-los sem remorso. Mas assistir a eles era outra coisa.

Mais alguns giros nas pranchas.

O rosto do homem ficara roxo por causa da pressão.

Um globo ocular saiu de sua cavidade.

O sangue escorreu pelo buraco vazio.

A compressão continuou, mais lentamente agora.

Seu pai lhe contara sobre a prática do garrote. Sobre como os últimos segundos eram os piores. Assim que os olhos cediam, só restava ao crânio rachar. Infelizmente para a vítima, o crânio era resistente. Este era outro fato nesse modo de punição — muitas vezes, ele não matava a vítima.

O outro globo ocular saltou e mais sangue foi vertido sobre o rosto.

Hale caminhou até o centro do pátio.

O prisioneiro não se mexia mais, seu corpo inerte, a cabeça mantida erguida somente pelas tiras de couro.

Knox ordenou que parassem de girar.

Mas saiba que existem dois traidores na sua preciosa companhia.

Por que está me dizendo isso?

Espero que você seja piedoso quando chegar a hora da minha morte.

Ele não pensava em outra coisa desde que o homem lhe dissera essas palavras, há menos de uma hora.

Dois traidores em sua preciosa companhia.

Embora o traidor tivesse dito que nunca havia acreditado na mentalidade da companhia, ele estava enganado. *Eu traí você, não meus amigos.* Ele se preocupava com seus companheiros.

E isso o levou a acreditar no homem

Ele olhou para o rosto ensanguentado. Em seguida, pegou sua pistola sob o casaco e disparou um tiro na cabeça dele.

— A punição foi executada — disse. — Podem debandar.

Os tripulantes começaram a se afastar do pátio.

Ele se virou para Knox.

— Que o corpo seja atirado ao mar. Depois, venha até minha casa. Precisamos conversar.

* * *

Cassiopeia engatou a quinta marcha em sua Honda e continuou avançando pela rodovia U.S. 250. Propositadamente, eles tinham evitado a interestadual 64, optando por uma estrada secundária, esperando assim impedir que a polícia das regiões vizinhas fosse alertada. Mas ela concordava com a avaliação de Malone. Depois de ter fracassado numa jogada simples, quem quer que houvesse ordenado a prisão deles provavelmente não desejava envolver mais gente. Na próxima vez, faria sozinho, do seu jeito.

Malone deu um tapinha em sua barriga e lhe disse ao ouvido para estacionar.

Ela parou num restaurante abandonado, as instalações caindo aos pedaços, o asfalto do estacionamento coberto de mato e ervas daninhas. Ela se dirigiu à parte de trás e desligou o motor.

— Não há sinal de ninguém vindo atrás de nós — constatou ele, enquanto saltava da moto. — Precisamos falar mais uma vez com Edwin Davis.

Ela apanhou o celular e digitou o número. Davis atendeu no segundo toque. Ela apertou o botão de viva-voz. Já haviam falado com ele mais cedo, pouco antes de Cassiopeia descer até o saguão do hotel em missão de reconhecimento.

— Fico feliz em saber que conseguiram escapar — disse Davis. — Sem muito prejuízo para o hotel, eu espero.

— Está tudo no seguro — respondeu Malone.

— O cadáver dentro do carro no Garver Institute era o de Gary Voccio — informou Davis. — Achamos sua identidade dentro do carro, que, aliás, pertencia a ele.

Eles ouviram Davis explicando como o FBI e a CIA haviam chegado ao instituto. A energia e os telefones tinham sido deliberadamente cortados e o saguão de um dos prédios fora destruído, com marcas de balas espalhadas por dois andares.

— O chefão não está contente — acrescentou Davis. — Mais mortes.

— Estamos seguindo para Monticello — disse Malone.

— Quando você apagou o código do criptograma do servidor do instituto — explicou Davis —, você o eliminou. Voccio não salvara nada. Acabou. Aquele arquivo continha todas as anotações e resultados.

— Pelo menos temos uma cópia — ressaltou ela.

— Vamos precisar de acesso ao cilindro — completou Malone. — O site da propriedade diz que ele fica exposto no gabinete de Jefferson, perto de sua biblioteca e de seu quarto.

— Estou me dirigindo a Monticello — informou Davis. — Estarei no centro de visitantes, esperando vocês chegarem.

Malone sorriu.

— Você está de plantão hoje?

— Isso tem que ser resolvido, assim como o outro problema que Cassiopeia descobriu referente às linhas de telefone.

Ele tinha razão quanto a isso, pensou Cassiopeia, e sob vários aspectos.

— Chegaremos lá em cerca de 45 minutos.

Ela desligou o telefone.

— Qual é o problema? — perguntou Malone.

— Quem disse que existe um?

— Pode chamar isso de intuição de namorado. Eu vi no seu rosto. O que aconteceu com a primeira-dama? Você só me contou a versão resumida.

Verdade. Ela abreviara os eventos, deixando de fora a última parte da conversa que tivera com Shirley Kaiser.

A primeira-dama está tendo um caso, não está?

Não exatamente. Mas quase isso.

— Estou pensando numa maneira de usar aquele grampo nos telefones a nosso favor — disse ela. — É o caminho mais rápido para eliminar Hale.

Ele segurou seu braço delicadamente.

— Há outra coisa. Você não quer me contar. Tudo bem. Eu também faço isso. Mas seja o que for, se precisar da minha ajuda, peça.

Ela apreciou o fato de ele não ser do tipo que tenta consertar. Em vez disso, agia como seu parceiro, protegendo-a.

E ela bem poderia vir a aceitar sua oferta.

Mas, naquele instante, o problema era *outro*.

QUARENTA E TRÊS

Bath, Carolina do Norte
8h30

Knox estava inquieto. Quentin Hale se encontrara pessoalmente com o traidor antes da execução e agora ele recebia ordem de se apresentar na residência principal sem qualquer explicação. O cadáver estava sendo levado para o mar, onde seria amarrado a algo bem pesado e lançado na Corrente do Golfo. Talvez o traidor tivesse lhe contado que havia denunciado o assassinato, mas não o atentado ao presidente. Ainda assim, por que Hale acreditaria nele? E mesmo que Hale nutrisse dúvidas, nada apontava na direção de Knox, exceto o fato de ser um dos quatro homens que conheciam todos os detalhes, desde o começo. Os outros três eram os capitães. Na verdade, pelo menos uma dúzia de pessoas havia trabalhado na fabricação das armas na oficina, mas elas não sabiam dos planos para utilizá-las. Podiam ser consideradas suspeitas? Claro, eram as mais fracas.

Ele entrou na casa de Hale e foi direto ao seu gabinete. Os quatro capitães estavam lá, esperando, o que imediatamente aumentou seu nível de ansiedade.

— Ótimo — disse Hale, quando Knox fechou a porta. — Eu estava prestes a mostrar algo a eles.

Havia um gravador digital sobre a mesa. Hale o ligou.

— Meu casamento tem sido um problema há muito tempo, Shirley. Você sabe disso.

— Você é a primeira-dama do país. O divórcio não é uma opção.

— Mas será quando não estivermos mais aqui, e só falta um ano e meio para isso.

— Pauline, você percebe o que está dizendo? Você pensou bem nisso?

— Não há muito mais em que pensar. Danny ocupa cargos públicos praticamente desde que nos casamos. Tem sido uma distração para nós dois, pois nenhum de nós quer encarar a realidade. Daqui a vinte meses, sua carreira estará terminada. E então estaremos sós. Sem distrações. Não acho que poderei suportar.

— É por causa daquela outra coisa, não é?

— Você fala como se fosse algo sujo.

— Isso está prejudicando seu julgamento.

— Não, não está. Ele, na verdade, esclarece meus pensamentos. Pela primeira vez em muitos anos, posso enxergar. Pensar. Sentir.

— Ele sabe que nós falamos sobre isso?

— Eu lhe contei.

Hale desligou o gravador.

— Parece que a primeira-dama dos Estados Unidos arrumou um namorado.

— Como você gravou isso? — perguntou Surcouf.

— Há cerca de um ano, comecei a cultivar um relacionamento, algo que achei que poderia nos fornecer algumas informações valiosas. — Hale fez uma pausa. — E eu estava certo.

Knox tinha feito uma pesquisa sobre Shirley Kaiser e descobrira sua antiga amizade com Pauline Daniels. Felizmente, Kaiser era expansiva, atraente e disponível. Foi preparada uma apresentação supostamente acidental e daí brotara um relacionamento. Mas nem ele nem Hale tinham se dado conta do abismo existente no casamento de Daniels. Isso viera como um bônus inesperado.

— Por que você não nos contou o que estava fazendo? — perguntou Cogburn.

— Isso é simples, Charles — disse Bolton. — Ele queria ser nosso salvador, assim ficaríamos em dívida com ele.

Não estava muito longe da verdade, pensou Knox.

— Você nos repreende severamente — disse Bolton — por agirmos sozinhos. Mas você tem feito justamente isso, e há muito tempo.

— Com a diferença de que minhas ações foram calculadas e particulares. As suas foram estúpidas e públicas.

Bolton se precipitou pela sala, indo na direção de Hale, o braço para trás, o punho fechado. Hale sacou o mesmo revólver que usara para aliviar o sofrimento do prisioneiro.

Bolton se imobilizou.

Os homens se entreolharam

Cogburn e Surcouf ficaram calados.

Knox se deleitava. Estavam brigando entre si — mais uma vez — totalmente distraídos de sua presença. Mas isso só provava o que ele já havia concluído antes de lidar com a NIA. Aqueles homens não sobreviveriam às ondas que estavam prestes a rebentar sobre o convés. Conflitos demais, egos demais, pouquíssima cooperação.

— Um dia, Quentin... — disse Bolton.

— O que vai fazer? Vai me assassinar?

— Eu adoraria.

— Você verá que me matar é bem mais difícil do que matar qualquer presidente.

* * *

WYATT CHEGOU A MONTICELLO. PERCORRERA OS QUASE 200 QUILÔmetros desde Washington em menos de duas horas e estacionara num terreno arborizado, adjacente a um encantador complexo de prédios baixos identificados como Centro de Visitantes Thomas Jefferson e Centro Educacional Smith. O contorno de seus telhados acompanhava o das colinas próximas, as paredes de madeira se harmonizando naturalmente à floresta circundante. No local havia também um café, uma loja de suvenires, um teatro, salas para cursos e exposições.

Carbonell estava certa. Ele não podia permitir que Malone tivesse êxito. Wyatt envolvera seu adversário no evento em Nova York para colocá-lo em perigo, talvez até mesmo ser eliminado, e não para dar a ele outra oportunidade de resolver tudo.

Carbonell acertara também sobre outra coisa.

Ele precisava dela. Pelo menos por algum tempo.

Ela lhe fornecera algumas informações úteis sobre Monticello, incluindo sua geografia, sistema de segurança e mapas para as estradas que levavam ao lugar. Ele saiu do carro e subiu uma escada que conduzia a um pátio à sombra de alfarrobeiras. Avistou o guichê de ingressos e comprou uma entrada para o próximo tour, que começaria em menos de vinte minutos, quando as portas se abrissem, às 9h.

Ele deu uma volta, leu os cartazes e descobriu que Jefferson havia se dedicado àquela propriedade durante quarenta anos. Batizou-a de Monticello, que em italiano quer dizer "pequeno monte", dando origem ao que finalmente veio a chamar de seu "ensaio em arquitetura".

Havia sido uma propriedade produtiva. Gado, porcos e carneiros eram criados localmente. Um moinho movia uma serraria. Os outros dois trabalhavam o milho e o trigo. Uma oficina de barris fabricava tonéis para a farinha. Madeira das florestas ao redor era cortada para fazer lenha. Jefferson cultivava fumo para vender aos escoceses, depois passou para o centeio, trevos, batatas e ervilhas. A certa altura, ele podia cavalgar 15 quilômetros em qualquer direção sem jamais sair de suas terras.

Wyatt invejava aquela independência.

Mas, no interior da sala de exposições, ele ficou sabendo que Jefferson morrera sem dinheiro, devendo milhares de dólares, e que seus herdeiros tinham vendido tudo, inclusive os escravos, para pagar seus credores. A casa sobreviveu pertencendo a uma infinidade de proprietários, até ser adquirida em 1923 por uma fundação, que providenciara a restauração de sua glória original.

Dentro do hall de exposições, Wyatt descobriu outras informações. O andar térreo da casa consistia em 11 cômodos, e todos faziam parte do tour oficial. O cuidado minucioso no uso do espaço e da luminosidade natural — um cômodo conduzia ao outro, antes divididos por portas de vidro — visava transmitir uma sensação de vida ao ar livre — nenhum esconderijo, nenhum segredo. O segundo e terceiro andares não eram abertos para os visitantes, mas o porão, sim.

Ele examinou o diagrama.

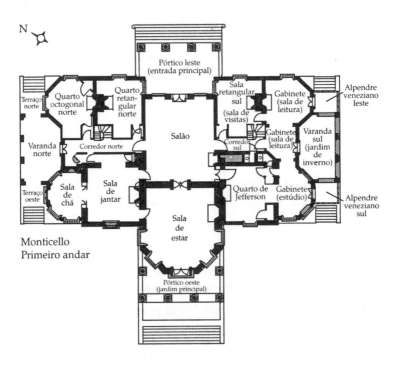

Satisfeito, ele saiu do centro de visitantes, voltando à bela manhã de final de verão e concluindo que o único jeito de realizar aquela tarefa seria agir rapidamente.

Ele seguiu até o local em que um ônibus o aguardava para transportá-lo, junto com o primeiro grupo de visitantes, quase 300 metros montanha acima. Havia muitos adolescentes entre as aproximadamente cinquenta pessoas. Uma estátua de bronze em tamanho natural de

Thomas Jefferson se encontrava perto do meio-fio. Um homem alto, ele notou, com mais de 1,90 m. Ele examinou a semelhança, ao lado de alguns jovens.

— Isso vai ser maneiro — disse um deles.

Ele concordou.

Um pouco de diversão.

Como antigamente.

* * *

MALONE E CASSIOPEIA SEGUIRAM DE CARRO ATÉ O CENTRO DE VISItantes de Monticello. Davis estava ao pé da escada, esperando por eles. Cassiopeia ignorou o funcionário do estacionamento, que lhe indicava uma vaga, e dirigiu até o meio-fio antes de desligar o motor.

— Consegui dar um jeito de vocês examinarem o cilindro — disse-lhes Davis. — Falei com o presidente da fundação, e o administrador da propriedade está aqui para nos levar até lá.

Malone nunca visitara a antiga casa de qualquer presidente antes. Sempre pensara em visitar Monticello e Mont Vernon, porém jamais arrumava tempo. Uma daquelas viagens de pai e filho. Ele se perguntou o que Gary, seu filho de 16 anos, estaria fazendo hoje. Tinha ligado para ele na sexta-feira, quando chegara a Nova York, e conversaram durante meia hora. Gary estava crescendo rápido. Parecia um rapaz equilibrado, que ficara particularmente contente quando soube que seu pai havia enfim tomado uma decisão em relação a Cassiopeia.

Ela é demais, dissera o garoto.

E era mesmo.

— O administrador está nos aguardando em seu carro, ao lado do ponto de ônibus — disse Davis. — São os únicos veículos da propriedade autorizados a fazer o percurso. Podemos seguir a visitação com o primeiro grupo e ver o cilindro. Está exposto no andar térreo. Em seguida subiremos, onde teremos maior privacidade.

— Malone pode ir sozinho — disse Cassiopeia. — Eu e você precisamos conversar.

Malone percebeu a expressão do seu rosto. Algo a perturbava. Havia alguma outra coisa.

A proposição dela não estava aberta para debate.

— Muito bem — concordou Davis. — Nós ficaremos aqui.

QUARENTA E QUATRO

BATH, CAROLINA DO NORTE

HALE ESPEROU QUE BOLTON REAGISSE À SUA INTIMIDAÇÃO, E FINAL-
mente, como era esperado, o outro se acovardou e recuou até o lado
oposto da sala.

A tensão diminuiu, mas não se dissipou totalmente.

— O presidente Daniels não vai querer que sua vida privada seja
exposta — disse ele. — Nunca houve o menor escândalo envolvendo ele
e sua esposa. A América acredita que eles formam o casal perfeito. Vocês
imaginam o que os canais de notícias e a internet fariam com isso? Daniels ficaria para sempre conhecido como o presidente corno. Ele nunca
deixará isso acontecer. Senhores, nós podemos nos aproveitar disso.

Ele viu que os três outros não concordavam inteiramente.

— Quando você ia nos contar isso? — perguntou novamente Cogburn. — A cólera de Edward é justificada. Estamos todos com raiva,
Quentin.

— Não fazia sentido algum falar sobre isso até eu ter certeza de
que poderia nos ser útil. Agora eu tenho.

Surcouf se dirigiu ao bar e encheu um copo de bourbon. Hale sentiu que um daqueles lhe faria bem, mas concluiu que precisava manter
as ideias claras.

— Nós podemos fazer pressão e evitar a instauração de processos — continuou ele. — Conforme eu disse a vocês três há um mês, não é necessário matar um presidente. Os apresentadores de televisão e os blogueiros na internet farão isso por você. Este presidente não tem sido cortês conosco. Nós não lhe devemos nada, a menos que esteja disposto a fazer nossa vontade agora.

— Quem é a mulher que você mantém prisioneira? — perguntou Cogburn.

Ele já esperava essa pergunta.

— A diretora de uma unidade de inteligência dentro do Departamento de Justiça chamada Magellan Billet. Stephanie Nelle.

— Por que nós a detemos aqui?

Não podia lhes contar a verdade.

— Ela estava se tornando um problema para nós com suas investigações.

— Ela não está um pouco atrasada? — perguntou Bolton. — Já fomos investigados até a alma.

— Eu a vi assistindo à execução da janela da cela — disse Cogburn.

Finalmente, um deles prestara atenção.

— Minha esperança era de que ela entendesse a mensagem.

— Quentin — exclamou Surcouf —, você tem ideia do que está fazendo? Parece que está tomando o caminho errado. Tê-la como refém pode aumentar ainda mais a pressão sobre nós.

— Mais do que ter tentado matar um presidente? Odeio retornar a esse assunto, mas ninguém sabe que minha prisioneira está aqui, além de nós. Neste exato momento, até onde se sabe, ela está apenas desaparecida.

Obviamente, ele não incluiu Andrea Carbonell nesse grupo. O que lhe trouxe à mente o segundo traidor. Se essa pessoa existia, ela poderia muito bem estar a par da presença de Stephanie Nelle. Mas, se fosse o caso, por que ninguém agira para salvá-la?

A resposta àquela questão o tranquilizava.

Surcouf apontou para o gravador.

— Há grandes chances de você estar certo, Quentin. Daniels pode não querer que isso se torne público.

— E o preço pelo nosso silêncio é bastante razoável — disse ele.

— Nós queremos simplesmente que o governo americano honre sua palavra.

— Há uma chance de Daniels não dar a mínima para isso — disse Bolton. — Ele poderá sugerir que enfiemos nossa proposta naquele lugar, assim como fizeram quando você foi lá com suas súplicas.

Ele ficou magoado com o comentário, porém havia algo mais que merecia ser mencionado.

— Vocês notaram uma omissão durante essa conversa gravada?

— Eu notei — disse Cogburn. — Não há nomes. Quem é esse homem com quem a primeira-dama anda de sacanagem?

Ele sorriu.

— É exatamente isso que torna as coisas tão intrigantes.

* * *

WYATT ENTROU EM MONTICELLO COM O PRIMEIRO GRUPO DE VISItantes do dia. Ele descobrira que eles entravam em grupos de trinta, acompanhados por um guia que explicava sobre cada cômodo e respondia às perguntas. Percebeu que esses guias eram em sua maioria idosos, provavelmente voluntários, e os grupos avançavam juntos, com intervalo de cinco minutos entre eles.

Ele estava num local que o guia chamava de vestíbulo de entrada, dentro do pórtico leste. O espaçoso prédio de dois andares parecia um museu — o que havia sido a intenção de Jefferson, esclareceu o guia — e tinha em suas exposições mapas, armas, esculturas, quadros e artefatos. O segundo andar ficava visível através de uma varanda octogonal. Balaustradas finas e pouco espaçadas, sustentando um parapeito de mogno, protegiam o espaço. A atenção de todos estava concentrada no relógio dupla face de Jefferson, mostrando a hora e o dia da semana, seus pêndulos similares a balas de canhão, descendo por orifícios no chão até o porão. Ele fingiu se interessar por duas pinturas dos grandes mestres e pelos bustos de Voltaire, Turgot e Alexander Hamilton, enquanto estudava o local.

Eles seguiram para uma sala de visitas adjacente ao salão.

A filha de Jefferson, Martha, e sua família haviam usado aquele lugar apertado como aposento particular. Ele recuou para um canto, de modo que o restante do grupo pudesse passar ao cômodo seguinte na sua frente. Ele notara que o guia costumava esperar e fechar a porta do cômodo precedente antes de conduzir os visitantes ao seguinte. Wyatt supôs que ele fazia isso para garantir que o próximo grupo pudesse aproveitar a visita sem ser incomodado.

— Este é o *sanctum sanctorum* de Jefferson. Seu local mais privado — disse o guia aos visitantes no novo espaço.

Wyatt examinou a biblioteca. Muitas paredes ainda se encontravam revestidas de estantes. Na época de Jefferson, o guia explicou, elas estariam repletas de caixas de madeira de pinho, empilhadas umas sobre as outras. Os fólios estariam nas prateleiras de baixo, seguidos pelos livros de formato cada vez menor até atingir o topo. Quase 67 mil volumes no seu auge, todos eles finalmente vendidos aos Estados Unidos para formarem a Biblioteca do Congresso, depois de os britânicos terem incendiado o Capitólio em 1814, destruindo o primeiro acervo do país. Janelas altas que se abriam como portas davam para um jardim de inverno iluminado pelo lanternim.

Mas o que chamou a atenção de Wyatt estava em outro extremo.

Um cômodo octogonal cercado de janelas.

O guia o chamou de gabinete.

Ele notou uma escrivaninha, uma cadeira giratória em couro, um relógio astronômico e o famoso polígrafo de Jefferson, que duplicava as letras à medida que estas eram desenhadas. Havia uma mesa em frente a uma das janelas. Entre a profusão de instrumentos científicos, numa mesa lateral, estava o cilindro criptográfico. Media uns 20 centímetros, seus discos esculpidos em madeira tinham um diâmetro de cerca de 15 centímetros, e se encontrava sob uma tampa de vidro. O guia discorria monotonamente sobre o fato de Jefferson passar grande parte da manhã e os finais de tarde respondendo suas correspondências no gabinete, cercado por seus livros e instrumentos científicos. Poucos tinham acesso àquele cômodo, apenas as pessoas próximas do antigo presidente. Wyatt lembrou-se do que lera no centro de visitantes sobre as portas de vidro — transparência e nenhum segredo — e se deu conta de que tudo era uma ilusão. Na realidade, havia um grande número de espaços privados naquela casa, especialmente ali, na ala sul.

O que estava prestes a se tornar bem conveniente.

A excursão seguiu para o quarto de Jefferson, que possuía o pé-direito bem alto, pelo menos 6 metros do chão à claraboia, ligado ao gabinete por meio de um aposento com uma cama. O grande cômodo que vinha a seguir era um salão de visitas, situado bem no centro do andar térreo, com portas e janelas dando para o pátio posterior e para o pórtico oeste. O guia fechou zelosamente a porta do quarto depois que o último visitante entrou no salão. Retratos a óleo ocupavam a maior parte das paredes de cor bege. Cortinas vermelhas coroavam as janelas altas. A mobília era composta de exemplares ingleses, franceses e americanos.

Ele pôs a mão no bolso e pegou sua bomba de luz. Acionou-a discretamente e, enquanto o guia dava explicações sobre as obras de arte nas paredes e a admiração de Jefferson por John Locke, Isaac Newton e Francis Bacon, ele se agachou e fez com que o explosivo rolasse pelo chão.

Um. Dois. Três.

Ele fechou os olhos quando uma explosão de luz e fumaça inundou a sala.

Ele já havia preparado uma segunda surpresa, e então jogou-a no chão e abriu a porta para voltar ao quarto. No mesmo instante, outro chiado começou a aterrorizar o salão de visitas.

* * *

MALONE SEGUIU COM O ADMINISTRADOR POR UMA ESTRADA DE DUAS pistas que subia sinuosamente a montanha. O trânsito se movia numa só direção, circundando a casa no alto e depois retornando, passando pelo túmulo de Jefferson e chegando de volta ao centro de visitantes.

— Foi uma sorte conseguirmos recuperar o cilindro de Jefferson — disse o administrador. — Quase tudo o que pertencia a ele foi vendido após sua morte para pagar seus credores. Robert Patterson, o filho do homem que foi amigo de Jefferson durante toda a vida, comprou o cilindro. Seu pai ajudara o presidente a fabricá-lo; havia, portanto, uma ligação sentimental. O velho Patterson e Jefferson partilhavam uma paixão por códigos.

Malone fez a conexão com aquilo que Daniels lhe dissera. Robert Patterson havia trabalhado para o governo e fornecera o criptograma de seu pai para Andrew Jackson. Aparentemente, ele também sugeriu que o cilindro fosse incorporado ao processo de decifração. Como só havia um no mundo, que pertencia ao próprio Patterson, a Velha Nogueira provavelmente descansou em paz, certo de que a Comunidade nunca decifraria o código.

— Jefferson parou de usar o cilindro em 1802 — disse o administrador. — Depois, ele foi ressuscitado em 1890 por uma autoridade do governo francês e utilizado por algum tempo. E então, novamente, durante a Primeira Guerra Mundial, os americanos o trouxeram de volta e ele foi usado para codificação até o início da Segunda Guerra Mundial.

Eles fizeram uma curva e se aproximaram de um pequeno terreno pavimentado e vazio. Um dos ônibus de excursão acabara de sair, depois de desembarcar outros visitantes. A entrada principal da casa ficava a uns 30 metros de distância.

— É ótimo poder falar com a pessoa que está no comando — disse Malone. — Tudo fica bem mais claro.

— Não é todo dia que o chefe de gabinete da Casa Branca e o diretor do Serviço Secreto falam com a gente pelo telefone.

O administrador desligou o motor.

Malone saltou do carro. A manhã estava iluminada e o ar, seco e cálido naquele fim de verão. Ele olhou para a mansão e sua cúpula impressionante que, pelo que sabia, fora a primeira a ser construída sobre uma residência americana.

Um flash clareou momentaneamente algumas das janelas da casa.

Gritos foram ouvidos no interior.

Outro flash.

Alguém saiu correndo pela porta da frente.

— Tem uma bomba lá dentro. Fujam.

QUARENTA E CINCO

Cassiopeia e Edwin Davis estavam sozinhos, na parte mais afastada do estacionamento, pouco além do ponto em que os visitantes chegavam em ônibus lotados.

— Quero saber sobre você e a primeira-dama — disse ela.

Uma nuvem de frustração encobriu o rosto de Davis.

— Agora você entende por que precisávamos de vocês para trabalhar neste caso?

Ela já havia compreendido isso.

— Quando o Serviço Secreto nos contou quem eles haviam prendido, eu convenci o presidente a envolvê-los nisso. Não foi difícil. Ele tem muita confiança em você e em Malone. Não se esqueceu do que fizeram por ele na última vez. Eu sabia que Pauline se tornaria instantaneamente uma suspeita, considerando que somente alguns de nós estávamos cientes dessa viagem a Nova York com tanta antecedência. Assim, toda investigação sobre ela precisava ser mantida sob controle.

— Você sabia desde o começo que ela vazara a informação?

— A ideia de ela ter contado algo para alguém fazia sentido.

— Quando teve início o relacionamento entre vocês dois?

Uma onda de constrangimento se interpôs entre eles. Cassiopeia sabia que aquilo era difícil. Mas ele a havia envolvido, e agora ela precisava fazer seu trabalho.

— Eu vim para a Casa Branca há três anos, como consultor de segurança nacional. Conheci Pauline... a primeira-dama... e então.

— Não se preocupe com a retidão — disse ela. — Isso é só entre nós dois. Conte-me o que aconteceu.

— Sim, isso me preocupa. — Um sopro de raiva atravessou seu rosto. — Estou furioso comigo mesmo. Eu nunca me comportei dessa maneira. Estou com 60 anos e jamais me encontrei em uma situação tão embaraçosa. Não entendo o que aconteceu comigo.

— Bem-vindo ao clube. Você já foi casado?

Ele balançou a cabeça.

— Tive alguns poucos relacionamentos importantes em minha vida. O trabalho sempre ficou acima de tudo. Eu era aquele que as pessoas vinham procurar quando se metiam em encrencas. O porto seguro. Agora...

Ela estendeu a mão e tocou levemente o braço dele.

— Conte-me apenas o que aconteceu.

Ele pareceu baixar a guarda.

— Ela é uma mulher tremendamente infeliz, e assim tem sido há muito tempo. O que é uma grande pena, pois se trata de uma boa pessoa. O que aconteceu com a filha afetou-a profundamente. Ela nunca conseguiu conviver com isso.

E tampouco Danny Daniels, pensou Cassiopeia.

— Ela raramente viaja com o presidente — continuou Davis. — É difícil conciliar as agendas, e isso é normal. Então, houve vezes em que nos encontramos enquanto Daniels viajava pelo país. Nada inadequado, fique sabendo. Nada mesmo. Apenas lhe fiz companhia em um almoço ou um jantar, e conversávamos de vez em quando. Ela gosta de ler, principalmente romances. Isso é algo que poucos sabem. Quanto mais quentes, melhor. Shirley lhe passava esses livros discretamente. — Ele sorriu. — Eles lhe proporcionam alegria, e não por causa do sexo.

Não é isso que a fascina. São os finais felizes. Todos acabam cheios de otimismo, e é disso que ela gosta.

Ele começava a relaxar, a se abrir, como se estivesse vivendo com os nervos à flor da pele há muito tempo.

— Nós falávamos sobre livros, o mundo, a Casa Branca. Não havia motivos para fingir comigo. Eu sou a pessoa mais próxima do presidente. Não havia nada que eu não soubesse. Finalmente, acabamos abordando assuntos como Mary, seu marido e seu casamento.

— Ela me deixou bem claro que considera o presidente culpado por tudo.

— Isso não é verdade — reagiu ele prontamente. — Não do modo que está pensando. Talvez no início ela o culpasse. Mas acho que acabou percebendo que isso era insensato. Lamentavelmente, uma parte dela morreu naquela noite com Mary. Uma parte que nunca poderia ser resgatada, e há décadas ela tenta entender essa perda.

— E você a ajudou nesse entendimento?

Ele pareceu detectar sinais de crítica nas palavras de Cassiopeia.

— Tentei ao máximo não me envolver, mas, quando fui promovido a chefe de gabinete, passamos a nos ver com mais frequência. Nossas conversas evoluíram para tópicos ainda mais profundos. Ela confiava em mim. — Ele hesitou um instante. — Sei ouvir as pessoas.

— Mas o que você fazia era mais do que ouvi-la — disse Cassiopeia. — Você estava se solidarizando com ela. Estabelecendo relações. Extraindo desse relacionamento algo igualmente benéfico para você.

Ele assentiu.

— Nossas conversas eram uma via de mão dupla. E ela entendia isso.

Cassiopeia também havia se debatido com as mesmas emoções. Dividir-se com outra pessoa era uma tarefa complicada.

— Pauline tem um ano a mais que eu — disse ele, como se isso fosse de algum modo importante. — Ela gosta de brincar dizendo que eu sou seu rapazinho. Confesso que gosto de ouvi-la dizer isso.

— E Daniels tem alguma suspeita?

— Céus, não! Mas, como eu falei, absolutamente nada de inadequado ocorreu entre nós.

— Exceto o fato de vocês dois terem se apaixonado.

A resignação se manifestou em seu rosto.

— Acho que você está certa. Foi exatamente isso o que aconteceu. Ela e o presidente não vivem como marido e mulher há muito tempo, e ambos parecem ter aceitado que seja assim. Não há intimidade no relacionamento deles. E não estou falando no sentido físico. Não compartilham nada um com o outro. Nenhuma vulnerabilidade exposta. Como se fossem apenas colegas de quarto. Simples conhecidos. Com um muro sólido entre eles. Um casamento não pode sobreviver a isso.

Ela sabia o que ele estava dizendo. Nunca antes tivera tanta intimidade com uma pessoa como agora, com Malone. Tinha havido outros homens, e ela compartilhara um pouco de si mesma com cada um deles, mas nunca se doara inteiramente. Revelar suas esperanças e medos e acreditar que essa pessoa não vai usá-los contra você significavam uma imensa prova de confiança.

E não somente para ela, mas para Malone também.

Ainda assim, Davis tinha razão.

A intimidade era como a argamassa que mantinha o amor coeso.

— Você sabia da ligação de Quentin Hale com Shirley Kaiser? — perguntou ela.

— De maneira alguma. Só estive uma vez com Shirley, quando ela veio à Casa Branca. Mas eu sei que Pauline fala com ela todos os dias. Sem a amiga, ela já teria sucumbido há muito tempo. Se Pauline sentisse necessidade de falar com alguém sobre a viagem a Nova York, essa pessoa seria Shirley. Sei também que ela sabe sobre mim. É por esse motivo que eu preciso de você. Cheguei à conclusão de que as coisas poderão sair do controle rapidamente.

O que já havia ocorrido.

— E Quentin Hale sabe disso — disse ela. — Mas, estranhamente, nada fez com essa informação.

— Quando ele se encontrou comigo naquele dia na Casa Branca, certamente já estava a par de tudo. Aquela reunião foi provavelmente um jeito de verificar se era hora de ele usar seu trunfo.

Ela concordou. Fazia sentido. Assim como outra coisa.

— Estou convencida de que Hale tem Stephanie em suas mãos. Embora ela estivesse investigando Carbonell, a Comunidade também estava envolvida. Não há mais dúvida sobre isso agora.

— Mas, se agirmos de forma imprudente, nos arriscamos não apenas a expor e constranger todos os envolvidos, mas também colocamos a vida de Stephanie em perigo.

— Isso é verdade, mas...

Um alarme foi disparado no centro de visitantes.

— O que é isso agora? — indagou ela.

Eles correram até os prédios e entraram no escritório do administrador da propriedade.

Havia preocupação no rosto do assistente do administrador.

— Lançaram uma bomba na residência principal.

QUARENTA E SEIS

Os brinquedos de Wyatt haviam dado conta do recado. O pânico reinava agora dentro da mansão. Pessoas gritando, se atropelando, tentando escapar. Ele usara uma mistura modificada que continha fumaça, o que só ampliava os efeitos. Felizmente, enviara uma provisão disso para Nova York, pois não tinha certeza do que aconteceria quando Cotton Malone entrasse no jogo.

Ele recuara para o quarto de Jefferson e pusera uma cadeira bloqueando a maçaneta da porta. Sabia que outro grupo percorreria o trajeto da sala de visitas até a biblioteca, e depois o gabinete. Ele se aproximou sorrateiramente da cama. Lembrou-se do guia dizendo, mais cedo, que Jefferson se levantava assim que via os ponteiros do relógio, com formato de um obelisco, que ficava diante da cama. Uma colcha de seda vermelha, costurada segundo as especificações de Jefferson, de acordo com o guia, cobria o colchão sobre a alcova entre o quarto e o gabinete. Ele subiu na cama e espiou cuidadosamente ao redor, para além das arcadas, e viu as pessoas na biblioteca, a uns 7 metros dali. O guia parecia estar enfrentando uma situação incomum, ouvindo os berros na outra extremidade da casa e pedindo que todos se mantivessem calmos.

Wyatt lançou uma bomba de luz na direção deles e reclinou a cabeça para trás assim que o clarão e a fumaça surgiram.

O medo provocou uma gritaria.

— Por aqui — ele ouviu uma voz dizer sobre a algazarra.

Olhando para trás, viu o guia conduzindo o grupo em meio à fumaça em direção ao jardim de inverno, onde havia ar fresco.

Ele voltou a se concentrar no cilindro.

A 1 metro de distância.

* * *

MALONE ESTAVA NA ENTRADA DA MANSÃO DE MONTICELLO. A FUMAÇA crescia escapando pelas portas de vidro no lado oposto, acompanhada de gritos, assinalando que alguma coisa acabara de acontecer à sua esquerda.

O administrador da propriedade manteve-se ao seu lado.

Um grupo de pessoas acabara de fugir da residência um instante antes pela porta principal, atrás dele. As vozes alteradas, os olhos esbugalhados de medo.

— O que há ali? — perguntou ele, apontando para o local onde o tumulto parecia se concentrar.

— Os aposentos privados de Jefferson. A biblioteca, o gabinete e o quarto.

— É ali que o cilindro está exposto?

O homem confirmou.

Ele sacou sua arma e disse:

— Afaste-se e não deixe ninguém entrar.

Ele se deu conta de que não havia bomba explosiva, apenas fumaça. Uma manobra para desviar a atenção. Era o mesmo chiado da noite passada, durante o ataque aos homens com óculos noturnos.

Quem diabos estava ali?

* * *

WYATT RETIROU A SACOLA QUE TROUXERA NO BOLSO DA CALÇA. O cilindro era maior do que esperava, mas caberia lá dentro. Teria que tomar cuidado, pois o objeto de madeira parecia frágil. Compreensível, considerando que tinha 200 anos de idade.

Ele saltou da cama e entrou no gabinete. Removeu a tampa de vidro e pegou o cilindro. Cautelosamente, enfiou o objeto dentro da sacola de náilon. Em seguida, apanhou dois discos soltos que estavam em exposição separadamente e os colocou na sacola. Teria que carregar tudo com cuidado, bem próximo ao peito para evitar danos.

Ele avaliou o peso.

Uns 3 quilos.

Tudo bem.

* * *

MALONE ATRAVESSOU UM CÔMODO COM PAREDES DE UM VERDE esmaecido e uma lareira. Um aviso o identificava como sala retangular sul. Sobre a cornija da lareira havia o retrato de uma mulher. Outra porta conduzia ao local que, segundo havia lido, era o *sanctum sanctorum* de Jefferson, que ocupava toda a extremidade sul do prédio.

Com o revólver em punho, ele abriu a porta e se deparou com um muro de fumaça.

Avançou pela neblina e, de relance, viu pessoas lá fora, através das janelas, que se estendiam do chão ao teto e se abriam feito portas, dando em um alpendre luminoso cheio de vasos de plantas. Ele tomou fôlego e mergulhou na fumaça, mantendo-se perto da parede, procurando se proteger atrás de um armário de madeira. Um pouco à frente, à esquerda, erguiam-se estreitas estantes de livros, repletas de volumes antigos com capas de couro. Arcos sustentavam o teto e se estendiam até a outra extremidade do cômodo, onde, numa alcova semioctogonal, ele avistou um homem colocando o cilindro numa sacola.

Ele se concentrou no rosto.

Um rosto conhecido.

E tudo fez sentido.

* * *

WYATT PERCEBEU UM MOVIMENTO ATRAVÉS DA CORTINA DE FUMAÇA. Alguém entrara na biblioteca, na outra extremidade.

Ele terminou o que estava fazendo, abraçou o cilindro e sacou a arma.

Viu um homem o encarando.

Cotton Malone.

E disparou um tiro.

* * *

MALONE SE JOGOU ATRÁS DE UM ARMÁRIO DE MADEIRA QUANDO Wyatt atirou em sua direção. Quanto tempo fazia? Oito anos. Pelo menos. Ele nunca soubera o que acontecera com Wyatt após ele ter sido obrigado a se aposentar, embora tivesse ouvido algo sobre trabalhos independentes.

A pessoa que preparara a cilada usando Stephanie Nelle como isca, atraindo-o para aquele quarto de hotel. O autor do bilhete deixado lá, para que ele o encontrasse. A voz no rádio no Grand Hyatt que o denunciara. A manipulação da polícia e do Serviço Secreto.

Tudo isso viera de Wyatt.

Algo foi lançado em meio à fumaça e rolou no chão.

Pequeno, redondo, veio girando até ele.

Malone sabia do que se tratava e virou a cabeça para a direita, fechando os olhos.

* * *

Wyatt abandonou o gabinete, passou pelo quarto e voltou para a sala de visitas, se afastando de Malone. Por mais que quisesse ficar e continuar o jogo, ele não podia.

Não agora.

Estava com o cilindro, e isso era tudo que importava. Poderia usá-lo para descobrir o que estava por trás da busca pelas duas páginas extraviadas dos Anais do Congresso. Ou talvez simplesmente o destruísse e acabasse de uma vez com tudo.

Assim, ninguém o conseguiria.

Naquele momento, ainda estava indeciso.

* * *

Malone resolveu não seguir Wyatt. Ele sabia que os cômodos do andar térreo desembocavam na parte central da residência. Então, abriu a porta à sua direita, revelando um corredor curto que dava para o salão de entrada, 7 metros à frente.

O caminho estava coberto pela fumaça.

A visibilidade não era boa, e Wyatt certamente não sairia andando pela porta da frente. Bem à sua direita, um conjunto de degraus estreitos subia numa vertical espiralada até o segundo andar. Uma corrente com um aviso impedia o acesso. Ele se lembrou do salão de entrada e do gradil do segundo andar, decidindo que um pouco de altura poderia favorecê-lo. Passou por cima da corrente e subiu.

* * *

Wyatt pretendia ir embora, mas não sairia pelo andar térreo. Seu plano era chegar até o porão e depois alcançar o exterior por uma porta de saída ao norte, que dava para a floresta, além da estrada de acesso à mansão. Aquela sempre lhe parecera a rota de fuga mais segura, considerando que a agitação ficaria concentrada no lado leste da residência. Mas Malone estava a poucos metros dali, provavelmente tentando voltar ao salão de entrada.

Ele parou na sala de visitas e escutou.

A fumaça ainda estava espessa. Não havia ninguém por perto. Malone provavelmente tinha feito com que cercassem a casa. Então, ocorreu-lhe um pensamento e seu olhar voltou-se para o alto.

É claro.

Era exatamente isso que ele teria feito.

QUARENTA E SETE

Bath, Carolina do Norte

Knox observou os outros três capitães, enquanto Quentin Hale se divertia com a situação. Ele também ficara impressionado quando escutou pela primeira vez a gravação das conversas. Era um fato surpreendente. A primeira-dama dos Estados Unidos envolvida romanticamente com o chefe de gabinete da Casa Branca?

— E isso vem acontecendo há quanto tempo? — inquiriu Cogburn a Hale.

— Bastante tempo para que qualquer um deles possa negar. As conversas são, no mínimo, imensamente constrangedoras. Nunca antes a política americana esteve sujeita a algo desse tipo. O ineditismo total deixará a imprensa e o público loucos. Daniels ficaria impotente pelo resto de seu mandato.

Até mesmo Edward Bolton, que de modo geral condenava tudo que viesse de Hale como algo impraticável, egoísta ou estúpido, ficou calado em seu canto, certamente estudando as possibilidades.

— Vamos usar isso — disse Surcouf. — Agora. Por que esperar?

— Deve-se utilizar isso no tempo certo — disse Hale. — Como vocês três não me deixam esquecer, quando fui *suplicar* na Casa Branca, eu já dispunha dessa informação. Mas fui até lá para ver se seria preciso usá-la. Pedi que nossas cartas fossem respeitadas e fui repreendido. Portanto, agora temos poucas opções. Ainda assim, levar isso diretamente ao presidente seria contraproducente. Em vez disso, devemos pressionar as duas pessoas envolvidas, permitir-lhes considerar os desdobramentos de suas ações, e então esperar enquanto eles fazem o trabalho de persuasão em nosso lugar.

Knox concordava; a primeira-dama e o chefe de gabinete teriam mais influência sobre o presidente Daniels. Mas será que eles agiriam de acordo com os interesses da Comunidade? Dificilmente, era uma perspectiva irracional. Do mesmo tipo que o convencera de que era preferível fazer um acordo com a NIA a enfrentar a tempestade naquele navio com um rombo no casco.

— Eles podem escolher sozinhos o que contar a Daniels — disse Hale. — Isso não nos importa. Só queremos que o governo dos Estados Unidos honre nossas cartas de corso.

— Como você conseguiu essas fitas? — perguntou Bolton. — Ficou alguma pista no caminho? Como você pode saber que não está sendo manipulado? Tudo isso é um pouco fantástico. É bom demais para ser verdade. Podemos estar caindo numa armadilha.

— Esse é um ponto interessante — disse Cogburn. — É tremendamente conveniente.

Hale balançou a cabeça.

— Senhores, por que tanta suspeita? Estou envolvido com essa mulher há mais de um ano. Ela partilha comigo coisas que realmente não deveria.

— Então, por que gravar as ligações telefônicas? — perguntou Bolton a Hale.

— Você acha que ela me conta tudo, Edward? E, para isso funcionar, precisamos que a própria primeira-dama fale sobre o assunto. Então, eu me arrisquei e passei a monitorar a linha de telefone. Felizmente eu o fiz, caso contrário, não teríamos uma prova tão condenatória.

— Ainda estou preocupado — disse Cogburn. — Pode ser uma cilada.

— Se for um ardil, então é de nível bem sofisticado — reagiu Hale com um movimento da cabeça. — Isso é real. Aposto a minha vida.

— Mas a questão — disse Bolton — é: e nós? Iremos apostar *nossas* vidas também?

* * *

MALONE ATRAVESSOU AGACHADO UM CORREDOR QUE SE ESTENDIA de norte a sul, de uma extremidade a outra do segundo andar. Embora nunca tivesse entrado em Monticello, ele sabia o suficiente sobre Thomas Jefferson para ter certeza de que haveria outra escada no lado oposto. Jefferson havia sido um admirador de tudo o que era francês. Aposentos com dois níveis, cúpulas, alcovas, claraboias, banheiros no interior da casa, escadas estreitas — todos os elementos comuns à arquitetura francesa. Assim como a simetria. O que significava que haveria uma segunda escada na extremidade norte que o conduziria até o térreo. Mas, entre um ponto e outro, havia uma sacada que se estendia sobre o salão de entrada a fumaça que enchia aquele espaço confirmava o fato.

Ele chegou ao final do corredor e olhou para baixo, para o salão. Além do parapeito, ele notou um movimento. A fumaça pairava densa, dissipando-se à medida que subia no ar. Ele se manteve afastado do parapeito, colado à parede, e atravessou a sacada até o outro lado. À frente, alguns metros abaixo, avistou a segunda escada em espiral que dava acesso ao terceiro andar.

Alguma coisa foi lançada da escada e rolou pelo assoalho de madeira do corredor, na sua direção. Ele recuou até a sacada no instante em que a bomba de luz explodiu com seu clarão e fumaça.

Malone ergueu a cabeça e olhou para baixo.

Wyatt estava em pé, apontando a arma na direção do segundo andar.

* * *

Hale encarou Edward Bolton.

— Eu diria que vocês têm poucas opções, senão confiar que isso produzirá os resultados desejados. — E, depois de uma pausa, continuou: — Para todos nós. A menos que você tenha uma ideia melhor.

— Eu não confio em nada do que você faz — disse Bolton.

Charles Cogburn deu um passo à frente.

— Tenho que concordar com ele, Quentin. Isso pode ser uma atitude tão tola quanto a que nós tomamos.

— O assassinato não era uma tolice — reagiu Bolton rapidamente. — Funcionou no passado. Veja o que aconteceu com McKinley. Ele também estava determinado a nos processar.

O pai de Hale lhe contara sobre William McKinley, que, como Lincoln, utilizara a Comunidade. Na época da Guerra Hispano-Americana, graças ao Tratado de Paris de 1856, mais de cinquenta nações tinham proscrito as atividades dos corsários. E, embora Espanha e América não tivessem assinado o tratado, ambas concordaram em não se envolver em ataques desse gênero durante a guerra, na virada do século XX. Livre de qualquer acordo internacional, a Comunidade atacou e pilhou navios espanhóis. Infelizmente, a guerra durou somente quatro meses. Assim que a paz foi selada, os espanhóis exigiram compensação, reavaliando a palavra da América, uma vez que ela havia violado o acordo firmado antes da guerra. McKinley então cedeu às pressões e autorizou os processos, com base no fato de as cartas de corso da Comunidade serem legalmente inexecutáveis. Então um desequilibrado supostamente anarquista foi recrutado secretamente e encorajado a matar McKinley, o que ele fez em 6 de setembro de 1901. O assassino foi detido na hora. Dezessete dias depois, foi julgado e condenado. Cinco semanas mais tarde, foi eletrocutado. O novo presidente, Theodore Roosevelt, não se importava com os ataques da Comunidade e não se preocupou em apaziguar os espanhóis.

Todos os processos foram interrompidos.

É claro, nem Roosevelt nem mais ninguém ficou sabendo da conspiração para eliminar McKinley.

— Esta é a diferença entre nós dois — disse Hale a Bolton. — Eu simplesmente valorizo nosso passado. Você insiste em repeti-lo. Como eu disse, balas e violência não servem mais para derrubar um presidente. Vergonha e humilhação funcionam da mesma maneira, com a vantagem de outros assumirem voluntariamente a luta por nós. Nós só precisamos dar o pontapé inicial.

— Foi sua maldita família que criou essa confusão — reagiu Bolton. — Os Hale só criaram problemas em 1835 também. Estávamos bem. Ninguém nos incomodava. Nós realizávamos um ótimo serviço para o país e o governo nos deixava em paz. Mas, em vez de aceitar a decisão de Jackson de não perdoar aqueles piratas, seu trisavô decidiu matar o presidente dos Estados Unidos. — Bolton apontou um dedo para Hale. — Uma atitude tão estúpida quanto a nossa. A única diferença é que eles não conseguiram nos pegar.

Hale não foi capaz de resistir.

— Pelo menos por enquanto.

— O que quer dizer com isso?

Hale deu de ombros.

— Simplesmente que a investigação mal começou. Não tenha tanta certeza de que não há rastros a seguir.

Bolton avançou de forma impetuosa, aparentemente considerando aquelas palavras uma ameaça, mas, de repente, parou, se dando conta de que o revólver, ainda que apontado para o chão, se encontrava na mão de Hale.

— Você seria capaz de nos entregar — disse Bolton. — Só para salvar a própria pele.

— Nunca — retrucou Hale. — Levo a sério meus juramentos aos Artigos. São *vocês* que estão sendo levianos em relação a eles.

Bolton encarou Surcouf e Cogburn.

— Vocês vão ficar parados e deixar que ele fale conosco dessa maneira? Algum de vocês tem algo a dizer?

* * *

CASSIOPEIA SUBIU PELA ESTRADA COM DAVIS EM DIREÇÃO À RESI-
dência principal de Monticello. O trânsito dos ônibus havia sido interrompido, e a polícia local fora chamada. Eles pararam o carro num
estacionamento em frente à mansão. O administrador da propriedade
aguardava no final de um caminho que conduzia ao pórtico de colunas. A 20 metros dali, as pessoas estavam sendo embarcadas em outro
ônibus.

— Onde está Malone? — perguntou ela.

— Lá dentro. Ele me disse para não deixar ninguém entrar na casa.

— O que aconteceu? — perguntou Davis.

Um chiado ainda pôde ser ouvido no interior da residência, seguido de um forte clarão que iluminou algumas janelas.

— O que foi isso? — indagou Cassiopeia.

— Já foram lançadas várias outras bombas — disse o administrador.

Ela saiu correndo pelo caminho até a casa.

— Ele disse para não deixar ninguém entrar. — O administrador
da propriedade tentou preveni-la.

Ela sacou a arma.

— Isso não se aplica a mim.

Algumas detonações soaram lá dentro.

Aquele som ela conhecia.

Eram tiros.

QUARENTA E OITO

MALONE SE JOGOU NO CHÃO NO INSTANTE EM QUE WYATT DISPAROU.
A bala arrancou uma lasca do armário. Ele recuou apressadamente, de
quatro, até alcançar a parede e se afastar do parapeito, se protegendo
dos tiros. Mais um disparo e, a poucos centímetros dele, uma bala perfurou as pranchas de madeira de duzentos anos, incapazes de oferecer
muita resistência.

Um terceiro tiro.

Ainda mais perto.

Wyatt tentava localizar sua posição.

Alguma coisa descreveu um arco no ar e veio cair no chão da sacada. Mas ele já vira esse filme antes e rapidamente protegeu a cabeça
enquanto a bomba de luz explodia, acrescentando uma nova onda de
fumaça à confusão.

Malone se levantou e encontrou o corredor que levava de volta à
escada que subira antes. Espiando os movimentos lá embaixo, olhou
para o terceiro andar e resolveu inverter os papéis.

Estava na hora de Wyatt ser a lebre e ele a raposa.

* * *

Wyatt subiu a escada, a arma em punho, procurando Malone em meio à fumaça.

Duas coisas aconteceram ao mesmo tempo.

Ele ouviu a porta principal da residência sendo aberta e uma mulher gritar:

— Malone.

Em seguida, mais acima, ele avistou Malone.

Subindo para o terceiro andar.

* * *

Knox esperou que os capitães Surcouf e Cogburn respondessem à pergunta de Bolton.

— Não sei, Edward — disse finalmente Surcouf. — Não sei bem o que pensar. Estamos em apuros. Francamente, eu não gosto de nenhuma das propostas. Mas eu fico imaginando, Quentin. Você está dependendo totalmente da rendição de Daniels, baseado simplesmente em seu embaraço.

— Se fosse comigo — disse Cogburn —, eu chamaria a esposa de puta mentirosa e a castigaria. Ninguém seria solidário a ela.

Típico, pensou Knox. Há muito tempo Cogburn via o mundo em branco e preto. Quem dera a vida fosse assim tão simples. Se fosse, nenhum deles estaria metido naquela encrenca. Mas ele também duvidava de que essa tática isolada pudesse pressionar a Casa Branca a fazer algo produtivo.

— Eu ainda tenho Stephanie Nelle — disse Hale.

— E o que vai fazer com ela?

Knox também queria saber a resposta àquela pergunta.

— Ainda não resolvi. Mas ela pode se tornar valiosa.

— Você fala do passado — disse Bolton. — Ouça as próprias palavras. Uma refém? Estamos no século XXI. Você nos criticou quanto à tentativa de assassinato. E agora vai ligar para a Casa Branca e dizer que ela está em suas mãos? Vamos fazer um acordo? Você não poderá fazer coisa alguma com essa mulher. Ela é inútil.

A menos que o corpo dela pudesse ser mostrado a Andrea Carbonell, pensou Knox. Nesse caso, ela valeria um bocado.

Pelo menos para ele.

— Por que vocês não deixam que eu me preocupe com o valor que ela tem?

Cogburn apontou um dedo acusador.

— Você está tramando mais alguma coisa. O que é, Quentin? Conte para nós ou, por Deus, eu vou me juntar a Edward e sua vida vai virar um inferno.

* * *

CASSIOPEIA POUCO CONSEGUIA ENXERGAR EM MEIO À FUMAÇA. A ENtrada da residência estava tomada por uma neblina cinzenta. Ela buscou refúgio perto da parede, atrás de uma mesa de madeira de pinho, junto a uma parede decorada com chifres de animais.

Ela percebeu o que precisava fazer.

Não era a atitude mais esperta, porém se fazia necessária.

— Malone — gritou ela.

* * *

MALONE ALCANÇOU O ALTO DA ESCADA NO TERCEIRO ANDAR. ELE não tentara disfarçar o rumo que havia tomado. Com certeza, Wyatt o vira ou ouvira e estava a caminho.

Pelo menos assim ele esperava.

Então ouviu uma voz chamar seu nome.

Cassiopeia.

* * *

WYATT NÃO FAZIA IDEIA DA IDENTIDADE DA MULHER, MAS ELA OB-viamente tinha ligação com Malone. Ele devia simplesmente descer até o porão e partir, mas se lembrou de que a escada à sua frente não levava até uma área aberta ao público, mas à sala reservada aos funcionários. Ele se perguntou se todos tinham abandonado a residência. A única coisa que não queria era atirar em alguém. Isso complicaria imensuravelmente sua situação. Melhor ser visto como um simples ladrão, provocando somente danos à propriedade.

Ele olhou para o alto.

No terceiro andar, havia uma sala sob a cúpula. Somente as escadas norte e sul levavam até lá. Com certeza, Malone o estava atraindo para um espaço confinado.

Hoje não, Malone.

Ele se afastou da escada, seguindo em direção ao final do corredor e espreitando o salão da entrada. A mulher se abrigara do mesmo lado que ele, atrás de uma mesa, perto das janelas e das portas da frente. Ele mirou sua arma acima da cabeça da mulher e destruiu um conjunto de venezianas atrás dela.

* * *

HALE SE PERGUNTAVA COMO RESPONDER À AMEAÇA DE COGBURN. Pela primeira vez, ele via algo parecido com determinação em um daqueles homens.

Então, optou pela verdade.

— Estou decifrando o criptograma — disse ele.

— Como? — perguntou Cogburn, nitidamente indiferente.

— Fiz um trato com a chefe da NIA.

* * *

MALONE ESTAVA DENTRO DE UMA SALA OCTOGONAL DE PAREDES amarelo-vivas, coroada por uma cúpula envidraçada. Janelas circulares em seis paredes deixavam entrar a claridade matinal. Por enquanto, pouca fumaça havia subido até ali.

Ele se perguntou como melhor enfrentar Wyatt.

Uma saraivada de tiros soou lá embaixo.

* * *

KNOX MANTEVE A COMPOSTURA, MAS O QUE ACABARA DE ESCUTAR lhe causara um arrepio.

Carbonell estava cercando-o por todos os lados. Espremendo-o. Negociando com seu chefe. Será que ela o comprometera? Era por isso que ele estava ali? Knox se preparou para reagir, mas Hale ainda empunhava um revólver e ele estava desarmado.

— Que tipo de acordo você tem em mente? — perguntou Bolton a Hale.

— A NIA decifrou o código.

— Então qual é o problema? — indagou Surcouf.

— Há um preço.

Os outros três aguardaram que ele continuasse.

— Stephanie Nelle tem que morrer para obtermos a solução do criptograma.

— Então acabe com ela — disse Cogburn. — Você está sempre nos criticando por tentarmos evitar banhos de sangue. O que está esperando?

— Não se pode confiar na chefe da NIA. E, obviamente, nós só podemos matar a Srta. Stephanie uma vez. Portanto, essa morte tem que produzir os resultados desejados.

Bolton balançou a cabeça.

— Você está nos dizendo que pode acabar com isso simplesmente matando aquela mulher na prisão? Estaremos em segurança? Nossas cartas de corso serão respeitadas? E você está nos enrolando?

— O que eu estou fazendo, Edward, é garantindo que, se isso acontecer, nós ficaremos de fato em segurança.

— Não, Quentin — disse Bolton. — Você está garantindo a própria segurança.

* * *

CASSIOPEIA SE AGACHOU AINDA MAIS, PROTEGENDO-SE SOB A MESA.

Dois tiros.

Bem próximos.

E as janelas atrás dela se despedaçaram com as balas.

Ela se recuperou e deu um tiro em resposta, mirando o local em que a fumaça revelara o brilho dos disparos.

* * *

AO ELIMINAR AS JANELAS ATRÁS DA MULHER, WYATT LHE OFERECERA uma boa rota de fuga. Elas ficavam a poucos centímetros do chão, como portas; seria fácil atravessá-las.

Mas ela não saiu do lugar.

Ele mirou seu tiro seguinte na mesa que ela estava usando para se proteger.

No quarto tiro, talvez ele não fosse tão generoso.

* * *

MALONE TEVE QUE RETORNAR AO NÍVEL TÉRREO PARA VER COMO Cassiopeia estava. Ela e Wyatt estavam disparando um contra o outro. Mas a escada do lado sul, à sua direita, aquela que usara para subir, não era o melhor caminho. Resolveu se dirigir àquela que se localizava no lado norte da residência.

Logo a encontrou e começou a descer.

* * *

CASSIOPEIA DECIDIU QUE A RETIRADA ERA UMA ATITUDE INTELIGEN-
te. Eram muitos tiros e muita fumaça.

Quantos atiradores estariam ali?

E por que Malone não lhe respondera?

Ela deu outro tiro e, em seguida, saiu correndo pela abertura da
janela, alçando o pórtico.

* * *

WYATT VIU A MULHER ESCAPANDO E RESOLVEU FAZER O MESMO.
Malone certamente estava vindo atrás dele.

Já era o bastante.

* * *

MALONE CHEGOU AO PRIMEIRO ANDAR. UM CORREDOR PEQUENO À
sua esquerda conduzia ao salão de entrada, mas ele o evitou e adentrou
no que parecia ser uma sala de jantar.

Um amplo salão de visitas se abria depois de outra passagem, as
paredes internas repletas de quadros, as externas tomadas por janelas
e uma porta, o ar ali dentro saturado pela fumaça.

Ele entrou e espiou através de outras portas de vidro na direção do
salão de entrada.

* * *

CASSIOPEIA DIRIGIU-SE PARA O PÓRTICO, MANTENDO-SE AGACHADA
e avançando rumo à janela estilhaçada.

Precisava voltar para dentro da residência.

Ela se pôs de pé e encostou na parede de tijolos, depois se esgueirou para dentro da sala enfumaçada.

Seus olhos observaram o cômodo obscuro.

No lado oposto, além da porta de vidro, em outra sala tomada pela fumaça, com janelas e quadros nas paredes, percebeu algo se movendo.

Ela mirou e disparou.

QUARENTA E NOVE

BATH, CAROLINA DO NORTE

A PACIÊNCIA DE HALE CHEGOU AO FIM. AQUELES TRÊS IMBECIS NÃO tinham noção do que era preciso para vencer essa guerra. Fora assim desde o princípio. Os Hale sempre dominaram a Comunidade. Foram eles que abordaram George Washington e o Congresso Continental com a ideia de coordenar os empenhos ofensivos dos corsários. Antes disso, os navios operavam de forma independente, fazendo o que bem entendiam. Claro, tinham sido eficazes, mas não tanto quanto depois de se reunirem sob um comando único. É claro, por causa desse esforço, os Hale separavam uma parte específica de cada pilhagem para dividir com corsários do litoral de Massachusetts até a Georgia, garantindo que os ataques à frota britânica não perdessem seu vigor. Os Surcouf, os Cogburn e, especialmente, os Bolton também exerceram suas atividades, mas não fizeram nem de longe o que os Hale foram capazes de fazer. Seu pai o advertira a cooperar com seus camaradas capitães, mas sempre manter distância e preservar as próprias conexões.

Você não pode confiar neles, filho.

Ele concordava.

— Estou cansado de ser acusado e ameaçado.

— E nós estamos cansados de sermos mantidos na ignorância — disse Bolton. — Você está fazendo acordos com as mesmas pessoas que estão tentando nos levar para prisão.

— A NIA é nossa aliada.

— E que aliada! — exclamou Cogburn. — Não fizeram nada para impedir essa situação. Ainda plantaram um espião dentro da companhia e interferiram em nosso atentado contra Daniels.

— Eles solucionaram o criptograma.

— E, até agora, ainda não nos entregaram — interrompeu Bolton.

— Que amigos!

— Qual foi o impacto causado por aquele traidor em suas negociações com a NIA? — indagou Surcouf. — Por que eles precisavam de um espião entre nós?

Era a primeira boa pergunta que Hale ouvia. E a resposta permanecia obscura, exceto que:

— A diretora da NIA quer a cabeça de Stephanie Nelle...

— Por quê? — perguntou Cogburn.

— Há algo pessoal entre elas. Não me explicou o quê. Disse apenas que Stephanie estava investigando ambos, ela e nós. Para nós, era interessante impedi-la. Ela me pediu para fazer isso, então aceitei. É isso que os amigos fazem uns pelos outros.

— Por que ela precisaria de um espião se tinha você? — perguntou Surcouf.

— Porque ele é um mentiroso, um ladrão e um assassino — exclamou Bolton. — Um pirata sujo e mentiroso em quem não podemos confiar. Seu trisavô ficaria orgulhoso.

Os músculos de Hale enrijeceram.

— Chega de seus insultos, Edward. Eu o desafio, aqui e agora.

Isso era um direito dele.

No passado, sempre que navios se uniam por um objetivo comum, as possibilidades de conflito eram imensas. Fiéis à própria natureza, os capitães eram independentes — concentrados em suas próprias tripulações, não se importavam com outras pessoas. Mas as guerras civis eram consideradas contraproducentes. A ideia era saquear navios mercantes, e não lutar entre si. E as disputas jamais eram resolvidas no mar, uma vez que os tripulantes raramente colocavam suas vidas ou a embarcação em risco por causa de uma briga imbecil.

Então lançavam mão de outros meios.

Os desafios.

Um drama em que os capitães podiam mostrar sua coragem sem pôr em risco outras pessoas além deles mesmos.

Um simples teste de bravura.

Bolton se manteve calado e o encarou.

— Isso é típico — disse Hale. — Você não tem fibra para um duelo.

— Aceito seu desafio.

Hale virou-se para Knox.

— Faça os preparativos.

* * *

Malone ouviu o tiro e se jogou no chão, rolando sob uma mesa cercada de cadeiras.

Portas de vidro a 2 metros dele foram despedaçadas.

Mais tiros espocaram, vindos na sua direção, mantendo-o colado ao solo.

* * *

Cassiopeia resolveu partir para o ataque. Ela disparou uma, duas, três vezes, sem se arriscar, avançando na direção da fonte de movimento.

* * *

MALONE MANTEVE A CABEÇA ABAIXADA E ESPEROU QUE OS TIROS cessassem. Ele iria atingir Wyatt, mas não poderia falhar. Estendido sob a mesa, ele apontou o revólver e se preparou.

Através da fumaça, uma sombra surgiu à sua frente.

Do salão de entrada, seguindo para a sala de visitas.

Ele esperou o alvo se aproximar.

Só então derrubaria Wyatt com tiros bem direcionados.

* * *

WYATT ENCONTROU O PORÃO, SATISFEITO AO VER QUE NENHUM FUNCIO-nário ocupava o pequeno escritório ao pé da escada. Uma série de cômodos enfileirados compunha tanto a fundação da residência como um depósito subterrâneo. Um corredor se estendia por todo o comprimento da casa, iluminado por lâmpadas incandescentes presas às paredes. Ele se recordou das imagens no centro dos visitantes. Aqueles quartos serviam como despensas de comida, cerveja e vinho. Ele olhou para a extremidade norte, a uns 25 metros de distância, que se abria para a claridade da manhã.

Tudo tranquilo.

Ele saiu correndo.

Sabia que atrás dele se encontrava o que Jefferson chamara de dependências. As do sul continham a cozinha, o quarto de defumação, a leiteria e a área dos escravos. Ali, no lado norte, estavam a garagem das carruagens, os estábulos e o depósito de gelo. Ele chegou ao final do corredor e hesitou diante de uma porta identificada como o banheiro da ala norte.

Ótima localização, pensou ele. Nível térreo, fora dos muros e isolado.

Ele pegou seu telefone celular e apertou o botão ENVIAR, transmitindo a mensagem preparada mais cedo.

PRONTO PARA SER RESGATADO. ALA NORTE.

Esse havia sido o plano.

Se algo houvesse mudado, a mensagem teria sido outra.

Ele sabia desde o início que entrar em Monticello seria fácil. Mas sair? Seria completamente diferente. Por isso aceitara a ajuda de Andrea Carbonell.

Ele saiu do porão e atravessou a pista de asfalto. Sua localização, na parte mais afastada da entrada da mansão, entre árvores e arbustos, dava-lhe uma perfeita cobertura. Após ter verificado o Google Maps mais cedo, descobrira um campo aberto cerca de 100 metros a nordeste da casa.

Um ponto perfeito para pouso.

Ele ouviu três tiros no interior da residência e sorriu.

Com um pouco de sorte, a mulher mataria Malone por ele.

* * *

CASSIOPEIA SABIA QUE HAVIA ALGUÉM NA SALA AO LADO. TINHA surpreendido seus movimentos, porém, não vira mais nada em meio à fumaça. Ainda estava preocupada com Malone.

Onde ele se encontrava?

Quem atirara contra ela?

Uma passagem se abria à sua direita, onde havia menos fumaça acumulada. Ela avistou a base de uma escada.

Quem quer que estivesse na outra sala sabia que ela estava ali.

Mas estava agachado. Esperando.

Por ela.

* * *

MALONE MIROU NO VULTO ESCURO QUE SE MOVIA EM MEIO À NEBLINA.

Mais alguns centímetros e estaria em sua mira. Não podia errar. Ele tentara atrair Wyatt para o andar superior. Fracassara.

Agora ele estava ao seu alcance.

Prendendo a respiração, pôs o dedo no gatilho.

Um.

Dois.

* * *

CASSIOPEIA HAVIA AVANÇADO DEMAIS.

Estava exposta e sabia disso.

Ela correu para a direita, usando o corredor para se proteger e depois disse:

— Malone, onde você está?

* * *

MALONE SOLTOU O AR.

E baixou sua arma.

— Aqui — respondeu ele.

— É melhor você vir até aqui — disse ela.

Malone se ergueu e saiu do salão de visitas. Cassiopeia surgiu à sua esquerda, em meio à fumaça.

— Essa foi por pouco — disse ele.

Pôde ver nos olhos de Cassiopeia que ela concordava.

— O que aconteceu aqui?

— Encontrei a origem de toda essa confusão.

Um som diferente invadiu o silêncio. Um barulho constante e surdo que açoitava o ar. Cada vez mais próximo.

Um helicóptero.

* * *

WYATT CARREGAVA O CILINDRO CONTRA O PEITO, TOMANDO CUIDADO para não o danificar. Após olhar algumas vezes para trás, percebeu que não estava sendo seguido. Sumiu entre as árvores e desceu pela inclinação do terreno em direção ao campo.

Um helicóptero surgiu a oeste, abrindo uma clareira entre as árvores que margeavam o campo e pousando sobre o gramado.

Ele embarcou pela porta aberta da cabine.

* * *

Malone e Cassiopeia saíram pelo pórtico leste e viram o helicóptero pousando a 400 metros dali.

Longe demais para que pudessem fazer qualquer coisa.

Após ter permanecido apenas um minuto entre as árvores, a vibração do rotor aumentou e o helicóptero decolou rumo a oeste.

Malone se deu conta de que, sem o cilindro, não havia como saber o que Andrew Jackson escrevera. E, como só existia um, a solução para o criptograma acabara de desaparecer.

— Podemos rastreá-lo, não podemos?

— Não vai dar tempo. Ele vai pousar não muito longe daqui e desembarcar seu passageiro.

— A pessoa que atirou em mim?

Ele assentiu com a cabeça.

O administrador da propriedade se precipitou na direção deles, seguido por Edwin Davis. Malone se dirigiu para o gabinete de Jefferson.

Os outros o seguiram.

Ele descobriu a mesa com o tampo de vidro.

— Aquelas janelas — disse o administrador — tinham vidros do século XIX. Os caixilhos eram originais da época de Jefferson. Insubstituíveis.

— Isso aqui não é um patrimônio mundial, é? — perguntou Malone, tentando reduzir a tensão.

— Na verdade, sim. Desde 1987.

Ele sorriu. Stephanie teria adorado. Quantos deles tinham sido danificados? Quatro? Cinco?

Ele ouviu o barulho de janelas sendo abertas em toda a casa e viu a fumaça se dissipando. Um rosto desconhecido surgiu. Uma mulher de meia-idade, com cabelos de um ruivo escuro e pele sardenta. Ela foi apresentada como a curadora sênior, encarregada dos artefatos da propriedade. Estava visivelmente transtornada com o desaparecimento do cilindro.

— É o único existente — lamentou ela.

— Quem estava aqui? — perguntou Edwin Davis.

— Um velho conhecido. Aparentemente cheio de rancor.

Ele fez sinal para que Cassiopeia e Davis o seguissem até a biblioteca, enquanto a curadora e o administrador da propriedade conversavam no gabinete. Ele lhes contou sobre Jonathan Wyatt e depois disse:

— A última vez que eu o vi foi há oito anos, na audiência administrativa, quando ele foi demitido.

Imediatamente, Davis pegou seu celular, fez uma chamada, ouviu por alguns instantes e então o desligou.

— Ele é agora um agente independente — retrucou ele. — Trabalha por conta própria e vive na Flórida.

Malone voltou a pensar na mensagem codificada que Jackson havia escrito. Vinte e seis letras e cinco símbolos.

GYUOINESCVOQXWJTZPKLDEMFHR
ΔΦ:ΧΘ

— Sem aquele cilindro, a mensagem final é indecifrável — disse ele. — Estamos acabados. Agora precisamos nos concentrar em encontrar Stephanie.

— Sr. Malone — disse uma voz feminina.

Ele se virou ao ouvir seu nome.

Era a curadora.

— Pelo que entendi, o senhor estava interessado no cilindro decodificador. — Ela se aproximou de onde eles estavam.

Ele confirmou.

— Foi por isso que viemos até aqui. Nós precisávamos dele, mas, como a senhora disse, era o único no mundo.

— O único original no mundo — disse ela. — Mas não o único cilindro.

Ele escutou com atenção.

— No núcleo de aprendizado, lá no centro de recepção aos visitantes, nós queríamos que as crianças vivenciassem as experiências de Thomas Jefferson. Então, recriamos muitas de suas invenções e artefatos. Nós os produzimos de modo que as crianças pudessem tocá-los e senti-los. Há outro cilindro lá. Eu mesma solicitei sua fabricação. É de plástico e parece um pouco com o original. Contém 26 discos, cada qual com 26 letras gravadas na superfície. Eu não conhecia outro para me basear, então pedi ao fabricante que copiasse os discos exatamente como Jefferson os fizera.

CINQUENTA

BATH, CAROLINA DO NORTE

HALE OBSERVOU KNOX FAZENDO OS PREPARATIVOS NECESSÁRIOS. SEIS copos foram trazidos do bar e enfileirados sobre uma das mesas. Dentro de cada um, uma dose de uísque. Knox tinha na mão um frasco contendo um líquido de coloração amarela. Os capitães observaram os recipientes. Bolton fez um gesto com a cabeça para prosseguirem. A qualquer instante, o capitão desafiado poderia recuar, concedendo sua derrota.

Mas hoje não.

Num dos copos, Knox despejara algumas gotas do líquido amarelado. O veneno vinha de um peixe do mar do Caribe. Inodoro, insípido, fatal em questão de segundos. Um artigo produzido pela Comunidade há séculos.

— Está tudo pronto — disse Knox.

Hale se aproximou da mesa, seu olhar sobre o terceiro copo da esquerda para a direita, no qual o veneno estava misturado ao uísque cor de âmbar.

Bolton chegou mais perto.

— Você ainda aceita meu desafio? — perguntou Hale.

— Não tenho medo de morrer, Quentin. E você?

O problema não era esse. A questão era ensinar àqueles três uma lição que eles jamais esqueceriam. Hale manteve seu olhar fixo em Bolton e disse para Knox:

— Misture as posições dos copos.

Ele ouviu as bases dos copos deslizando sobre a mesa enquanto Knox os trocava de lugar, tornando impossível saber qual deles continha o veneno. A tradição exigia que os dois participantes mantivessem o olhar fixo um no outro. Séculos atrás, os tripulantes observavam os copos sendo embaralhados e apostavam entre si qual capitão faria a escolha errada.

— Estão prontos — disse Knox.

Os seis copos esperavam em fila, seus conteúdos ainda se movendo no interior. Considerando que Hale havia proposto o desafio, ele mesmo devia escolher primeiro.

Uma entre as seis possibilidades.

A melhor entre elas.

Ele estendeu a mão e pegou o quarto copo, levou-o aos lábios e o entornou de uma vez.

O álcool queimou sua garganta.

Mantendo os olhos fixos nos de Bolton, ele esperou.

Nada.

Sorriu.

— Sua vez.

* * *

WYATT SE INSTALOU NO BANCO DO PASSAGEIRO DENTRO DO HELICÓPtero. Sua fuga fora exatamente como planejado, deixando Malone de mãos atadas. Agora não existia mais nenhum modo de decifrar a parte seguinte da mensagem de Andrew Jackson.

Missão cumprida.

Ele colocou sua arma no assento ao lado e ajeitou a sacola de náilon no colo. Cuidadosamente, retirou o dispositivo e equilibrou sua estrutura de metal sobre as pernas. O helicóptero decolara do campo e agora voava para o oeste, afastando-se de Monticello numa manhã de sol clara e arejada.

Ele encontrou os dois discos soltos e analisou um modo de encaixá-los. Um eixo de metal atravessava o centro dos outros 24 discos, preso a uma armação e mantido fixo por um pino. Ele notou que os discos, com cerca de 5 centímetros de largura, se encaixavam perfeitamente, sem deixar espaço. Exceto no final, onde havia lugar para mais dois discos.

Examinou os dois discos soltos. Cada um deles, como os demais, continha letras do alfabeto esculpidas na superfície e separadas por linhas tortas em cima e embaixo. Wyatt lera bastante sobre o cilindro para saber que os discos deviam ser ajustados no eixo numa certa ordem. Mas Jackson não incluíra nenhuma instrução de como fazê-lo, apenas adicionou os cinco curiosos símbolos ao final. Ele resolveu tentar o óbvio e girou o primeiro disco visível sobre o eixo, deparando-se com um 3 gravado em sua face interna. Os dois discos soltos tinham os números 1 e 2 no mesmo local.

Talvez a ordem fosse meramente numérica.

Wyatt soltou o eixo da armação, segurando-o firme de modo a manter os discos no lugar e enfiou os dois discos soltos no eixo, seguindo a ordem correta.

Prendeu novamente o cilindro e apanhou a mensagem de Andrew Jackson que havia anotado mais cedo.

* * *

HALE PODIA SENTIR A TENSÃO QUE IMPERAVA NA SALA SE INTENSIFIcando após a primeira escolha.

Agora era a vez de Bolton.

Seu adversário olhou para os cinco copos restantes. Surcouf e Cogburn observavam, perplexos. Ótimo. Era bom que aqueles dois entendessem que ele não era um homem que devessem desafiar.

Bolton se concentrou nos copos.

Interessante que o habitualmente desafortunado capitão não demonstrasse o menor medo. Seria a raiva que o protegia? Ou a imprudência?

Bolton escolheu um copo, ergueu-o à boca e engoliu seu conteúdo. Um. Dois. Três. Quatro segundos.

Nada.

Bolton sorriu.

— Você agora, Quentin.

* * *

Wyatt examinou a sequência de 26 letras que Andrew Jackson dissimulara por trás do criptograma de Jefferson.

GYUOINESCVOQXWJTZPKLDEMFHR

Começando pela esquerda e pelo disco que sabia conter o número 1, ele o fez girar até encontrar um G. Prosseguiu com outro disco, localizando a letra Y. E assim continuou, selecionando as letras importantes na sequência.

O helicóptero chegava à periferia de Charlottesville, sobrevoando a Universidade da Virginia. Carbonell estava esperando por ele a poucos quilômetros dali. Haviam concordado em evitar chamadas via rádio ou telefonemas durante o voo, a fim de reduzir as chances de alguém rastreá-los e segui-los. O piloto estava na folha de pagamento da NIA e era fiel à sua chefe. Wyatt começou a perceber por que os discos estavam tão apertados na armação. A fricção os impedia de girar quando a letra desejada era encontrada.

As copas das árvores de um bosque desfilavam sob eles enquanto voavam para oeste, na direção de outra sequência de árvores.

Restava-lhe pouco tempo.

Então ele continuou procurando as letras.

* * *

HALE ENGOLIU SEU SEGUNDO COPO DE UÍSQUE, SEM PERDER MUITO tempo na escolha. Esperou cinco segundos, pois sabia que o veneno não precisava de mais tempo que isso.

Seu pai lhe contara sobre outro desafio que acontecera há muito tempo com Abner Hale. Após o fracasso no atentado contra Andrew Jackson e o fim das cartas de corso, a tensão entre os capitães chegou ao auge quando Surcouf desafiou Hale. Um bourbon do Kentucky foi a bebida escolhida no evento. Na segunda rodada, os olhos de Abner se reviraram nas órbitas e ele caiu morto. Isso não tinha acontecido na sala onde estavam neste momento, mas em outro lugar dentro do terreno da casa atual, numa sala de visitas não muito diferente dessa que ocupavam agora. A morte de Abner Hale aliviara a pressão no interior da Comunidade. Seu sucessor, o bisavô de Hale, era mais moderado e não fora estigmatizado por aquilo que seu pai fizera.

Este era outro aspecto da sociedade pirata.

Cada homem tinha que provar seu valor.

O uísque desceu até seu estômago.

Sem veneno.

As chances tinham piorado para Bolton.

Uma em três.

* * *

WYATT AVISTOU SEU DESTINO A CERCA DE 2 QUILÔMETROS. UM PARque industrial subdesenvolvido com um pátio pavimentado que se estendia diante de dois prédios dilapidados. Duas caminhonetes aguardavam. Uma única pessoa estava do lado de fora, olhando na sua direção.

Andrea Carbonell.

Ele achou a 26ª letra.

Um R.

Com a ponta dos dedos, pressionou os discos que se encontravam nas extremidades, o que permitiu que ele girasse todos os 26 ao mesmo tempo, em uníssono. Ele sabia que em algum lugar do círculo, entre as 26 disposições diferentes de letras, devia haver uma mensagem coerente que ocupava toda a extensão dos discos.

Pouco depois ele viu.

Cinco palavras.

Ele as registrou na memória e embaralhou os discos outra vez.

* * *

KNOX VIU EDWARD BOLTON REFLETIR SOBRE SUA SEGUNDA ESCOLHA e, pela primeira vez, identificou certa hesitação enquanto o capitão decidia entre os copos restantes.

Só de observar, seus nervos estremeciam.

Ele nunca sonhara que um dia testemunharia um desafio. Seu pai lhe contara sobre isso, e nenhum deles havia chegado tão longe. Mas essa era a questão de algo tão imprevisível, a mensagem era clara. Não lute. Resolva. Ainda assim, nenhum capitão jamais desejara demonstrar covardia. Por isso Edward Bolton manteve-se firme, sabendo que um dos três copos seria fatal.

Os olhos negros de Hale, cintilantes e vivazes, não piscavam.

Bolton aproximou o copo de seus lábios.

Abrindo a boca, entornou o conteúdo na garganta.

Passaram-se cinco segundos.

Nada.

Surcouf e Cogburn soltaram a respiração ao mesmo tempo.

Bolton sorriu, um indisfarçável sinal de alívio no canto da boca.

Nada mal, pensou Knox.

Nada mal mesmo.

CINQUENTA E UM

HALE OLHOU PARA OS DOIS COPOS RESTANTES. UMA SUPERFÍCIE ENvernizada de 15 centímetros os separava.

Um deles continha a morte.

— Isso já basta — disse Cogburn. — Vocês dois provaram seus argumentos. Tudo bem. São homens e podem aceitar isso. Agora, chega.

Bolton sacudiu a cabeça.

— De jeito nenhum. É a vez dele.

— E se eu escolher mal você fica livre de mim — disse Hale.

— Você me desafiou. Não vamos parar. Escolha um maldito copo.

Hale olhou para a mesa. O líquido de cor âmbar permanecia imóvel como uma poça nos dois copos. Ele ergueu um deles e agitou o conteúdo.

Depois, o outro.

Bolton o observava intensamente.

Ele apanhou um copo.

— Este aqui.

Aproximou-o da boca.

Os três capitães e Knox o encaravam. Ele mantinha o olhar fixo no rosto deles. Queria que soubessem que sua coragem era autêntica. Ele sorveu o conteúdo, conservou-o um instante dentro da boca e o engoliu.

Seus olhos se arregalaram. Ele começou a arquejar.

Pareceu engasgar, enquanto os músculos faciais se contorciam.

Sua mão apertou o peito.

Depois, ele caiu no chão.

* * *

WYATT ESPEROU O HELICÓPTERO POUSAR NA PISTA E PÔS O CILIN-dro novamente dentro da sacola de náilon. Ele trabalhava com serviços de inteligência desde que se formara na faculdade, tendo sido recrutado quando servia o Exército. Não era liberal nem conservador, nem republicano nem democrata. Era simplesmente um americano que servira ao seu país, até ser considerado demasiadamente inútil e removido da folha de pagamento. Dera sua contribuição ao serviço de inteligência nos lugares mais perigosos do planeta. Tinha sido fundamental para descobrir dois agentes infiltrados na CIA — ambos foram julgados e condenados por espionagem. Havia também eliminado um agente duplo após ter aceitado uma missão clandestina para matá-lo, apesar do fato de, oficialmente, a América não assassinar ninguém.

Jamais violara ordem alguma.

Nem mesmo naquele dia, com Malone, quando dois homens morreram. Mas, na época, ele não estava mais preso a qualquer regra ou ética.

Podia fazer o que quisesse.

O que era mais uma razão para permanecer naquele combate.

Ele saltou do helicóptero, que imediatamente voltou a decolar e partiu. Muito provavelmente, logo estaria dentro de um hangar, protegido de olhares curiosos.

Carbonell o aguardava sozinha. Não havia um motorista no veículo.

— Vejo que você teve sucesso — disse ela.

Ela trocara de roupa e agora estava vestida com uma saia azul-marinho bem curta e um casaco branco adequado à sua constituição curvilínea. Nos pés, sandálias de salto médio. Ele permaneceu a alguns metros, segurando a sacola com o cilindro. Sua arma estava presa na cintura, na base da coluna vertebral, pressionada pelo cinto.

— E agora? — perguntou ele.

Ela fez um gesto na direção de um dos veículos.

— A chave está na ignição. Pode ir para onde desejar.

Ele fingiu demonstrar algum interesse no carro.

— Posso ficar com ele?

Ela riu.

— Se isso o deixa feliz. Eu realmente não me importo.

Ele a encarou.

— Você usou o cilindro e agora conhece o local, não é mesmo? — indagou ela.

— Exatamente.

— Você pode conseguir aquelas duas páginas que estão faltando?

— Sou a única pessoa no planeta capaz de fazê-lo.

Wyatt se deu conta da posição extraordinária em que agora se encontrava. Ali em pé, tinha em mãos o que a mulher diante dele mais queria no mundo. Com aquilo, ela poderia achar as duas páginas extraviadas dos Anais do Congresso e concluir qualquer plano que tivesse em mente. Sem aquilo, ela não passava de uma pessoa comum.

Ele jogou a sacola de náilon no chão e ouviu os discos de madeira de duzentos anos se partirem.

— Você pode colá-los depois. Deve levar uma ou duas semanas. Boa sorte.

Em seguida, caminhou até o veículo.

* * *

Knox fixou seu olhar no corpo de Quentin Hale, estendido no chão. Surcouf e Cogburn continuavam imóveis.

Bolton o observou com nítido alívio, antes de dizer:

— Bons ventos o levem.

Ainda havia um copo sobre a mesa.

O vencedor o apanhou.

— É por causa dos Hale que estamos nesta encrenca, e eles nunca conseguiriam nos livrar disso. Acho que devemos usar aquela mulher a nosso favor e propor uma barganha.

— Como se isso pudesse funcionar — disse Cogburn.

— Você tem ideia melhor, Charles? — perguntou Bolton. — E você, John? E quanto a você, intendente?

Mas Knox não podia lhes dar menos importância. Queria apenas salvar sua pele, e agora mais do que nunca. Aqueles homens não eram simplesmente temerários, eram patéticos. Nenhum deles prestava atenção a nada.

Bolton ergueu o último copo num brinde.

— Ao capitão que se foi. Que ele se divirta no inferno.

Knox deu um passo e arrancou com um tapa o copo da mão de Bolton. O copo rolou pelo chão de madeira, derramando seu conteúdo.

Bolton o encarou assustado.

— Que porra é essa...

— Droga, Clifford — exclamou Hale, se levantando do chão.

A perplexidade se apoderou dos três capitães.

— Ele estava fazendo exatamente o que eu queria — prosseguiu. — Ele teria bebido até morrer.

Bolton estava visivelmente transtornado.

— Exatamente, Edward — disse Hale. — Mais um segundo e você é que estaria morto.

— Você é um trapaceiro, seu idiota — reagiu Bolton.

— Eu? Trapaceiro? Não me diga. Se eu não tivesse fingido morrer, você beberia o último copo, sabendo que ele continha o veneno?

Aquilo seria uma atitude esperada pelos outros para concluir o desafio. É claro que, se o último copo contivesse o veneno, o capitão que deveria bebê-lo podia sempre recusar, declarando assim o outro vencedor.

— Eu preciso saber, Edward. Você o teria bebido?

Silêncio.

Hale achou graça.

— Exatamente o que eu pensava. Eu não estava trapaceando. Estava apenas ajudando-o a tomar um caminho que nunca teria tomado sozinho.

Knox havia se dado conta imediatamente de que Hale não estava morto. O modo como reagira ao veneno não era habitual. Ele já havia usado a substância muitas vezes para saber como ela afetava o corpo humano. Scott Parrott havia sido o último exemplo, algumas horas atrás.

Hale olhou para os outros capitães.

— Não quero ouvir mais nada de nenhum de vocês. Não se metam comigo.

Nenhum deles reagiu.

Knox estava duplamente satisfeito.

Primeiro, Edward Bolton sabia que ele havia salvado sua vida. Segundo, os outros dois capitães também.

Isso certamente deveria contar alguma coisa.

CINQUENTA E DOIS

Monticello

Malone entrou no salão Griffin, situado no andar térreo do centro de visitantes. A curadora lhe explicara que o local era destinado a promover atividades manuais para crianças, com a intenção de ensinar-lhes fatos sobre aquela propriedade, Jefferson e a vida no final do século XVIII e início do XIX. Por todos os lados daquele local bem-organizado havia reproduções da propriedade, um fac-símile da alcova de Jefferson, uma oficina de pregos, uma moradia de escravos, um estúdio de tecelagem, uma exposição sobre a utilização de um martelo de ferreiro e uma cópia do polígrafo de Jefferson. Várias crianças se divertiam ali, observadas pelos pais.

— Este é um local bem popular — disse a curadora.

Cassiopeia, Edwin Davis e o administrador da propriedade também tinham vindo.

Malone avistou a réplica do cilindro. Algumas crianças faziam girar seus discos coloridos.

— É feito de resina — disse a curadora. — O original é muito mais frágil. Os discos são feitos de madeira, têm mais de duzentos anos, com cerca de 5 centímetros de espessura, e se quebram facilmente.

Ele sentiu a preocupação em sua voz.

— Tenho certeza de que o ladrão será cuidadoso.

Pelo menos até decifrar a mensagem, acrescentou mentalmente.

As crianças largaram o cilindro e correram atrás de outra novidade. Malone se aproximou e examinou os 26 discos enfileirados num eixo de metal. Em cada um, letras pretas, separadas por linhas pretas.

— Você tem a sequência anotada? — perguntou a curadora.

— Ele não precisa — disse Cassiopeia com um sorriso.

De fato, não precisava.

Sua memória fotográfica pôs-se em ação.

GYUOINESCVOQXWJTZPKLDEMFHR

Ele girou os discos, dispondo-os na ordem adequada.

* * *

WYATT SEGUIU ANDANDO ATÉ O CARRO.

— Eu sabia que você leria a mensagem — gritou ela.

Ele parou e se virou.

Ela estava sob o sol, o rosto parecia uma máscara. A sacola de náilon continuava no chão. Wyatt percebeu que o cérebro calculista de Carbonell tinha avaliado as opções e logo determinara que não havia mais margem; era preciso negociar com ele. Ao destruir os discos, garantira a própria segurança, pois agora só ele conhecia o local.

Ela começou a andar em sua direção, só parando a poucos centímetros dele.

— Eu triplico seus honorários. A metade depositada dentro de no máximo duas horas no banco da sua escolha. O restante quando você me entregar os dois documentos intactos.

Esquecera-se do óbvio.

— Você se dá conta de que a Comunidade me pagaria muito mais por eles?

— Claro. Mas, como hoje de manhã, aparentemente você precisa de coisas que só eu posso conseguir. É por isso que está conversando comigo neste instante em vez de ir embora no seu carro novo.

Ela estava certa. Para seguir as orientações de Andrew Jackson com exatidão, ele precisaria de alguns itens e não havia tempo para reuni-los.

— Preciso de um passaporte limpo.

— E para onde você vai?

Desconfiando de que não poderia mais ocultar seus movimentos, ele falou sobre a ilha Paw, na Nova Escócia, e depois esclareceu:

— Somente nós dois sabemos desse lugar. Portanto, somente nós dois podemos contar a mais alguém.

— É seu jeito de garantir minha honestidade?

— Se alguma outra pessoa aparecer por lá, o que quer que eu encontre na ilha vai virar cinzas. E você e a Comunidade podem ir para o inferno.

— É esse seu jeito de me mostrar que é melhor do que eu?

Ele balançou a cabeça.

— É simplesmente o meu jeito.

Ela lhe lançou um sorriso compreensivo.

— É disso que eu gosto em você, Jonathan. Você sabe exatamente o que quer. Ok, faremos do seu jeito.

* * *

Cassiopeia olhou por cima do ombro de Malone, enquanto ele manipulava os discos. Ela e Edwin Davis não tinham acabado a conversa, e ainda havia muito a ser dito, mas seria preciso esperar. E pensar que ela voara até Nova York apenas para um fim de semana romântico. Agora estava envolvida numa sinuca de bico. Ela sorriu, lembrando-se de seu pai, que costumava usar essa expressão. Ele fora um apaixonado por bilhar. Era um fã dos jogos em geral. Infelizmente, ela não herdara essa paixão. Mas aquela era uma sinuca de bico. Um bocado de segredos, egos e personalidades. Sem mencionar o fato de dois dos participantes serem duas das pessoas mais conhecidas do planeta.

Malone terminou sua tarefa e disse:

— Aqueles cinco símbolos ao final da mensagem de Jackson não se encontram nestes discos. Portanto, devem fazer parte de outra coisa.

Ele manteve os 26 discos no lugar e os girou juntos.

— Aí está — concluiu ele.

Ela se concentrou nas letras pretas. Uma linha inteira formada por palavras, sem espaço entre elas.

PAWISLANDMAHONEBAYDOMINION

— Precisamos de um computador — disse Malone.

A curadora os levou até um escritório anexo à sala de exposição. Cassiopeia resolveu fazer as honras e digitou ilha Paw, Baía de Mahone.

A tela se encheu de opções. Ela escolheu uma delas.

A Baía de Mahone ficava localizada em 44° 30' norte — 64°15' oeste, no litoral da Nova Escócia, uma considerável massa de água que se abria para o oceano Atlântico. Fora batizada com a palavra francesa *mahone*, que era um tipo de embarcação usada antigamente pelos habitantes locais. Compreende cerca de quatrocentas ilhas, a mais famosa delas a ilha Oak, onde, durante mais de duzentos anos, os caçadores de tesouros escavaram um poço profundo no leito da rocha numa busca infrutífera por ouro. A ilha Paw fica ao sul da Oak, e nela há um forte britânico, há muito abandonado e outrora chamado de Dominion.

— Jackson escolheu o local com cuidado — disse Malone. — Não podia ficar mais fora de mão. Mas é apropriado. Essa área sempre foi associada à pirataria. Era um refúgio para os piratas no século XVIII. — Ele olhou para Davis. — Estou indo.

— Ok. É melhor para Stephanie. Precisamos daquelas páginas.

Cassiopeia já sabia o que Malone queria que ela fizesse.

328

— Vou atrasá-los através do grampo telefônico. Podemos informar qualquer coisa a Hale.

Ele concordou.

— Faça isso. Wyatt está com o cilindro, e ele também seguirá rumo ao norte.

— Vou achar Stephanie — disse ela.

Ele se virou para a curadora.

— A senhora disse que criou a réplica do cilindro. O fato de existir uma réplica perfeita do original já foi divulgado para alguém?

A mulher balançou a cabeça.

— Eu e o fabricante somos os únicos a saber disso. Eu só contei para o administrador da propriedade ainda há pouco, lá na residência. Isso não parecia tão importante.

Mas Cassiopeia percebeu exatamente por que aquilo era importantíssimo.

— Wyatt pensa que é o único.

Malone confirmou.

— É isso. O que significa que, pela primeira vez, nós estamos à frente dele nesse jogo.

PARTE
QUATRO

CINQUENTA E TRÊS

BATH, CAROLINA DO NORTE

11H15

KNOX ANDAVA PELO GRAMADO, SOB FRONDOSOS CARVALHOS E PINHEI-
ros. Ele havia sido dispensado da reunião dos capitães logo após Hale
"ressuscitar". Disseram-lhe para esperar lá fora. Não era incomum que os
quatro discutissem certos assuntos sem sua presença, mas ele ainda estava preocupado com a conversa particular que Hale tivera com o traidor.

Seria sobre isso que os capitães conversavam?

A essa hora, o *Adventure* tinha singrado as águas da Enseada de
Ocracoke e chegado ao oceano, rumo ao mar aberto, para se desfazer
do cadáver.

O que ele faria em seguida?

A porta da frente foi aberta.

Bolton, Surcouf e Cogburn saíram sob o sol de meio-dia, desceram da
varanda e se dirigiram até um carrinho elétrico. Bolton o viu e caminhou
até ele, enquanto os outros dois ficaram esperando ao lado do veículo.

— Quero agradecer — disse Bolton.

— Meu trabalho é cuidar de todos os capitães.

— O que Hale está fazendo é errado. Não vai funcionar. Eu sei,
nossa tentativa de matar o presidente foi fruto do desespero, ou pior
ainda. Mas ele não está se saindo melhor.

Knox deu de ombros.

— Não sei se algum de nós tem certeza do que está fazendo.

Uma sombra de derrota encobriu a expressão de Bolton. Depois ele estendeu sua mão e Knox a apertou.

— Obrigado, mais uma vez.

Era bom saber que sua atitude podia ser recompensada. Ele poderia vir a precisar de Edward Bolton antes que aquilo terminasse.

— Sr. Knox.

Ele se virou.

O secretário particular de Hale aguardava na varanda.

— O capitão deseja vê-lo agora.

* * *

HALE SE SERVIA DE UMA BEBIDA QUANDO KNOX ADENTROU O ESTÚdio. Ele tinha na mão o mesmo uísque que fora usado no desafio. Batendo com o dedo no copo, dirigiu-se ao intendente.

— Pelo menos este não vai me matar.

O copo que Knox arrancara da mão de Bolton ainda estava no chão, o líquido esparramado sobre as pranchas de madeira.

— Ninguém deve tocar naquela poça — disse Knox. — Será preciso deixar que evapore.

— Vou deixar que fique aí como uma recordação do meu triunfo sobre a imbecilidade. Você deveria ter deixado que ele morresse.

— Nós sabemos que eu não podia.

— Sei. Seus deveres. O leal intendente que cruza a linha entre o capitão e a tripulação. Eleito por um grupo e, ainda assim, dominado pelo outro. Como você *consegue*?

Ele não fez qualquer tentativa de disfarçar o sarcasmo.

— Você expôs seus argumentos para eles? — perguntou Knox calmamente.

— O que você quer realmente saber é o que nós conversamos quando estava ausente.

— Poderá me contar, quando for necessário.

Ele virou o copo e engoliu seu uísque.

Depois, bateu com o copo vazio na mesa, sacou sua arma e a apontou para Knox.

* * *

MALONE SE INSTALOU NA POLTRONA DE UM JATO EXECUTIVO E ACIOnou a tela plana ao lado do assento de couro. Estava sozinho na espaçosa cabine, taxiando na pista do aeroporto Reagan, preparando-se para voar 1.600 quilômetros em direção ao norte, do outro lado da fronteira canadense.

Ele precisava da internet, e, felizmente, não teve que esperar até alcançar os 10 mil pés de altitude para poder usar seus dispositivos eletrônicos. Pesquisou em alguns websites e descobriu o que pôde sobre a Nova Escócia, a estreita península canadense, praticamente colada a New Brunswick, cercada pelo oceano Atlântico. Quinhentos quilômetros de comprimento, 80 de largura, 7 mil quilômetros de litoral. Uma combinação de antigo e moderno, com enseadas íngremes, praias de areia e vales férteis. A costa norte, de Halifax até Shelburne, continha incontáveis baías, e a maior delas se chamava Mahone. Embora descoberta pelos franceses em 1534, os britânicos a conquistaram em 1713.

Algo que ele ignorava surgiu num dos sites.

Durante a Revolução Americana, as forças coloniais tinham ocupado a região, tentando transformar o Canadá numa 14ª colônia. A intenção era cortejar os muitos franceses furiosos que ainda viviam ali e tentar transformá-los em aliados contra os ingleses, mas o intento falhou. O Canadá continuou sendo britânico e, depois da Revolução, tornou-se mais ainda, uma vez que os legalistas foram para o norte, fugindo dos recém-criados Estados Unidos.

E ele estava certo.

A Baía de Mahone se tornou um refúgio para os piratas.

A construção naval se transformou numa indústria. A espessa neblina e os sinistros pântanos ofereciam o abrigo ideal para várias centenas de ilhas. O local não era de todo diferente de Port Royal, na Jamaica, ou Bath, na Carolina do Norte, que também foram outrora célebres covis de piratas.

A ilha Oak, situada na Baía de Mahone, aparecia em muitos sites, então ele leu o que foi possível. Sua história começava num dia de verão, em 1795, quando Daniel McGinnis, um rapaz de 20 e poucos anos, descobriu uma clareira onde os carvalhos tinham sido derrubados, sobrando só os tocos das árvores. No centro da clareira, havia um semicírculo côncavo com talvez uns 4 metros de diâmetro. Um galho espesso se projetava sobre a depressão. Uma versão conta que a roldana de uma embarcação fora amarrada ao galho. Outra afirmava que havia marcas estranhas sobre a árvore. Um terceiro relato assinala que a clareira tinha sido recoberta por trevos vermelhos, que não eram nativos da ilha. Pouco importa a versão verdadeira, o que aconteceu em seguida estava além de qualquer polêmica.

As pessoas começaram a cavar.

Primeiro, McGinnis e seus amigos, depois outros e em seguida consórcios organizados. Alcançaram uma profundidade de cerca de 600 metros e encontraram camadas de carvão, madeira de lei, fibras de coco, pedras de pavimentação e argila. Se os relatos forem verdadeiros, eles desenterraram uma pedra estranha com marcas curiosas. Dois engenhosos túneis de irrigação conectados ao poço estavam destinados a garantir que qualquer um que cavasse até chegar a uma determinada profundidade só encontrasse água.

E foi exatamente isso que encontraram.

As inundações frustraram todas as tentativas de elucidar o mistério.

Surgiram incontáveis teorias.

Alguns diziam que era o refúgio de um pirata, cavado pelo próprio capitão William Kidd. Outros atribuíam sua autoria ao corsário Sir Francis Drake ou aos espanhóis; aquele seria um lugar fora da rota tradicional para esconder seus tesouros. Os mais pragmáticos sugeriam um envolvimento militar — cofres contendo tesouros, ocultados pelos franceses e ingleses em seu combate incessante para conquistar a Nova Escócia.

E havia também aqueles que extrapolavam.

Seres da Atlântida antediluviana, viajantes interplanetários, maçons, templários, egípcios, gregos, celtas.

Vários homens perderam a vida, muitos perderam suas fortunas, mas tesouro algum jamais foi encontrado.

A ilha Oak não era sequer uma ilha. Um estreito passadiço, construído para permitir o acesso de pesados equipamentos de escavação, agora a ligava ao continente. Recentemente, uma matéria de um jornal canadense afirmava que o governo da província estava planejando comprar o terreno e transformar o local em atração turística.

Desse jeito, pensou ele, vão conseguir enfim um tesouro.

Ele identificou algumas poucas alusões à ilha Paw. Poucos quilômetros a sudoeste de Oak. Com cerca de 1,5 quilômetro de extensão e 800 metros de largura, na forma de uma pata de animal, como sugere seu nome em inglês. Duas enseadas recortavam sua face norte, enquanto outras, menores, denteavam o restante do litoral. A costa oeste, abaulada, era coberta de árvores, e penhascos rochosos dominavam as margens leste e sul. Os franceses a exploraram no século XVII, em busca de peles de animais, mas os ingleses tinham construído um forte, que chamaram de Wildwood, de frente para o oceano Atlântico, protegendo a baía. Ele leu também que a Nova Escócia era destituída de ruínas. Nada jamais foi desperdiçado. As casas eram desmontadas, todas as pranchas de madeira, dobradiças, maçanetas, pregos, tijolos, argamassa e cimento eram reutilizados. *Tábuas do século XXI, perfuradas por pregos do século XVIII sobre vigas do século XIX.* Era a descrição oferecida por um dos sites.

Mas o forte, feito de pedras calcárias, se impunha como uma anomalia.

E a explicação estava na história.

Em 1775, quando o Exército Continental americano invadiu e tomou o controle dos fortes britânicos, Wildwood foi logo conquistado e batizado como Dominion. Entretanto, os americanos foram derrotados em seguida na Batalha de Quebec e se retiraram do Canadá em 1776. Porém, antes de deixar a ilha Paw, eles explodiram o forte. Nada voltou a ser construído, o terreno foi abandonado aos efeitos da natureza, os muros devastados pelo fogo permaneceram de pé como a lembrança de um ultraje.

Agora, somente os pássaros vivem ali.

— Sr. Malone — disse uma voz no interfone. — Temos um atraso devido às condições do tempo. Estão nos pedindo para aguardar na pista.

— Não sabia que esses regulamentos se aplicavam ao Serviço Secreto.

— Infelizmente, há uma tempestade violenta entre nós e o Maine, e até mesmo o Serviço Secreto tem de se submeter a isso.

— Não esqueça, estamos com pressa.

— Pode levar algum tempo. Eles não me pareceram otimistas.

Ele digitou no teclado e achou um mapa da Baía de Mahone, decidindo sobre a melhor maneira de chegar à ilha Paw. Eles pousariam numa pequena pista ao sul, evitando especificamente Halifax e seu movimento internacional, uma vez que Wyatt poderia estar passando por lá. O Serviço Secreto realizara uma pesquisa em todos os voos para a Nova Escócia, porém nenhuma reserva no nome de Wyatt fora encontrada. Isso não era uma surpresa. Ele estava seguramente viajando com outro nome e outro documento de identidade, se não tivesse alugado outro meio de transporte.

Isso não importava.

Ele queria que seu adversário chegasse até a ilha.

Lá, eles se entenderiam pessoalmente.

CINQUENTA E QUATRO

Casa Branca

Cassiopeia seguiu Edwin Davis até uma sala bem exígua. No interior, havia uma mesinha sustentando um monitor de LCD. A imagem mostrava um cômodo decorado com pinturas a óleo e uma ampla mesa de reuniões ao centro, cujos lugares foram rapidamente ocupados por homens e mulheres. Ela voltara para Washington com Davis. Mais tarde, retornaria para o sul, para Fredericksburg, a fim de utilizar a linha grampeada de Kaiser.

— Ele me deu ordem para reuni-los — disse Davis, apontando para a tela. — São os chefes das principais agências de inteligência. CIA, NSA, NIA, Departamento de Defesa, Unidade Nacional Antiterrorista, Segurança Doméstica, Rastreamento de Ativos de Terrorismo Internacional, Geoespacial Nacional, Análise de Instalações Subterrâneas... todas elas. Há muito dinheiro investido nisso.

— Mas eles parecem se perguntar o que está acontecendo.

Davis sorriu.

— Essas pessoas não gostam de surpresas, tampouco umas das outras.

Ela observou a tela enquanto o presidente dos Estados Unidos entrava rapidamente na sala e saía de foco, indo para a extremidade da mesa. Aparentemente, a câmera fora instalada atrás de onde ele estava sentado, de modo que só os participantes fossem registrados.

Todos se sentaram.

— *É ótimo ver que o senhor está bem* — *disse um dos participantes.*

— *É ótimo estar bem.*

— *Senhor presidente, fomos avisados sobre essa reunião num prazo curto, portanto nada foi elaborado. Sequer nos informaram qual era o tema desse encontro.*

— É o diretor da Agência Central de Inteligência — disse Davis. — O presidente me deve 5 dólares. Apostei que ele seria o primeiro a se manifestar. Ele achava que seria o chefe da NSA.

— *Vocês adoram dizer como são bons* — *interrompeu-o Daniels.* — *Que este país estaria correndo imenso risco se não gastássemos bilhões de dólares anualmente no que fazem. Vocês também gostam de se esconder atrás desse sigilo que tão justificadamente reivindicam. Eu não tenho o luxo de trabalhar em segredo. Tenho que cumprir minhas funções com um bando de repórteres acampados a menos de 30 metros do meu trabalho. Merda, eu nem sei onde fica localizado o escritório da metade de vocês, e muito menos o que fazem.*

— Eles sabem que estamos assistindo?

Davis balançou a cabeça.

— É uma câmera oculta. O Serviço Secreto a instalou há alguns anos. Só o altíssimo escalão está a par disso.

— *Essa monstruosidade governamental chamada segurança interna* — *prosseguiu o presidente* — *é um absurdo. Ainda preciso encontrar alguém que saiba quanto isso custa, quantos estão empregados, o número de programas existentes e, o mais importante, as redundâncias. Sou capaz de dizer que existem aproximadamente 1.300 organizações diferentes trabalhando com segurança interna ou em serviço de inteligência externa. Isso sem contar com mais cerca de 2 mil contratados. Quase 900 mil possuem credenciais sigilosas. Como é possível manter algo em segredo com tantos olhos e ouvidos à espreita?*

Ninguém abriu a boca.

— Todos disseram que aperfeiçoariam suas atividades após o 11 de Setembro. Vocês juraram que, finalmente, começariam a trabalhar juntos. E o que fizeram foi criar mais trezentas novas agências. Vocês produzem 50 mil relatórios de inteligência ao ano. Quem lê tudo isso?

Todos calados, ainda.

— Exatamente, ninguém os lê. Então para que servem?

— Ele está pegando no ponto fraco dos caras — disse ela a Davis.

— Só assim eles entendem.

— Quero saber quem contratou Jonathan Wyatt e o colocou em Nova York ontem — perguntou o presidente, interrompendo o silêncio na sala.

— Eu o contratei.

— É ela? — perguntou Cassiopeia.

Davis assentiu.

— Andrea Carbonell. Diretora da NIA.

Ela havia notado aquela mulher quando entrou, sua pele morena, cabelos pretos, traços latinos semelhantes aos seus próprios.

— Qual é a história dela?

— Filha de imigrantes cubanos. Nascida aqui. Ela conseguiu consolidar sua carreira até se tornar a diretora da NIA. Seu histórico profissional tem sido exemplar até agora, exceto pelos seus laços com a Comunidade.

Carbonell estava sentada ereta, as mãos cruzadas sobre a mesa, o olhar fixo no presidente. Suas feições permaneciam inexpressivas, mesmo diante da ira do comandante supremo.

— Por que você colocou Wyatt em Nova York? — perguntou Daniels.

— Precisei de assistência externa para reagir à pressão que estava recebendo por parte da CIA e da NSA.

— Explique isso melhor.

— Algumas horas atrás, alguém tentou me matar.

Houve um murmúrio na sala.

Carbonell pigarreou, antes de continuar.

— Eu não tinha a intenção de abordar isso nesta reunião, mas uma arma automática estava me esperando na minha casa.

Daniels teve apenas um instante de hesitação.

— *E que importância tem isso, senão o fato de que você poderia ter morrido?*

— *Wyatt estava em Nova York para me ajudar a elucidar as ações recentes de alguns de meus colegas. Nós nos encontramos para debater a situação. Mas o diretor da CIA e um agente da NSA interromperam esse encontro e o atacaram. Eu gostaria de saber o objetivo dessa ação.*

Ela é excelente, pensou Cassiopeia. Carbonell ainda precisava responder à pergunta, mas conseguira deslocar a atenção para longe de si. Sua indagação certamente era do interesse de outras pessoas reunidas em torno da mesa, as quais encararam o diretor da CIA e outro homem, que Davis identificou como o chefe da NSA.

— *Senhor presidente* — disse o homem da CIA. — *Esta senhora tem conspirado com a Comunidade. Ela pode muito bem estar envolvida no atentado à sua vida.*

— *Você tem provas disso?* — *perguntou Carbonell calmamente.*

— *Eu não preciso de provas* — disse Daniels. — *Só preciso que me convença. Diga-me então, você teve algum envolvimento no atentado à minha vida?*

— *Não, senhor.*

— *Então como foi que Wyatt acabou se encontrando no meio de tudo isso? Ele estava lá, no Grand Hyatt. Nós já sabemos. Ele colocou os agentes atrás de Cotton Malone, envolvendo-o em tudo aquilo.*

— *É uma vingança pessoal, algo entre ele e Malone* — disse Carbonell. — *Wyatt armou uma cilada para Malone, envolvendo-o na tentativa de assassinato contra o senhor, sem meu conhecimento. Eu o despedi pouco antes de a CIA e a NSA irem atrás dele.*

— *Wyatt acabou de provocar um tiroteio em Monticello* — retorquiu Daniels. — *Ele roubou um artefato raríssimo. Um cilindro criptográfico. Você foi responsável por isso?*

— *Pelo tiroteio ou pelo roubo?*

— *Você escolhe. Aliás, fique sabendo que não aprecio gente metida a esperta.*

— Como eu disse, senhor presidente, demiti Wyatt ontem. Ele não trabalha mais para mim. Acho que a CIA e a NSA estão em melhor posição para responder à pergunta sobre o que aconteceu depois que eu o dispensei.

— Então, algum de vocês sabe algo sobre a conspiração para me matar? — perguntou o presidente.

A pergunta direta fez com que os participantes se mexessem em torno da mesa.

— Não estávamos cientes da existência de uma conspiração — respondeu um deles.

— Mas podem ter certeza de que houve uma conspiração — disse Daniels.

— Eu fiz uma pergunta. Que tal você responder primeiro, Srta. Carbonell?

— Eu não sabia nada sobre o plano de assassinato.

— Mentirosa — exclamou o homem da CIA.

Carbonell manteve a compostura.

— Eu só sei que Wyatt atraiu Cotton Malone para o Grand Hyatt, esperando que ele impedisse o atentado. Em seguida, Wyatt fez com que os agentes interceptassem Malone. Aparentemente, ele esperava que um deles o matasse. Ele me relatou isso depois de tudo acontecer. Eu percebi imediatamente que as coisas haviam saído do controle. Então, rompi toda ligação com ele.

— Você deveria tê-lo prendido — disse alguém em torno da mesa.

— Conforme eu já disse, ele estava sob custódia da CIA e da NSA após eu ter feito o que fiz. Ao que parece, são eles que precisam explicar por que não o detiveram.

— Ela é muito boa — disse Cassiopeia.

— E ainda não está dando 100 por cento de si — acrescentou Davis.

O olhar de Cassiopeia pareceu exprimir exatamente o que estava sentindo.

— Eu sei — disse Davis —, também estou indo pelo mesmo caminho. Mas podemos manter isso entre nós só mais um pouco.

— Até quando?

— Não tenho a menor ideia.

— Onde se encontra Wyatt agora? — perguntou Daniels, se dirigindo a todos.

— Ele atacou os dois homens que mandamos para investigá-lo — disse o chefe da CIA. — E conseguiu escapar.

— Vocês planejavam me informar algo sobre isso? — perguntou o presidente.

Nenhuma resposta.

— Quem enviou a polícia atrás de Malone em Richmond, Virginia?

— Fomos nós — respondeu o homem da CIA. — Apuramos que Malone mandou um e-mail para si mesmo com um documento confidencial. Em seguida, ele o acessou, num hotel em Richmond. Pedimos à polícia local para prendê-lo, a fim de ser interrogado.

— Pois não o incomodem mais — ordenou Daniels. — Carbonell, você está em contato com a Comunidade?

Ela balançou a cabeça.

— Meu contato com eles foi encontrado morto ontem à noite no Central Park, assim como outro de meus agentes, num hotel nas proximidades. Dois de meus homens foram gravemente feridos. Aparentemente, ambos foram atingidos por um agente operacional da Comunidade que eles estavam tentando deter.

— Vocês perderam quatro homens? — perguntou o chefe da CIA.

— É uma tragédia, eu concordo. Conseguimos controlar a situação rapidamente e mantivemos sigilo sobre o fato. Estamos procurando esse homem da Comunidade. Ele será encontrado.

— Por que a CIA e a NSA queriam falar com Wyatt? — perguntou Daniels.

— Nós também estávamos curiosos em relação ao envolvimento de Wyatt com o que aconteceu em Nova York — respondeu o diretor da CIA.

— Por quê?

A breve pergunta do presidente desencadeou um novo silêncio.

— É uma simples pergunta — prosseguiu Daniels. — Como vocês sabiam que Wyatt se encontrava em Nova York?

Mais silêncio.

Em seguida, o chefe da NSA disse:

— Nós estamos vigiando a NIA e a Sra. Carbonell.

— *Por quê?*

— O presidente está acabando com eles — disse Davis. — Ele faz isso comigo o tempo todo. Simplesmente, um "por que" depois do outro, empurrando-os para um beco sem saída que ele já conhece. Está só aguardando a hora certa.

— *Ela está interferindo em nossa investigação sobre a Comunidade* — *disse o representante da NSA.* — *Conhecemos bem esse grupo, e ele se trata de um risco para a segurança nacional. Foi tomada a decisão de eliminá-lo. A NIA e a Sra. Carbonell discordam dessa decisão. Nós nos perguntamos o motivo. Parece-me haver lealdade demais nesse caso, considerando as circunstâncias. Sabíamos que ela havia contratado Wyatt, simplesmente não sabíamos que tudo isso estava para acontecer. Se soubéssemos, teríamos tomado medidas preventivas.*

— *Muito reconfortante saber disso* — *disse Daniels, deixando claro o sarcasmo.*

— *Quando descobrimos que Malone era o homem no vídeo* — *explicou o chefe da CIA* —, *percebemos que alguma coisa estranha estava sendo preparada.*

— *Muito bem, deixe-me ver se entendi direito* — *disse Daniels.* — *Alguém, identidade desconhecida, tenta acabar comigo. Um elemento contratado, Jonathan Wyatt, está envolvido. Pelo menos três agências de inteligência sabiam que Wyatt estava fazendo alguma coisa em Nova York. Dois de vocês já estavam investigando a NIA e sua diretora. O que Wyatt estava fazendo em Nova York, isso ninguém parece querer revelar. Mas dois de vocês estão suficientemente curiosos a ponto de colocarem Wyatt sob custódia. Ainda assim, ele foge. E o mais importante, perdemos quatro agentes.*

Ninguém abriu a boca.

— *Seus agentes são tão úteis quanto um barco no deserto. E quem de vocês mandou agentes para o Garver Institute ontem à noite e assassinou um de seus funcionários?*

Nenhuma resposta.

— *Ninguém vai assumir a autoria disso? Acho que não.*

— Carbonell provavelmente fez isso — disse Cassiopeia.

Davis assentiu.

— Faz todo sentido.

— *Quero que cada um aqui fique sabendo que estamos investigando isso, independentemente de vocês. Se Wyatt atraiu Malone para Nova York, isso significa que ele sabia o que estava para acontecer. Se sabia, outros também sabiam. Portanto, se trata de uma conspiração.*

— *Precisamos encontrar Wyatt* — disse um dos presentes.

— O diretor do FBI — explicou Davis. — O único ao redor daquela mesa em quem confiamos realmente. Um homem correto.

— *Eu diria que isso deve ser prioridade* — disse Daniels. — *E quanto àquelas duas armas autômatas nos quartos de hotel? O que descobriram sobre elas?*

— *Engenharia sofisticada* — disse o diretor do FBI. — *Bem-feitas. Malone destruiu uma usando a outra, causando um curto-circuito na parte eletrônica. Ambas estavam sendo controladas via rádio. Entretanto, nenhuma chance de descobrir de onde, embora o receptor tivesse um alcance de 5 quilômetros.*

— *Isso inclui um bocado de prédios em Nova York* — disse Daniels. — *O quê? Uns 30 mil quartos de hotéis.*

— *Algo assim.*

— *Considerando que Wyatt parece ser o único até agora que sabia de algo antecipadamente* — disse Daniels —, *ele é a melhor pista. Pelo menos ele levou Malone até lá. Isso já é mais do que vocês poderiam ter feito.*

— *Cotton Malone está comandando sua investigação?* — perguntou o homem da NSA.

— *Isso é importante?*

— *Não, senhor. Mera curiosidade.*

— *Como eu disse: nenhum de vocês deve incomodar Malone. É uma ordem expressa. Ele está trabalhando para mim. As pessoas que mataram o Dr. Gary Voccio ontem à noite também tentaram matar Malone, e, curiosamente, Wyatt fez o mesmo. Isso significa que Wyatt talvez não seja meu inimigo. Pretendo descobrir quem deu ordem para esse ataque.*

Ninguém disse nada.

— *Stephanie Nelle está desaparecida faz alguns dias.*

— *Desaparecida, como?* — inquiriu o chefe da CIA.

— Não sei. Simplesmente sumiu.

— O senhor está planejando divulgar alguma coisa sobre isso para o público? — perguntou alguém.

— Eu não vou fazer coisa alguma — respondeu Daniels. — Não até que vocês façam seu trabalho e me tragam alguma informação significativa.

Daniels voltou a aparecer na imagem, ao caminhar até a porta.

As pessoas na sala se levantaram para sair.

— Senhor presidente.

Era a voz do diretor da NSA.

Daniels parou ao lado da porta.

— Sua avaliação sobre nossa eficácia é equivocada — prosseguiu o homem da NSA. — Diariamente, minha agência intercepta quase 2 bilhões de e-mails, ligações telefônicas e outras comunicações internacionais. Alguém tem que prestar atenção a isso. É como as ameaças direcionadas a nós são comunicadas. É como começamos a suspeitar da Sra. Carbonell e de seus vínculos com a Comunidade. Fornecemos um serviço vital.

— E quem faz a triagem de todos esses 2 bilhões de mensagens? — perguntou Daniels.

O homem da NSA começou a falar, mas Daniels ergueu a mão.

— Não se dê ao trabalho, sei a resposta. Ninguém. Vocês examinam apenas uma fração delas. E, de vez em quando, têm sorte, como ocorreu com a NIA, e depois ficam se vangloriando de sua própria importância. É interessante como, apesar de todo seu dinheiro, pessoas e equipamentos, um grupo de terroristas broncos das zonas mais remotas do Afeganistão conseguiu lançar dois aviões contra o World Trade Center e outro contra o Pentágono. Se não fosse pela bravura de alguns cidadãos americanos comuns, outro teria destruído a Casa Branca. E vocês não tinham a menor ideia de que isso estava para acontecer.

— Com todo o respeito, senhor, esses insultos nos magoam.

— Com todo o respeito, me magoa gastar 75 bilhões de dólares ao ano, até onde sabemos, jogando-os fora com suas loucuras. Também me magoa o fato de aqueles aviões terem ido tão longe. Sua arrogância me magoa. Nós merecemos serviços de inteligência que trabalhem cooperativamente, em todos os sentidos *dessa palavra. Merda, se tivéssemos agido assim na Segunda Guerra Mundial, teríamos sido derrotados. Eu não estava planejando fazer isso, mas, antes de deixar o governo, vou sacudir essa árvore podre até as raízes. Portanto, se preparem. Alguém mais tem algo a dizer?*

Ninguém disse coisa alguma.

— *Encontrem Stephanie Nelle* — *determinou Daniels.*

— *Antes dos assassinos?* — *perguntou alguém.*

— *Achem um e, acredito, acharão o outro.*

O presidente saiu.

Os outros permaneceram por alguns momentos e então todos começaram a deixar a sala.

— Muito bem — disse Davis. — Agora é a nossa vez.

CINQUENTA E CINCO

Bath, Carolina do Norte

Knox se preparou para ser baleado. Era uma arma de calibre modesto, e o projétil provavelmente o atravessaria.

Mas, ainda assim, doeria.

Aparentemente, o traidor o denunciara.

Hale abaixou o revólver.

— Não me crie mais problemas. Não deveria ter interferido no desafio.

Ele respirou, aliviado.

— Matar o capitão Bolton não seria uma solução para o problema.

Hale colocou a arma sobre a mesa e apanhou seu copo vazio, servindo-se de mais uísque.

— A solução para nosso problema chegou agora há pouco. A diretora da NIA me telefonou.

Ele disse a si mesmo que precisava ouvir atentamente. Carbonell estava tramando alguma coisa. Mas Hale também estava.

— A NIA desvendou o código. Eles sabem onde aquele safado do Andrew Jackson escondeu as páginas extraviadas. Ela me disse a localização.

— E você acredita nela?

— Por que não?

— Eles impediram a tentativa de assassinato e plantaram um espião dentro da companhia.

— Eu sei. Mas, no momento, a diretora da NIA quer algo de mim. Algo que só eu posso fornecer.

— Nossa hóspede.

Hale bebeu um gole e assentiu com a cabeça.

— Ao oferecer essa informação, a NIA está demonstrando boa-fé. Eles contrataram um agente autônomo que está atrás das páginas desaparecidas. Mas esse homem não tem a intenção de entregar o que achar. A diretora deixou isso bem claro. Ela o quer morto. Trata-se de um lugar remoto, que oferece ótimas oportunidades para isso. Evidentemente, em troca, ela diz que poderemos ficar com o que for encontrado.

Ele ouviu Hale explicar sobre a Nova Escócia e um homem chamado Jonathan Wyatt.

— Carbonell me passou tudo o que sabe sobre a ilha Paw e o forte Dominion.

— O que nos impede de simplesmente ir atrás dessas duas páginas e ignorar Wyatt?

— Nada, desde que ele não seja um obstáculo para nós. Pelo que ela disse, você terá que matá-lo se quiser tirá-lo do caminho. Não é o tipo de pessoa que desiste facilmente.

Toda aquela história cheirava muito mal.

Hale apontou para uma escrivaninha.

— Ali há uma foto e um dossiê sobre Wyatt. Foi ele também o homem que impediu a tentativa de assassinato. Eu diria que você deve um favor a ele.

Talvez devesse, mas Knox não tinha tanta certeza disso.

— Pegue o arquivo. Use o avião — prosseguiu Hale. — A NIA me disse que Wyatt está num voo comercial saindo de Boston, mas as condições do tempo o atrasaram. Chegue lá antes dele e esteja pronto.

Aparentemente, as coisas haviam mudado mais uma vez, e Carbonell decidira fornecer à Comunidade o que ela queria.

Ou não?

— Isso pode ser uma cilada.

— Estou a fim de arriscar.

Não, ele estava a fim de que *outra pessoa* se arriscasse. Mas Knox não tinha escolha. Precisava ir para o Canadá. Se conseguisse cumprir sua missão antes da chegada de Wyatt, seria fácil executá-lo. Mais uma prova de lealdade para os capitães, o que lhe daria mais tempo.

Pelo menos o traidor não o comprometera.

— Veja bem, Clifford — disse Hale, com um tom conciliatório na voz. — Por que ela nos forneceria essa informação se estivesse mentindo?

— Ao que parece, para que assim possamos fazer o trabalho sujo. O homem que ela mandou não merece confiança, portanto ela quer eliminá-lo.

Assim como Scott Parrott.

— Se isso a deixa contente, qual é o problema? Se ela estiver mentindo, ainda temos Stephanie Nelle à nossa disposição.

Ele entendeu o recado. *O que temos a perder?* Assim, também sabia o que responder a Hale.

— Vou agora mesmo para o norte.

— Antes de partir, há outro assunto a tratarmos. Bolton tinha razão sobre uma coisa. O equipamento que introduzimos clandestinamente na casa de Shirley Kaiser. Está na hora de retirá-lo antes que alguém perceba. Não é mais necessário. Você tem homens capazes de realizar essa tarefa?

Ele assentiu com a cabeça.

— Tenho treinado dois homens. Eles me auxiliam frequentemente. Poderão cuidar disso.

— Eu falei com Kaiser há uns dois dias e ela me disse que sairia hoje à noite para uma campanha de coleta de fundos em Richmond. Isso deve lhes dar a oportunidade de agir.

Hale bebeu um pouco mais.

— Clifford, os outros não sabem nada sobre minha associação com a NIA, além do pouco que eu lhes contei mais cedo. E não quero partilhar mais nada até alcançarmos o êxito. Estou pedindo que isso fique entre nós, por ora. Ao contrário do que eles pensam, não vou abandoná-los, muito embora Deus seja testemunha de que eu deveria. São uns ingratos, um bando de estúpidos. Mas eu mantenho meu juramento aos Artigos com seriedade. Se tivermos sucesso, todos terão sucesso.

Ele não podia se importar menos com aquilo, mas fingiu se interessar.

— Estou curioso sobre uma coisa. Como sabia qual copo devia escolher?

— O que o faz pensar que eu sabia?

— Você é um homem audacioso, mas não insensato. Para ter proposto aquele desafio, você deve ter pensado num modo de vencê-lo.

— Meu pai me ensinou um truque — disse Hale. — Se você sacudir o copo bem devagar, o veneno sai de suspensão e mancha o álcool. Isso dura só um segundo, mas, se você prestar atenção, é possível ver. Eu remexi o copo antes de beber. Certamente, não é algo à prova de erros, mas é melhor do que confiar cegamente na sorte.

— Foi preciso coragem — disse ele.

Hale sorriu para si mesmo.

— De fato. Foi preciso.

* * *

WYATT EMBARCOU NO VOO DA AIR CANADA NO AEROPORTO INTERnacional de Logan, em Boston. Ele tinha chegado de Richmond, na Virginia, e estava esperando há quase duas horas. Uma tempestade terrível atrasara todo o tráfego aéreo, e ele se perguntava se ela acabaria logo. O tempo de voo até Halifax, na Nova Escócia, era de duas horas; ele deveria chegar lá no meio da tarde, se não houvesse mais atrasos. Com um pouco de sorte, estaria na ilha Paw lá pelas 17 horas. Ele verificara as condições do tempo e a temperatura deveria estar em torno de 20 graus. A região fora recentemente afetada por uma onda de calor em setembro, acompanhada de uma longa estiagem. Se necessário, ele dormiria na ilha e terminaria seu trabalho na manhã seguinte. De uma maneira ou de outra, sairia dali com aquelas páginas extraviadas.

Ele fora para Nova York totalmente preparado, com bombas de luz, revólveres e munição, mas seu passaporte era de pouca utilidade. As listas de passageiros das empresas aéreas podiam ser verificadas mediante mandado judicial, bastando para isso um simples toque no teclado.

Era preciso conseguir outra identidade.

Por isso fora obrigado a negociar com Carbonell.

Metade de seus honorários triplicados havia sido depositada em sua conta de Liechtenstein, conforme prometido. Um bocado de dinheiro, livre de impostos. Mas um bocado de risco também. O maior de todos era ter de lidar com Carbonell. Ela o deixara irritado, despertando nele sentimentos que pensava já terem sido extintos há muito tempo. Ele era um agente da inteligência americana. Sempre o fora, sempre o seria.

Isso significava algo para ele.

Ao contrário do que Carbonell parecia pensar.

Ficara ofendido com sua atitude insensível e egoísta. Não fazia sentido que ela comandasse uma agência de inteligência. Os agentes no campo precisavam ter certeza de que seus superiores estavam protegendo sua retaguarda. As coisas já eram bastante perigosas para eles sem que fosse necessário se preocupar com o chefe colocando suas vidas em risco desnecessariamente.

Ela precisava ser impedida.

E essa era a razão pela qual ele continuara naquele combate.

Malone? As pegadas do Capitão América se encerravam em Monticello. Ele não o considerava mais um fator importante. Seria preciso esperar outra ocasião.

Essa vitória seria sua e de mais ninguém.

Ele optara por um voo comercial para atrair menos a atenção. Depois, alugaria um carro no local e percorreria 85 quilômetros para o sul, até a cidade de Mahone Bay. Ele havia comprado os trajes adequados para uma missão externa. Qualquer coisa que se fizesse necessária poderia ser comprada lá mesmo. A península da Nova Escócia era uma meca para os praticantes de atividades ao ar livre, diversão certa para ciclistas, jogadores de golfe, praticantes de caminhadas, caiaques, barcos e observadores de pássaros. O fato de ser domingo à noite poderia criar alguns obstáculos com os horários de abertura das lojas, mas ele daria um jeito. Infelizmente, estava desarmado. Não havia como transportar um revólver. Ele lera as informações passadas por Carbonell, especialmente aquelas que explicavam a última palavra da mensagem codificada — *Dominion* —, que se referia ao forte Dominion, localizado no lado sul da ilha Paw.

Uma ruína atualmente, mas também à época de Andrew Jackson.

O lugar possuía uma história conturbada.

Durante a Revolução Americana, depois de o forte ser conquistado pelo Exército Continental, 74 prisioneiros britânicos haviam encontrado a morte nas mãos dos colonos. Eles foram temporariamente encarcerados sob o forte, numa espécie de complexo de masmorras incrustado na fundação rochosa, e se afogaram quando a maré subiu, inundando o local. Três oficiais coloniais foram levados à corte marcial pelo incidente, acusados de terem ignorado o aviso de que aquele lugar seria inundado. Foram inocentados, uma vez que o testemunho relativo ao conhecimento que tinham do perigo foi, no mínimo, conflituoso.

Ele se sentia solidário àqueles oficiais.

Estavam apenas cumprindo seu dever em tempo de guerra, muito longe de qualquer autoridade superior. É claro, não havia na época o luxo da comunicação instantânea. Em vez disso, tinham que tomar decisões localmente. Meses mais tarde, alguém apareceu criticando o trabalho feito por eles. Diferentemente de Wyatt, aqueles oficiais escaparam do castigo, mas ele sabia que qualquer carreira militar que eles pudessem pretender estava acabada com o julgamento.

Exatamente como a sua.

O que ocorreu no forte Dominion permaneceu um ponto nevrálgico para as relações entre americanos e britânicos até a Guerra de 1812, quando os dois países finalmente resolveram suas diferenças. Ele se perguntou se haveria alguma conexão entre aquele trágico incidente e o que Andrew Jackson fizera sessenta anos mais tarde.

O Dominion havia sido escolhido especificamente por Jackson.

Por quê?

Ele também voltara a examinar a carta de Jackson para a Comunidade e sua mensagem escondida por trás do código de Jefferson. Os cinco símbolos continuavam sem explicação.

ΔΦ:ΧΘ

Carbonell não achara nada neles. O conselho dela? Cuidar disso quando estivesse em solo canadense.

Ela lhe garantira mais uma vez que essa missão era um segredo entre os dois. Mas uma mentira da parte dela era muito melhor do que a verdade, mesmo quando mentir não era necessário.

Esse era o fim da linha, pensou.

Se fosse mais uma das mentiras de Carbonell, mesmo a menor delas...

Ele a mataria.

CINQUENTA E SEIS

Casa Branca

Cassiopeia sentou-se no Salão Oval, ao lado Edwin Davis, num sofá confortável. Ela já havia estado ali antes, e quase nada mudara. Dois quadros de Norman Rockwell adornavam uma das paredes. A mesma pintura que George Washington pendurara sobre sua lareira. Sobre a cornija, lamiáceas suecas brotavam dos vasos — uma tradição, explicou Davis, datada da época do governo Kennedy. Duas cadeiras de encosto alto emolduravam a lareira, uma cena que ela reconhecia das fotos tiradas do presidente sentado à esquerda, com um chefe de Estado visitante à direita. Aquilo havia começado, explicou Davis, com Franklin Roosevelt, de modo que seus convidados pudessem sentar-se como ele, abolindo assim sua posição de vantagem.

A porta se abriu e Daniels entrou.

O presidente sentou numa das cadeiras diante da lareira.

— A turma da imprensa não vai tardar a chegar. Tenho que tirar algumas fotos com o novo embaixador da Finlândia. Quando vêm aqui para esses retratos os jornalistas não devem fazer perguntas, mas irão fazê-las. É um inferno, eles só têm uma coisa em mente e precisam manter o interesse dos leitores.

Ela detectou um tom de exasperação.

— Essa tentativa de assassinato será *a* manchete durante algum tempo — disse o presidente. — Claro, se nós lhes contássemos a verdadeira história, ninguém acreditaria. O que vocês dois acharam dessa breve reunião?

— Com certeza deverá mexer com o brio deles — comentou Davis.

— Aqueles filhos da puta me enchem o saco — disse Daniels. — Vocês ouviram aquele imbecil arrogante da NSA, quando eu estava de saída?

— Carbonell se saiu bem — opinou Davis. — Manteve-se segura.

— Presunçosa como o diabo. Tem colhões. Ela é nosso alvo. Não há dúvida. Em *O poderoso chefão*, eu adoro o livro e o filme, Don Corleone ensina a Michael que "aquele que virá a você para oferecer ajuda será seu traidor". Eu sei, eu sei. Trata-se de uma ficção. Mas o autor tinha razão.

— Por que o senhor lhes falou sobre Stephanie Nelle? — perguntou Cassiopeia.

— Não achei que fizesse mal algum. Pelo menos agora sabem que, se a encontrarem, estarão me agradando, e, neste exato instante, eu imagino que a maioria esteja tentando me agradar. Talvez um deles me surpreenda e faça de fato alguma coisa. Malone está a caminho?

Davis contou ao presidente que o voo do Serviço Secreto tinha sido adiado por causa da meteorologia.

— Não temos a menor ideia de como ou quando Wyatt chegará lá.

— Mas ele chegará — disse Daniels. — Descobriu algo sobre os habitantes locais?

Davis confirmou.

— Existe uma carta nos Arquivos Nacionais de um grupo em Cumberland, Nova Escócia, enviada para George Washington. Os habitantes manifestavam solidariedade à causa revolucionária americana contra os britânicos e, na verdade, convidavam Washington e o Exército Continental a invadirem a Nova Escócia. Queriam incendiar Halifax e eliminar os britânicos. Nós não aceitamos a oferta inteiramente, porém conseguimos conquistar alguns pontos estratégicos. O forte Dominion era um desses. Ajudou a proteger nossos flancos. Manteve os navios britânicos afastados da Baía de Mahone, enquanto nossas forças avançavam sobre Montreal e Quebec. Quando os britânicos nos derrotaram em Quebec, abandonamos o Dominion e o incendiamos. Sendo um militar, Jackson certamente estava a par do local, e nunca usaria o nome dado pelos britânicos, Wildwood, para o forte.

Cassiopeia ouviu Davis explicar sobre os 74 soldados britânicos que morreram no forte em circunstâncias suspeitas durante a ocupação americana. Os oficiais coloniais envolvidos tinham sido julgados pela corte marcial, porém, foram todos absolvidos. Depois da Revolução, o Canadá deixou de ser um objetivo militar, tornando-se mais um refúgio para piratas e corsários ambiciosos. Finalmente, a Nova Escócia atraiu 30 mil legalistas britânicos, vindos dos recém-formados Estados Unidos, um décimo dos quais era composto de escravos em fuga.

— Mas, durante a Guerra de 1812, nós tentamos conquistar o Canadá outra vez — disse Davis. — E fracassamos novamente.

— E o que iríamos fazer com tudo aquilo? — perguntou Daniels, balançando a cabeça. — É loucura. Exatamente como aqueles convencidos na sala de conferências. Não fazem nada, apenas cuidam da própria sobrevivência. O que conseguiu descobrir sobre os cinco símbolos na mensagem?

Davis abriu uma pasta que estava em seu colo.

— O pessoal da Segurança Nacional fez uma pesquisa. São de confiança. Nada foi divulgado. Mas um deles adora uma teoria da conspiração, e está inteirado a respeito de um bocado de coisa sobre a Nova Era. E ele reconheceu os símbolos.

Davis entregou ao presidente e a Cassiopeia uma folha de papel.

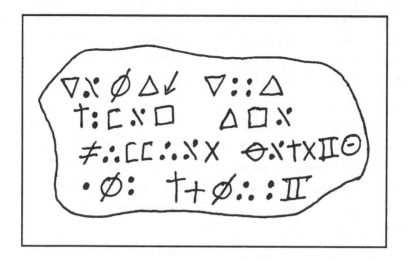

— Supostamente essa mensagem foi encontrada em uma tábua de pedra a cerca de 30 metros de profundidade, no poço do tesouro na ilha Oak. Quando a atingiram, acharam que algo de valioso podia se encontrar abaixo dela. Infelizmente, não foi esse o caso.

— O que isso quer dizer? — perguntou o presidente.

— É um simples código de transposição.

Davis lhes entregou outra folha.

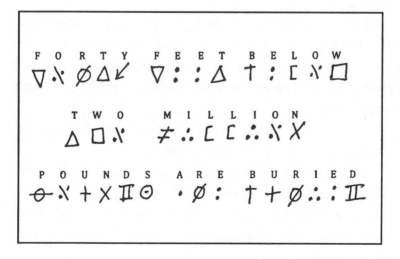

— Supõe-se que queira dizer "treze metros abaixo, dois milhões de libras estão enterrados". — Davis fez uma pausa. — Só há um problema. Ninguém ainda vivo jamais viu essa pedra. Ninguém sabe se de fato ela existiu. Mas todos os livros sobre a ilha Oak, e são muitos, fazem menção a ela.

Davis se pôs a explicar a origem.

A tábua fora aparentemente encontrada por um dos consórcios de escavação em busca do tesouro, por volta de 1805. Um morador local chamado John Smith, subsequentemente, a usou em sua lareira para fins decorativos. Lá ficou por quase cinquenta anos, até Smith morrer. Depois, ela desapareceu.

— Então de que forma sabemos como ela é? — perguntou Daniels.

— Excelente questão. Para a qual não existe uma boa resposta. A imagem que se tem é aquela encontrada em todos os livros.

— Quem a decifrou?

— Não se sabe tampouco. Há inúmeras histórias.

Daniels sentou-se outra vez, segurando as duas folhas.

— Uma inscrição numa pedra que ninguém jamais viu, traduzida por não se sabe quem, e ainda assim Andrew Jackson utiliza símbolos praticamente idênticos para esconder duas páginas dos Anais do Congresso?

— É possível — retrucou Davis. — Jackson podia ter ouvido fábulas sobre a ilha Oak. Em 1835, os caçadores de tesouros já estavam escavando o local há anos. A Baía de Mahone era também um refúgio de piratas. Talvez ele pretendesse dar um toque de ironia na escolha de seu esconderijo.

— Você está terrivelmente calada — disse Daniels a Cassiopeia.

— Precisamos falar sobre sua esposa.

— Você está ansiosa para utilizar aquele grampo telefônico?

— Estou ansiosa em relação a Stephanie.

— A casa de Shirley Kaiser está, neste momento, sendo monitorada visualmente — disse Davis. — Dois agentes instalaram uma câmera lá, antes do amanhecer.

— Precisamos enviar um recado para Hale — disse ela. — Algo capaz de desentocá-lo também.

O presidente percebeu a importância do assunto.

— Sei. Mas eu me pergunto: será que aqueles malditos piratas tentaram mesmo me assassinar?

— É possível — respondeu Davis.

— Eu estava falando sério sobre o que disse àquela gente agora há pouco — falou Daniels. — Vamos acabar com a raça de todos eles.

Mas ela sabia qual era o dilema de Daniels. De maneira alguma aquilo poderia se tornar uma disputa pública. Não seria bom para a Casa Branca, para os serviços de inteligência ou para o país. O que quer que fizesse, teria que ser em sigilo. E era nesse ponto, concluiu, que ela e Malone entravam em ação. Evidentemente, só ela e Davis estavam a par do que Quentin Hale sabia de verdade. Aquele não era um bom momento para abordar esse assunto.

— Malone precisa encontrar essas duas páginas extraviadas — disse Daniels.

— Talvez isso não faça diferença — retorquiu Cassiopeia. — Podemos enviar a mensagem que quisermos para Hale através daquela linha grampeada. Podemos levá-lo a crer que elas já estão em nossas mãos.

— O que ajudaria Stephanie — disse Daniels. — Se os piratas estiverem com ela.

— Vocês se dão conta de que Stephanie pode estar nas mãos de Carbonell? — exclamou Cassiopeia.

Daniels ergueu a mão.

— Eu sei. Mas acabo de deixar clara a importância da vida de Stephanie. E se Carbonell e os piratas são tão íntimos quanto todos parecem achar que são, eles receberão o recado também. Esperemos que o entendam.

Cassiopeia concordou.

— Pauline está no gabinete — disse Daniels. — Ela tem que sair daqui a pouco para um compromisso. Eu lhe pedi que esperasse para falar com vocês.

Davis se levantou. Cassiopeia também.

O presidente tinha o olhar fixo no chão, uma expressão solene.

— Encontrem Stephanie — pediu ele. — Façam o que for preciso. Podem mentir, enganar, roubar... Não me importa. Mas achem-na.

* * *

Cassiopeia e Edwin Davis entraram no gabinete da primeira-dama. Pauline Daniels aguardava sentada atrás de uma mesa e cumprimentou-os num tom cordial. Eles se sentaram diante de uma mesa de estilo francês. A porta foi fechada.

Cassiopeia sentia-se deslocada entre os dois, mas foi em frente.

— Nós vamos simular uma conversa no seu telefone hoje à noite. Fui informada de que a Sra. Kaiser estará fora de casa até às 20h30. Quando ela voltar, terei preparado um texto. Basta memorizar o essencial e depois dizê-lo com suas próprias palavras. Edwin estará aqui com a senhora. Eu estarei do outro lado.

A primeira-dama olhou para Davis.

— Sinto muito. Eu não imaginava que isso poderia acontecer.

— Não é sua culpa.

— Danny acha que eu o traí.

— Ele disse isso? — perguntou Davis.

— Não. Na verdade, ele não disse nada. E foi assim que ele disse tudo. — Ela balançou a cabeça. — Eu quase o matei.

— Não há tempo para isso — interveio Cassiopeia.

— Você não é nem um pouco solidária conosco, não é mesmo?

— A vida de uma mulher está em jogo.

A primeira-dama assentiu.

— Fui informada sobre isso. Stephanie Nelle. Eu a conheço?

— Ela é minha amiga — respondeu Cassiopeia.

— Não acredito que isso esteja acontecendo. Shirley e eu conversamos sobre muitas coisas. Mas eu não estou a par de muito do que se passa por aqui. Como você deve ter deduzido, eu e o presidente vivemos em esferas diferentes. Só fiquei sabendo da viagem a Nova York num comentário passageiro. Honestamente, não dei a menor importância. Só uma breve viagem de ida e volta que seria mantida em sigilo até o dia marcado.

Sua voz tinha um tom suplicante.

— Fui uma imbecil — concluiu a primeira-dama.

Cassiopeia não concordava, mas ficou calada, assim como Davis.

— Tenho certeza de que Edwin deixou claro que nada de impróprio ocorreu entre nós.

— Mais de uma vez.

Pauline abriu um sorriso.

— Não sei quanto a você, Srta. Vitt, mas esta é uma experiência nova para mim. Não tenho certeza de como devo agir.

— Diga a verdade. Sobre todas as coisas.

Cassiopeia esperou para ver se os dois tinham entendido o recado.

— Eu suponho que seja a hora de eu e Danny falarmos sobre Mary. Faz muito tempo que precisamos fazer isso — afirmou Pauline.

— Eu concordo. Mas, neste exato instante, duas pessoas que são importantíssimas para mim estão correndo perigo. — Ela se levantou. — Volto agora para Fredericksburg. Ligarei para Davis por volta das 19 horas com o texto pronto.

Ela caminhou até a porta, mas parou e se virou. Havia outro assunto que a primeira-dama e Davis tinham ignorado.

— O seu marido me disse algo certa vez. "Não corte o rabo do cão um pouquinho de cada vez. Já que ele vai berrar, resolva isso com um só golpe." Eu recomendaria que vocês dois seguissem esse conselho.

CINQUENTA E SETE

BATH, CAROLINA DO NORTE

HALE ESCUTAVA SEU PAI, QUE ESTAVA FALANDO MAIS UMA VEZ SOBRE COISAS que ele nunca ouvira antes.

— James Garfield foi o único membro em exercício da Câmara dos Deputados dos Estados Unidos a ser eleito presidente. Ele atuou durante 18 anos no Congresso antes de chegar à Casa Branca.

Seu pai lhe contara sobre os assassinatos de Lincoln e McKinley, porém não mencionara o que ocorrera entre esses dois fatos.

— Garfield era um general de divisão que largou a vida militar no meio da Guerra Civil, após ser eleito para o Congresso em 1863. Ele foi essencial na decisão de Lincoln de nos processar. Odiava a Comunidade e tudo o que fazíamos. O que é estranho, considerando seu caráter linha-dura.

— Mas nós também ajudamos o sul, não foi?

Seu pai assentiu com a cabeça.

— É verdade, ajudamos. Como poderíamos abandoná-los?

Seu pai começou a tossir. Isso estava se tornando cada vez mais frequente. Ele chegava aos 80 anos, e os sessenta que passara fumando e bebendo profusamente enfim o estavam afetando. Consumia-se aos poucos. Sua última vontade e seu testamento estavam prontos, todos os preparativos tinham sido revistos pelos advogados, e os filhos foram informados sobre o que poderiam esperar quando ele se fosse. O pai havia pensado em todos generosamente, como era de se esperar dos patriarcas dos Hale. Quentin, contudo, foi o beneficiário de um legado particular, que só um dos herdeiros dos Hale podia receber.

Tornar-se um membro da Comunidade.

O que vinha com a casa e com a propriedade em Bath.

— Quando Lincoln morreu — prosseguiu seu pai —, *o país se tornou um caos. Facções políticas se digladiavam sem deixar espaço para concessões. Andrew Jackson, que sucedera Lincoln, foi surpreendido por essa briga e sofreu um* impeachment. *A corrupção e os escândalos infestavam o governo federal há décadas. Garfield servira na Casa Branca nessa época. Finalmente, em 1880, foi escolhido pelos republicanos como um candidato de conciliação, selecionado pela convenção partidária no 36º voto.*

Seu pai balançou a cabeça.

— Foi a nossa sorte. Nós lutamos contra ele nas eleições gerais. Gastamos tempo e dinheiro. Winfield Hancock concorreu pelos Democratas e conquistou todos os estados ao sul da linha Mason-Dixon. Garfield visava ao norte e ao meio-oeste. Nove milhões de votos, na época, foram apurados naquele mês de novembro, e Garfield venceu Hancock por apenas 1.898 votos. Foi a menor margem de vitória em toda a nossa história. Cada qual venceu em 19 estados, mas os de Garfield lhe trouxeram mais 59 votos no Colégio Eleitoral do que Hancock, garantindo sua vitória.

Seu pai lhe contou o que aconteceu em seguida.

Garfield tomou posse em 4 de março de 1881, e imediatamente começou a investigar a Comunidade. Sua intenção era processar todos os quatro principais membros, que ainda estavam vivos, 16 anos depois da Guerra Civil. Ele reuniu uma corte militar especial e escolheu a dedo seus integrantes. Os quatro capitães não esperavam menos dele e aproveitaram o tempo entre as eleições em 1880 e a posse em março de 1881 para se prepararem. Charles Guiteau, um advogado desequilibrado de Illinois que se convencera de que ele era o único responsável pela vitória de Garfield, foi recrutado. Suas solicitações pessoais para algum cargo governamental após a eleição haviam todas sido recusadas.

Durantes meses, percorreu toda a Casa Branca e o Departamento de Estado em busca de sua recompensa. Ele se tornou tão insidioso que foi banido desses recintos. Finalmente, acabou acreditando que Deus lhe encomendara a morte do presidente. Após receber algum dinheiro, ele comprou um revólver Webley British Bulldog .44 com o cabo de marfim, porque achou que ficaria melhor num museu após o assassinato.

Em seguida, ficou à espreita de Garfield durante todo o mês de junho de 1881.

— Os presidentes então não tinham proteção — disse seu pai. — Eles andavam no meio da multidão como qualquer um. Usavam transportes públicos. Incrível, de fato, considerando que, na época, um deles já tinha sido assassinado. Mas ainda havia certa inocência.

Finalmente, em 2 de julho de 1881, Guiteau encontrou Garfield numa estação ferroviária de Washington e deu-lhe dois tiros. Os dois filhos de Garfield, o secretário de Estado James Blaine e o secretário de Defesa Robert Todd Lincoln foram testemunhas oculares.

Uma bala raspou-lhe o ombro, mas a outra se alojou na espinha.

— O imbecil atirou à queima-roupa e não o matou — disse seu pai. — Garfield resistiu durante 11 semanas antes de morrer. Nove meses depois, Guiteau foi enforcado.

Hale sorriu com mais aquele sucesso da Comunidade.

Ousado e brilhante.

Guiteau fora a escolha perfeita. Em seu julgamento, ele recitava poemas épicos e cantava "John Brown's Body". Solicitava assessoria judicial aos espectadores e ditou sua autobiografia para o *The New York Herald*. Ainda que comprometesse alguém, ninguém acreditaria nele.

O pai de Hale morreu três meses depois de lhe falar sobre Garfield. O funeral havia sido um evento grandioso. Toda a companhia estivera presente. Hale fora imediatamente empossado como capitão.

Há trinta anos.

As pessoas ainda falavam de seu pai com reverência. Agora, ele estava prestes a fazer o que seu pai nunca conseguira.

Encontrar a salvação.

Uma batida na porta do seu gabinete interrompeu suas reflexões.

De sua cadeira, ele viu seu secretário dizendo:

— Ela está na linha, senhor.

Hale apanhou o telefone, uma linha fixa e protegida, inspecionada diariamente.

— O que é, Andrea?

— Wyatt está atrasado por causa das condições de tempo em Boston. Seu avião voltou para o terminal de embarque. Fui informada que ele decolará em duas horas. Suponho que seu homem já tenha partido.

— Já.

— Ele deve chegar primeiro, ainda que seu voo seja mais longo. Poderá ir para o forte e esperar. Está vendo, Quentin, estou tentando cooperar.

— Tratando-se de você, é uma novidade.

Carbonell soltou um risinho.

— Knox cuidará do assunto — disse Hale. — Ele é bom nisso. Mas eu preciso saber de uma coisa. Você tem um segundo espião dentro desta companhia?

— O que você acha de eu responder a essa pergunta após o sucesso de seu intendente?

— Tudo bem. Esperaremos. Isso deverá ser resolvido dentro de poucas horas. E então exigirei uma resposta à minha pergunta.

— Quentin, imagino que, assim que conseguir aquelas duas páginas extraviadas e corroborar sua carta de corso, você cuidará daquele outro assunto que discutimos.

Matar Stephanie Nelle.

— Você não pode libertá-la, certo? — insistiu ela.

Não, ele não podia. Mas ela podia esperar.

— E que tal eu responder a essa pergunta depois de você responder a minha?

* * *

WYATT ESTAVA FICANDO IMPACIENTE. A CHUVA COBRIA O AEROPORTO de Boston, e o funcionário da companhia aérea informara a todos que o tempo deveria melhorar em duas horas, quando os voos seriam imediatamente retomados. Isso significava que, quando chegasse à ilha, já estaria quase anoitecendo.

Pouco importava. O que quer que houvesse lá já estava aguardando há 175 anos; umas horinhas a mais não seriam um problema.

Seu celular vibrou dentro do bolso. Ele o ligou assim que voltou para a sala de embarque. Seu aparelho era um pré-pago descartável comprado na véspera em Nova York. Somente uma pessoa tinha seu número.

— Parece que o tempo está horrível — disse Carbonell.

— Bem horrível.

— Acabo de chegar da Casa Branca. O presidente sabe tudo sobre você.

Nada de surpreendente nisso, uma vez que Malone o vira.

— É uma sorte que eu esteja viajando com outro nome — disse ele em voz baixa, passando por um grupo de passageiros até chegar a um lugar mais vazio e tranquilo.

— A CIA e a NSA não sabem de nada — prosseguiu ela. — Malone apagou a cópia da solução do código do e-mail e seu servidor dinamarquês não mantém cópias de segurança. Mas ele não tem o cilindro criptográfico.

— Você está tentando restaurar o cilindro?

— Para quê? Eu tenho você.

— E o motivo desta ligação?

— Queria saber onde você está, considerando os problemas meteorológicos. Embora a Casa Branca esteja investigando, você ainda tem o caminho livre até a linha de chegada.

Como se ele fosse acreditar nisso. Nada jamais poderia ser assim tão fácil.

— Algo mais?

— Seja bem-sucedido.

E ele desligou o aparelho.

CINQUENTA E OITO

Halifax, Nova Escócia

16h10

Malone chegou de carro à cidade de Mahone Bay — fundada, segundo proclamava a placa de boas-vindas, em 1754. Ficava próxima da enseada de mesmo nome e era permeada por ruas sinuosas e recheada de construções ao estilo vitoriano. As três torres da igreja a vigiavam. Iates e veleiros vagavam no porto. O sol de fim de tarde lançava raios de luz brumosos através do ar frio e revigorante.

Antes de aterrissar a alguns quilômetros ao sul da cidade, eles haviam feito um sobrevoo de reconhecimento da baía repleta de ilhotas. Tinham encontrado a ilha Paw e a identificado do alto, uma massa de rochas escuras, vegetação rasteira, carvalhos e ficáceas. Alguns penhascos de rocha calcária dominavam a costa em que se encontravam as ruínas do forte. Ele viu diversos locais onde poderia ancorar um barco no litoral sul e notou também a variedade de pássaros. Milhares deles espalhados pela inclinação das paredes rochosas em decomposição, nos penhascos, nas árvores. Gansos-patola, atobás, gaivotas, andorinhas-do-mar e tordas-mergulheiras em quantidade tão grande que em alguns lugares não se enxergava o solo.

Ele estacionou perto de uma aglomeração de lojas, galerias de arte e cafés. Embora a tarde de domingo já estivesse avançada, agradou-lhe ver que a maior parte do comércio ainda permanecia aberta. Uma padaria chamou sua atenção e ele pensou em visitá-la, assim como uma quitanda de frutas, antes de partir. Era bom providenciar comida. Não sabia quanto tempo ficaria na ilha.

Os fundos dos prédios eram voltados para a baía, sobre rochedos que protegiam o litoral da incansável maré. Caiaques, barcos a motor e a vela podiam ser alugados em todos os cantos, e ele decidiu que um barco rápido e possante seria suficiente. A ilha Paw ficava a uns 10 quilômetros pelo mar.

Algum conhecimento do local também lhe poderia ser útil.

Resolveu então fazer algumas perguntas sobre o forte, antes de se dirigir à ilha.

* * *

CASSIOPEIA ENFIOU SUAS ROUPAS SUJAS DENTRO DA SACOLA DE VIAgem. Ela havia trazido poucas coisas para o fim de semana em Nova York. Davis lhe propusera usar o que chamavam de Quarto Azul, no segundo andar da Casa Branca. Tinha banheiro exclusivo, e ela aproveitou para tomar uma ducha. Enquanto relaxava — as poucas horas de sono começavam a afetá-la —, os funcionários da casa lavaram e passaram suas roupas. Não havia pressa de voltar para Fredericksburg. Ainda demoraria umas quatro horas para Shirley Kaiser voltar para casa. Eles tinham dito a ela para não fazer nada que fosse fora do comum. Que permanecesse ausente como fazia habitualmente. Para ser ela mesma.

Uma leve batida na porta chamou sua atenção.

Ao abrir, viu Danny Daniels em pé à sua frente.

Ela se pôs imediatamente de prontidão.

— Preciso falar com você — disse a voz suave.

Ele entrou e sentou-se numa das camas de solteiro.

— Sempre gostei deste quarto — continuou ele. — Mary Lincoln ficou deitada aqui, em estado de choque, após o assassinato do velho Abraham. Ela se recusou a entrar no quarto ao fim do corredor. Reagan o usava para fazer ginástica. Outros presidentes deixaram os filhos pequenos aqui.

Ela aguardou que ele dissesse o que queria.

— Minha esposa me traiu, não foi?

Ela ponderou sobre a pergunta.

— De que maneira?

— Edwin me contou o que aconteceu com Shirley. Ele está convencido de que os motivos de Pauline foram inocentes. Mas eu me pergunto...

Ela não fazia a menor ideia de como reagir àquele comentário.

— Edwin falou com você sobre Mary? — indagou Daniels.

Ela assentiu com um movimento da cabeça.

— Eu lhe pedi para fazer isso. Eu não falo sobre ela. Não consigo. Você entende isso, não é?

— Por que o senhor está me dizendo essas coisas?

— Porque não posso falar com mais ninguém.

— Devia conversar com sua esposa.

Os olhos de Daniels pareciam distantes.

— Receio que haja pouco a conversar entre nós. Nosso tempo veio e se foi.

— O senhor a ama?

— Não mais.

A confissão a surpreendeu.

— Já não a amo há muito tempo. Não é por maldade, ódio ou raiva. Simplesmente acabou.

O tom suave da voz dele a irritava. Estava acostumada com sua voz enérgica.

— Ela sabe?

— Como não saberia?

— Por que está me contando isso? — perguntou ela novamente.

— Porque a única outra pessoa para quem eu poderia contar isso está em apuros e precisa de sua ajuda.

— Stephanie?

Daniels confirmou.

— No Natal passado, depois de tudo o que aconteceu com o pai de Malone, eu e ela começamos a conversar. Ela é uma mulher extraordinária que leva uma vida bem dura.

Cassiopeia havia conhecido o falecido marido de Stephanie, e estivera lá, no Languedoc, há alguns anos, quando aconteceram os trágicos eventos.

— Ela me falou sobre o filho e o marido. Acho que ela queria que eu conversasse com ela sobre Mary, mas não fui capaz.

A dor encobriu o rosto do presidente.

— Stephanie estava nessa missão por minha causa. E agora ela desapareceu. Precisamos achá-la. Minha vontade era de mandar uma centena de agentes do FBI atacar a propriedade dos piratas em Bath. Ela pode estar lá. Mas sei que é loucura. O que você está planejando é a melhor opção.

— O senhor e Stephanie estão... envolvidos um com o outro?

Ela esperava não o ofender com a pergunta, mas era preciso que a fizesse. Particularmente considerando o que já sabia.

— Não, de modo algum, duvido até que ela tenha dado importância às minhas palavras. Mas gostava quando me escutava. Stephanie tem imenso respeito por você. Não sei se sabe disso. Foi por isso que concordei com Edwin. *Ambos* precisamos de sua ajuda.

Um momento de tenso silêncio transcorreu entre eles.

— Stephanie me contou que você e Malone estão juntos. É verdade?

Era estranho ter aquele tipo de conversa com o presidente dos Estados Unidos.

— É, parece que sim.

— Ele é uma boa pessoa.

Falando nisso...

— O que o senhor acha que vai acontecer na Nova Escócia?

— Malone e Wyatt estarão lá. Ainda resta saber se a Comunidade vai aparecer também. Se Carbonell está associada a eles, trata-se seguramente de uma possibilidade. Mas Malone é forte. Poderá controlar as coisas. — Daniels levantou-se da cama. — Quer um simples conselho de um velho maluco?

— Claro. Quero dizer, não que o senhor seja um velho maluco.

— Na verdade, sou um dos mais malucos de todos. Mas siga seu coração. Ele raramente nos tira o caminho certo. É a razão que nos traz problemas.

CINQUENTA E NOVE

MAHONE BAY

MALONE RESOLVEU ALUGAR UM BARCO DE 10 PÉS COM MOTOR DE POPA e dois tanques de gasolina. Já eram quase 17 horas. Ele havia ficado para trás, graças ao atraso por razões meteorológicas em Washington, mas esperava que Wyatt também tivesse tido problemas. A informação era de que os voos ao longo de toda a costa leste haviam sido afetados.

Ele passara numa padaria e num mercado. O barco vinha equipado com lanternas possantes e baterias sobressalentes. Tudo indicava que iria passar a noite na ilha Paw. Felizmente, estava armado, as vantagens de viajar num jato do Serviço Secreto com permissão oficial canadense. Ninguém pergunta coisa alguma. Wyatt não teria o mesmo luxo se viesse num voo comercial, ou mesmo num avião alugado, pois a aeronave e seus pertences seriam revistados.

Antes de sair da cidade, decidiu passar numa livraria que lhe chamara a atenção. Quando trabalhava para Stephanie Nelle no Departamento de Justiça, após o fim de uma missão, ele sempre ia a uma livraria, em qualquer lugar do mundo. A loja ficava localizada dentro de uma casa feita de ripas de madeira coloridas com motivos náuticos que incluíam mapas, nós e mesmo a figura de proa de uma embarcação. As estantes nas paredes estavam repletas de histórias sobre a baía, as cidades e a ilha Oak. Davis tinha explicado a possível conexão entre os cinco símbolos na mensagem de Jackson e a existência de uma misteriosa tábua encontrada a 30 metros de profundidade por caçadores de tesouros na ilha Oak. Ele achou a tábua em um dos livros e o mostrou para uma mulher atrás do balcão. Ela era mais velha, os cabelos castanhos com cachos ruivos.

— Este desenho — perguntou ele. — A tábua de pedra, com uma inscrição. Onde está localizada?

— Não fica longe. É uma réplica da original, em exposição. O senhor se interessa pela ilha Oak?

— Não, realmente. Ao que parece, o único tesouro que existe lá é o dinheiro trazido pelos visitantes.

— Não há motivo para ser tão cínico. Nunca se sabe. Pode existir alguma coisa.

Contra isso não havia argumento.

— Os símbolos são excepcionais. Existe alguma explicação sobre a origem deles?

— Eles podem ser encontrados em várias ilhas da baía.

Isso era uma novidade.

— São comuns por aqui — prosseguiu a senhora. — Esculpidos nas rochas, nas árvores. Mas, é claro, ninguém sabe quando foram inscritos nesses locais.

Ele percebeu sua hesitação. O que veio primeiro? A tábua da ilha Oak que ninguém jamais viu ou os outros símbolos? Segundo Davis, a pedra fora descoberta por volta de 1805. Se ela existisse realmente, os símbolos em outros lugares poderiam ter aparecido depois. Ele se recordou de Rennes-le-Château, na França, e da mística associada ao local, praticamente toda ela elaborada pelo proprietário de um hotel da região a fim de impulsionar seus negócios.

— A ilha Paw é um desses lugares onde os símbolos podem ser achados? — perguntou ele.

Ela disse que sim.

— Existem alguns espalhados perto do forte.

— Eu cheguei aqui de avião. Há muitos pássaros vivendo lá, não?

— Há mesmo, e eles não gostam de visitas. Está indo para lá?

Ele fechou o livro.

— Não sei. Pensei apenas em fazer um passeio pela baía e ver o que há por aí.

— Paw tem acesso restrito — disse ela. — Reserva federal. É preciso uma autorização para ir até lá.

— Bom, já que não posso ir, talvez vocês tenham algum livro sobre a ilha.

Ela apontou para uma prateleira no outro lado da loja.

— Temos uns dois ou três. São livros com fotos e alguns sobre o forte. Qual é o seu interesse? — Ela o avaliou com um olhar suspeito. — Você é um desses observadores de pássaros, não é? Tem muitos que vêm aqui. A ilha Paw é como a Disneylândia para eles.

Ele sorriu.

— Acertou em cheio. Que tipo de problema posso encontrar, se eu for até lá?

— Todo tipo de problema. A patrulha da Guarda Costeira está sempre vigiando.

— A senhora sabe onde posso encontrar esses símbolos na ilha?

— Você vai acabar sendo preso.

— Vou arriscar. — Ele lhe deu três notâs de 100 dólares. — Gostaria de uma resposta para a minha pergunta.

Ela aceitou o dinheiro e lhe deu um cartão da loja.

— Vou lhe falar sobre os símbolos. Mas eu conheço um advogado também. E você vai precisar de um, quando for preso.

* * *

Partindo de onde tinha escondido seu barco, no litoral norte, Wyatt seguiu entre as árvores da ilha Paw, em direção ao sul.

Após vários contratempos, conseguira chegar a Halifax. Depois de alugar um carro, seguiu até Chester, uma cidade estranha, situada na extremidade norte da Baía de Mahone, com dois ancoradouros naturais repletos de iates e veleiros luxuosos. A riqueza do local se manifestava também pelas casas de ripas de madeira com cores vivas, cuidadosamente preservadas, incrustadas no litoral rochoso; as ruas com ares de século XVIII.

Tendo chegado ali depois das 18 horas, a maior parte do comércio já estava fechada. Ele caminhara pelo cais vazio, espiando os barcos ancorados. Um deles, com 20 pés e um motor de popa respeitável, pareceu-lhe adequado. Então, usando uma de suas velhas habilidades — como ligar um motor sem a chave —, ele roubou a embarcação.

O trajeto para cruzar a baía foi rápido, as águas estavam calmas. Até então, Wyatt não vira ou ouvira nada na ilha, exceto os pássaros. Esperava que o que quer que estivesse prestes a encontrar pudesse ser localizado rapidamente. É verdade que ficara escondido por muito tempo, mas ele era o único a procurar dispondo de uma informação correta.

A floresta de carvalhos terminava num prado verde que se estendia à sua frente.

Na outra extremidade, a 100 metros dali, estava o forte Dominion, cheio de si em seu solitário abandono. Os pássaros o guardavam. Ele avistou o que fora seu portão principal, cercado por muros em ruínas, e ajustou a mochila nas costas.

E indagou.

Quem mais estaria por ali?

* * *

HALE CRUZOU SUA PROPRIEDADE, APROVEITANDO MAIS UMA BELA tarde de verão na Carolina do Norte. Tinha resolvido ir pescar um pouco no ancoradouro e descansar algumas horas. Não havia muito que pudesse ser feito antes de receber notícias de Knox. Geralmente, aquela hora do dia tinha se revelado favorável à pesca, quando as águas marrom-acinzentadas se acalmavam para a noite e antes de os predadores surgirem. Ele vestira suas calças largas, suas botas de pesca, um casaco de couro e um boné. Precisava de alguma isca, mas deveria achar isso no cais.

Seu celular tocou.

Ele parou o carrinho e olhou para a tela do telefone.

Shirley Kaiser.

Ele não podia ignorá-la, então atendeu.

— Estava pensando em ligar para você mais tarde. Pensei que estivesse arrecadando fundos a essa hora.

— Eu consegui escapar.

— Está se sentindo mal?

— Nem um pouco. Na verdade, estou me sentindo ótima. Tanto que resolvi viajar. Estou aqui, na Carolina do Norte, estacionada no portão de sua propriedade. Você me deixa entrar?

SESSENTA

Nova Escócia

Knox estava satisfeito.

Chegara à ilha Paw antes de Wyatt, com dois assistentes, e se instalara numa posição estratégica, sobre os muros precários do forte Dominion. Tinham roubado um barco de um ancoradouro particular, ao lado de uma residência vazia no litoral norte da baía, evitando propositadamente a cidade de Chester, onde Wyatt poderia aparecer. A embarcação possuía faróis e ele conseguira trazer três armas a bordo do jato executivo — as autoridades canadenses não tinham feito muitas perguntas ao chegarem.

A ilha estava deserta em seu isolamento, exceto pelos milhares de pássaros fétidos. A chegada precipitada da noite deveria lhe proporcionar maior privacidade. De um modo geral, aquela deveria ser uma missão simples. Com um pouco de sorte, não levaria muito tempo para encontrar as páginas extraviadas, embora as informações fornecidas por Carbonell a Hale fossem bastante obscuras. Os cinco símbolos. Ela dissera que era tudo o que possuía e, com alguma chance, os significados se tornariam evidentes assim que ele estivesse no local. Ficaria contente quando esse pesadelo chegasse ao fim. Na verdade, estava ansioso para passar o fim de semana seguinte com sua esposa na praia. Um bom descanso lhe faria muito bem.

Ele trouxera um par de binóculos e os usava para vigiar a floresta no local onde ela dava lugar a um prado verdejante. Aproximadamente 100 metros de terreno aberto que se estendia das árvores até o portão principal do forte, sem cercas ou obstáculos. A chegada deles, mais cedo, causara um tumulto entre os residentes, mas tudo voltara à calma naquela terra de pássaros.

Ele avistou algo se movendo na luz diáfana.

Pelos binóculos, identificou um homem entre as árvores.

Ele se concentrou no rosto.

Jonathan Wyatt

Fazendo um sinal com a mão, ele chamou a atenção de seus homens, posicionados em outro baluarte do forte.

O alvo acabara de chegar.

* * *

HALE ACOLHEU SHIRLEY KAISER EM SUA CASA. ELA JÁ O VISITARA duas vezes, e em ambas ele se certificara de que não encontrasse nada incomum na propriedade. Eles chamavam aquilo de *modo visitante*. É claro, as pessoas em visita nunca eram levadas a certos locais, como a casa onde ficava a prisão, cuja fachada sugeria apenas um estábulo de dois andares, e eram desencorajadas a passear livremente.

Hale se indagava o que ela viera fazer ali.

— A que devo essa agradável surpresa? — perguntou.

Ela estava com ótima aparência. Apesar de sessentona — talvez com uns 65 anos, ele não tinha certeza —, ela parecia estar ainda com 50 e poucos. Hale gostara de seduzi-la, e ela também parecia ter gostado. O relacionamento entre os dois, embora cultivado por ele por motivos obscuros, não havia sido desagradável. Shirley era movida a paixão, e incrivelmente desinibida para uma mulher de sua geração. Além disso, era uma inestimável informante sobre a família do presidente e apreciava o fato de ele demonstrar sincero interesse em sua vida. Esse era o caminho para o coração das mulheres, seu pai sempre dizia. Faça com que acreditem que você se interessa por elas.

— Senti sua falta — disse ela.

— Tínhamos planejado nos ver em breve.

— Não pude esperar, então aluguei um jato e voei até aqui.

Ele sorriu. Ela chegara num bom momento. A tarde findava serenamente. Ele já resolvera as coisas com os outros três capitães. Cada qual voltara para sua casa, com doses de emoção suficientes para um só dia.

— Como pode ver — disse ele —, eu ia pescar. Suponho que não queira vir comigo.

— Dificilmente. — Ela apontou para sua pequena bolsa de viagem.

— Trouxe algumas roupinhas especiais.

Ele já vira uma amostra delas antes.

— Aposto que vai ser mais interessante que pescar — insinuou Shirley.

* * *

Wyatt achou que o forte Dominion combinaria melhor com países como a Escócia ou a Irlanda. Seus muros de calcário eram largos na base, e, outrora reforçados pelas torres, seus bastiões deteriorados ainda se mantinham relativamente intactos. Uma fortificação erodida e um fosso seco impediam qualquer aproximação pelo norte, oeste ou leste, e o oceano protegia a face sul. O sol poente lançou uma coloração rosada sobre as pedras cinzentas, mas qualquer impressão de invulnerabilidade era traída pelo cascalho. Segundo o que tinha lido, o local havia sido o palco de eventos importantes, com a missão de proteger a Baía de Mahone para o rei George, mas agora era apenas uma ruína.

Papagaios-do-mar se empoleiravam sobre o muro. Mais uma centena deles revoava no céu crepuscular. Ao se aproximar, tinha ouvido os murmúrios de gansos-patola, atobás, gaivotas, andorinhas-do-mar e tordas-marinhas — sons ricos, sensuais, hipnóticos, elevando-se como trovões. Milhares de pássaros cobriam o cascalho, seus gritos se expandiam e sumiam numa harmonia assustadora, os muros pareciam vivos com aquelas progressões melódicas turbulentas.

Ele atravessou um matagal até o portão principal.

Havia pássaros mortos em todos os cantos.

Aparentemente, não havia por ali abutres para aquela carniça, apenas as bactérias. O vento manso na enseada agora se tornava opressor. Um cheiro asfixiante de incontáveis criaturas aglomeradas, o ar saturado com o odor enjoativo de vida, morte e excremento.

Ele se aproximou do portão principal.

Uma ponte de madeira se estendia sobre o fosso vazio; suas pranchas eram recentes, fixadas com pregos galvanizados.

Um clamor crescente dos habitantes protestou contra sua chegada.

Ele atravessou o portão, sob uma fileira de arcadas de pedra paralelas.

A luz do sol arrefeceu.

Ele penetrou num pátio interno, que estava completamente escuro, exceto pelas flechas de luz azulada, filtradas pelas fendas nos muros. Mais pedras desgastadas formavam pilhas ao seu redor. Uma variedade de construções se debruçava contra as proteções exteriores, e os muros internos eram entrecortados por janelas, que agora só serviam para as plantas trepadeiras.

Certamente, o local dava uma impressão de segurança, mas também de se estar caindo numa cilada.

Ele devia olhar ao redor.

Então foi em frente.

* * *

MALONE DEIXOU O BARCO NO LADO SUL DA ILHA PAW. O AR DA TARde trazia um aroma de sal e árvores, junto a mais alguma coisa — ácida e adstringente. O céu ganhava uma tonalidade de ardósia, a floresta lançava sombras violeta sobre a areia. Gaivotas prateadas decoravam as copas das árvores.

Suas solas de borracha esmagavam cascas de caranguejo e ouriços ressecados. A temperatura caíra e ele ficou contente por estar vestindo uma jaqueta forrada. Um grupo de carvalhos se estendia à sua frente, os troncos envolvidos por samambaias e urzes. Ele se virou e verificou se havia barcos na baía. Manchas avermelhadas do sol poente coloriam a superfície. O horizonte continuava vazio.

A dona da livraria lhe dissera em que lugar do forte encontraria os símbolos. Seriam decorativos? Grafitados? Velhos? Novos? Durante os meses de verão, quando as visitas eram autorizadas, até cinquenta pessoas por dia percorriam a ilha, o que significava, conforme ela lhe dissera, *que os símbolos poderiam vir de qualquer lugar*. Exceto pelo fato de que Andrew Jackson estava ciente da presença deles em 1835.

Talvez o próprio presidente os tivesse colocado lá.

Quem poderia saber?

* * *

Cassiopeia estacionou a motocicleta num hotel chamado Comfort Inn, dentro dos limites da cidade de Fredericksburg. Ela pensara na ligação para Quentin Hale durante o trajeto. A conversa deveria ser sutil e inteligente, transmitindo apenas o suficiente para Hale saber que a Casa Branca talvez tivesse de fato o que ele procurava.

O Serviço Secreto alugara um quarto no hotel mais cedo, a apenas 3 quilômetros da residência de Kaiser, de onde podiam monitorar a distância a câmera de TV que fora instalada dentro de um dos quartos do segundo andar, de frente para a entrada da garagem.

Ela bateu à porta e entrou.

Dois agentes estavam de plantão, um homem e uma mulher.

— Kaiser saiu há cerca de três horas — disse a agente. — Levou uma mala pequena e uma bolsa de roupas com ela.

Eles sabiam que Kaiser era esperada em algum evento de arrecadação de fundos em Richmond. Não havia sido seguida ou escoltada. Era melhor evitar tudo o que pudesse atrair a atenção de Hale. A instalação da câmera já fora um grande risco, mas era necessário que o local fosse mantido sob vigilância. Uma telinha de LCD mostrava, de um ângulo elevado, a garagem de Kaiser e a cerca viva que protegia as paredes laterais. A luz do sol minguava, e ela viu o agente alterar a câmera para o modo de visão noturna. A imagem ganhou uma coloração esverdeada, através da qual ainda se viam a garagem e a cerca.

Cassiopeia pretendia fazer uma visita inocente para uma conversa entre mulheres assim que Kaiser voltasse para casa, de modo a não levantar suspeitas. A conversa que tivera com Danny Daniels ainda a perturbava. Claramente, o casamento dos Daniels estava acabado, e o presidente falara de Stephanie de um jeito estranho. Ela se perguntou o que teria acontecido entre eles. Era fácil entender o fato de ele ter encontrado consolo junto a ela. A vida de Stephanie também havia sido arruinada pela tragédia — o suicídio do marido, o desaparecimento do filho e, finalmente, a luta com as realidades ásperas do passado.

Interessante constatar que os presidentes também são pessoas. Têm vontades, necessidades e receios como todo mundo. Carregam uma bagagem emocional e, pior, são obrigados a ocultá-la.

Infelizmente para Danny e Pauline Daniels, suas bagagens haviam sido expostas devido a comentários descuidados e confiança traída.

— Olhem só — disse a agente, apontando para a tela.

Sua mente voltou a se concentrar no momento.

Dois homens podiam ser vistos ao lado da garagem de Shirley Kaiser, examinando os arredores, se insinuando no espaço entre a cerca e a casa.

— Parece que temos visitas — disse o agente. — Vou pedir reforço.

— Não — exclamou Cassiopeia.

— O procedimento não é esse — retrucou ele.

— E esse parece ser o padrão de toda essa operação. — Ela apontou para a agente. — Qual é o seu nome?

— Jessica.

— Eu e você vamos cuidar disso.

SESSENTA E UM

Wyatt tocou nas pedras enegrecidas e imaginou soldados escalando as muralhas, os canhões preparados para disparar. Podia ouvir os sinos dobrando e sentir o cheiro de peixe girando no espeto. A vida naquele longínquo posto militar há 230 anos não devia ser simples. Não era difícil conceber que 74 homens tivessem perdido a vida ali.

Ele notou uma escada que subia num ângulo reto.

Uma visão do alto seria uma vantagem, então ele subiu os íngremes degraus e entrou no que outrora fora um salão. As janelas se sucediam nas paredes dos dois lados, as grades e os vidros há muito desaparecidos. Não havia teto, o lugar ficava exposto ao clima, e uma passarela estreita se estendia sobre a proteção externa, mais acima. Poças de água parada nutriam a vegetação marrom que crescia como restolho. O ar continuava saturado com o fedor dos pássaros, muitos deles voando por ali.

Seu olhar foi atraído pela antiga lareira e ele avançou entre as pedras soltas. Em suas dimensões caberia meia dúzia de homens lado a lado. Ele notou os locais em que as pranchas de madeira cobriam o chão de pedras, algumas certamente recentes, outras apodrecendo e oferecendo perigo.

Além da passagem escura, ele viu outro cômodo. Passando por um corredor curto, ele penetrou no espaço vazio. Uma segunda escada levava para cima. Provavelmente conduzia até a passarela que ele avistara, cercando as muralhas.

Algo à sua direita, perto de um monte de mato que germinava entre os cascalhos, chamou sua atenção. Pareciam manchas sobre o chão de pedra.

Pegadas. Levando a uma segunda escada.

Havia ainda mais manchas sobre os degraus. Frescas, úmidas.

Alguém estava lá em cima.

* * *

KNOX ESPEROU JUNTO ÀS MURALHAS ATÉ QUE WYATT SURGISSE EM meio às ruínas do forte. Embora o teto e a maior parte das paredes já não existissem mais, ainda restavam lugares para se esconder. Ele o observou entrando no forte. Antes de matá-lo, pensou, talvez Wyatt pudesse indicar o local onde estavam as duas páginas extraviadas. Ele tinha consigo o texto completo da mensagem de Jackson, inclusive os cinco símbolos curiosos. Em vez de passar toda a noite procurando, podia deixar que Wyatt o levasse diretamente até lá.

Mas seu adversário perambulava, como se estivesse perdido.

Aparentemente, ele não sabia onde achar o que quer que Andrew Jackson havia escondido.

Então, era hora de matá-lo e acabar logo com aquilo.

* * *

HÁ MUITO TEMPO, WYATT APRENDERA QUE, QUANDO SEU OPONENTE estava esperando o esperado, era melhor não o desapontar. Era por isso que ele havia entrado audaciosamente no Garver Institute pela porta da frente. Perto da base da escada, onde outras pegadas em meio à lama e aos excrementos conduziam para o alto, uma janela simples se abria para o muro exterior, de frente para o mar. Ele rastejou até lá e, cautelosamente, colocou a cabeça para fora, olhando para o alto.

Uma subida de cerca de 3 metros até o topo, com bastante apoio para as mãos nas pedras gastas.

Ao olhar para baixo, viu uma queda de 30 metros terminando nas pedras açoitadas pelas ondas. Pássaros saltavam das muralhas, que mais pareciam penhascos, e planavam na brisa. Os gritos entrecortados das gaivotas acompanhavam a valsa. Ele recuou para dentro e encontrou uma pedra do tamanho de uma bola de futebol. As muralhas acima provavelmente eram povoadas por pássaros também. Cuidadosamente, ele subiu agachado um lance de degraus e espiou o céu cada vez mais escuro.

Lançou a pedra por uma brecha, mas não esperou que ela chegasse ao chão.

Em vez disso recuou, saindo da janela.

* * *

KNOX ESTAVA POSICIONADO DO OUTRO LADO DE WYATT, NA MURAlha norte do forte. Um de seus homens esperava no lado sul e outro, no lado oeste. O silêncio opressor era interrompido somente pelas ondas e pelo vento regular que encobria os demais ruídos.

De repente, os pássaros decolaram da muralha ao sul em grande quantidade, subindo e colidindo suas asas em pleno ar.

O que os haveria assustado?

Seu olhar estava fixo na muralha.

* * *

WYATT SE AGARROU NO APOIO DE CALCÁRIO CINZENTO, USANDO AS fissuras para se segurar. A pedra que ele atirara para o alto e com a qual espantara os pássaros havia causado distração suficiente para dar-lhe cobertura. Ele estava suspenso no ar, apenas o oceano às suas costas.

A noite avançava rapidamente. Seus sapatos estavam plantados com firmeza numa fenda profunda da muralha. Uma das mãos se agarrou às pedras no alto. Com a outra, ele içou seu corpo e observou do outro lado.

Um homem estava a 3 metros dali, de costas para ele, perto da escada que Wyatt evitara e que conduzia para a parte inferior do forte.

Com uma das mãos, ele segurava sua arma.

Exatamente como tinha pensado.

Estavam esperando por ele.

* * *

Cassiopeia e sua nova parceira, Jessica, se aproximaram da casa de Shirley Kaiser. Tinham vindo num carro do Serviço Secreto; estacionaram mais adiante na rua e correram até a cerca enferrujada que protegia a propriedade, um obstáculo fácil de transpor.

Elas seguiram até a garagem.

— Você já fez isso antes? — perguntou Cassiopeia num sussurro.

— Fora da academia de treinamento, não.

— Fique calma. Pense. E não faça nenhuma estupidez.

— Sim, senhora. Mais algumas palavras de sabedoria?

— Não tome um tiro.

Nenhuma resposta esperta surgiu depois disso.

Jessica hesitou, escutando algo em seu fone de ouvido. Elas estavam em contato via rádio com o agente no Comfort Inn.

— Os dois caras ainda estão aí.

Claro, pensou Cassiopeia, eles sabem que não serão interrompidos. Hale aparentemente estava ciente de que Kaiser havia saído, mas ela se perguntava por que tinham resolvido remover o dispositivo. Será que ele sabia que fora descoberto? Se fosse esse o caso, ele nunca teria se aproximado da casa de Kaiser. Não havia nenhuma prova física ligando-o ao dispositivo. Não, ele estava apagando seus rastros. Talvez se preparando para alguma coisa.

Cassiopeia fez sinal para Jessica dar a volta por trás da garagem. Ela se aproximaria pela frente e cuidaria deles.

O elemento surpresa deveria funcionar a seu favor.

Ou pelo menos era isso o que esperava.

* * *

KNOX OLHOU PARA O LADO EM QUE SEU AGENTE, NA MURALHA SUL, esperava. Os pássaros haviam se acalmado, alguns retornavam a seus poleiros, outros saíram voando pelo céu cada vez mais escuro. De repente, um homem apareceu do outro lado da muralha, de frente para o mar, pulando o parapeito.

Sua identidade não deixava dúvidas.

Wyatt atacou rapidamente. A luta foi breve e silenciosa, graças à distância e ao vento.

Um revólver surgiu na mão de Wyatt.

Um tiro, a detonação abafada como o som de duas mãos batendo palmas, e um homem caiu.

Knox ergueu sua arma, mirou e disparou.

SESSENTA E DOIS

MALONE PERCEBEU O BRUSCO REVOAR DOS PÁSSAROS NO TOPO DO forte. Ele estava perto da entrada do portão principal, aproveitando a noite para se dissimular, incerto sobre a presença de outra pessoa no lugar.

Ele ouviu um estampido, depois outro, e soube que não estava sozinho.

Precisava entrar no forte, mas para isso teria que percorrer uns 15 metros em campo aberto. O único refúgio era uma pilha de pedras, 3 metros à frente. Ele correu até o aterro, se agachando para se proteger.

Duas balas acertaram um muro de calcário atrás dele.

Vinham das muralhas.

Ele manteve a cabeça abaixada e espiou por uma abertura entre as pedras. Notou uma movimentação na passarela do topo, à esquerda da passagem que queria alcançar. Esperar ali só daria ao seu adversário tempo para se preparar. Então, mirou no local da muralha onde vira alguma coisa na última vez e disparou duas vezes, depois aproveitou o tempo e saiu correndo até seu objetivo.

Não atiraram mais nele.

A base da escada ficava à esquerda, e havia um corredor que levava para o interior do forte. Mas ele notou um espaço aberto bem à sua frente. Uma torre em ruínas.

As passarelas superiores estavam expostas.

Um mau presságio se abateu sobre Malone.

Algo lhe dizia que, até agora, tinha sido tudo muito fácil.

* * *

WYATT COMEÇOU A CORRER E MERGULHOU NO CHÃO UM SEGUNDO ANTES de o homem do outro lado do forte atirar contra ele. Um instante antes de matá-lo, havia percebido um segundo atirador — e reconheceu seu rosto.

Clifford Knox.

Carbonell o tinha delatado para a Comunidade.

Mas ele disse a si mesmo para se manter calmo e cuidar disso depois.

Algumas pedras saltaram a poucos centímetros, com as rajadas disparadas contra ele na semiescuridão. Felizmente, as muralhas ofereciam ampla proteção, e ele agora estava armado com o revólver do homem morto.

Mas isso não estava desencorajando Knox.

Que continuava atirando.

* * *

CASSIOPEIA AVANÇOU PELOS PARALELEPÍPEDOS DA ENTRADA DA GAragem. Se sincronizassem as abordagens adequadamente, seriam capazes de pegar os dois intrusos distraídos e capturá-los facilmente. A decisão de Hale de agir daquela forma mudara seu raciocínio. A prova viva de um crime daria finalmente à Casa Branca algum poder de barganha imediato, e isso com certeza deixaria Hale em pânico. Talvez o bastante para garantir a segurança de Stephanie. É verdade que não havia por enquanto, prova tangível, do envolvimento da Comunidade na tentativa de assassinato do presidente ou no desaparecimento de Stephanie. Mas havia uma ligação direta com o arrombamento e a gravação telefônica ilegal, e, assim, nenhuma carta de corso, válida ou não, os protegeria, considerando que Shirley Kaiser não era uma inimiga dos Estados Unidos.

Um som metálico estalou sobre uma superfície rígida.

Algo se mexeu do outro lado da garagem, indicando que os dois homens tinham também percebido o ruído.

— Parados! — ela ouviu Jessica gritar.

Em seguida, um tiro.

* * *

MALONE EXAMINOU A TORRE. UMA ESCADA EXPOSTA SUBIA SOMENTE da metade até o topo; o restante fora destruído muito tempo atrás. As pranchas de madeira que outrora separavam os vários níveis não existiam mais, tampouco as ripas do telhado. O céu noturno pairava lá no alto. O luar tinha começado a se derramar sobre as ruínas.

Uma sombra surgiu na passarela superior. A estrutura da torre se estendia por cerca de 10 metros, suas paredes incrustadas de liquens estavam erodidas pelo vento e pela chuva. A altura delas criava um ângulo de proteção que o colocava ao abrigo das balas, desde que ficasse fora do vão.

Rapidamente, ele resumiu a situação.

Caso batesse em retirada, o único meio de sair era aquele pelo qual chegara, vigiado pelo homem lá em cima. Só poderia avançar pela torre descoberta, o que seria certamente um problema. Ele percebeu que estava sobre uma prancha de madeira, com 1 metro de largura e um pouco mais de comprimento.

Ele se agachou e passou levemente a mão pela superfície.

Dura feito pedra.

Ele colocou os dedos entre a madeira e a terra e levantou a prancha. Era pesada, mas iria conseguir. Esperava apenas que o calibre das balas usadas lá em cima fosse pequeno.

Ele enfiou seu revólver dentro do bolso do casaco e ergueu a prancha sobre sua cabeça, em seguida equilibrou o peso com as mãos. Virou-se de modo a ficar de frente para a arcada e a torre, mantendo seu abrigo num ângulo decrescente. Achou que assim estaria protegido de qualquer bala que ricocheteasse em sua direção.

Cerrando os dentes e tomando fôlego, ele disparou na direção da arcada, mantendo a prancha equilibrada.

Só tinha 10 metros à frente a percorrer.

Os tiros e o estalo regular da madeira, à medida que o chumbo acertava a superfície superior da prancha, começaram imediatamente Ele encontrou a passagem, mas logo notou que a prancha era grande demais para passar por ali.

Um estalo contínuo se multiplicava sobre a madeira acima de sua cabeça. Se uma daquelas balas acertasse um ponto mais fraco da prancha, seria um desastre.

Não havia escolha.

Ele deixou a prancha de madeira escorregar de suas mãos ao saltar para a frente e penetrar na passagem.

A prancha despencou no chão.

Ele sacou seu revólver.

* * *

Cassiopeia saiu correndo, protegendo-se junto à parede lateral da garagem. Um homem apareceu, vindo rápido na sua direção, mas prestando atenção no que se passava atrás dele. Ela queria saber se Jessica estava bem, mas se deu conta de que a primeira coisa a fazer era eliminar aquele problema. Ela esperou e esticou a perna, fazendo o homem tropeçar e cair.

Depois, apontou sua arma contra ele.

— Não se mexa e cale a boca.

Em seus olhos, ela podia ler "*de jeito nenhum*".

Então deixou as coisas claras, acertando sua têmpora esquerda com o revólver, deixando-o inconsciente.

Em seguida virou-se e continuou avançando até a esquina da garagem. Jessica estava com sua arma apontada para baixo. As duas mãos sustentavam o revólver. O outro homem estava estendido no chão, contorcendo-se por causa do ferimento na coxa.

— Não tive escolha — disse Jessica. — Tropecei numa pá ali atrás e os assustei. Falei para ficar parado, mas ele veio na minha direção. Acho que pensou que eu não ia atirar.

— O outro está fora de combate também. Telefone pedindo socorro médico.

SESSENTA E TRÊS

Knox deu alguns tiros, tentando expulsar Wyatt de seu refúgio na muralha.

— Onde está você? — perguntou ele ao microfone na lapela, dirigindo-se ao seu assistente.

— Há outro homem aqui — disse a voz em seu ouvido. — Ele está armado, mas eu o encurralei lá embaixo.

Dois homens?

Knox não esperava mais ninguém além de Wyatt. Ninguém mencionara que ele estaria acompanhado.

— Acabe com ele — ordenou.

* * *

Malone começou a subir a escada de pedra que levava diretamente para o alto. Obviamente, havia mais gente dentro do forte, já que um tiroteio ecoava de mais de uma direção lá em cima, à direita e à esquerda. A noite tinha chegado definitivamente, e a escuridão não era uma aliada. Ele ainda carregava a lanterna, enfiada no bolso traseiro, mas não havia meio de usá-la.

Ele chegou ao topo e observou a movimentação.

Aparecer no alto da escadaria seria ficar exposto e, embora ele fosse conhecido por fazer coisas estúpidas de vez em quando, essa não seria uma delas.

Malone examinou os arredores.

Um lado da escadaria, que formava a face externa da muralha do forte, estava destruído. Através da escuridão, ele avistou uma série de arcos que sustentavam a muralha. Se fosse cauteloso, poderia transpô-los e fugir correndo. Ele enfiou o revólver na cintura e subiu. Quinze metros abaixo, as ondas batiam nas rochas. Um cheiro de musgo e de pássaros se misturava à maresia. Aos seus pés, pássaros se exaltavam, agitando as asas. Ele se equilibrou no primeiro arco e passou para o segundo, as mãos e os braços agarrados à superfície arenosa.

Passou para o arco seguinte, depois o outro.

Mais um e se encontraria suficientemente longe da entrada da escadaria para surpreender o atirador.

Ele se esticou e se agarrou ao alto do muro.

Uma forma escura se moveu a 7 metros dali, de costas para ele, olhando para a escada. Se subisse, atrairia sua atenção. Então, voltou para o arco e sacou a arma. Ao verificar a parte superior do muro, descobriu alguns entalhes. Estendeu uma das mãos até o alto do muro e conseguiu se içar, o pé direito encontrando apoio suficiente de modo a permitir-lhe girar o corpo lá em cima, apontar e atirar uma vez.

* * *

WYATT OUVIU O DISPARO DO OUTRO LADO DO FORTE; ESTE NÃO VInha da direção de Knox. Isso significava que havia mais alguém por ali que não contava com a estima dos homens da Comunidade. Ele resolveu aproveitar a situação e se arrastou até o homem que havia alvejado. Numa rápida revista, encontrou dois cartuchos de munição.

Exatamente do que precisava

Outra bala foi disparada na sua direção, acertando a pedra a alguns centímetros dele.

Todos os pássaros haviam fugido ao primeiro sinal de perturbação, mas o fedor permanecia, assim como as pedras escorregadias por causa dos excrementos.

Ele achou uma abertura que levava para baixo. Não havia escada, apenas um buraco no baluarte. Segurou-se na superfície áspera de calcário e saltou para o outro nível, protegido momentaneamente.

Depois, tirou a mochila das costas.

* * *

MALONE LANÇOU SEU CORPO PARA CIMA; A SOLA DE SEU PÉ RASPOU na pedra, mas depois ele conseguiu apoio. Seu alvo se virou com a arma em punho, mas, antes que pudesse mirar, Malone disparou um tiro em seu tórax. Depois, saiu do parapeito e avançou, a arma ainda a postos.

Rolando o corpo, viu um rosto desconhecido. Verificou o pulso. Nada. Apanhou o revólver do homem e o guardou no bolso. Apalpando-o rapidamente, encontrou munição sobressalente e uma carteira. Malone as embolsou também, depois tentou se reorientar.

Ele estava no topo do lado oeste do forte.

Os tiros tinham vindo da muralha ao sul.

* * *

KNOX NÃO ESPERAVA UM ATAQUE.

Wyatt reapareceu a 15 metros dali, ao lado de outro muro, e começou a atirar, as balas passando bem perto dele.

Muita precisão, considerando a escuridão.

* * *

Wyatt viera preparado. Carbonell lhe fornecera um par de óculos de visão noturna, que lhe permitiam enxergar Clifford Knox agachado. Infelizmente, seu adversário não se afastara o bastante de seu abrigo para receber um tiro fatal. Ele percebeu um movimento acima de outro muro e ouviu um tiro. Rapidamente, esquadrinhou as muralhas e avistou um homem armado revistando outro, que estava caído. O tamanho, a forma e os gestos confirmaram sua identidade.

Malone.

Como seria possível?

Ele voltou a se concentrar em seu próprio problema.

— Knox — gritou ele. — Sei que Andrea Carbonell lhe informou sobre este local. É a única pessoa que pode ter feito isso. Ela quer que você me mate, não é?

* * *

Knox ouviu a pergunta e se deu conta de que sua situação era desfavorável. Já perdera um homem com certeza e não conseguia contato com o outro pelo rádio. Mais tiros surgiram em outra parte do forte, sugerindo problemas. Aquela missão simples se complicara. Ele não tinha arriscado tudo para morrer naquele lugar desolado por Quentin Hale ou qualquer outro capitão.

— Há outro homem aqui — disse Wyatt. — É Cotton Malone. E ele não é um amigo seu.

* * *

Malone ouviu a troca de palavras. Coisa típica de Wyatt.

Pomposo.

Uma coisa era certa — ele não ia entrar naquela conversa.

Pelo menos não ainda.

* * *

WYATT SORRIU.

— Não, acho que Malone não vai aparecer. Quero que você saiba que eu não tenho nada contra você.

— Eu tenho contra você.

— Aquela estúpida tentativa de assassinato? Você deveria me agradecer por tê-la impedido. Carbonell nos atraiu para cá. Então, vou lhe dar uma chance de ir embora. Quero que leve uma mensagem para Quentin Hale. Diga-lhe que planejo conseguir o que está procurando e que entregarei a ele. É claro, vai ter um preço, mas nada além de suas possibilidades. Diga-lhe que farei contato.

Ele aguardou uma resposta.

— Carbonell disse que você não levaria as páginas para ela — berrou Knox.

— Tudo isso dependia de ela manter a palavra. O que não aconteceu. Foi por isso que Carbonell o chamou, esperando que me matasse. São dois contra um, Knox. Cotton Malone também quer essas páginas. Elas não terão utilidade para você, caso ele as encontre. Ele só trabalha para Deus e para o governo.

— E você vai encontrá-las?

— Eu e Malone temos um assunto a ser concluído. Assim que isso for feito, conseguirei o que vocês querem.

— E se eu ficar aqui?

— Aí, vai morrer. Isso é certo. Um de nós pegará você.

* * *

KNOX PONDEROU SOBRE SUAS OPÇÕES. ESTAVA SOZINHO COM DUAS pessoas no seu encalço. Uma parecia ser cordial, a outra, uma incógnita.

Quem era esse Cotton Malone?

E a tripulação.

Houve perdas.

Algo que não acontecia com frequência.

Fazia anos que não perdiam ninguém. Ele viera até ali porque parecia ser a única jogada possível. Hale estava satisfeito, os outros três capitães pareciam contentes. Carbonell tinha fornecido as informações, aparentemente desejando que ele viesse até ali.

Mas já era o bastante.

Estava arriscando sua vida por nada.

— Estou indo embora — avisou.

* * *

MALONE ESTAVA AGACHADO E ESPREITAVA A ESCURIDÃO. A FONTE DE luz mais próxima ficava a quilômetros de distância, numa ilha vizinha. As ondas continuavam seu insistente ataque contra as rochas. Wyatt estava ali, esperando. Era impossível ir atrás do terceiro homem. Knox. Wyatt estaria pronto para isso.

Ele permaneceu imóvel.

— Muito bem, Malone — gritou Wyatt. — Obviamente você dispõe da mesma informação que eu. Um de nós vai vencer este combate. É hora de saber qual dos dois.

SESSENTA E QUATRO

BATH, CAROLINA DO NORTE

A VENTANIA ATINGIA O CONVÉS COM FORÇA SUFICIENTE PARA DESLOCAR OS canhões. Ele segurava firme o leme, mantendo a proa apontada para nordeste. Avançavam à beira do banco de areia que se estendia desde a praia, um espaço estreito que exigia um curso rígido. As velas se inflavam, impulsionando-os.

Surgiu uma embarcação.

Numa rota paralela, seus mastros se aproximavam perigosamente. O que ela estaria fazendo ali? Haviam escapado dela durante a maior parte do dia, e ele esperara que a tempestade ajudasse a protegê-los.

Ele soou o alarme.

O tumulto aumentou à medida que os tripulantes surgiram do convés inferior, açoitados pelas rajadas do vento. Logo percebeu-se o perigo, e as armas brilharam, prontas para o confronto. Os homens que encontraram seus canhões não aguardaram ordens e dispararam contra o costado dos recém-chegados. Ele mantinha o leme firme, orgulhoso de seu navio, que pertencia à casa dos Hale, na Carolina do Norte.

Sob seu comando, nunca o deixaria ser tomado ou afundado.

Um vento mais forte pôs o leme à prova.

Ele lutou para manter o curso.

Homens saltavam do outro barco, abordando o seu. Piratas. Como ele. E ele sabia de onde vinham. Da casa dos Bolton. Também da Carolina do Norte. Prontos para um combate em mar aberto, sob a ventania, quando sua defesa estaria fragilizada. Pelo menos era o que pensavam.

Esse tipo de ataque era imprudente. Violava todos os princípios sob os quais viviam. Mas os Bolton eram loucos, sempre haviam sido.

— Quentin.

Ele ouviu seu nome no vento.

Uma voz de mulher.

Apareceram mais homens no convés, empunhando suas espadas. Um deles deu um salto e parou a alguns metros dele.

Era uma mulher.

Surpreendentemente bela, loura, a pele bem branca, os olhos vivazes.

Ela saltou sobre ele e afastou-o do leme. O navio desgovernou-se, e ele sentiu um impulso incontrolável.

— Quentin. Quentin.

Hale abriu os olhos.

Estava deitado em sua cama.

Uma tempestade caía lá fora. A chuva batia contra as janelas, e um vento uivante agitava as árvores.

Agora, ele se lembrava.

Ele e Shirley Kaiser tinham se refugiado ali por causa da promessa dos trajes especiais que ela trouxera.

E tinham sido de fato bem especiais.

Um espartilho cor de alfazema cobria sua pequena figura, suficientemente transparente para distrair sua atenção por um instante. Ela fora até sua cama e o despiu. Após quase uma hora de divertimentos, ele caíra no sono, satisfeito, feliz por ela ter vindo sem ser convidada. Era exatamente do que ele estava precisando depois de lidar com os outros capitães.

— Quentin.

Ele piscou os olhos e os concentrou na decoração familiar do teto de seu quarto, a madeira extraída do casco de uma chalupa do século XVIII que outrora navegara no rio Pamlico. Ele sentiu o conforto dos lençóis finos e a firmeza do imenso colchão. Sua cama de dossel era sólida e alta, e ele precisava de um banquinho para subir e descer. Hale torcera o tornozelo há alguns anos, ao sair dela rápido demais.

— Quentin.

A voz de Shirley.

Claro. Ela estava ali, na cama. Talvez estivesse pronta para mais? Tudo bem, se assim fosse. Ele também estava pronto.

Ele se virou para ela.

Ela o encarou sem qualquer sorriso ou expressão de desejo. Em vez disso, seu olhar era duro e raivoso.

Só então Hale viu o revólver.

O cano a alguns centímetros de seu rosto.

* * *

CASSIOPEIA OBSERVAVA A AMBULÂNCIA QUE REMOVIA O INTRUSO FErido. O outro, que ela derrubara com um golpe desferido com sua arma, permanecia preso, com um saco de gelo sobre um calombo do tamanho de um ovo. Nenhuma identificação fora encontrada com eles, e tampouco se dispunham a falar.

— *Cada minuto que ficamos parados* — disse Danny Daniels — *é mais um minuto de apuros para Stephanie.*

Ele estava ao lado da porta de acesso ao Quarto Azul.

— *Eu conheço os sintomas, presidente. Preocupar-se com os outros é um inferno.*

Ele pareceu entender.

— *Você e Malone?*

Ela concordou.

— *Tem seu lado bom e seu lado ruim. Como neste instante. Será que ele está bem? Estará precisando de ajuda? Eu não tinha esse problema há alguns meses.*

— *Estou sozinho há muito tempo* — *disse Daniels.*

Seu tom sombrio deixava claro que ele lamentava isso a todo momento.

— *Eu e Pauline deveríamos enfrentar a situação de uma vez* — *prosseguiu ele.* — *É preciso acabar com isso.*

— *Com cuidado. Tome essas decisões com calma. Há muito em jogo.*

Seu olhar era de concordância.

— *Servi meu país. Faz quarenta anos que a política é minha vida. Fui correto o tempo todo. Sequer uma vez roubei dinheiro de alguém, nunca fiz nada que estivesse fora da lei. Nunca me vendi. Nenhum escândalo. Mantive-me fiel à minha consciência e aos meus princípios, embora isso tenha me custado caro algumas vezes. Servi da melhor maneira possível. E tenho alguns arrependimentos. Mas gostaria de servir a mim mesmo agora. Só por algum tempo.*

— *Stephanie sabe como se sente?*

Ele não lhe respondeu imediatamente, o que a levou a pensar se ele sequer sabia o que responder. Mas o que disse finalmente a surpreendeu.

— *Acredito que saiba.*

Um carro entrou, parou diante da garagem de Shirley Kaiser e Edwin Davis saiu do banco do passageiro. As impressões digitais dos dois intrusos tinham sido tomadas há mais de uma hora, e haviam prometido a ele uma identificação rápida. Mas, até então, Davis fora apenas uma voz ao telefone. Agora ele parecia de fato entrar em ação. Os vizinhos tinham saído de suas casas, e os carros de polícia tomavam conta da rua.

Impossível manter sigilo.

— O carro que usaram foi encontrado a alguns quarteirões daqui — disse Davis para ela, ao se aproximar. — A placa da Carolina do Norte foi roubada, assim como o próprio veículo. O registro está no nome de uma mulher em West Virginia. Ainda estamos esperando o resultado das digitais. Mas isso irá indicar que esses caras possivelmente tiveram problemas com a polícia, tiraram licença de porte de arma ou qualquer uma das mil coisas que exigem as impressões digitais. Talvez haja algo relacionado ao serviço militar. Isso nos traria um bocado de informações.

Sua expressão e sua voz pareciam cansadas.

— Como estão o presidente e a primeira-dama? — perguntou Cassiopeia.

— Ouvi dizer que ele visitou você antes de sair.

Ela não tinha a intenção de violar a confidência de Daniels.

— Ele está preocupado com Stephanie, sente-se responsável.

— Não nos sentimos todos?

— Alguma notícia de Malone?

— Nada vindo pessoalmente dele.

Ela captou o que ele não dissera.

— De quem então?

— Malone não quis uma equipe de apoio.

— E você concordou com isso?

— Não exatamente.

* * *

HALE SE DEU CONTA DE QUE AQUELA ERA A PRIMEIRA VEZ QUE VIA uma arma apontada contra si. Uma visão estranha. Especialmente considerando que ele estava deitado e nu na cama. A maneira de empunhar o revólver mostrava que Shirley Kaiser sabia o que estava fazendo.

— Pratico tiro desde que era uma garotinha — disse ela. — Meu pai me ensinou. Você me usou, Quentin. Mentiu para mim. Você agiu como um menino muito malvado.

Ele se perguntou se aquilo seria algum tipo de jogo. Se fosse, poderia ser particularmente excitante.

— O que você quer? — perguntou ele.

Ela baixou o revólver de seu rosto para sua genitália, apenas um cobertor separando sua pele da arma.

— Quero ver você sofrer.

SESSENTA E CINCO

Ilha Paw, Nova Escócia

Malone examinou as superfícies onduladas dos muros semi-destruídos, à procura de indícios. Sentiu um nó no estômago. Seu coração estava disparado.

Exatamente como nos velhos tempos.

Ele recuou até a escada e rapidamente chegou ao térreo. Com a automática à frente, avançou pela escuridão do pátio interno. Depois, parou nas sombras, a fim de deixar seus olhos se acostumarem com a ausência de luz.

Um arrepio mórbido percorreu sua espinha.

Daqueles que deixam todos os nervos a postos.

O forte era como um labirinto de três andares; um cômodo conduzia a outro. Ele se lembrou do que lera sobre os andares inferiores e os 74 prisioneiros britânicos que tinham se afogado. A corte marcial revelara que as fundações do forte repousavam sobre um emaranhado de túneis escavados nas rochas, sujeitos à cheia com a maré alta, e que só na vazante ficavam secos. Os oficiais coloniais afirmaram desconhecer o fato e simplesmente escolheram aquele local subterrâneo por ser o modo mais seguro de encarcerar os prisioneiros. É claro, nenhum dos britânicos sobreviveu para contradizer esse testemunho e nenhum dos cento e tantos soldados coloniais refutou essa versão.

Alguma coisa se moveu lá no alto.

Eram passos.

Seu olhar se fixou no teto.

* * *

CASSIOPEIA ESPEROU A EXPLICAÇÃO DE EDWIN DAVIS.

— Malone insistiu para que não houvesse mais ninguém além dele — disse Davis. — Mas eu achei que era tolice.

Ela concordou.

— Então — prosseguiu Davis —, fiz com que os dois pilotos do Serviço Secreto ficassem de olho nele.

— O que exatamente você está evitando me dizer?

— Recebi uma ligação pouco antes de chegar. Está havendo um intenso tiroteio na ilha Paw.

Ela não queria ouvir aquilo.

— Estou aguardando uma atualização da parte deles antes de decidir o que fazer.

Ela verificou as horas. Eram 21h20.

— Kaiser deve estar em casa agora. Ela disse que chegaria, no máximo, às 20h30.

— Alguém entrou na casa?

Ela assentiu.

— Entraram agora há pouco.

— E o prisioneiro? Ainda calado?

— Completamente.

— Algum advogado caro e bem-relacionado vai aparecer amanhã e pedir para pagar uma fiança. E vai conseguir. A Comunidade cuida dos seus.

Algo começou a soar dentro do bolso do casaco de Davis. Ele pegou seu telefone celular e se afastou dela.

Um agente saiu pela porta da frente da casa de Kaiser e se dirigiu a Cassiopeia.

— Acho que vale a pena ver o que achei.

* * *

HALE TINHA SIDO PEGO DE SURPRESA. ELE PERMITIRA QUE AQUELA mulher o seduzisse, achando o tempo todo que fosse dele o controle da situação.

— Há quanto tempo você está escutando minhas ligações telefônicas? — perguntou Kaiser.

O revólver apontado para aquela parte do seu corpo deixava claro que mentir não seria uma boa ideia.

— Sete meses.

— É por isso que você se envolveu comigo? Para se informar sobre o presidente?

— No início. Mas isso mudou com o tempo. Devo dizer que tem sido uma relação prazerosa para nós dois.

— Seu charme não funciona mais.

— Shirley. Você é bem grandinha. Nunca usou alguém para conseguir o que queria?

— E o que você quer, Quentin?

A tempestade ainda desabava lá fora.

— Quero que minha família fique com algo pelo qual ela trabalhou trezentos anos para conseguir.

* * *

MALONE ENTROU NO QUE PARECIA TER SIDO UM GRANDE SALÃO, MAS a maior parte das paredes e o teto haviam desaparecido. Acima dele, numa passarela exposta, não havia indícios de nenhuma outra pessoa.

O céu ia clareando sob o efeito de uma lua cada vez mais brilhante, um vento fresco soprava de leste para oeste.

Sua boca estava seca por causa da ansiedade, e o suor escorria pelo seu peito.

Ele se precipitou até a outra extremidade, onde havia uma lareira enorme emoldurada por uma cornija de pedras. Uma fenda retangular, medindo uns 3 metros de largura por 2 de altura, tinha sido aberta sob a chaminé. Ele sabia que o buraco era para a brasa, varrida para ali a fim de ser mais rapidamente removida. A coluna vertical ventilava a fumaça para o telhado. Ele se aproximou da lareira e olhou pela abertura embaixo. Não enxergou nada, senão breu, embora o som das ondas tivesse ficado mais forte. Podia usar sua lanterna e descobrir mais, contudo isso não seria inteligente.

O cano da chaminé poderia lhe oferecer uma maneira furtiva de subir até o telhado.

Virando a cabeça, ele olhou para cima.

A sola de um sapato atingiu sua testa.

Ele caiu para trás, mas manteve o revólver firme em sua mão.

A cena diante dele saiu um pouco do foco, mas Malone conseguiu enxergar uma forma escura saindo pela abertura e caindo na lareira.

O vulto partiu em sua direção e eles foram cair contra uma pilha de pedras.

Seu braço direito começou a doer, fazendo seus dedos largarem a arma.

* * *

CASSIOPEIA ENTROU NO INTERIOR ILUMINADO DA CASA DE SHIRLEY Kaiser e seguiu o agente através do corredor até a cozinha e uma pequena área de serviço adjacente, que conduzia à lavanderia e à garagem. Sobre uma mesa embutida de tampo de granito havia um computador, uma impressora, um modem, além de papéis, canetas, lápis e outros artigos de escritório, tudo com o mesmo motivo floral decorativo.

— Nós resolvemos retirar a câmera do segundo andar — disse o agente. — Então viemos até aqui. Nossa linha de transmissão passava pela conexão com a internet. Foi assim que descobrimos isso.

Ele apontou para o computador.

Ela se concentrou na tela e leu "viaje com a GAULDIN CHARTERS".

Após uma breve pesquisa, descobriram tratar-se de uma empresa de voos particulares de Richmond para vários locais próximos e para o litoral.

— Nós verificamos — disse o agente. — Kaiser reservou um voo hoje, mais cedo, e partiu algumas horas atrás.

— Para onde ela foi?

— Aeroporto Pitt Greenville. Carolina do Norte.

Ela sentiu uma fisgada de medo.

Embora não fizesse ideia alguma da distância entre Bath e Greenville, sabia que as cidades ficavam perto.

* * *

WYATT FINALMENTE CONSEGUIRA PEGAR MALONE. ELE O OBSERVARA avançando pelas ruínas, os óculos de visão noturna lhe garantindo nítida vantagem. Quando avistou seu alvo entrando naquele cômodo, ele desceu pela chaminé sem dificuldades. Ao colocar a cabeça dentro da lareira, Malone só facilitara ainda mais as coisas.

Suas mãos agarraram o pescoço dele e apertaram. Eles rolaram pelo chão até colidirem com outro monte de pedras.

Wyatt conseguiu desferir um soco nas costelas de Malone, acertando os rins. Malone cambaleou, mas resistiu.

Outro murro, mais forte.

Malone se virou para o lado e conseguiu se erguer.

Ele também.

Ambos se encararam, com as mãos vazias e os braços a postos.

— Agora somos só nós dois — disse ele.

* * *

CASSIOPEIA ESPERAVA EDWIN DAVIS NA COZINHA. O AGENTE DO SERviço Secreto se propusera a ir chamá-lo. O que Shirley Kaiser fizera podia muito bem ter colocado tudo em perigo. O que se passava pela cabeça dela? Estava lidando com um pirata, cujo único objetivo era a própria sobrevivência, e matar uma mulher rejeitada não seria um problema para ele.

Davis chegou, o rosto preocupado. Ele também, aparentemente, se dera conta das implicações.

— O aeroporto de Greenville é o mais próximo de Bath. Ela fez uma loucura.

— Estou indo para lá — disse Cassiopeia.

— Não sei se posso permitir isso.

— Então, você me mete numa confusão na Casa Branca e agora não me deixa agir?

— Era algo privado. E isso não é mais. Você não está na folha de pagamento.

— Exatamente por isso que eu devo ir. E, aliás, o fato de eu não estar na folha de pagamento não foi um obstáculo na última vez em que Daniels se meteu em encrenca. — Ele pareceu entender seu recado, e ela acrescentou: — Só preciso de algumas horas e, se não tiver notícias minhas, então você manda o Serviço Secreto.

Ele refletiu por um instante e acabou concordando.

— Você tem razão. É o melhor a fazer.

— E quanto a Malone? A ligação que você atendeu lá fora era sobre ele?

— Os agentes mandaram informações. Eles estão a alguns quilômetros, em terra, mas dispõem de um equipamento telescópico com visão noturna. Um barco saiu do litoral norte há pouco tempo. Um único ocupante se dirigiu para o norte, para a costa, se afastando do local. Houve um tiroteio ferrenho, mas agora está mais calmo.

— O que você vai fazer?

— Nada — respondeu ele. — Tenho que dar a Malone o tempo que ele pediu para executar seu plano.

SESSENTA E SEIS

MALONE SE ATRACOU COM WYATT, QUE, COM GRANDE AGILIDADE, inverteu as posições e bateu com a nuca de Malone contra uma pedra.

Tudo se apagou por um instante.

A náusea invadiu sua garganta.

Wyatt se soltou dele e percebeu a presença turva de um revólver na mão direita de seu adversário.

Malone se ajoelhou.

Sua cabeça latejava a cada batida do coração. Esfregou o couro cabeludo com a mão e tentou se levantar.

— Você se dá conta de que há pessoas em posições superiores na cadeia alimentar que sabem que estamos aqui?

Wyatt largou a arma.

— Vamos acabar com isso.

— Existe um propósito verdadeiro? — A pergunta deu ao seu estômago alguns instantes para se recuperar. — O que você queria, que aqueles policiais em Nova York me matassem? Ou um agente do Serviço Secreto?

— Algo assim.

Os olhos de Malone espreitavam a escuridão, mas não conseguiam distinguir muita coisa além daquelas pilhas de pedra desabadas e escombros de madeira. O fedor dos pássaros persistia, aumentando seu enjoo.

— Tenho uma amiga que está em apuros — disse ele a Wyatt. — Stephanie Nelle. O cara que você acabou de deixar partir trabalha para as pessoas que provavelmente a sequestraram.

— Isso não é problema meu.

A raiva cresceu dentro dele. Com um salto para a frente, Malone se chocou contra o corpo de Wyatt, e os dois caíram no chão.

Mas, em vez de tombarem sobre a rigidez de uma pedra, um estalo indicou que haviam caído sobre as pranchas de madeira, e o peso dos dois juntos as fez rachar, precipitando ambos numa queda.

E continuaram caindo.

* * *

HALE ESTAVA GANHANDO TEMPO, TENTANDO ENCONTRAR UM JEITO de atingir a psique de Shirley Kaiser. Esperava que um pouco de compaixão ajudasse.

— Minha família — disse ele — tem servido a este país desde muito antes de ele existir. Ainda assim, o governo agora quer processar a mim e a meus sócios como se fôssemos criminosos.

— Por quê?

O revólver continuava apontado para sua genitália, mas ele disse a si mesmo que não devia demonstrar medo.

— Meus familiares, no início piratas, se tornaram corsários. Vivemos nesta terra há quase trezentos anos. Nós nos tornamos a Marinha para as então recém-criadas forças coloniais, destruindo os navios britânicos durante a Revolução Americana. Sem nós não haveria Estados Unidos. Realizamos missões semelhantes para muitos governos desde então. Somos patriotas, Shirley. A serviço de nosso país.

— E o que isso tem a ver comigo? Diga por que me usou para tentar matar Danny Daniels.

— Não fui eu — esclareceu ele. — Foram meus associados, sem meu conhecimento. Fiquei furioso quando descobri o que tinham feito.

— Então, eles *grampearam* meus telefones?

Cuidado. Esta mulher não é boba.

— Não. Eu fiz isso. Eu estava procurando qualquer coisa que pudesse ajudar nossa situação. Eu sabia de seu relacionamento com a primeira-dama antes de entrar em contato com você.

— Então me dê uma boa razão para eu não acabar com você.

— Você sentiria minha falta.

— Ainda usando seu charme. Você não desiste, isso eu tenho que admitir.

Ele se mexeu na cama.

Ela segurou a arma com mais firmeza.

— Fique calma — disse ele. — Estou apenas mudando a posição de meus velhos músculos.

— O que você fez com o que ouviu nos telefonemas?

— Com a maior parte, nada. Mas, quando ouvi sobre a viagem a Nova York, informei aos meus associados. Como a Casa Branca não divulgou a viagem, pensamos que seria uma boa oportunidade. Nós debatemos o assunto, mas decidimos não agir. Infelizmente, eles mudaram de ideia e não se deram ao trabalho de me avisar.

— Você sempre foi um grande mentiroso?

— Não estou mentindo.

— Você me usou, Quentin. — Sua voz não revelava raiva nem desdém.

— E então, você vem aqui, me atrai para a cama e depois atira em mim?

— Resolvi usar você um pouquinho.

— Shirley, eu e minha esposa estamos separados há muito tempo. Você sabe disso. Nós temos desfrutado de um relacionamento saudável. Enquanto estamos conversando, neste instante, meus subordinados estão em sua casa retirando os dispositivos de escuta. Isso acabou. Não podemos virar a página? E aproveitar um relacionamento ainda mais saudável, agora que...

— Agora que sabemos que você é um verdadeiro impostor e mentiroso.

— Shirley — disse ele numa voz suave. — Você não é ingênua. O mundo é um lugar complicado e todos nós temos que fazer o que é necessário para sobreviver. Basta dizer que a minha situação beira o desespero e, portanto, escolhi os meios que me pareceram capazes de trazer resultados. De fato, menti para você. No início. Mas, assim que nos conhecemos melhor, isso mudou. Você sabe que não posso fingir o tempo todo, veja o que acabamos de viver. Você é uma mulher excitante e vibrante.

A arma continuava na mesma posição.

— Você destruiu meu relacionamento com a primeira-dama.

— Ela precisa de ajuda profissional. Você sabe disso. Ou, melhor ainda, você deve permitir que Davis seja seu confidente. Ela parece gostar dele.

— Isso não é uma coisa suja.

— Tenho certeza de que não. Mas, ainda assim, é uma *coisa*. Algo que não gostariam que chegasse ao público.

— O que você vai fazer? Chantageá-los?

— Essa ideia me ocorreu. Felizmente, ideias melhores surgiram. Portanto, o segredo deles está seguro.

— Muito reconfortante.

— Por que você não baixa esse revólver e celebramos nosso novo relacionamento. Construído em cima de confiança e respeito *mútuos*?

Ele gostava dos olhos dela, tão azuis que às vezes pareciam roxos. Seus traços angulosos dissimulavam sua idade. Ela possuía a beleza ágil de uma dançarina — curvilínea, a cintura fina, os seios fartos. E sempre usava um perfume particular com aroma cítrico que pairava no ar muito depois de ela ir embora.

— Eu não acho que qualquer relacionamento entre nós seja possível — disse ela finalmente.

E então, apertou o gatilho.

* * *

Knox deixou o barco na areia e correu para seu carro, que ficara estacionado perto de algumas lojas fechadas. Estava contente por deixar para trás a ilha Paw.

Sua morte lá não fazia parte de qualquer equação possível.

Não havia ninguém nos arredores. Ele precisava sair do Canadá. E rápido. O barco roubado seria descoberto no dia seguinte. Seus dois assistentes também seriam achados dentro do forte Dominion. Um com certeza estava morto; o outro, provavelmente. Nenhum deles levava consigo uma identificação, embora ambos vivessem perto de Nags Head, na costa do Atlântico. Fazia muito tempo que ele encorajava alguns tripulantes a se mudarem de Bath para as regiões vizinhas. Quanto mais longe melhor, ainda que perto o suficiente para chegarem lá em menos de duas horas. Muitos eram solteiros, como esses dois, com poucas relações. Assim que os corpos fossem identificados e ficasse determinado que trabalhavam na propriedade, a polícia logo apareceria. Haveria investigações. Mas e daí, era por isso que a Comunidade contratava um bando de advogados. Isso não seria um problema.

Andrea Carbonell, por outro lado.

Ela era um problema.

Ele estava cansado desses receios. Cansado de vigiar a própria retaguarda. Cansado de ter medo. Um bom intendente nunca teria se deixado levar a uma situação tão arriscada.

Ainda assim, fora exatamente o que fizera.

Há um ano, ele poderia ter ficado no forte Dominion e combatido Jonathan Wyatt. Mas já havia escolhido outro rumo, algo que não tinha nada a ver com submissão ou tradição. Ele queria apenas cair fora e não ser morto, fosse pelos homens do governo ou da Comunidade.

Ele era um sobrevivente.

E Jonathan Wyatt não era seu inimigo. Tampouco Quentin Hale, na verdade, e os outros capitães.

Eles não sabiam de nada.

Somente Andrea Carbonell sabia de tudo.

SESSENTA E SETE

Bath, Carolina do Norte

Hale ouviu o gatilho estalar, mas não houve detonação.

Kaiser sorriu.

— Da próxima vez, haverá uma bala.

Ele não duvidou de seu prognóstico.

— Você faz alguma ideia da situação em que me colocou? — indagou ela. — Pauline Daniels provavelmente nunca mais falará comigo.

— Eles sabem que eu andei escutando suas ligações?

— Encontraram seu dispositivo no meu quintal.

Ele se sentiu tomado pelo pânico quando se lembrou dos dois homens encarregados de remover o equipamento. Estariam os agentes esperando por eles?

— Shirley, você precisa me escutar. Há coisas mais importantes em jogo do que seu orgulho. Todo o peso do governo dos Estados Unidos está sobre mim e meus sócios. Preciso de aliados, não de outros inimigos. Já é hora de eu me divorciar de minha esposa. Ter você aqui comigo seria um prazer enorme. — Pausa. — Para nós dois, eu espero.

Ele precisava entrar em contato com Knox e se informar sobre a situação na Virginia. Isso agora se tornara ainda mais crítico do que o que estava acontecendo na Nova Escócia.

— Você pensa realmente que isso pode me influenciar? — protestou ela. — Uma promessa de casamento? Eu não preciso de um marido, Quentin.

— Do que você precisa?

— Que tal uma resposta para a pergunta: você está mantendo prisioneira aqui uma mulher chamada Stephanie Nelle?

Ele pensou em mentir, mas novamente mudou de ideia.

— Ela faz parte dos nossos inimigos. Foi mandada aqui para nos destruir. Capturei-a em legítima defesa.

— Não estou pedindo para justificar o que fez, Quentin. Só quero saber se ela está aqui.

Um alarme soou em seu cérebro.

Como ela podia fazer tal pergunta?

Só havia uma possibilidade. Alguém lhe contara. Alguém que estava a par. Se Shirley não estivesse nua, teria suspeitado de que ela carregava um microfone escondido. Suas roupas e a bolsa que trouxera tampouco o preocupavam, pois estavam no outro quarto, a porta fechada.

— Shirley, você precisa entender que vivemos um período extraordinário. Eu fiz o que tinha que fazer. Você teria feito o mesmo. Na verdade, não é isso o que está fazendo agora? Defendendo-se como é possível?

* * *

CASSIOPEIA QUERIA DISCUTIR COM EDWIN DAVIS, MAS SABIA QUE precisava confiar no instinto de ambos, dele e de Malone.

Mas ainda havia um problema.

— Precisamos entrar em contato com Kaiser — disse ela a Davis.

— Não tenho certeza de que isso seja possível. O que vamos fazer? Telefonar para ela?

— Nós, não. Mas há alguém que poderia fazê-lo.

Ela percebeu que ele compreendera.

Davis pegou seu celular e ligou.

* * *

HALE ESPEROU QUE SHIRLEY RESPONDESSE. ELA PARECIA ESTAR PONderando sobre sua questão.

— Você me usou — disse ela por fim.

O vento e a chuva se abateram com força renovada sobre a casa. Isso a assustou.

Ele aproveitou para enfiar um soco no rosto dela.

* * *

CASSIOPEIA OUVIU DAVIS INFORMANDO A PAULINE DANIELS O QUE Shirley fizera.

— Não posso acreditar que ela tenha ido até lá — exclamou a primeira-dama.

Eles tinham se dirigido à sala de jantar para fazer a ligação, instruindo os agentes a saírem da casa.

— Ela se sentiu tão mal por causa disso — prosseguiu Pauline. — Ficou tão furiosa por ter sido usada. Ainda assim, ela nunca deveria ter ido até lá.

Mas havia algo ainda mais sério a ser levado em consideração. Aquela intervenção logo estaria na imprensa local. Assim que Hale descobrisse a sorte de seus homens, ele saberia que Kaiser estava comprometida. O que significava que ela acabara de se tornar um problema.

— Pauline — disse Davis —, ligue para ela. Agora. Veja se ela atende.

— Espere.

— Não há como manter em sigilo o que aconteceu aqui — sussurrou Cassiopeia.

— Eu sei. O tempo não está a favor de Shirley Kaiser.

— Edwin — disse Pauline no viva voz. — Ela não atende. Caiu na caixa de mensagens. Imagino que você não queira que eu deixe um recado.

— Temos que partir — disse Davis.

Cassiopeia sentiu a frustração em sua voz.

— Edwin, eu não...

Davis interrompeu a ligação.

— Isso foi grosseiro — disse Cassiopeia.

— Ela não teria gostado do que eu ia dizer em seguida. Em algum momento, todo mundo vai precisar parar de cometer erros estúpidos. Eu, inclusive.

— A vida daquela mulher está em perigo. Leve-me até lá, rápido.

Ele não argumentou.

* * *

Hale levantou-se da cama.

Kaiser estava estendida, inconsciente por causa do soco.

Sua mão doía. Teria quebrado algum osso? Ele pegou a arma e verificou. De fato, um segundo disparo teria causado imensos danos.

Sua mente disparava.

Teriam seus homens sido detidos na casa de Kaiser? Ele precisava saber. Knox continuava inacessível, provavelmente ainda estava na ilha Paw.

Ele vestiu seu roupão.

O relógio ao lado da cama marcava 21h35. Ele apanhou o interfone. Seu secretário respondeu no segundo toque.

— Mande dois homens imediatamente até meu quarto. Temos mais uma hóspede para nossa prisão.

SESSENTA E OITO

NOVA ESCÓCIA
22H20

MALONE ABRIU OS OLHOS. SEU CORPO PARECIA TOMADO DE DORES que irradiavam de suas pernas. Ele estava deitado de costas, os olhos para cima, vendo o buraco na madeira podre por onde ele e Wyatt tinham caído.

Ele verificou seus membros e descobriu que parecia não haver nenhum fraturado.

Raios de luar se projetavam lá do alto, o suficiente para lhe permitir ver que haviam caído de uma altura de cerca de 10 metros. A madeira esponjosa amortecera a queda. Havia rocha sob suas costas.

E também água gelada.

As paredes ao seu redor refletiam um brilho prateado sob a pouca luz, revelando umidade.

Ele ouviu as ondas e sentiu o cheiro dos pássaros novamente.

Onde estaria Wyatt?

Ele se esforçou para levantar-se. Uma luz irrompeu na escuridão. Um brilho singular a alguns metros de distância. Ele protegeu os olhos com o braço.

A luz desviou-se de seu rosto.

Com a claridade ambiente, ele distinguiu Wyatt segurando a lanterna.

* * *

KNOX CHEGOU À PISTA DE POUSO PARTICULAR ONDE O JATO EXECUTI-vo da Hale Enterprises aterrissara, bem ao sul de Halifax, uma insta-lação que atendia os turistas que podiam arcar com o luxo de possuir seu próprio avião.

Ele conseguira sair da Baía de Mahone e voltar para o norte sem incidentes.

Seu telefone vibrou no bolso. Ele verificou a chamada. Hale. Pode-ria muito bem lidar com ele naquele momento.

Depois de atender, contou ao capitão o que acontecera.

— Carbonell mentiu para você. Novamente. Havia outra pessoa lá. Wyatt o chamou de Cotton Malone. Com certeza não fazia parte de nossa equipe. Pelo que Wyatt falou, ele trabalha para o governo. Não posso ser responsabilizado por tudo isso...

— Eu entendo — disse Hale.

O que o surpreendeu. Em geral, Hale não compreendia nada além do sucesso.

— Carbonell é uma mentirosa — disse ele com a voz amargurada. — Ela está manipulando a todos nós. Você estava certo, e agora me pergunto se as informações que ela forneceu sobre o código são pelo menos verdadeiras.

— Ainda podem ser. Wyatt me pediu para dizer que, assim que conseguir aquelas duas páginas, ele as venderá para você. Ele fez ques-tão de que esse recado fosse transmitido.

— Então precisamos esperar que esse renegado, de quem Carbo-nell obviamente não gosta e em quem não tem confiança, esteja certo e colabore.

— Também tivemos dois tripulantes mortos lá.

— E temos um problema ainda pior.

Ele escutou, enquanto Hale lhe contava sobre Shirley Kaiser e o que poderia ter dado errado na residência dela.

Knox resolveu se arriscar.

— Capitão Hale, Carbonell está nos usando. Ela está complicando ainda mais um problema cuja solução já é complicada. Ela disse que somente ela e Wyatt sabiam sobre o local, ainda assim, Cotton Malone estava lá. Será que ela contou para ele também? Se não contou, então, com os diabos, quem mais está sabendo de tudo isso? Quanto mais teremos que nos arriscar? Até onde podemos nos aventurar?

O silêncio no outro lado da linha assinalava que Hale refletia sobre a questão.

— Eu concordo — disse Hale finalmente. — Ela precisa pagar por isso.

Excelente. A morte dela corrigiria todos os seus erros. Estaria de volta ao ponto de partida.

— Primeiro — disse Hale —, descubra se temos um problema na Virginia. Eu preciso saber. Depois, você tem minha autorização para lidar com a NIA do modo que achar adequado.

Finalmente.

Livre para agir.

Ele encerrou a ligação e se dirigiu para o avião. Havia verificado as condições do tempo e recebido permissão para decolar assim que quisesse. Não havia torre de controle ali, Halifax comandava as chegadas e partidas. Ele abriu a porta e entrou na cabine espaçosa.

— Deixe a luz acesa — disse uma voz de mulher.

Ele ficou imóvel.

Seus olhos vararam o local escuro. Na claridade lançada pelas luzes nas pistas lá fora, ele divisou três vultos sentados nas poltronas de couro.

Aquela voz foi reconhecida imediatamente.

Andrea Carbonell.

— Como está vendo — disse ela —, eu não vim sozinha. Portanto, seja um bom menino e feche a porta.

* * *

Cassiopeia estava sentada no compartimento de passageiros de um helicóptero da Força Aérea, voando da Virginia para a costa da Carolina do Norte. Edwin Davis ocupava o assento ao seu lado. Semanas antes, ele fizera um voo de reconhecimento sobre o complexo da Comunidade e obtivera uma imagem de satélite detalhada da área. O Serviço Secreto conseguira, através do departamento estadual de investigação da Carolina do Norte, que uma embarcação ficasse de prontidão no lado sul do rio Pamlico. De lá, ela chegaria à margem norte e à propriedade de Hale. Evitar a interferência da polícia local parecia o caminho mais seguro por ora, considerando que não havia como determinar até onde se estendia a influência da Comunidade.

Já era quase meia-noite. A imprensa local em Fredericksburg noticiaria o incidente na residência de Kaiser de manhã cedo. Considerando que ninguém mais estava por perto para informar o desastre, ela teria algumas horas à frente para agir.

Certamente, o complexo da Comunidade era vigiado eletronicamente, já que as câmeras ofereciam uma linha defensiva bem melhor do que os guardas. Infelizmente, Davis tinha pouca informação sobre o que a aguardaria quando chegasse lá. Ela fora informada sobre uma forte tempestade que engoliria toda a região costeira, o que lhe daria alguma cobertura.

Os agentes do Serviço Secreto que vigiavam a ilha Paw contaram que estava tudo calmo por lá na última hora.

E Malone?

Ela não conseguia afastar a ideia de que ele estava em perigo.

* * *

Wyatt olhou para Malone, que aos poucos se reerguia. Felizmente, ele havia recobrado os sentidos primeiro e conseguira encontrar a lanterna que Malone havia trazido e que resistira à queda.

— Está feliz agora? — perguntou Malone.

Ele não respondeu.

— Ah, eu me esqueci. Você não fala muito. Como é mesmo que o chamavam? A Esfinge. Você odiava esse apelido.

— Ainda odeio.

Malone ficou em pé com a água batendo em seus tornozelos, massageou o ombro e alongou as costas. Wyatt já examinara os arredores. O compartimento tinha cerca de 10 metros de altura e a metade disso em largura. Os muros eram de cascalho úmido, o chão de pedras estava inundado, seixos de ágata e jaspe reluziam em suas vigas.

— Vem da baía — disse ele, referindo-se à água.

— E de onde mais poderia vir?

Wyatt percebeu quando Malone compreendeu o significado de seu comentário. Aparentemente, ele também lera a história daquele lugar. Setenta e quatro soldados britânicos morreram no forte Dominion, numa câmara subterrânea, por causa da maré.

— Tem razão — disse ele. — Nós também estamos presos aqui.

SESSENTA E NOVE

BATH, CAROLINA DO NORTE

HALE OBSERVOU OS DOIS TRIPULANTES RETIRANDO SHIRLEY KAISER de um carrinho elétrico e carregando-a na chuva até a prisão. Ele os prevenira sobre a chegada de uma nova ocupante. Ela continuava tonta por conta do soco, um ferimento feio marcava sua face esquerda.

Ela foi empurrada para dentro pelos dois homens.

Hale os seguiu e bateu a porta.

Ele ordenara que Stephanie Nelle fosse acordada e trazida até ali, seu novo aposento. Sua intenção era colocar as duas mulheres juntas, já que nunca se sabe o que poderiam dizer uma a outra. Uma escuta eletrônica não deixaria escapar sequer uma palavra.

Nelle estava em pé na cela, observando a aproximação deles. A porta foi aberta e Kaiser jogada lá dentro.

— Sua nova companheira de quarto — disse Hale a Nelle.

Ela examinou o ferimento no rosto de Kaiser.

— Você fez isso? — perguntou Nelle.

— Ela estava sendo demasiadamente desagradável. E tinha um revólver apontado para mim.

— Eu devia ter atirado — retorquiu Kaiser.

— Você teve sua oportunidade — disse ele. — Estava perguntando sobre Stephanie Nelle. Aqui está ela. — Ele encarou Nelle. — Você conhece um homem chamado Cotton Malone?

— Por quê?

— Por nada, só que ele apareceu onde não era esperado.

— Se Malone apareceu — disse Nelle —, vocês vão ter problemas.

Ele deu de ombros.

— Duvido muito.

— Você pode conseguir um saco de gelo para esta mulher? — pediu Nelle. — Ela está com um calombo horrível no rosto.

Não se tratava de um pedido insensato, assim, ele ordenou que o atendessem.

— Afinal, ela deve ficar com a melhor aparência possível.

— O que quer dizer com isso? — perguntou Nelle.

— Assim que a tempestade passar, vocês duas vão velejar. Uma última viagem. No alto-mar, onde vocês ficarão.

* * *

CASSIOPEIA NAVEGOU PELAS ÁGUAS SOMBRIAS E AGITADAS DO RIO Pamlico. Havia chegado do oeste e desembarcado do helicóptero a 1 quilômetro do litoral sul. Os agentes do departamento estadual de investigação que esperavam por ela e Davis apontaram para os quase 3 quilômetros de extensão a transpor. Embora ela não pudesse ver, disseram-lhe que havia um ancoradouro se estendendo sobre as águas do rio e, ao lado do cais, eles deveriam encontrar atracado um iate de 60 metros, o *Adventure*, que pertencia a Hale. Se ela quisesse chegar à propriedade, aquele era o melhor lugar. Bastava manter a direção certa que eles informaram. Mas isso se revelou difícil. Um temporal chegara do mar. Não era exatamente uma tempestade tropical, porém suficientemente forte, com ventos impetuosos e chuva torrencial. Os últimos minutos do trajeto de helicóptero não foram agradáveis. Davis ficaria por perto, esperando seu sinal ou o amanhecer, o que viesse primeiro.

Em seguida, ele avançaria com os agentes do Serviço Secreto que se reuniam ao norte de Bath.

A chuva a açoitava.

Ela desligou o motor e permitiu que o barco deslizasse para perto do ancoradouro de Hale. Encontrara exatamente o que lhe tinham dito. As ondas ultrapassavam 1 metro de altura, e ela teve que tomar cuidado para não causar um acidente. O iate atracado ao cais era de fato impressionante. Três mastros, sua dimensão e forma indicando que armazenava um daqueles sistemas de velame automático que ela já vira antes. Não havia luz em lugar algum, o que era incomum. Mas podia ser por causa da tempestade. Uma pane de energia, talvez.

Através da chuva, ela avistou algo se movendo no convés.

E no ancoradouro.

Homens.

Correndo em direção à propriedade.

* * *

— POR QUE É NECESSÁRIO TUDO ISSO? O QUE ACONTECEU ENTRE NÓS já faz tanto tempo — perguntou Malone a Wyatt.

— Achei que eu tinha uma dívida com você.

— E por isso você me envolveu numa tentativa de assassinato contra o presidente? O que teria acontecido se eu não tivesse paralisado as armas?

— Eu sabia que você faria alguma coisa. Depois, você seria acusado ou baleado.

Malone queria acertar um soco naquele filho da puta, mas percebeu que seria em vão. Observou então o local em que estavam confinados. O nível da água no chão permanecia na altura dos calcanhares.

— Então por que você simplesmente não me mata? Para que todo esse drama?

— Isso não importa mais.

— Você quer dizer que sua dívida agora é muito maior com outra pessoa.

— Quero dizer que isso não importa mais.

Malone balançou a cabeça.

— Você é uma figura estranha. Sempre foi.

— Há uma coisa que você deveria ver — disse Wyatt. — Eu achei, enquanto você estava desacordado.

Wyatt apontou a lanterna para um corredor de pedra. A 7 metros dali, gravado numa pedra, cintilando com a umidade e incrustado de algas, havia um símbolo.

Θ

Malone o reconheceu imediatamente como sendo parte da mensagem de Jackson.

— Algum outro?

— Podemos procurar.

Ele olhou para cima, o local de onde haviam despencado. Não havia meios de escalar; eram pelo menos 10 metros de altura e as paredes estavam escorregadias, cheias de limo. Nenhum ponto de apoio.

Então, por que não? O que mais poderia fazer ali?

— Mostre o caminho — disse ele.

* * *

HALE RESOLVEU DORMIR ALGUMAS HORAS. ERA IMPOSSÍVEL IR PARA alto-mar com um tempo daquele. O *Adventure* era ótimo, mas toda embarcação tinha seus limites. Ele já dera ordens para que sumissem com o carro alugado de Kaiser, levando-o para longe dos limites de sua propriedade, onde não pudesse ser encontrado. Ainda não tivera notícias dos dois homens enviados à casa dela e concluiu que haviam sido mortos ou capturados. Mas, se tivessem sido pegos, por que então a polícia ainda não havia aparecido por lá?

Ele saiu da prisão e caminhou até seu carrinho elétrico.

Um alarme soou.

Seus olhos se fixaram nas árvores escuras ao seu redor, na direção de sua casa. Não havia luzes.

Um homem saiu correndo da prisão e veio em sua direção sob a chuva.

— Capitão Hale, há intrusos na propriedade.

* * *

CASSIOPEIA OUVIU O ALARME E, EM SEGUIDA, OS DISPAROS ININTERruptos de armas automáticas.

O que estaria acontecendo?

Ela saltou do barco, levando uma corda na mão para amarrá-lo a uma estaca.

No alto da escada do píer, ela sacou sua arma e se dirigiu para a terra firme.

* * *

HALE VOLTOU CORRENDO ATÉ A PRISÃO. ELE OUVIRA OS TIROS AO longe. Um som perturbador em sua fortaleza solitária. Pegando um telefone, entrou em contato com o centro de segurança.

— Dez homens entraram na propriedade pelo perímetro norte — disseram-lhe. — Eles desativaram os sensores de movimento e nós os vimos pelas câmeras.

— Polícia? FBI? Quem são eles?

— Não sabemos. Mas estão aqui, atirando, e não agem como policiais. Eles cortaram a eletricidade da residência principal e do ancoradouro.

Ele sabia quem era.

NIA.

Andrea Carbonell.

Quem mais?

* * *

Knox queria deixar a Nova Escócia, mas Carbonell e seus dois acompanhantes não pareciam apressados. Ele resolveu não testar a paciência deles, pelo menos não por ora, e ficou sentado dentro do avião.

— Você achou o que veio procurar? — perguntou ela.

Ele não ia responder.

— Dois de meus homens estão mortos naquele forte. O seu homem, Wyatt, está enfrentando alguém chamado Cotton Malone. Você o mandou para lá também?

— Malone está lá? Interessante. Ele está a serviço da Casa Branca.

Só então ele se deu conta da razão de ela se encontrar ali.

— Você vai ficar com o que eu encontrei. Você não tem a intenção de permitir que os capitães fiquem com a solução.

— Preciso ter em mãos essas duas páginas extraviadas — disse Carbonell.

— Você ainda não entendeu, não é mesmo? A Comunidade não é sua inimiga. Mas você saiu dos eixos, e agora é.

— Sua Comunidade é radioativa. A CIA, a NSA, a Casa Branca, todas estão fechando o cerco.

Aquilo não anunciava nada de bom.

— Temos que voltar à ilha Paw — disse ela.

— Eu vou embora.

— Não há lugar algum para onde você possa ir.

O que significava aquilo?

— Sua preciosa Comunidade está sendo atacada neste instante.

— Por você?

Ela confirmou.

— Resolvi que era preciso resgatar Stephanie Nelle. E se Hale ou um dos capitães forem mortos enquanto isso? Seria bom para todos nós, não é?

Ela mexeu o braço direito e ele identificou o contorno de um revólver em sua mão.

— O que explica o outro motivo de eu me encontrar aqui — concluiu ela.

Ele ouviu um estalo, depois algo perfurou seu peito.

Lancinante.

Doloroso.

Um segundo depois, o mundo desapareceu.

SETENTA

Nova Escócia

Malone lembrou-se do que a dona da livraria lhe dissera sobre os símbolos. Que podiam ser achados em vários locais dentro do forte e em pedras em toda a ilha, mas ela não dissera nada sobre a presença deles ali embaixo. Era compreensível, considerando que ali os símbolos estavam além de qualquer limite, com certeza.

A passagem onde estavam encurralados parecia se estender de uma extremidade a outra do forte. Aberturas sombrias pontilhavam as paredes em várias alturas. Nenhuma delas parecia natural, as pedras haviam sido cortadas por mãos humanas. Ele examinou um dos buracos e percebeu uma canaleta retangular, que se perdia na escuridão e que também havia sido feita à mão. Posicionadas em pontos entre 1 e 2 metros de altura, todas gotejando o que restara da maré cheia da véspera. Ele sabia do que se tratava.

Válvulas e canos de escoamento.

— Seja quem for que construiu este lugar, se certificou de que ele poderia ser completamente inundado — disse Malone a Wyatt. — Essas aberturas são as únicas saídas.

Ele começou a sentir o que aqueles 74 soldados britânicos deviam ter sofrido. Os espaços subterrâneos não eram seus favoritos. Especialmente quando se encontrava confinado.

— Eu não sacrifiquei aqueles dois agentes — disse Wyatt.

— Nunca achei que os tivesse sacrificado. Simplesmente achei que você foi imprudente.

— Tínhamos uma missão a cumprir. Eu só a executei.

— Que importância tem isso neste momento?

— Tem importância, só isso.

E então ele se deu conta. Wyatt lamentava sinceramente aquelas duas mortes. Na época, ele não pensara assim, mas agora via as coisas de modo diferente.

— A morte deles o incomoda?

— Sempre incomodou.

— Você deveria ter dito isso.

— Não é meu estilo.

Não, provavelmente não.

— O que aconteceu lá em cima? — perguntou ele. — A Comunidade veio matá-lo?

— A NIA enviou alguém da Comunidade para me matar.

— Carbonell?

— E ela vai se arrepender.

Eles chegaram a um ponto em que se abriam mais dois túneis na rocha, formando uma junção em Y. Com a lanterna, Wyatt examinou outra canaleta que se abria na parede, essa na altura dos ombros.

— Dá para ouvir a água do outro lado.

— Consegue ver alguma coisa?

Wyatt balançou a cabeça.

— Não vou ficar aqui esperando a maré encher. Isso deve levar até o mar. Agora é a hora de descobrir, antes de esses túneis começarem a inundar.

Malone concordou.

Wyatt largou a lanterna e tirou o casaco, Malone a pegou e iluminou a região em que os dois túneis se uniam. Já que estavam ali, poderiam muito bem efetuar um reconhecimento completo.

Algo lhes chamou a atenção.

Outro símbolo, gravado na pedra à esquerda, onde a passagem principal se dividia em duas.

Φ

Ele recordou-se da mensagem de Jackson. Examinando as demais paredes, identificou um segundo símbolo, oposto ao primeiro.

:

E então, na parede diretamente oposta a essas, na extremidade da primeira passagem, mais dois símbolos, com cerca de 2 metros de distância entre eles.

ΧΘ

Com esses, já eram quatro dos cinco que Jackson incluíra em sua mensagem. E havia algo mais. A posição deles tinha relação entre si.

Wyatt notou seu interesse.

— Estão todos aí.

Não exatamente.

Ele avançou pelo chão encharcado até a interseção entre os três túneis. Quatro marcadores o cercavam. E o quinto? Embaixo? Ele duvidou disso, então olhou para cima e iluminou o teto com a lanterna.

Δ

— O triângulo marca o local — disse ele.

A água começou a jorrar das canaletas inferiores, invadindo o lugar, agitando o chão com ondas geladas.

Ele recuou até onde estava Wyatt, focando a lanterna à direita e à esquerda.

Malone ergueu o braço direito e deu um soco no queixo de Wyatt

Wyatt cambaleou para trás, caindo dentro d'água.

— Estamos quites, agora?

Mas Wyatt não disse nada. Simplesmente se levantou, pulou dentro da canaleta mais próxima e desapareceu na escuridão.

* * *

CASSIOPEIA PROCUROU REFÚGIO ATRÁS DE ALGUMAS ÁRVORES, OBservando a casa, a 15 metros de distância. O zunido do vento executava uma sinfonia de notas agudas. Ela percebeu silhuetas escuras correndo de um lado para outro, e mais tiros foram disparados. Resolveu se arriscar e pegou seu telefone, ligando para o número de Davis.

— O que está acontecendo? — perguntou ele imediatamente.

— O lugar está cercado.

— Estamos ouvindo tiros. Já verifiquei com Washington. Não vem de ninguém que possamos identificar.

— Mas isso nos dá uma boa cobertura — disse ela. — Fique firme e vamos manter o plano.

— Não gosto nada disso — reagiu Davis.

— Eu tampouco. Mas já estou aqui.

Ela encerrou a ligação.

* * *

WYATT SE ESGUEIROU PELO TÚNEL EXÍGUO. MENOS DE 1 METRO DE altura e um pouco mais do que isso em largura. A água fria continuava escorrendo, vinda do mar com intensidade cada vez maior, a torrente cada vez mais distinta.

Estava chegando ao final.

Em todos os sentidos.

Ele deixara Malone agir. Teria feito o mesmo, ou pior, se estivesse no lugar dele. Malone continuava sendo demasiadamente presunçoso para seu gosto, mas aquele filho da puta arrogante nunca lhe mentira.

E havia algo mais, além disso.

Andrea Carbonell o enviara ao Canadá, garantindo-lhe repetidas vezes que a viagem seria mantida em sigilo entre os dois. Depois, ela rapidamente informou à Comunidade.

Ele podia imaginar o acordo que fizera.

Matem Jonathan Wyatt e podem ficar com qualquer coisa que venha a ser achada.

E isso o irritava mais do que Cotton Malone.

Ele havia se saído bem nos últimos dias, impedindo o assassinato do presidente dos Estados Unidos e chegando o mais perto possível da solução do quebra-cabeça criado por Andrew Jackson tanto tempo atrás. Ele teria salvado a vida de Gary Voccio também, se o homem não tivesse entrado em pânico. Seu confronto físico com Malone parecia ter suprimido qualquer rancor que ainda existisse nele depois de oito anos.

Em seu lugar, irrompia uma nova fúria.

Raios esmaecidos de luz surgiram à sua frente.

Dentro da escuridão absoluta, qualquer claridade, por menor que fosse, era bem-vinda. A água gelada agora chegava aos cotovelos. Wyatt continuou engatinhando. O final do túnel apareceu e ele viu um poço dentro de uma caverna rochosa. As ondas lambiam suas laterais à medida que a água subia até a canaleta. Além da entrada da caverna, ele avistou o mar aberto, com faixas luminosas de luar cintilando em sua superfície agitada.

Ele começou a entender aquela engenharia. As colunas haviam sido escavadas dentro da rocha em vários pontos, formando um espaço vazio no subsolo do forte. À medida que a maré enchia, o poço também enchia, inundando cada túnel por sua vez, impulsionando a água na direção dos compartimentos. Quando a maré baixava novamente, a água ia embora. Um mecanismo simples, que utilizava a gravidade e a natureza, mas ele se perguntava qual teria sido seu objetivo no começo.

Quem se importava?

Ele estava livre.

SETENTA E UM

KNOX ACORDOU.

Um ar frio atravessou seu corpo. Sua cabeça doía e sua visão estava turva. Podia ouvir o ronco monótono de um motor e sentia seu corpo sendo balançado. Então percebeu. Estava de volta a Baía de Mahone. Num barco. Com três pessoas a bordo.

Dois homens e Carbonell.

Ele se levantou.

— Viu como meu dardo funciona? — indagou Carbonell.

Ele se lembrou da arma em sua mão, do estalo e, em seguida, da pontada no peito. Ela lhe injetara um tranquilizante. Não era necessário perguntar aonde estavam indo. Ele já sabia. Ilha Paw.

— É o mesmo barco que você roubou mais cedo — disse ela.

Ele esfregou a cabeça dolorida e sentiu vontade de tomar uma dose de bourbon.

— Por que estamos voltando?

— Para terminar o que você começou.

Knox tentou se recompor. Tudo oscilava, e não era por causa do barco.

— Você sabe que Wyatt não vai ficar contente ao ver você? — perguntou ele.

— Na verdade, estou contando com isso.

* * *

CASSIOPEIA ASSISTIU AO ATAQUE À RESIDÊNCIA DE HALE. QUEM quer que fossem aqueles invasores, eles não estavam sendo sutis. Os tiros tinham cessado, mas ainda havia muito movimento, ambos os lados pareciam buscar uma melhor posição. Ela piscou os olhos sob a chuva e tentou visualizar a casa escura, todas as janelas desprovidas de luz. Na verdade, não havia luzes acesas em lugar algum.

Alguém saiu rapidamente por uma porta lateral.

Um homem se agachou e se esgueirou até os degraus da varanda, onde se refugiou, mantendo-se abaixado. As mãos abertas indicavam que não carregava uma arma. Seria Hale? Ela observou o vulto correndo sob a chuva e o vento rumo ao bosque, dissimulando-se entre os troncos e avançando na direção do cais, de onde ela acabara de vir.

Mais alguns tiros foram disparados ao longe.

Ela partiu na mesma direção daquele homem, tentando não fazer ruído. As folhas molhadas, as raízes e os galhos caídos desafiavam seu equilíbrio. Felizmente o solo era basicamente de areia e terra, que parecia secar bem rápido. Não havia lama. Ela encontrou uma estrada de cascalhos que levava até o cais, a mesma ao longo da qual ela seguira até a casa, e avistou sua presa, uns 20 metros à frente, correndo pelo lado direito da estrada.

Cassiopeia avançou rápido, reduzindo a diferença para 10 metros, antes de ele perceber que estava sendo seguido. Quando ele virou a cabeça, ela parou e apontou sua arma.

— Fique parado aí.

O homem permaneceu imóvel.

— Quem é você? — perguntou ele.

Não era a voz de uma pessoa com a idade que ela creditava a Hale. Então, em vez de responder à pergunta, ela lhe fez a mesma.

— Quem é você?

— Sou o secretário do Sr. Hale. Não sou pirata nem corsário. Detesto armas e não quero ser baleado.

— Então é melhor responder às minhas perguntas, se não quiser descobrir a dor de uma bala no seu corpo.

* * *

MALONE SAIU NADANDO PELA CAVERNA E ALCANÇOU A BAÍA DE MAHONE. O mar estava gelado. Ele limpou a água dos olhos e avistou o forte Dominion. O túnel por onde saíra acabava na fissura de uma rocha. Ele se perguntou onde estaria Wyatt. Não o vira ou ouvira mais. O túnel pelo qual Wyatt aparentemente saíra dava em outra caverna. Se tivesse conseguido, deveria estar nadando por ali, mas Malone não conseguia ver ou escutar grande coisa além do ponto em que estava. Ele deveria estar muito mais furioso com Wyatt. Mas havia um detalhe. Se Wyatt não o tivesse envolvido naquilo tudo, ele não estaria em posição de ajudar Stephanie.

Parecia estranho, mas sentia-se grato por isso.

Era preciso sair de dentro d'água, então ele começou a nadar em direção à parte plana da ilha, ao sul do forte. Ele achou uma praia pequena e saiu do mar. O ar noturno congelava seus ossos. Seu casaco ficara no forte, assim como o de Wyatt, pois só teriam servido para dificultar a saída. Ainda bem que ele trouxera roupas para trocar.

O fedor dos pássaros recomeçou quando chegou à ilha, rumando para onde deixara o barco. Ele se lembrou de que havia um rolo de corda de náilon que poderia ser usado para retornar ao compartimento subterrâneo. Precisaria esperar que a maré vazasse e aproveitaria aquele período para uma exploração segura. Certamente, Andrew Jackson conhecera o forte Dominion e sabia o que tinha ocorrido ali durante a Guerra da Independência. Por que outro motivo teria escolhido um local tão difícil? Talvez porque, mesmo que o criptograma fosse decifrado e o cilindro de Jefferson encontrado, a natureza protegeria seu segredo, pronta a impedir o acesso dos caçadores mais espertos.

Ele avançou pela mata e encontrou seu barco. Uma brisa vinda do leste remexia pequenos tornados de areia, perto da água. Ele arrancou sua camisa molhada. Antes de colocar outra, verificou seu telefone celular. Edwin Davis ligara quatro vezes. Ele apertou o botão de rediscagem.

— Como estão as coisas por aí? — perguntou Davis.

Ele relatou o desastre, mas também o sucesso.

— Temos um problema aqui — disse Davis.

Malone ouviu o que Cassiopeia havia feito e perguntou:

— E você a deixou partir?

— Parecia ser a única saída. A tempestade oferece uma cobertura excelente. Mas, pelo visto, não somos os únicos a pensar assim.

— Estou indo para aí.

— Você não devia achar aquelas páginas?

— Não vou ficar sentado aqui esperando a maré baixar enquanto Stephanie *e* Cassiopeia estão em apuros.

— Você não sabe. Cassiopeia pode se virar sozinha.

— Há muita coisa que pode dar errado. Volto a entrar em contato quando estiver voando. Mantenha-me informado.

Ele encerrou a ligação e despiu o restante de suas roupas molhadas, substituindo-as pelas secas que estavam no barco. Antes de sair da praia, ligou para os pilotos do Serviço Secreto e lhes disse para se prepararem para a partida. Ele estava a caminho.

* * *

WYATT ENCONTROU SEU BARCO NA COSTA NORTE DA ILHA. SEU CORpo estava gelado, as roupas encharcadas após ter nadado nas águas frias do mar. Ele previra passar a noite na ilha e, não sabendo o que esperar, trouxera uma muda de calça e camisa. Havia trazido também um saco com suprimentos, incluindo fósforos, que ele usou para acender uma fogueira bem perto da praia.

O que teria acontecido com Malone?

Ele não fazia ideia, não o viu ou ouviu enquanto atravessava o mar agitado da baía. Estava cansado após ter nadado inteiramente vestido, seus músculos pareciam desacostumados àquele exercício. Ele se agachou bem perto das chamas e aumentou o fogo acrescentando mais ramos e gravetos. Esperava que Knox tivesse conseguido voltar ao litoral e passar a mensagem aos capitães. Ele não tinha a menor intenção de cumprir a promessa de lhes entregar as duas páginas extraviadas.

Só tinha uma coisa em mente.

Matar Andrea Carbonell.

Ele mudou de roupa e lamentou não dispor de outro casaco como o que deixara no compartimento subterrâneo do forte. Voltar pela baía era arriscado. Estava com fome e pegou duas barras de cereais e uma garrafa de água. Ele devolveria o barco roubado, mas o deixaria onde não pudesse ser encontrado nos próximos dias.

Deu uma olhada no relógio.

Eram 23h50.

Luzes na baía chamaram sua atenção. Ele avistou um barco vindo à toda velocidade para a ilha, procedente de Chester. Tão tarde assim? Ele se perguntou se seria a polícia, alertada sobre o tiroteio.

Rapidamente, apagou sua fogueira e se escondeu na mata ·

O barco ajustou seu rumo e agora vinha bem na sua direção.

* * *

Knox sentou-se na popa e tentou clarear os pensamentos.

— O que você tem a ganhar voltando lá? — perguntou ele a Carbonell.

Ela se aproximou dele.

— Em primeiro lugar, temos que limpar a sujeira que você deixou. Os corpos dos dois homens ainda estão lá, não é? Aparentemente, você não se preocupou com isso. Ou estava com tanta vontade de me matar que não deu importância a esse detalhe?

Como essa mulher conseguia ler seus pensamentos?

— É isso mesmo, Clifford. Eu escutei o que Wyatt lhe disse. Eu tinha um homem no local, observando tudo. Você achou que a jogada mais inteligente era fazer o que Wyatt pedia e sair de lá. Acabar comigo. Com a minha morte, você estaria limpo, já que ninguém saberia do nosso... acordo. Estou enganada?

— Por que você está atacando a Comunidade? — perguntou Knox.

— Digamos simplesmente que a morte de Stephanie Nelle não seria mais interessante para nenhum de nós. E, se eu conseguir encontrar aquelas duas páginas extraviadas, minhas ações se valorizarão ainda mais. Se você se comportar como um bom menino, continuará respirando. Posso até lhe arrumar o trabalho que mencionei. E os capitães? — Ela fez uma pausa. — Eles vão acabar na prisão.

Ele precisou interferir.

— Você não tem as duas páginas extraviadas.

— Mas Wyatt ou Malone as têm, ou as terão em breve. Conheço os dois. Nossa tarefa é descobrir qual deles, e depois matar ambos.

Um dos homens fez um sinal para Carbonell, apontando para o meio da topografia plana da ilha. Knox olhou na mesma direção. Por um instante, uma luz cintilou, como a chama de um fogo, depois sumiu.

— Está vendo? — disse Carbonell. — Um deles está ali agora.

SETENTA E DOIS

Carolina do Norte

Hale tinha a situação sob controle. Costumava manter uma dúzia de tripulantes na propriedade o tempo todo, todos muito bem-treinados. Dera ordens para abrirem o arsenal, e todos se armaram. O ataque parecia estar concentrado no prédio da residência principal e no da cadeia. Mas pelo menos quatro homens armados estavam lá fora, entre as árvores, atirando contra a prisão. A energia fora cortada em ambos os prédios, mas a prisão era equipada com um gerador reserva.

— Algemem as duas prisioneiras — disse ele. — E ponham mordaças também.

Os homens se mexeram.

Ele estava em contato permanente via rádio com o centro de segurança. Outros tripulantes foram convocados para a propriedade, e ele resolvera que deslocar as prisioneiras para o *Adventure* seria uma medida prudente. Hale virou-se para o carcereiro.

— Quero que aqueles homens lá fora fiquem ocupados. Que não saiam dali.

O carcereiro assentiu.

Ele desceu ao andar térreo e se dirigiu a uma entrada secundária. Havia sido construída na fachada externa da parede, invisível para qualquer um que não soubesse que existia. Um homem que ele deixara posicionado ali meia hora antes informou que estava tudo calmo lá fora. Isso não o surpreendia, já que não havia janelas ou entradas visíveis daquele lado. Aparentemente, Carbonell resolvera cuidar sozinha de Stephanie Nelle. Mas isso o levava a pensar. Seria aquela uma missão de resgate? Era a única coisa que fazia sentido. Ela nunca chamaria tanta atenção para matar Nelle.

As coisas haviam mudado.

Mais uma vez.

Ótimo. Ele se adaptaria.

Nelle e Kaiser foram levadas para fora da cela, mãos e pés atados e bocas amordaçadas. Ambas tentavam resistir.

Ele ergueu a mão, interrompendo a remoção.

Ao se aproximar de Stephanie Nelle, que se contorcia, ele encostou levemente o cano do revólver na cabeça dela.

— Fique quieta, senão eu mato vocês duas de uma vez.

Nelle parou de se debater, seus olhos iluminados de ódio.

— Veja dessa maneira — disse ele. — Quanto mais tempo você tiver para respirar, mais chances terá de viver. Uma bala na cabeça acaba tudo de uma vez.

Nelle assentiu, olhou nos olhos de Kaiser e balançou a cabeça, como se dissesse *chega*.

— Ótimo. Eu sabia que você seria sensata.

Ele fez um gesto para que ambas fossem levadas para fora. Um dos veículos elétricos aguardava sob a chuva. As duas mulheres foram colocadas na carroceria molhada. Dois homens armados mantinham a guarda, vigiando as árvores, atentos à tempestade.

Tudo parecia tranquilo.

Os dois homens armados subiram no veículo.

Ele já lhes dissera para evitar a estrada principal até o cais e tomar a secundária, que era basicamente usada pelos equipamentos agrícolas da propriedade.

E rápido.

O carrinho saiu.

Ele retornou à prisão. Sendo o capitão, era seu dever permanecer com seus homens.

E assim ele faria.

* * *

CASSIOPEIA SE APROXIMOU DA CONSTRUÇÃO QUE O SECRETÁRIO DE Hale identificara como a prisão. Ela ficou sabendo por intermédio do homem aterrorizado que Stephanie Nelle e Shirley Kaiser estavam detidas lá dentro. Descobrira também que o prédio estava sofrendo um ataque, e, assim, ela se aproximou pela retaguarda, ao leste, escondendo-se atrás das árvores, sem ver ninguém até então. Mas isso não significava muito. A tempestade oferecia uma excelente cobertura para ela e para todos.

Uma porta se abriu na parte de trás da casa. Pelo feixe de luz que escapou do interior, viu duas mulheres sendo carregadas para fora.

Ela sentiu o coração apertado.

Então percebeu que estavam com as mãos e os pés amarrados. Não se amarram cadáveres.

Dois homens armados com rifles mantinham a guarda e outro parecia estar no comando. Ambas as prisioneiras foram colocadas no banco de trás de um veículo não muito maior do que um carrinho de golfe. Os dois homens com os rifles embarcaram nos assentos da frente.

Os outros entraram no prédio.

O veículo saiu pela escuridão.

Enfim, uma pausa.

* * *

WYATT RECUOU PARA O INTERIOR DO BOSQUE QUE DAVA PARA A COSta norte e observou o barco se aproximando da praia.

Quem seriam? Os tiros certamente os atraíram. Avistou quatro pessoas a bordo. Uma com cabelos longos e mais magra. Uma mulher.

A proa do barco alcançou a areia.

A mulher e um dos homens saltaram, ambos com armas nas mãos. Outro homem, diante do leme, também empunhava um revólver. Com uma lanterna, eles examinaram o barco que Wyatt roubara. Em seguida, avançaram cautelosamente para o interior da ilha, na direção da fogueira apagada.

— Ele está aqui — ele ouviu a mulher dizer.

Carbonell.

A sorte agora estava ao seu lado. Mas ele não gostava das desvantagens. Quatro contra um, e sua munição era limitada. Só lhe restavam cinco balas no cartucho.

Então ele permaneceu imóvel.

— Muito bem, Jonathan — gritou Carbonell. — Nós vamos até o forte limpar a sujeira que você fez. Tenho certeza de que você consegue chegar lá antes de nós. Se quiser brincar, já sabe onde me encontrar.

* * *

Knox não queria estar ali. Aquilo era insano. Carbonell estava deliberadamente desafiando Wyatt. E quanto ao tal de Cotton Malone? Ainda estaria por ali? Ele observou Carbonell apanhando seu celular e apertando algumas teclas. Ela escutou por um instante e depois desligou.

— Jonathan — gritou ela. — Acabo de saber que Malone saiu da ilha. Agora, estamos sós.

Knox deu uma olhada no relógio. Quase meia-noite.

Mais algumas horas e amanheceria.

Precisariam estar longe dali.

Carbonell voltou para o barco, parecendo perceber sua irritação.

— Relaxe, Clifford. Quantas vezes você participou de uma batalha com profissionais experientes? E é exatamente isso que o Jonathan é. Um profissional.

* * *

Wyatt ouviu o elogio, que interpretou como sendo tudo, menos isso. Ela o estava provocando. Mas tudo bem. Ele ia matá-la nesta noite, dentro do forte Dominion.

Mas ainda havia outra coisa.

Carbonell tinha vindo ali anunciar suas intenções.

Ela o guiava. Empurrava-o para a frente.

Na direção do forte.

Ele sorriu.

* * *

Cassiopeia correu pela floresta de ciprestes repletos de musgos gotejantes. O carrinho com Stephanie e Shirley seguiu na direção de um caminho de pedras que cortava uma trilha, passando pela casa de Hale e indo até o rio. Não tomara a estrada principal, mas uma secundária, muito provavelmente usada para evitar qualquer um que decidisse fazer uma visita à propriedade numa noite de tempestade.

O veículo avançava lentamente na chuva, seu motor elétrico gemendo, depois virou à esquerda e seguiu por um atalho reto entre as árvores. Ela calculou sua aproximação com cuidado, as mãos vazias afastando as folhagens. Balançou a cabeça para manter a visão nítida, preparando-se para o golpe.

Ela viu o veículo se aproximando à esquerda, aparecendo e sumindo atrás dos galhos, vindo na sua direção.

Esperou até que ele estivesse perpendicular ao atalho e então saiu de seu esconderijo, derrubando com o corpo o homem sentado no banco da frente.

SETENTA E TRÊS

SEGUNDA-FEIRA, 10 DE SETEMBRO

0H20

HALE RECEBEU A NOTÍCIA QUE TANTO ESPERAVA — REFORÇOS HA-
viam chegado ao lado de fora da prisão e estavam se posicionando.
Os invasores estavam encurralados. O mesmo acontecia quando os
corsários surpreendiam suas presas, cercando-as, o nó se apertando, prestando atenção uns nos outros para juntos avançarem sobre
o alvo.

Ele encarou os seis tripulantes dentro da prisão.

— Vamos revidar com força, vamos enxotá-los. Nossos homens estão esperando por eles do outro lado.

Todos concordaram.

Hale não sabia o nome de nenhum deles, mas eles o conheciam, e
era isso que importava. Mais cedo, haviam testemunhado a vingança
que ele e os outros capitães podiam infligir. Por isso, todos ali pareciam
dispostos a agradá-lo.

Mas não estava lhes pedindo nada que ele não planejasse fazer
também.

Estava cansado de bancar o pacificador.

Era hora de desferir um golpe que seus oponentes entenderiam.

— Quero somente um deles vivo — esclareceu.

* * *

CASSIOPEIA VIU QUANDO O MOTORISTA DO VEÍCULO FOI JOGADO para o leito da estrada. O homem ao seu lado estava agora tentando manter o controle, segurando o volante. Um cruzado de direita o lançou para fora do carrinho. Ela se colocou em posição, enquanto as rodas paravam.

Apontou o revólver para trás, na direção de seus oponentes.

Os dois homens estavam tentando se levantar, agarrando os rifles.

Ambos foram derrubados, cada um com um tiro certeiro.

Ela se aproximou das silhuetas imóveis deitadas na estrada, as duas mãos segurando a arma, e chutou os rifles para longe.

Nenhum deles se moveu.

Um estava com o rosto virado para cima, a boca se enchendo de chuva; o outro, estendido lateralmente, com as pernas formando um ângulo estranho.

Ela voltou rapidamente para o veículo.

* * *

KNOX ENTROU NOVAMENTE NO FORTE DOMINION, DESSA VEZ COMO prisioneiro de Andrea Carbonell.

— Quantos homens você tem aqui? — perguntou ele.

— Agora, só estes dois. Dei ordem aos outros para partir.

Mas por que ele deveria acreditar nela? Claro, quanto menos testemunhas para o que ela estava prestes a fazer melhor, mas ele não se iludia. Jonathan Wyatt não era o único que estava na lista de Carbonell; ele também estava. Ela o levara a pensar que ainda eram aliados, que seus interesses permaneciam os mesmos — *posso até lhe dar um emprego* —, mas ele sabia que não era assim.

Ela também estava fazendo algo que ele nunca a vira fazer antes.

Levar uma arma.

Ela fez com que Knox parasse nas entranhas do forte, com aquelas construções em pedaços e muros derrubados ao redor, o fedor dos pássaros agora mais intenso no ar frio. Ele se lembrou da geografia do forte durante sua primeira visita e se perguntou o quanto Carbonell conhecia aquele local.

Talvez seu conhecimento lhe desse uma ligeira vantagem.

Os dois homens da Comunidade estavam estendidos uns 15 metros acima deles. Eles portavam armas. Era preciso tomar uma atitude.

Mas Knox só teria uma chance.

Faça com que valha a pena.

* * *

MALONE VOAVA PARA O SUL, SAINDO DO ESPAÇO AÉREO CANADENSE e voltando para os Estados Unidos. Estava preocupado com Cassiopeia, lamentando que ela tivesse ido sozinha até a propriedade. Tudo bem, era corajosa, e ele sabia como ela se sentia em relação a Stephanie. E todos estavam frustrados, querendo fazer alguma coisa. Mas sozinha? Por que não? Ele provavelmente teria feito o mesmo, mas isso não queria dizer que gostasse da ideia.

O telefone do avião tocou.

— Está caindo uma tremenda tempestade por aqui — disse Edwin Davis, da Carolina do Norte. — Isso está criando muito transtorno. Você pode ter dificuldades para pousar.

— Nós nos preocuparemos com isso daqui a três horas. O que está acontecendo do outro lado do rio?

— O tiroteio recomeçou.

* * *

CASSIOPEIA ARRANCOU A FITA DA BOCA DE STEPHANIE, QUE DISSE imediatamente:

— Caramba, estou feliz em te ver.

— Você está ótima também.

Ela removeu a fita do rosto de Shirley Kaiser e perguntou:

— Está tudo bem?

— Vou sobreviver. Tire essa bosta dos meus pés e das minhas mãos.

Quando as duas mulheres foram soltas, Stephanie foi buscar os dois rifles. Ao voltar, entregou um a Shirley.

— Sabe usar?

— Pode apostar que sei.

Cassiopeia sorriu.

— Estão prontas?

A chuva continuava caindo.

— Temos que chegar até o cais — prosseguiu ela. — Tenho um barco lá. Edwin está esperando na outra margem do rio, e há agentes do Serviço Secreto chegando por este lado, em Bath.

— Vá na frente — disse Stephanie.

— Eu quero matar Hale — falou Shirley.

— Entre na fila — retrucou Stephanie. — Mas isso terá de esperar. Cassiopeia, você está dizendo que aqueles tiros todos que ouvimos não têm nada a ver com vocês?

— Nada. Eles apareceram, assim como eu.

— O que está acontecendo então?

— Eu gostaria muito de saber.

* * *

Hale liderou seus homens, escapando da prisão pela porta oculta dos fundos. Eles deram a volta pela frente, onde os invasores esperavam. Muitas das janelas tinham sido destruídas pelas balas, mas a velha madeira das paredes ficara em pé. Ele ainda estava em comunicação via rádio com seus homens, que cercavam os invasores. Eles aguardavam ordens para revelar sua presença.

Ao chegar à esquina da casa, Hale se agachou.

A tempestade começara a amainar. Seus olhos ainda estavam embaçados por causa da chuva. Ele se protegeu e se concentrou na linha das árvores. O pátio, onde o prisioneiro morrera mais cedo, servia-lhes como salvação, pois os intrusos hesitavam em atravessar um terreno aberto.

Uma explosão atingiu a casa.

Ele ouviu algo desabar no chão e espirrar água.

Logo depois, outra explosão.

— Capitão, abaixe-se — gritou um de seus homens.

* * *

CASSIOPEIA SE VIROU AO OUVIR O SOM DE DUAS DETONAÇÕES VINDO da direção da prisão.

— Independentemente de quem sejam — disse Stephanie —, estou feliz por estarem aqui.

Ela concordou.

— Mas é melhor continuarmos entre as árvores. Há homens em todos os cantos, e são pelo menos vinte minutos de caminhada até o cais.

* * *

HALE ERGUEU-SE DO CHÃO ÚMIDO E AVALIOU OS DANOS. DUAS GRANADAS tinham destruído a porta frontal da prisão e acabado com as janelas restantes.

Mas as paredes resistiram.

Ele pegou o rádio e deu ordens.

— Matem-nos, mas não esqueçam de poupar um prisioneiro.

Os homens ao seu lado já sabiam o que fazer e começaram a atirar, atraindo a atenção dos invasores.

Os tiros foram respondidos.

Ele procurou abrigo atrás do tronco robusto de um carvalho.

Ouviram-se gritos.

Os tiros vindos de armas automáticas soaram continuamente e, então, pararam, os estalos se calando gradualmente até que fosse possível escutar a chuva e o vento.

— Acabamos com eles — disse uma voz no rádio. — Todos mortos, exceto um.

— Traga-o aqui.

SETENTA E QUATRO

Nova Escócia

Wyatt chegou ao forte Dominion antes de Carbonell e seus acompanhantes. Sentia-se como há alguns anos, encurralado com Malone num depósito. Só que agora ele era a raposa e não a lebre. Tinha assumido uma posição semelhante àquela que os homens da Comunidade haviam adotado quando ele chegou, utilizando ao máximo as passarelas das muralhas a seu favor. Também encontrara sua mochila, largada ali mais cedo, antes de seu confronto com Malone, e recolocou seus óculos de visão noturna. Lamentou não possuir mais nenhuma bomba de luz. Naquele momento, elas seriam convenientes.

Lá embaixo, avistou Carbonell e três homens. Dois estavam armados. O terceiro era Clifford Knox, que estava sem arma.

Ele resolveu desferir o primeiro golpe.

Então, mirou num dos homens armados, os óculos de visão noturna oferecendo grande visibilidade, e disparou.

* * *

KNOX OUVIU UM TIRO NO ESCURO.

O homem a poucos metros dele deu um grito angustiado e caiu no chão.

O outro homem reagiu, buscando refúgio.

Assim como Carbonell.

E ele escapou.

Desapareceu por uma passagem perto dali e subiu para a parte elevada do forte.

* * *

CASSIOPEIA SEGUIU NA FRENTE, TENTANDO SE MANTER O MAIS AFAS-tada possível da casa de Hale. Não houvera novas explosões, e o tiroteio cessara.

— Você está me dizendo — sussurrou Stephanie — que Edwin Davis não faz ideia de quem está atacando este lugar?

— Foi o que ele disse. Mas trata-se provavelmente da NIA. Suspeitamos de que a diretora esteja profundamente envolvida nisso tudo.

— Não se pode confiar em nada que Andrea Carbonell diz ou faz.

— Neste instante, estou contente com o que ela está fazendo. Esse ataque tornou minha tarefa 100 por cento mais fácil.

Elas continuaram avançando, as armas prontas, os olhos atentos na floresta ao redor. Algo chamou a atenção de Cassiopeia à sua direita. Ela segurou o braço de Stephanie e fez sinal para Kaiser parar. Estendido no chão molhado havia um homem, imóvel. Ela se aproximou e viu que a metade do seu crânio havia sumido.

As duas outras mulheres foram até ela.

Stephanie se curvou e examinou o cadáver.

— Colete à prova de balas e óculos de visão noturna.

Um rádio estava ao seu lado.

Stephanie o pegou e experimentou.

— Alguém na escuta neste canal?

Silêncio.

— Aqui é Stephanie Nelle, diretora da Magellan Billet. Mais uma vez, há alguém na escuta?

* * *

HALE AVERIGUOU OS HOMENS MORTOS, TODOS COM COLETE À PROVA de bala, óculos de visão noturna, granadas e armas automáticas. Estavam caídos entre as árvores, a chuva encharcando seus cadáveres. Cada um deles trazia um rádio com fone de ouvido, um dos quais estava agora na sua mão.

— Onde está meu prisioneiro? — perguntou ele a um dos tripulantes.

— Nós o levamos para dentro. Ele está esperando lá.

Hale ainda carregava sua arma. Informações vindas da residência principal confirmavam que outros invasores estavam mortos por lá. Nove ao todo. Nenhum de seus homens havia sofrido ferimentos graves. Será que Carbonell tinha pensado que ele era assim tão inábil? A central de segurança informou que a propriedade estava novamente a salvo, e os dois veículos nos quais os invasores haviam chegado foram localizados cerca de 1 quilômetro ao norte. A tempestade encobrira de fato o tiroteio e o isolamento da propriedade ajudaria na remoção dos corpos. Seus homens tinham também entrado em contato com os outros capitães. Nenhum deles havia sido atacado, exceto ele, e nenhum dos três tinha enviado reforços para ajudá-lo.

— Alguém na escuta neste canal?

Aquelas palavras o assustaram. Uma voz de mulher transmitida no seu fone de ouvido, que ele colocara na lapela alguns minutos antes, sem qualquer esperança de escutar alguma conversa.

— Aqui é Stephanie Nelle, diretora da Magellan Billet. Mais uma vez, há alguém na escuta?

* * *

KNOX CHEGOU À PASSARELA MAIS ELEVADA DA MURALHA E SE MANteve agachado. Ele se aproximou de um de seus homens mortos e não achou arma alguma. Wyatt ou Malone tinha se assegurado de que nada fosse encontrado. O único outro revólver que poderia recuperar era aquele do homem que Wyatt acabara de acertar. Mas isso seria difícil.

Dois tiros foram disparados lá embaixo.

Um se perdeu na noite.

O outro era uma bala na sua direção.

* * *

CASSIOPEIA VIU STEPHANIE LARGAR O RÁDIO NO CHÃO E DIZER:

— É inútil.

— Não é melhor nós sairmos daqui? — perguntou Kaiser.

Cassiopeia concordou.

— Ainda estamos na metade do caminho e parece que as coisas se acalmaram. Não vai demorar até descobrirem que vocês escaparam.

Stephanie fez um gesto com sua arma.

— Podemos ir. Mas depois vou voltar para pegar esses safados.

* * *

HALE CORREU ATÉ O PRÉDIO DA PRISÃO, PEGOU O TELEFONE DA PROpriedade e ligou para o *Adventure*.

— Vocês viram se o carrinho com as duas prisioneiras já chegou por aí? — perguntou ele.

— Nada, capitão. Só vento e chuva.

Ele desligou o telefone e apontou para dois tripulantes.

— Vocês, venham comigo.

* * *

WYATT ESTAVA SATISFEITO.

Um derrubado. Faltavam três.

Quando saiu correndo para se esconder do barco, ele se deu conta de que Carbonell não vinha apenas se exibir no forte. Ela sabia que ele estaria ali e que queria vê-la morta. Devia ter um plano para as contingências. Então, quando entrou de novo no forte, ele se manteve escondido, evitando intencionalmente o portão principal, penetrando por uma parte destruída da muralha externa.

— Vamos — sussurrou ele para ela. — Não me decepcione agora. Mantenha a sua arrogância de sempre.

* * *

HALE ENCONTROU O CARRINHO VAZIO E SEUS DOIS HOMENS MORTOS, a cerca de 100 metros da prisão.

Porra.

Ele fora informado de que todos os intrusos haviam sido eliminados, mas aparentemente isso não era verdade. Onde estavam Nelle e Kaiser? Não podiam ter ido muito longe. A cerca mais próxima ficava a quase 2 quilômetros dali, e, dependendo da direção que escolhessem, elas acabariam chegando à propriedade de outro capitão ou ao rio.

O rio.

Exatamente.

Ele sempre fora a maior ameaça à sua segurança: suas margens arborizadas eram quase impossíveis de serem patrulhadas.

Seu celular vibrou dentro do bolso.

Central de segurança.

— Capitão — disse o homem, assim que ele atendeu. — Voltamos a ver algumas gravações e notamos que um intruso solitário chegou ao cais num barco há noventa minutos. A resolução da imagem é precária por causa da tempestade, mas parece se tratar de uma mulher.

— Algum sinal dela?

— As câmeras estão com problemas em todos os lugares esta noite, mas não, nenhum outro vestígio dela.

— O barco que ela usou ainda está lá?

— Amarrado a uma estaca. Quer que o soltemos?

Ele refletiu um segundo.

— Não. Eu tenho uma ideia melhor.

SETENTA E CINCO

MALONE ESTAVA ANSIOSO PARA VOLTAR À TERRA. JÁ HAVIAM PENE-
trado o espaço aéreo americano, sobrevoando o litoral nordeste em direção à Carolina do Norte. Os pilotos tinham lhe informado que pousariam dentro de duas horas, e os derradeiros trinta minutos seriam
cheios de turbulências, por causa de uma tempestade de final de estação que soprara do Atlântico. Enquanto isso, nada a fazer, senão ficar
sentado e preocupado.

Seu relacionamento com Cassiopeia havia, sem dúvida, acrescentado uma nova dimensão à sua vida. Ele fora casado com Pam durante
um bom tempo. Passara da Marinha à faculdade de direito, até chegarem à Magellan Billet. Juntos, tiveram Gary e o criaram. Pam também
se tornara advogada, algo que deveria tê-los aproximado, mas, na verdade, acabou separando-os.

Nenhum dos dois havia sido inocente.

Suas indiscrições tinham chegado ao conhecimento dela desde o
início. As dela só vieram à luz anos mais tarde. Felizmente, tinham
ficado em paz, mas isso levara mais tempo do que ambos esperavam. Agora, outra mulher entrara na sua vida. Diferente. Excitante. Imprevisível. Se Pam fora o reflexo da paciência, Cassiopeia fora

como uma mariposa, passando de uma coisa para outra, tudo com um encanto e uma agilidade que ele acabara por apreciar. Tinha seus defeitos, mas nada que ele pudesse criticar. Desde o primeiro momento, quando se encontraram na França, ele se sentira atraído por ela. Agora, talvez ela estivesse em apuros, tentando desafiar um bando de piratas sozinha.

Ele queria já ter pousado.

O telefone da cabine tocou.

— Malone, achei que gostaria de saber que reina uma calma mortal na propriedade.

A voz profunda no outro lado da linha era inconfundível.

— É preciso atacá-los — disse ele ao presidente dos Estados Unidos. — Cassiopeia não devia ter sido autorizada a ir até lá.

— Ela estava certa. E você sabe disso. Alguém tinha que ir. Mas eu entendo seu receio. Sinto-me mal em relação a Stephanie. E Shirley Kaiser. Aquela maluca acabou se metendo no meio de tudo isso.

— Quanto tempo mais vocês vão esperar?

— Ela disse até amanhecer. Vamos aguardar, reforços estão chegando ao complexo. Além disso, não sabemos o que se passa lá. Ela pode estar conseguindo alguma coisa.

— Chegarei em Bath em menos de duas horas — disse ele.

— Você encontrou aquelas páginas?

— Acho que sim, mas terei que voltar para buscá-las.

— Wyatt ainda está por lá. Carbonell também. Ela chegou depois de você partir.

— Imagino que Davis esteja de olho no que está acontecendo.

— Eu insisti nisso. Um dos pilotos do Serviço Secreto que levou você até lá permaneceu no local. Ele está vigiando.

Não era essa sua maior preocupação.

— Quero saber o que está acontecendo em Bath, à medida que as notícias forem chegando.

— Agiremos no momento determinado. Senão, você pode assumir dentro de duas horas.

* * *

Cassiopeia examinou a casa de Hale. As luzes tinham sido ligadas novamente, e homens armados patrulhavam as varandas cobertas.

— Fiquem agachadas e dentro do bosque — sussurrou ela. — Assim que chegarmos perto da casa, não estaremos longe do cais.

A tempestade continuou caindo, com poucos indícios de calmaria. O trajeto de volta pelo rio seria um desafio.

— Eu gostaria de poder ir até lá e matar aquele filho da puta — murmurou Shirley.

— Que tal simplesmente testemunhar contra ele? — respondeu Cassiopeia num sussurro. — Isso será o bastante. Vamos por aqui.

Elas a seguiram pelo caminho.

Cinquenta metros depois da casa, ela ouviu gritos.

Ao virar-se, em meio às folhagens, avistou homens saindo apressados pelas portas. Alguma coisa os assustara. Nenhum deles se encaminhou na direção delas. A maioria deu a volta na casa, se afastando do rio.

— Precisamos nos apressar — disse ela.

* * *

Wyatt viu Knox correndo para se proteger. Os tiros tinham vindo da direção de Carbonell e seu assistente. Através dos óculos de visão noturna, ele viu um homem surgir da escada que Knox usara para alcançar a passarela.

Um dos homens que vieram com Carbonell se preparava para eliminar Knox.

Ele resolveu ajudá-lo.

Apontou e disparou, fazendo o homem cair sobre as pedras.

Knox pareceu se dar conta da oportunidade e se arrastou até o corpo, pegando a arma dele. Wyatt se perguntava o que Carbonell estaria fazendo. Ela sabia que ele estava armado. Ao matar seu assistente, ele revelara sua posição. Agora, ela devia estar no rádio, tentando contatar os dois homens que havia posicionado ali previamente.

Ainda tinha seus trunfos.

Seu plano para contingências.

Enquanto Carbonell e os outros ocupavam sua atenção, esse dois o eliminariam. Aparentemente, ela capturara Knox e o trouxera de volta com a intenção de não deixar pistas.

Pobre Andrea.

Desta vez, não.

* * *

Cassiopeia saiu de trás das árvores próximas ao cais. O longo trajeto feito de pranchas de madeira permanecia às escuras, e a chalupa de Hale continuava atracada. Não havia homens posicionados no barco. Era improvável que saíssem do iate sob aquela tempestade. Ela fez sinal e as três correram em direção à escada pela qual chegara ao embarcadouro. Seu barco estava aguardando lá embaixo, oscilando ao sabor das ondas. Elas desceram e Cassiopeia soltou os cabos.

Até então, tudo bem.

Ela precisaria dar partida no motor, mas não até que o vento e a corrente as impulsionassem para o leito do rio.

Uma luz surgiu no cais.

Clara como o sol, ofuscando tudo.

Ela ergueu um braço, protegendo os olhos.

Ao pegar a arma, viu que Stephanie e Kaiser já apontavam as suas.

— Isso seria loucura — disse uma voz masculina em meio à ventania, usando um megafone. — Temos atiradores treinados. Seu motor foi desativado e o barco está amarrado por baixo ao cais. Vocês podem morrer, se quiserem, ou...

— É Hale — disse Shirley.

— ... podem voltar à terra.

— Vamos nadar — disse Cassiopeia.

Mas outra luz apareceu no rio, vindo na direção delas.

A ansiedade se transformou em medo.

— Meus homens são marujos experientes — disse Hale. — Sabem se virar numa tempestade. Vocês não têm para onde ir.

* * *

KNOX SE APROXIMOU DO HOMEM MORTO E PEGOU A ARMA DELE, ALÉM de um cartucho sobressalente no bolso do casaco.

Era bom estar armado novamente.

Ele desceu, retornando para o forte, mas evitou o andar térreo. Em um nível superior, atravessou um corredor escuro e uma pequena sala e entrou num espaço exíguo onde a muralha externa, de frente para o mar, havia sido demolida. Por alguns instantes, deixou que a brisa aliviasse um pouco sua apreensão. Só o fedor dos excrementos perturbava a tranquilidade. Ele estava pronto para sair quando alguma coisa à sua direita, atrás de uma pilha de pedras, lhe chamou a atenção.

Uma perna.

Ele rastejou até lá.

Um murmúrio de inquietação surgiu entre os pássaros indóceis nas proximidades.

A imagem na escuridão ficou mais nítida.

Duas pernas, inclinadas. Um par de botas com solas de borracha.

Ele olhou a pilha de pedras.

Dois homens estendidos. Os pescoços quebrados, as cabeças numa posição improvável, as bocas semiabertas. Uma lanterna ao lado deles. Agora ele entendia por que Wyatt se mostrara tão ousado.

Ele havia suprimido as válvulas de segurança de Carbonell.

Agora eram só eles três.

SETENTA E SEIS

Carolina do Norte

A armadilha de Hale para as fugitivas tinha funcionado, e agora ele as mantinha na prisão. A chuva lá fora diminuíra, mas uma brisa sudeste constante lançava gotas de água através das janelas destruídas. Os tripulantes estavam ocupados pregando compensados de madeira nos vãos das paredes. Uma prancha era usada como porta improvisada. A propriedade estava em alerta total. Cerca de cem homens tinham atendido à convocação noturna. Enquanto alguns patrulhavam o terreno, ele deu ordem de preparar o prisioneiro para um interrogatório. Ele encarcerara suas três reféns numa cela próxima, de modo que pudessem observar.

Seguido por dois homens, ele entrou na cela do prisioneiro.

— Quero a resposta para uma pergunta bem simples. Quem o mandou aqui?

O homem, corpulento, com cabelos pretos molhados e lustrosos e bigode, apenas olhou na direção dele.

— Seus camaradas estão mortos. Quer o mesmo para você?

Nenhuma resposta.

Ele estava quase desejando que aquele imbecil tornasse as coisas mais difíceis.

— Séculos atrás, quando meus ancestrais faziam prisioneiros, eles tinham uma maneira simples de extrair a verdade. Você quer que eu explique o método?

* * *

Cassiopeia observou Quentin Hale, seus olhos brilhando como fogo. Ele estava com um revólver numa das mãos, brandindo-o como se fosse um sabre.

— Ele leva essa bobagem de pirataria a sério — sussurrou Stephanie. — Eu já o vi torturando outro prisioneiro.

Hale virou-se para elas.

— O que vocês estão sussurrando aí? Falem alto, para podermos escutar.

— Eu disse que já vi você torturar um homem, depois dar-lhe um tiro na cabeça.

— É o que fazemos com os traidores. Você sabe o que meus ancestrais faziam com os prisioneiros?

— Meu conhecimento sobre sua árvore genealógica se limita a *Piratas do Caribe*, portanto, por que você não nos esclarece?

Shirley Kaiser permaneceu calada, mas Cassiopeia podia identificar o ódio em seus olhos. Aquela mulher não tinha, até agora, mostrado o menor indício de medo. Surpreendentemente. Ela não esperara tamanha coragem.

Hale ficou diante delas.

— Existe um livro que eu particularmente detesto, escrito há muito tempo. Intitula-se *A General History of the Pirates*. Muita bobagem, ficção... Mas há uma coisa nesse livro com a qual eu concordo. *Como seu patrono, o diabo, os piratas devem fazer da injúria seu esporte, da crueldade seu prazer e da danação das almas sua atividade constante.*

— Pensei que você fosse um corsário virtuoso — disse Shirley. — Que tivesse salvado a América.

Ele sorriu.

— Eu sou, sim. O que eu não sou é um homem envergonhado de sua herança. — Ele apontou o revólver para o homem que estava na cela com ele. — Ele é o inimigo, empregado pelo governo. A tortura de oficiais do governo era algo aceitável no passado e ainda o é hoje em dia. — Ele virou-se outra vez para o prisioneiro. — Estou esperando uma resposta para minha pergunta.

Ainda nada.

— Então eu devo uma demonstração a vocês. Tragam-no.

Os dois homens que acompanhavam Hale arrastaram o prisioneiro para uma área aberta em frente às celas. Três sólidas colunas de madeira com um espaço de 10 metros entre elas sustentavam o pavimento superior. Castiçais com velas estavam presos, no alto, à coluna central.

A prancha de madeira que protegia a porta da frente foi aberta para a entrada de sete homens. Dentre eles, seis carregavam facas, tridentes e pás. O sétimo trazia uma rabeca. O prisioneiro foi arrastado até a coluna no centro e colocado sob as velas ardentes. Os seis homens o cercaram, mantendo-se a mais ou menos a 1 metro de distância dele, tornando a fuga impossível. Hale continuou:

— Chama-se suor. Nos dias gloriosos, as velas eram colocadas no mastro de mezena. Os homens o cercavam empunhando espadas, facas, garfos, qualquer coisa afiada. O culpado entra no círculo. O músico toca uma música alegre e o acusado deve dar uma volta pelo círculo enquanto os homens o esfaqueiam. O calor provocado pelas velas o atormenta. Então, ele começa a suar. A exaustão se torna um problema à medida que os homens se aproximam, apunhalando-o cada vez mais profundamente. E, por fim...

— Não vou assistir a isso — disse Stephanie.

— Você vai, sim — determinou ele. — Ou então será a próxima a experimentar.

* * *

Wyatt aguardou que Carbonell se comunicasse com os dois homens que deixara posicionados dentro do forte. Talvez eles tivessem recebido ordens dela previamente e soubessem o que fazer. Carregavam armas e rádios, e ele retirara tudo isso de ambos logo após quebrar-lhes o pescoço. Agora ele dispunha de um rádio, mas não ouvia nada em seu fone de ouvido. Fazia muito tempo que não matava alguém de maneira tão direta. Infelizmente, aquilo se fizera necessário. Ele escondera os corpos perto de onde Knox tinha desaparecido. Talvez ele os encontrasse.

O inimigo do meu inimigo é meu amigo.

Um tremendo clichê, porém apropriado naquele caso.

Carbonell ainda precisava sair de seu esconderijo. Wyatt dispunha de uma vista bem clara do local onde ela se refugiara. Devia estar esperando algum contato de seus homens pelo rádio.

Como o rádio continuava mudo, ele resolveu levar as coisas adiante.

— Andrea — chamou ele.

Nenhuma resposta.

— Você pode me ouvir? — perguntou.

— Vamos resolver isso de uma vez — respondeu ela com a voz calma como sempre. — Saia daí. Cara a cara. Eu e você.

Ele quis rir.

Ela não sabia de nada.

— Tudo bem. Vou sair.

* * *

Hale observou o culpado tentando evitar os golpes e as perfurações desferidos pelos seis homens que o cercavam. O prisioneiro andava em torno do poste de madeira, as chamas das velas dançando, como ele, ao som da rabeca. Ele se abraçou ao poste, bem rente, mas os membros da Comunidade não tiveram piedade. Tampouco deviam ter. Aquele homem havia atacado seu santuário. Era um dos inimigos que queriam levar todos para a prisão. Ele deixara isso claro mais cedo, e eles tinham entendido ser esse seu dever.

Um dos homens acertou-o com a pá, um som seco que indicava que a ponta afiada penetrara a carne. O culpado cambaleou para a frente e segurou a coxa esquerda, se apoiando contra o poste, tentando evitar outros golpes. Os homens haviam sido instruídos a não acabar com ele rápido demais. Isso era um detalhe interessante na prática desse método de tortura. Podia durar o tempo que o capitão desejasse.

A calça do homem estava manchada pelo sangue que também lhe escorria entre os dedos, enquanto tentava estancar o ferimento.

A cera caía das velas. A transpiração se refletia nas gotas de suor sobre a testa do culpado. Ele ergueu a mão numa ordem.

A música parou.

Os homens pararam de aguilhoar o prisioneiro.

— Está pronto para responder à minha pergunta?

O culpado arquejava, tentando recuperar o fôlego.

— NIA — disse ele enfim.

Exatamente como suspeitava.

Ele fez um sinal com a cabeça para um de seus homens, que empunhava uma faca. Dois outros largaram suas armas e agarraram o homem ferido pelos ombros e braços, forçando-o a se ajoelhar. Um terceiro agarrou os cabelos do prisioneiro e inclinou sua cabeça para trás. O homem com a faca se aproximou e, com um corte, arrancou a orelha direita do prisioneiro.

Um uivo invadiu a prisão.

Hale chegou mais perto, pegou a orelha e disse:

— Abram a boca dele.

Assim o fizeram.

Ele enfiou a orelha entre os dentes e a língua.

— Coma — disse ele —, ou então cortarei a outra também.

Os olhos do homem se arregalaram àquela ordem.

— Vamos, mastigue — gritou ele.

O homem balançou a cabeça e se engasgou, enquanto tentava respirar.

Hale fez sinal para que o soltassem.

Depois ergueu o revólver que ainda trazia na mão e disparou contra o rosto do acusado.

* * *

Cassiopeia já havia visto pessoas morrerem antes, mas aquilo a deixou enojada. Stephanie também era calejada. Mas Shirley Kaiser, aparentemente, nunca testemunhara um assassinato. Ela viu que Kaiser, ofegante, se virava para o lado.

Stephanie lhe ofereceu consolo.

Cassiopeia manteve seu olhar fixo em Hale. Ele se virou na sua direção, através das barras, e apontou o revólver.

— Agora, mocinha, é a sua vez de responder às perguntas.

SETENTA E SETE

ELE ERA UM HOMEM ALTO, MAGRO, COM UMA BARBA PRETA E LONGA, PRESA *com fitas. Numa correia a tiracolo, trazia um par de garruchas. Inteligente, politicamente astuto e imensuravelmente audacioso. Ninguém conhecia seu verdadeiro nome. Tatch? Tache? Ele escolheu Edward Teach, mas foi seu apelido que ficou na memória de todo o mundo.*

Barba Negra.

Nascido em Bristol, mas criado nas Índias Ocidentais, ele servira junto aos corsários sediados na Jamaica durante a Guerra da Sucessão Espanhola. Depois disso, chegou às Bahamas e se uniu ao pirata Hornigold, aprendendo a profissão e, finalmente, adquirindo seu próprio navio. Em janeiro de 1718, ele veio para Bath e estabeleceu uma base na foz do rio Pamlico, na ilha de Ocracoke. A partir de lá, saqueou navios e subornou o governador local em troca de proteção. Ele cruzou o Caribe e participou do bloqueio à enseada de Charles Town. Em seguida, se aposentou, vendeu seus espólios e comprou uma residência em Bath, garantindo o perdão por todos os seus atos passados. Chegou até a ser condecorado pelos navios capturados. Tudo isso deixou a colônia adjacente da Virginia furiosa e irritada. De tal maneira que seu governador prometeu varrer do mapa o ninho de piratas que era Bath.

Duas chalupas armadas chegaram ao pôr do sol do dia 21 de novembro de 1718 e ancoraram bem ao lado da Enseada de Ocracoke, longe da costa apenas o suficiente para que os canais e bancos de areia desconhecidos não os pusessem em perigo. Combatentes da Marinha Real embarcaram e o tenente Robert Maynard os comandou. Era um oficial experiente, de grande bravura e determinação.

Barba Negra, a bordo de seu navio ancorado, o Adventure*, deu pouca atenção àquelas embarcações. Estava cansado de lutar. Durante seis meses navegara nas águas locais sem ser molestado. Sua tripulação se reduzira drasticamente, considerando que não havia vantagens em se associar a um homem que não saqueava mais navios. A maior parte de seus companheiros de mar já havia morrido ou estava vivendo em Bath. Não restavam a bordo mais de vinte homens aproximadamente, um terço dos quais era negro.*

No entanto, algumas precauções foram tomadas.

Pólvora e balas eram mantidas próximas dos oito cannões. Cobertores foram encharcados e pendurados em torno do paiol, para qualquer incêndio que se iniciasse no convés. Garruchas e sabres encontravam-se estocados ao lado das posições de combate. Pura rotina. Só para uma eventualidade. Mas não ousariam atacá-lo, ouviram Barba Negra dizer.

A investida começou sob a luz cinzenta da alvorada.

As forças de Maynard superavam as de Barba Negra na proporção de três contra um. Mas, em sua pressa para garantir as vantagens, as chalupas de Maynard encalharam em águas rasas. Barba Negra poderia ter fugido facilmente para o norte, mas ele não era covarde. Em vez disso, ergueu uma caneca de conhaque e gritou na direção do mar:

— Maldita seja minha alma se eu demonstrar clemência ou me apiedar de vocês.

Maynard respondeu aos berros:

— Não espero clemência alguma de sua parte, tampouco você terá da nossa.

Ambos sabiam. Seria uma luta mortal.

Barba Negra mirou seus oito canhões contra as duas chalupas e disparou contra elas. Uma foi inutilizada e a outra, gravemente danificada. Mas o esforço fez com que o Adventure *também encalhasse. Vendo os apuros de seu adversário, Maynard ordenou que todos os barris fossem quebrados e toda carga fosse lançada ao mar para ganhar lastro. Então, com uma ajuda da providência, uma brisa constante começou a soprar do alto-mar, libertando-os do banco de areia, lançando-os diretamente contra o* Adventure.

Maynard determinou que todos os seus homens fossem para o convés inferior. Empunhavam garruchas e sabres para uma luta corporal. Ele próprio se escondeu no convés inferior com eles. Um de seus oficiais ficou no leme. O plano era atrair o adversário para a abordagem.

Barba Negra alertou seus homens a se prepararem com seus arpéus e garruchas para uma batalha corpo a corpo. Ele contava também com uma invenção própria. Garrafas cheias de pólvora, chumbo e pedaços de ferro, acionadas por um estopim preso ao gargalo. Futuras gerações chamariam isso de granada de mão. Ele as usava para criar devastação e pandemônio.

Os explosivos aterrissaram na chalupa de Maynard, envolvendo o convés com uma densa fumaça. Mas, como quase todos os homens estavam no patamar inferior, o efeito foi inexpressivo. Ao ver tão pouca gente a bordo, Barba Negra gritou:

— Estão quase todos caídos, sobraram poucos. Vamos abordar e acabar com eles.

Os navios se tocaram, o som metálico de espadas tomou conta das amuradas.

Barba Negra foi o primeiro a abordar a chalupa.

Dez de seus homens o seguiram.

Tiros foram disparados contra tudo que se movia.

Maynard calculou com precisão sua reação, esperando até que quase todos os adversários estivessem a bordo e permitindo que seus homens se insurgissem do porão.

A confusão reinou.

O efeito surpresa tinha funcionado.

Imediatamente, Barba Negra percebeu o problema e reuniu seus homens. O confronto era direto, o sangue se derramando sobre o convés. Maynard atacou diretamente seu inimigo com uma garrucha. Barba Negra também. O pirata errou, o tenente acertou o alvo.

A bala, porém, não parou o renegado.

Ambos se envolveram numa luta com suas espadas.

Um forte golpe partiu o sabre de Maynard; ele se desfez do cabo e recuou
para recarregar sua garrucha. Barba Negra avançou na sua direção, a fim de
desferir o golpe final, mas, no momento em que ergueu sua espada, um mari-
nheiro lhe cortou a garganta.

O sangue começou a jorrar.

Os britânicos, que haviam se mantido longe dele, perceberam sua vulne-
rabilidade e se lançaram contra o pirata.

Edward Teach teve uma morte violenta.

Cinco perfurações de bala e vinte cortes pelo corpo.

Maynard ordenou que lhe arrancassem a cabeça e a pendurassem no mas-
tro de proa da sua chalupa. O resto do cadáver foi atirado ao mar. Diz a lenda
que o corpo sem cabeça nadou desafiadoramente em torno da embarcação antes
de afundar.

Malone parou de ler.

Ele tentara se distrair navegando na internet, lendo sobre piratas,
um assunto que sempre achara fascinante, e o destino de Barba Negra
acabara por chamar sua atenção.

O crânio do pirata balançou num mastro no lado oeste do rio
Hampton, na Virginia, por vários anos. Ainda hoje, o local é conhecido como Blackbeard's Point, Promontório do Barba Negra. Alguém
acabou transformando-o em um recipiente para ponche e outras bebidas numa taberna em Williamsburg. Mais tarde, foi colocado em uma
travessa de prata, mas acabou desaparecendo com o tempo. Ele se perguntou se a Comunidade tinha algo a ver com isso. Afinal, ele supunha
que não era uma coincidência o fato de Hale chamar sua chalupa de
Adventure.

Ele olhou o relógio. Em menos de uma hora estariam aterrissando.

Fora um equívoco ler sobre os piratas. Aquilo só o deixou mais
ansioso. Apesar de todo o romantismo associado a eles, tratava-se de
gente cruel e depravada. A vida humana valia pouco para eles. Levavam uma existência baseada no lucro e na sobrevivência, e Malone não
tinha razões para imaginar que a versão moderna fosse diferente. Eram

homens desesperados diante de uma situação desesperadora. Seu único objetivo era o sucesso, e, se alguém ficasse ferido nesse processo, isso não significava nada.

Ele se sentiu um pouco como Robert Maynard a caminho de seu confronto com Barba Negra.

Na época, muita coisa estava em jogo. Agora também.

— O que você fez? — sussurrou ele, pensando em Cassiopeia.

* * *

Knox mudou de posição, mantendo-se um nível acima do térreo e próximo do muro externo, escondido atrás da pedra. Buracos se espalhavam por toda a muralha externa, desvendando a baía enluarada. Uma brisa constante rachava seus lábios, mas pelo menos ela afastava o cheiro dos pássaros. Ele ouvira a troca de palavras entre Carbonell e Wyatt e tentava encontrar um local mais propício para assistir de perto ao confronto entre eles. Talvez, se tivesse sorte, eliminasse ambos.

— Knox.

Ele parou. Wyatt o chamava.

— Sei onde estão escondidas aquelas duas páginas.

Uma mensagem. Alta e clara. *Se está pensando em me matar, pense duas vezes.*

— Seja esperto — prosseguiu Wyatt.

Knox percebeu o que ele queria dizer com isso.

Temos um inimigo em comum. Vamos cuidar dele. Por que você acha que eu permiti que conseguisse uma arma?

Muito bem. Ele faria isso.

Por ora.

* * *

Hale saiu da cela em que se encontravam as três prisioneiras. Os cabelos de Kaiser estavam colados à cabeça, as roupas encharcadas. Ainda assim, havia algo nela — uma beleza que vinha da idade e da experiência — de que ele sentiria falta.

Também sentiria falta daquelas "roupinhas" especiais.

— Então, você veio até aqui para descobrir o que fosse possível sobre Stephanie?

— Eu vim para tentar consertar um erro meu.

— Admirável. Mas muito estúpido.

Ele escutou, satisfeito, a chuva e o vento mais fracos lá fora. Finalmente. Talvez o pior da tempestade tivesse passado. Porém, seu problema imediato ainda demandava sua atenção.

Ele encarou a mulher desconhecida.

Esbelta, forte, cabelos pretos, a pele trigueira. Uma beleza. Valente, também. Ela o fez pensar em Andrea Carbonell, o que não era uma coisa boa.

— Quem é você? — perguntou ele.

— Cassiopeia Vitt.

— Sua intenção era resgatá-las?

— Entre outras coisas.

Ele entendeu o que ela queria dizer.

— Está acabado — disse Stephanie Nelle a Hale. — Você já era.

— É o que você pensa?

Ele meteu a mão no bolso e pegou o telefone celular que seus homens tinham encontrado com Cassiopeia. Aparelho interessante. Não continha o registro das chamadas, contatos ou números utilizados. Aparentemente, servia apenas para fazer e receber ligações. Ele concluiu que devia ser do tipo que todos os serviços de inteligência usavam.

O que tornava Cassiopeia parte integrante de seu grupo de inimigos.

Ele já havia conjeturado que os outros homens tinham sido mandados ali para distrair sua atenção enquanto ela fazia o resgate.

E o plano quase funcionara.

— Você também trabalha para a NIA? — perguntou ele.

— Trabalho para mim mesma.

Ele avaliou a resposta e concluiu que sua análise inicial estava correta. Aquela mulher não lhe diria nada se não fosse incentivada a tal.

— Você acabou de ver o que eu faço com quem se recusa a me responder.

— Eu respondi à sua pergunta — disse Cassiopeia.

— Mas eu tenho outra. E esta é muito mais importante. — Ele apontou para o telefone. — A quem você passa suas informações?

Ela não respondeu.

Hale prosseguiu.

— Eu sei que Andrea Carbonell está aguardando informações suas. Quero que você lhe diga que Stephanie Nelle não está aqui. Que seu resgate fracassou.

— Não há nada que você possa fazer para que eu o obedeça.

Ele se deu conta de que aquilo era verdade. Já avaliara Cassiopeia Vitt e concluíra que ela havia calculado suas chances. Se estivesse certo e houvesse outras pessoas monitorando a missão daquela mulher, elas entrariam em ação assim que ela deixasse de se comunicar. Tudo que ela precisava fazer era aguardar o suficiente.

— Não pretendo fazer nada com você — esclareceu ele.

Depois, apontou para Kaiser.

— Mas com ela, sim.

SETENTA E OITO

NOVA ESCÓCIA

WYATT ESPERAVA QUE KNOX TIVESSE ESCUTADO SUA ADVERTÊNCIA. Ele reivindicava alguns minutos com Carbonell, sem interrupção. Depois, ele e Knox poderiam tratar de outros assuntos. E isso era certo, pois ele duvidava de que Knox simplesmente fosse embora quando se desse conta de que as chances agora estavam equilibradas. Teria ele encontrado os dois corpos? Provavelmente. Mas, mesmo que não tivesse, não havia razões para supor que houvesse mais alguém dentro do forte, além deles três.

Ele desceu para o térreo, cada passo meticulosamente dado, os óculos de visão noturna ajudando nos lugares mais escuros. Ele encontrou a base da escada, depois a passagem que dava para o pátio interno, onde Carbonell esperava.

Olhou o relógio.

Quase três horas tinham se passado desde que ele e Malone estiveram no subterrâneo. Seis em seis horas, era esse o ritmo imposto pelas marés.

— Estou aqui, Andrea — disse ele.

— Eu sei.

Ambos continuavam escondidos.

— Você mentiu para mim — prosseguiu ele.

— E você esperava o quê?

— Você não sabe o momento de cair fora, não é mesmo?

Ele ouviu a risada dela.

— Ora vamos, Jonathan, você não é nenhum novato. Já está nessa há tempos. Conhece as regras do jogo.

Ele as conhecia. A duplicidade era um modo de vida nos serviços de inteligência. Mas aquela mulher extrapolara as normas. Ela o estava usando. Nada mais, nada menos. Ele tinha pouco ou nada a ver com os objetivos dela. Era só um meio para ela atingir suas metas. E, embora ele estivesse sendo bem pago, isso não dava a Carbonell o direito de fazer com ele o que bem entendesse. Além do mais, ela estava ali para matá-lo, impedindo que ele desfrutasse de seu pagamento.

— Qual é o problema? — perguntou ele. — Você não quer que eu fale com ninguém? Eu sei demais, é isso?

— Duvido que você fale alguma coisa. Mas é difícil ter 100 por cento de certeza. Você encontrou mesmo aquelas páginas?

— Encontrei. — Não era exatamente verdade, mas quase.

— E por que eu acreditaria em você?

— Não consigo pensar numa razão.

Ele sabia que a ideia dela era continuar conversando, assim seus homens poderiam se preparar e eliminá-lo.

— Não há motivo para tanta hostilidade — disse ela.

— Então saia daí e me encare.

Ele retirou seus óculos de visão noturna.

Knox estava nas proximidades, e armado. Podia pressenti-lo. Com um pouco de sorte, ele ficaria apenas escutando, sem agir, pois também queria o que Andrew Jackson havia escondido ali.

* * *

Cassiopeia não podia fazer nada. Dois homens haviam arrastado Shirley Kaiser, enquanto outros três ainda apontavam suas armas para ela e Stephanie. Shirley foi levada para outra cela mais à frente, onde podiam vê-la através das barras. Seus pulsos e calcanhares foram amarrados numa pesada cadeira de carvalho, a boca amordaçada, a cabeça ainda se agitando em protesto.

Os três homens armados saíram da cela em que Cassiopeia e Stephanie se encontravam.

Elas ficaram sozinhas.

— O que vamos fazer? — sussurrou Stephanie.

— Se eu não der um telefonema, a cavalaria vai atacar.

— Mas não sabemos o que vai acontecer com ela. Quanto tempo falta?

— Mais uma ou duas horas, até amanhecer.

Outro homem chegou, trazendo uma sacola de couro preto.

— Este é nosso cirurgião — disse Hale. — Cuida de nossos ferimentos.

O médico era um homem forte, de rosto simpático, com uma espessa cabeleira. Sua roupa estava toda molhada. Ele colocou a sacola sobre uma mesa de madeira em frente a Shirley. De seu interior, ele retirou um conjunto de serras em aço inoxidável.

— O médico é sempre um membro importante da tripulação — continuou Hale. — Embora não entre em combate nem defenda o navio, ele sempre recebeu uma parcela do saque maior do que a de um tripulante comum, sem que ninguém reclamasse. Isso continua hoje em dia.

O médico ficou em pé ao lado de Shirley com suas ferramentas.

— Srta. Vitt? Srta. Nelle? — disse Hale. — Minha paciência acabou. Estou enojado de tanta decepção. Quero ficar em paz, mas o governo dos Estados Unidos não deixa. Agora, invadiram minha casa...

O compensado de madeira que cobria a entrada da prisão foi aberto ruidosamente e três homens entraram, sacudindo a chuva de seus casacos.

Tinham aproximadamente a mesma idade de Hale.

— Os três outros capitães — sussurrou Stephanie.

* * *

Knox se aproximou do local onde Wyatt e Carbonell se encontravam. Ele se perguntou se Carbonell percebia que Wyatt a atraía cada vez mais para perto de si, deixando-a pensar que estava em vantagem. Ao se posicionar bem acima deles, podia ouvir fragmentos da conversa entre os dois. As pedras e os cascalhos tornavam a progressão lenta, e os pássaros que estavam por ali também agravavam a situação. Tinha de tomar cuidado para não os assustar; uma alteração no ritmo de seus arrulhos denunciaria sua presença.

Wyatt dissera que havia encontrado as páginas. Seria verdade? E isso tinha ainda alguma importância?

Talvez.

Se Knox pudesse retornar a Bath com as duas páginas extraviadas nas mãos, deixando Wyatt e Carbonell mortos, seu valor para os capitães se multiplicaria por cem. Não somente eles estariam legalmente protegidos, mas também teria salvado a todos.

Era uma perspectiva atraente.

Ele segurou a arma com firmeza.

Seus alvos estavam exatamente embaixo dele, naquele instante.

— Ok, Jonathan. — Ele ouviu a voz de Carbonell. — Vou encará-lo.

* * *

Hale não apreciou a interrupção dos outros capitães. O que estavam fazendo ali? Isso não lhes dizia respeito. Fora sua casa, e não a deles, que havia sido atacada, e eles não tinham levantado um dedo para ajudar. Ele os observou olhando o corpo no chão, sem uma das orelhas e com um buraco na cabeça.

— O que você está fazendo? — perguntou Bolton.

Ele não estava a fim de ser repreendido por aqueles imbecis, muito menos diante de seus homens e suas prisioneiras.

— Estou fazendo o que nenhum de vocês tem coragem de fazer.

— Você perdeu o controle — exclamou Surcouf. — Disseram que há nove homens mortos lá fora.

— Nove homens que atacaram esta propriedade. Tenho o direito de me defender.

Cogburn apontou para Shirley Kaiser.

— O que ela fez contra você?

Nenhum dos três a havia visto antes. Ele se certificara disso.

— Ela está com os inimigos.

Embora a casa que servia de prisão se encontrasse no terreno de Hale, os Artigos deixavam explicitamente claro que se tratava de uma área neutra, sob a jurisdição dos quatro. Mas Hale não estava disposto a aturar qualquer interferência.

— Aquela mulher ali — continuou ele, apontando para Cassiopeia — veio com os outros numa tentativa de libertar minha prisioneira. Ela matou dois tripulantes.

— Quentin — interveio Surcouf. — Não é assim que as coisas são resolvidas.

Ele não estava com vontade de escutar aqueles covardes. Não mais.

— Neste exato instante, nosso intendente está recuperando as duas páginas extraviadas. Elas foram encontradas.

Ele viu o espanto no rosto de cada um deles.

— Exatamente — prosseguiu. — Enquanto vocês dormiam, eu salvei todos nós.

— O que você pretende fazer? — perguntou Bolton, apontando para Kaiser.

Ele ergueu o telefone.

— Preciso que uma ligação seja feita. A Srta. Vitt não quer colaborar. Vou simplesmente motivá-la. Garanto a vocês que, se eu não agir, logo receberemos a visita de um contingente de agentes federais, desta vez com mandados de prisão.

Ele observou o efeito de suas palavras. O ataque daquela noite fora uma ação isolada, numa tentativa de pegá-lo desprevenido. A próxima investida poderia ser diferente. Mais oficial. Ele ainda não sabia o que havia acontecido na Virginia. Até onde tinha conhecimento, as autoridades já deviam dispor do que era necessário para passar à ação.

— Quentin — disse Cogburn —, estamos pedindo para parar com isso. Entendemos que você tenha sido atacado...

— Onde vocês e seus homens estavam? — perguntou Hale.

Cogburn nada disse.

— E os seus homens, Edward? John? Fui informado de que nenhum deles veio me ajudar.

— Você está sugerindo que temos alguma coisa a ver com isso? — perguntou Surcouf.

— Não é uma hipótese totalmente impossível.

— Você está louco — disse Bolton.

Ele fez um gesto para seus homens apontarem as armas para os capitães.

— Se um deles se mexer, podem atirar

As armas foram apontadas.

A um sinal de Hale, o médico tocou com sua serra a base do dedo médio de Kaiser. Os olhos dela se arregalaram.

Ele se virou para Cassiopeia.

— Sua última chance de fazer essa ligação. Vou arrancar todos os dedos até que você obedeça.

SETENTA E NOVE

Nova Escócia

Wyatt viu Andrea Carbonell sair das sombras e se expor ao luar. Ele acabara de verificar as horas e se deu conta de que o tempo estava se esgotando. Observou a silhueta elegante dela e viu o contorno de um revólver em sua mão esquerda, o cano apontado para o chão.

Ele também saiu de onde estava, uma arma na mão direita, virada para baixo.

— Isso não deveria ter chegado a este ponto — disse ela. — Você devia simplesmente estar morto.

— E por que me envolver nisso? — perguntou Wyatt.

— Porque você é bom. Porque eu sabia que você agiria com firmeza em ocasiões em que outros fraquejariam. Porque ninguém daria a mínima importância se você desaparecesse.

Ele sorriu.

Ela ainda estava tentando ganhar tempo até que seus homens atacassem.

— E você se importa com mais alguém na vida, além de você mesma?

— Nossa. Jonathan Wyatt está amolecendo? E *você* se importa de fato com alguém que não seja *você mesmo*?

Na verdade, sim. Não se passava um dia sem que ele pensasse naqueles dois agentes. Graças a eles ainda estava vivo. Tinham feito seu trabalho, usado suas armas e a missão fora um sucesso graças ao sacrifício deles. Até o conselho administrativo havia chegado a esse veredicto.

Mas ele jamais os sacrificaria para salvar a *si mesmo*.

Ao contrário daquela mulher.

A única vida humana que significava algo para ela era a sua própria. Isso *foi o pior de tudo*. *Você foi um bom agente*. O comentário de Malone após o veredicto do conselho, quando se defrontaram, sua mão no pescoço dele.

De fato, era bom.

Wyatt quis saber:

— Você mandou aqueles homens ao Garver Institute?

— É óbvio. Quem mais o teria feito? Achei que era uma boa oportunidade para eliminar você, Malone e o homem que decifrou o código. Mas você teve sorte. Malone também. Ora, vamos, Jonathan, você sabia o tempo todo que eu estava me aproveitando de você. Mas você queria o dinheiro.

Talvez. E ele também havia ido longe demais, mudando secretamente sua postura da defesa ao ataque.

Um fato que Carbonell, até então, não entendera.

— A armadilha na sua casa, foi você também? — perguntou ele.

Ela assentiu.

— Pensei que era uma boa maneira de desviar a atenção de mim. Se seu pé não tivesse imobilizado a porta, eu a teria aberto e me protegido, escapando do tiro.

— Lamento ter interrompido seu plano.

Ela deu de ombros.

— Pelo visto, as coisas ficaram ainda melhores. Há agora uma série de possibilidades. Onde estão aquelas duas páginas?

Essa era a única coisa que ainda a detinha. Não podia fazer nada com ele até que essa pergunta fosse respondida. Suas ordens aos seus subordinados certamente incluíam uma observação prevendo que era vital localizar os documentos antes que pudessem agir.

— Posso mostrar para você — respondeu ele. — Ainda não tive a oportunidade de pegá-las.

— Faça a gentileza.

Ele sabia que ela não podia resistir, então fez um movimento para a direita e, juntos, adentraram o local onde ele e Malone tinham lutado. Ao encontrar o buraco com as pranchas de madeira podres, ele lhe mostrou.

— Lá embaixo.

— E como chegamos lá?

Ele já havia pensado nisso. A passarela superior estava alinhada às suas extremidades por uma barreira de cordas, sustentada por alças de ferro. Proteção precária, mas suficiente para se ter noção do perigo. Depois de eliminar os dois homens de Carbonell, ele removeu o cabo de náilon e enrolou cerca de 15 metros, que guardou dentro da sua mochila.

Ele retirou a mochila das costas e disse:

— Eu vim preparado.

* * *

Cassiopeia ponderou sobre o ultimato de Hale. Ele escolhera a vítima certa. Se ela ou Stephanie tivessem sido atadas àquela cadeira, nenhuma delas falaria, considerando que o único poder de negociação que tinham era ficar em silêncio.

Mas Shirley Kaiser não entenderia isso.

Os olhos da mulher brilhavam de pavor diante da serra de aço sobre seu dedo médio. Shirley sacudiu a cabeça, tentando se exprimir, *não, por favor, não*. Porém, não havia muito mais que pudesse fazer.

— Você sabe que não pode dar esse telefonema — sussurrou Stephanie.

— Não tenho escolha.

— Isso — disse Hale, ouvindo as duas conversando. — Debatam o assunto. Façam a escolha certa. Shirley está contando com isso.

Os três outros capitães continuavam imóveis, observando.

Ainda sob a mira das armas.

Cassiopeia não podia permitir que aquilo acontecesse.

— Me dê esse maldito telefone.

* * *

MALONE APERTOU SEU CINTO DE SEGURANÇA, PREPARANDO-SE PARA aterrissar. A descida de 30 mil pés fora difícil. O piloto lhe informara que a tempestade estava indo para o norte e que eles a estavam contornando pelo lado sul. Edwin Davis ligara duas vezes para dizer que não tinha notícias de Cassiopeia, mas que o tiroteio também havia cessado.

Isso não o tranquilizou.

Ele já recarregara sua arma e enfiara dois cartuchos extras nos bolsos do casaco.

Estava pronto para agir.

Basta eu colocar os pés no chão.

* * *

KNOX ESTAVA NA PASSARELA EM CIMA DA MURALHA, VENDO WYATT E Carbonell no pátio inferior. Ele ouviu Wyatt dizendo a ela que as páginas extraviadas estavam lá embaixo, no fundo de uma fenda no chão. Viu-o também amarrando uma corda a um dos pilares que sustentavam o telhado. Wyatt desceu primeiro, depois Carbonell. Uma luz foi acesa, mas logo em seguida enfraqueceu. Deveria segui-los ou esperar o retorno deles? E se houvesse outra entrada ou saída?

Ele se lembrou de seu pai, lendário intendente.

Sentiu-se tomado pela vergonha. Ele cometera uma traição. Algo que seu pai jamais teria feito.

Seu pai, na verdade, havia realizado o impossível.

Ele assassinara um presidente.

John Kennedy chegara à Casa Branca graças a uma coalizão que o pai, Joe, forjara. Ela envolvia lideranças políticas, sindicatos e o crime organizado. O pai de Quentin Hale era próximo de Joe e fez um acordo com os Kennedy. *Concorde em respeitar as cartas de corso quando estiver na Casa Branca e a Comunidade fornecerá dinheiro e votos.*

E isso aconteceu.

Mas toda essa camaradagem foi esquecida após a eleição.

Os Kennedy deram as costas a todos, inclusive à Comunidade. Os sindicatos e a máfia ficaram desnorteados.

Os capitães nem tanto.

Eles contrataram um inapto desertor russo chamado Lee Harvey Oswald para assassinar Kennedy; em seguida tiveram uma sorte estupenda, pois Jack Ruby acabara matando Oswald.

As pistas não levaram a nada.

Os adeptos da versão conspiratória teorizaram por décadas sobre o que de fato ocorrera, e continuarão a fazê-lo por mais alguns anos. Porém, ninguém nunca soube a verdade. Seu pai tinha sido um verdadeiro intendente.

Leal até o fim.

Talvez fosse hora de ele agir assim também.

Precisava de luz.

Não tinha uma lanterna, mas havia uma lá em cima, caída ao lado dos cadáveres.

Knox foi buscá-la.

* * *

Cassiopeia pegou o telefone celular das mãos de Hale através das barras.

— Seja breve e convincente — disse ele. — Basta eu fazer um gesto com a cabeça e ela perde um dedo.

Ela discou o número que sabia de cor. Edwin Davis atendeu no segundo toque.

— O que está acontecendo por aí? — perguntou ele.

— Está tudo bem, mas não consegui localizar Stephanie ou Kaiser. O lugar é grande demais.

— E os tiros que ouvimos?

Hale claramente pensava que os homens que haviam invadido seu território tinham relação com Cassiopeia. Afinal, eles chegaram ao mesmo tempo. Evidentemente, isso não era verdade, mas talvez, se ela mencionasse essa associação, Davis pudesse captar a mensagem.

— Nossos homens fizeram uma confusão — disse ela. — Chegaram atirando, mas acabaram mortos. A tática não funcionou. Eu estou bem. Estou procurando, mas está tudo muito agitado por aqui.

— Saia daí.

— Vou sair. Em breve. Preciso de um pouco mais de tempo. Aguente firme.

— Não estou gostando disso.

— Você não está aqui, eu sim. Vou fazer à minha maneira.

Uma pausa. Depois Davis disse:

— Tudo bem. À sua maneira. Pode ficar mais um tempo.

Ela desligou.

— Excelente — disse Hale. — Até eu acreditei em você. Quem era?

Ela ficou calada.

Hale ergueu a mão, como para dizer *basta um gesto e ela perde o dedo*.

— Um agente especial da NIA. Ele está no comando. Os invasores também eram homens nossos, como você já sabe.

Hale sorriu.

— E onde está Andrea Carbonell?

— Isso eu não sei. Ela não me avisou. Ela dá ordens e nós obedecemos.

Um homem entrou armado com um rifle automático e se dirigiu rapidamente a Hale. Depois de sussurrar alguma coisa em seu ouvido, se foi.

Hale pegou de volta seu celular.

— Um ligeiro problema. A tempestade está passando, mas há um nevoeiro. O rio Pamlico tem péssima reputação por seus nevoeiros. Isso vai atrasar nossa partida por algum tempo.

— Para onde vamos? — perguntou Stephanie.

— Conforme eu mencionei antes, vamos velejar no Atlântico.

Cassiopeia olhou para o médico. Shirley se acalmara depois do telefonema, e Hale parecia satisfeito.

— Mais assassinatos no mar? — perguntou um dos capitães a Hale.

— Edward, eu não ousaria pensar que você é capaz de entender isso. Logo nossas cartas de corso serão irrefutáveis e tudo voltará ao normal em nosso mundo. Por isso essas três senhoras não são mais necessárias. — Hale virou-se para Cassiopeia e Stephanie. — Vocês devem saber disso.

— Capturamos seu homem na Virginia — disse Cassiopeia. — Ele está preso.

Ela esperava que isso o detivesse.

Hale deu de ombros.

— Amanhã nossos advogados cuidarão dele. Ele sabe que será protegido, desde que se mantenha de boca fechada. Não há pista alguma que o conduza até nós.

Ela havia suspeitado disso. Davis também.

— Que homem na Virginia? — perguntou outro capitão.

— Uma pendência que precisava ser resolvida, graças à estupidez de vocês três.

— Você vai se arrepender por ter me mantido na mira dessas armas — disse outro capitão.

— É mesmo, Charles? O que você pretende fazer? Resolveu criar coragem? — Ele se virou então para Cassiopeia. — Para sua informação, eu não tive nada a ver com o atentado contra Danny Daniels. Isso foi um projeto somente deles. Uma tolice.

— E isso é inteligente? — O capitão chamado Charles dirigiu-se a Hale.

— Isso é necessário. Dois de meus homens morreram.

Hale olhou na direção de Shirley.

— Não! — gritou Stephanie.

Hale fez um gesto com a cabeça.

E um osso foi decepado.

OITENTA

Wyatt deixou Carbonell seguir a sua frente e iluminou o caminho. A água estava subindo no compartimento, agora na altura da canela; a maré sem dúvida começava a encher. Ele e Malone tinham estado ali quando ela ainda se encontrava bem baixa. Carbonell continuava arrogante, alheia ao perigo real, confiante de que seus homens a seguiriam e protegeriam sua retaguarda.

— Foi aqui que os prisioneiros britânicos morreram? — perguntou ela.

— Certamente.

— A água está fria.

— Não vai demorar muito.

Ele seguiu o mesmo caminho que explorara junto com Malone, na direção da interseção dos três túneis, onde estavam os símbolos.

Eles encontraram o entroncamento em forma de Y.

Com sua lanterna, ele apontou os quatro símbolos nos muros e o quinto no centro do teto.

— Incrível — disse ela. — Estão escondidas aqui?

A água escorria das canaletas abertas a cerca de 1 metro do chão. Uma espuma de sal se formava e depois se dissipava, mas o fluxo permanecia constante. Outra série de canaletas se encontrava a uma altura de 2 metros.

— Há uma razão para que o quinto símbolo esteja no alto — disse ele. — O que estamos procurando se encontra atrás daquela pedra lá em cima.

— Como você planeja consegui-lo?

— Não planejo.

* * *

KNOX AVANÇOU COM CAUTELA, TOMANDO CUIDADO PARA NÃO CHApinhar a água, já à altura dos joelhos, cada vez mais alta. Ele encontrara a lanterna perto dos corpos, na parte superior do forte, e estava mantendo o feixe de luz para baixo, já que Wyatt e Carbonell se encontravam à sua frente.

Podia ouvi-los conversando, depois de uma curva, a uns 7 metros dali.

Ele desligou a lanterna e continuou avançando devagar.

* * *

CASSIOPEIA SE AJOELHOU COM STEPHANIE AO LADO DE SHIRLEY Kaiser, que continuava em estado de choque, seu ferimento suturado e enfaixado pelo médico. Ele lhe dera também uma injeção para a dor.

— Não quero que pensem que sou um bárbaro — disse-lhes Hale.

Elas tinham visto o dedo médio de Kaiser cair no chão, os olhos dela brilhando com o choque, seus soluços sufocados pela fita que tapava sua boca. Cassiopeia e Stephanie tinham sentido sua agonia. Felizmente, Shirley desmaiara.

— Ela ainda está tonta — disse Stephanie. — Você acha que Davis entendeu a mensagem?

Ela se deu conta de que Stephanie percebera a mentira que havia contado para Davis.

— O problema é que ele é uma criatura cautelosa — prosseguiu Stephanie.

Não se tratando de Pauline Daniels, pensou Cassiopeia. Ela tinha confiança de que agora ele agiria com o mesmo ímpeto.

— O presidente Daniels está preocupado com você — disse ela a Stephanie.

— Eu estou bem.

— Não é isso que quero dizer, e você sabe muito bem.

Ela viu que Stephanie não ficou alheia à irritação em sua voz.

— O que ele lhe contou? — perguntou Stephanie.

— O suficiente.

— Eu posso garantir que não fiz nada de errado.

— Há um bocado de gente dizendo a mesma coisa. Ainda assim, estamos todos cheios de problemas.

— O que você quer dizer com isso?

Ela não estava a fim de violar as confidências de Davis ou as de Pauline, então respondeu:

— Stephanie, o casamento dos Daniels é uma catástrofe. Obviamente, você e o presidente já falaram sobre isso. O bastante para que ele sinta que tem uma ligação com você. Ele me contou que você sente o mesmo. É verdade?

— Ele contou isso?

— Só para mim. E havia boas razões para que o fizesse.

Shirley gemeu. Estava voltando a si.

— Ela vai sentir muita dor quando acordar — disse Stephanie.

Cassiopeia ainda esperava uma resposta para sua pergunta.

Stephanie apoiou a cabeça de Shirley em seu colo, sentada no chão da cela. Hale e os capitães tinham saído, assim como todos os tripulantes. O corpo sem orelha havia sido arrastado para fora. Elas estavam sozinhas, isoladas, esperando o nevoeiro se dissipar para então zarpar.

— Não sei o que pensar — disse Stephanie calmamente. — Só sei que penso nele mais do que deveria.

A porta provisória da prisão se abriu e Hale entrou.

— Boa notícia. Vamos embora.

* * *

MALONE SAIU APRESSADAMENTE DO VEÍCULO QUANDO ESTE PAROU em meio à escuridão, perto de um pequeno embarcadouro que se achava ao final de uma trilha de areia úmida. Caía apenas uma garoa fina e o céu clareava, revelando estrelas dispersas. Em menos de uma hora a alvorada chegaria. A noite fora longa e ele tirara apenas um breve cochilo no avião, seus pensamentos atormentados pelos receios em relação a Cassiopeia e Stephanie.

— Quais são as novidades? — perguntou ele a Davis, em pé ao lado do veículo.

— Ela telefonou há cerca de uma hora.

Ele sabia que isso era necessário para que ela ganhasse um pouco mais de tempo, contudo sentiu um tom de reserva na voz de Davis.

— Ela me passou informações falsas — prosseguiu Edwin — sugerindo que os homens que atacaram o lugar eram nossos.

— Você acha que ela foi obrigada a falar isso?

— Provavelmente, mas ainda não dispomos de prova alguma, exceto o que Cassiopeia informou, e isso não pode ser usado, pois ela está lá ilegalmente.

Malone conhecia o que prescrevia a quarta emenda, mas que se danasse a Constituição.

— Precisamos agir.

— Só podemos contar com você.

Ele se deu conta de que aquele homem tinha outras coisas a levar em consideração, além de Cassiopeia.

— Há um nevoeiro sobre as águas que está se espalhando para as margens da costa norte. Ele segue ao longo do rio por alguns quilômetros, na direção do mar. Parece ser algo comum nesta época do ano.

— Excelente cobertura para chegar até a propriedade.

— Eu achei que você pensaria assim. — Davis apontou na direção do rio escuro e do píer de concreto.

— Tem um barco esperando você.

* * *

Wyatt pressentiu a presença de mais alguém nas proximida-.des. Percebera um movimento sutil na água, e o instinto lhe disse que Knox estava seguindo-os.

Dois coelhos numa cajadada só?

Seria isso o que o intendente estava pensando?

* * *

Hale sentia-se ao mesmo tempo satisfeito f preocupado. Conseguira rechaçar os invasores e frustrar uma fuga da prisão, mas a extensão do problema na Virginia ainda precisava ser avaliada. A declaração de Cassiopeia, de que eles tinham detido um homem, se verdadeira, poderia ser problemática. Já havia ligado para os advogados e mandara-os investigar. Ele também não tivera mais notícias de Knox, na Nova Escócia. Felizmente, os outros capitães tinham partido. Ele ordenara que o dedo de Kaiser fosse decepado porque queria que seus homens, seus iguais e seus inimigos soubessem que ele devia ser temido.

Ele observava Stephanie e Cassiopeia ajudarem Kaiser a se deitar no banco de trás úmido de uma caminhonete. Quatro tripulantes armados se juntaram a elas. Um contingente de mais seis seguiu num outro veículo.

— Vamos para o cais — ordenou ele.

* * *

MALONE SEGUIU NUMA EMBARCAÇÃO DE 4 METROS SOBRE AS ONDAS curtas e abruptas do rio. Finalmente, ele alcançou o nevoeiro e manteve o rumo leste, na direção do cais, que tinha uns 60 metros de comprimento e se estendia pela margem norte. A tempestade amainara, a chuva e o vento se foram, mas as águas do rio continuavam agitadas. Tinham lhe informado que o trajeto era de uns 3 quilômetros, e, pelos seus cálculos, ele já havia percorrido essa distância.

Ele verificou as horas.

5h20.

Um clarão brilhava através da neblina a leste, anunciando a manhã no horizonte.

Ele colocou o motor em ponto morto e ficou à deriva, acionando ligeiramente o acelerador quando precisava corrigir o rumo para compensar a correnteza, que o levava de volta para o meio do rio, a leste do mar.

Uma série de luzes desfocadas cintilou à frente.

Quatro pontos luminosos alinhados.

Ele desligou o motor externo e prestou atenção.

Davis lhe falara sobre o *Adventure*. Uma chalupa a vela de última geração com mais de 70 metros. O contorno do navio apareceu à sua frente, e era possível ouvir vozes no convés. Homens gritando.

As ondas o levaram para mais perto.

Não podia deixar seu barco se chocar contra o casco.

Mais agitação parecia vir de um ponto além do navio, da terra firme, ou talvez do cais. Feixes de luzes inconstantes perfuravam a escuridão. Dois apareceram juntos, como os faróis de um carro. Não era possível ver coisa alguma com nitidez; o nevoeiro dissimulava a realidade como se ele estivesse vendo um mundo sombrio através de uma garrafa enfumaçada.

Ele segurou seu revólver e acelerou o motor bem levemente, aproximando-se ainda mais.

Ao ver o casco, mudou o rumo para a esquerda, seguindo a linha d'água.

Uma corrente de âncora surgiu à sua frente, aparentemente usada para manter a embarcação atracada no cais, o que dava uma ideia sobre a força da correnteza naquele rio.

Diante de seus olhos, apareceram 15 metros de corrente espessa e úmida.

Sabia o que precisava fazer, mas antes era preciso verificar algo.

Ele forçou o leme para bombordo e colocou o motor em ponto morto novamente. O barco ficou à deriva. Satisfeito com a direção da correnteza, ele voltou a engatar o acelerador, tomando impulso para a frente. Com a arma enfiada na cintura, ele desligou o motor, agarrou-se à corrente molhada e subiu por ela.

Olhando para trás, viu o barco se afastando ao sabor das ondas até sumir na noite.

Agora, só podia seguir numa direção.

OITENTA E UM

NOVA ESCÓCIA

WYATT ESPEROU QUE ANDREA CARBONELL PERCEBESSE SUA POSTU-ra desafiadora. A superfície que exibia o quinto símbolo estava apenas a alguns metros acima da sua cabeça. Linhas grosseiras de argamassa salientavam a forma estranha da pedra. Os construtores daquele compartimento na fundação haviam usado muitas pedras irregulares, encaixando-as cuidadosamente com argamassa. Não seria difícil arrancá-la — um martelo, uma talhadeira, ou talvez um pé de cabra.

— O que você está planejando? — perguntou ela, a arma ainda em sua mão.

— Sua vida é sempre assim? Um plano após o outro? — Ele estava realmente curioso.

— Minha vida é uma questão de sobrevivência. Assim como a sua, Jonathan.

— Você manipulou a si mesma até chegar a este ponto. Pessoas morreram por isso. E você se importa? Um pouquinho que seja?

— Eu faço o que tenho que fazer. Mais uma vez, assim como você.

Aquela comparação o ofendeu. Ele podia ser um bocado de coisas, mas de jeito nenhum era como ela. Ele manteve a lanterna abaixada, iluminando a água do mar, que subia. Pôde ver que as canaletas mais baixas estavam agora submersas.

— O que você está esperando? — perguntou ela.

— A chegada do nosso convidado.

— Você os ouviu também? — indagou Andrea.

Ele percebeu o uso do plural *os*.

— Não são seus homens que estão para chegar. Eu matei os dois.

Ela ergueu a arma.

Ele desligou a lanterna, mergulhando o local na mais completa escuridão.

Um disparo se fez ouvir, ecoando nas pedras, atordoando sua audição.

Depois, outro.

Ele mudara de posição, supondo que ela dispararia na direção do local onde ele estava antes de desligar a lanterna.

— Jonathan, isso é loucura — disse ela no escuro. -— Por que não fazemos um acordo? Podemos acabar os dois feridos.

Ele nada disse. O silêncio agora era sua arma.

A água gelada continuava penetrando no compartimento, anunciando-se com um rugido. Ele ficou ajoelhado, segurando a lanterna apagada acima da superfície da água, esperando.

Carbonell se manteve quieta também.

Ela não estava a mais de 4 metros de distância, mas, com a água escorrendo em torno deles e a total ausência de luz, era impossível para ela localizá-lo.

Para sorte dele, o inverso não era verdadeiro.

* * *

Cassiopeia e Stephanie ajudaram Shirley Kaiser a descer da caminhonete e chegar ao cais. Ela ainda estava um pouco aturdida, sua mão bem enfaixada.

— Porra, isso dói — murmurou Shirley.

— Aguente firme — sussurrou Stephanie. — O socorro está a caminho.

Cassiopeia esperava que fosse verdade. Edwin Davis devia ter suspeitado. Ela viu que o *Adventure* agora estava aceso e em plena atividade. Hale cumprira sua palavra. Estavam saindo para velejar. Era possível ver o nevoeiro, mas também que o céu clareava rio abaixo e as estrelas cintilavam em meio a um véu nebuloso.

— Vou ficar bem — disse Shirley.

Hale estava a 6 metros de distância da ponte de acesso à embarcação.

— Você acha que poderá matar nós três sem que ninguém se dê conta? — perguntou Cassiopeia.

Ele se aproximou dela.

— Duvido que alguém dê muita importância. Aquela tentativa fracassada de resgate me dá poder de barganha. Eu diria que uma série de leis foi violada com aquela ação absurda. Assim que nossas cartas de corso forem ratificadas, estaremos bem. Danny Daniels não vai querer um embate público sobre essas questões.

— Você pode estar enganado — disse Stephanie.

E Cassiopeia concordou, lembrando-se da firmeza com que Daniels insistira para que ela e Malone encontrassem Stephanie. Ele poderia muito bem fazer o que fosse necessário sem dar a mínima para as consequências. Hale estava subestimando o presidente. Como Daniels lhe dissera, sua carreira política estava praticamente terminada.

O que lhe dava um bocado de espaço para manobra.

— Podem embarcá-las — disse Hale aos seus homens.

* * *

MALONE ESCALOU O CONVÉS E EMBARCOU SORRATEIRAMENTE NO iate. Por duas vezes, ele quase se soltara da corrente escorregadia.

Pegando seu revólver na cintura, ele se preparou.

O convés circundava uma cabine de proa, com suas janelas espelhadas iluminadas, o ângulo frontal suavizado por laterais arredondadas. Ele não viu ninguém nas janelas, mas manteve-se agachado.

Uma comoção veio do cais.

Averiguar seria arriscado, pois alguém poderia aparecer no convés. Mas resolveu tentar assim mesmo. Ele olhou pela amurada do navio. Através da escuridão e do nevoeiro, viu alguns homens embarcando com três mulheres, duas delas ajudando a terceira. Um homem mais velho ficou em pé no cais, observando-as e depois embarcando também.

Ele reconheceu Cassiopeia e Stephanie.

A terceira devia ser Shirley Kaiser.

Pegando seu telefone celular, Malone apertou um botão, fazendo uma discagem rápida. Davis respondeu de imediato.

— A chalupa está partindo — sussurrou ele. — Estamos todos a bordo. É hora de mandar as tropas.

Literalmente. Eles tinham conversado sobre isso antes de se separarem, na outra margem do rio.

— Vou cuidar disso. O que você vai fazer?

— O que for necessário.

* * *

HALE EMBARCOU NO *ADVENTURE*, IMAGINANDO A SI MESMO COMO UM daqueles homens audaciosos de três séculos atrás, desafiando a tudo e a todos, se preocupando apenas com o que seus homens pensavam dele. E eles deviam estar orgulhosos de seu capitão naquele momento. Combatera ao lado deles o tempo todo. Agora seria a vez de combater Andrea Carbonell e concluir o que ela havia iniciado. Ele esperava que Knox tivesse êxito assassinando-a e esperava também que as duas páginas extraviadas tivessem sido encontradas. Ele pagaria satisfeito o que Jonathan Wyatt pedisse. Poderia até vir a contratá-lo de forma permanente.

— Pronto para zarpar — gritou. — Recolher os cabos e içar âncora. Ele comandaria pessoalmente o navio nessa viagem.

Os dois motores de 1.800 cavalos começaram a roncar. Eram dois Deutz de última geração. Quase não faziam barulho, e muito menos produziam vibração. Não havia tampouco o ruído de geradores. Em vez disso, uma série de baterias de lítio fornecia energia. As velas estavam guardadas em segurança nas vergas, esperando o comando de um dos vinte computadores de bordo para serem desfraldadas ao vento. Isso ocorreria quando estivessem perto da Enseada de Ocracoke, onde o Atlântico os aguardava.

Ele notou que suas três prisioneiras estavam sendo escoltadas até o salão principal.

— Nada disso — exclamou ele. — Levem nossas hóspedes para esperar no convés de popa, perto da piscina. Tenho uma surpresa especial para elas.

* * *

WYATT RECOLOCOU OS ÓCULOS DE VISÃO NOTURNA QUE TROUXERA em sua mochila. Carbonell estava a alguns metros dele. Tinha sido suficientemente esperta para se agachar, seus olhos vigiando a escuridão, em vão. Ela devia estar atenta a qualquer mudança de ondulação da água que suba em torno dela.

Ele olhou para baixo.

A maré chegara às suas coxas.

A verdadeira mudança aconteceria quando as canaletas a 2 metros do solo se enchessem. Aquilo lhe dava mais ou menos meia hora.

Um movimento se fez sentir na retaguarda, até então sossegada.

Um homem apareceu. Ele trazia uma lanterna apagada numa das mãos e um revólver na outra.

Clifford Knox.

Bem-vindo.

Um presente para você.

Wyatt acendeu sua lanterna e iluminou na direção em que Andrea Carbonell estava agachada.

OITENTA E DOIS

Malone se refugiou num porão com acesso pela proa. Dois escaleres de 10 metros estavam amarrados de cada lado do convés principal. Era admirável aquela chalupa com casco de aço, um castelo esguio com linhas suaves, tudo perfeitamente aerodinâmico. E alto. O casco a 15 metros da linha d'água, as cabines e os conveses, 10 metros acima do casco. Sem dúvida, uma obra-prima de tecnologia e design.

O barco começou a se mover.

Interessante como os motores eram quase inaudíveis. Entravam em funcionamento imperceptivelmente. Ele olhou por uma escotilha. O nevoeiro envolvia o convés como um escudo protetor.

Ele percorreu o porão e descobriu uma porta que levava às cabines do convés superior.

O corredor seguia na direção da popa. A impressão era simultaneamente de altitude e profundidade por causa das sucessivas divisórias. A claridade que vinha delas o fazia pensar numa série de janelas dispostas uma do lado da outra, um clerestório. Um perfume de magnólia e de chá-verde era borrifado do teto. O corredor terminava na parte central do navio, onde três conveses se comunicavam através de uma escada circular em torno do mastro principal. Lá em cima, os soalhos transparentes permitiam a entrada da luz durante o dia. Ele observou a esplêndida combinação de aço inoxidável, vidro, madeiras finas e pedra.

Algo se mexeu acima, chamando sua atenção.

Ele se escondeu no vão de uma porta que conduzia à sala de ginástica. Estava tudo apagado lá dentro. Ele se manteve junto à parede e viu dois homens descendo a escada circular com passos apressados. Eles não pararam, seguiram descendo até o nível inferior.

Ele ouvira a voz de Hale.

O convés de popa.

Era lá que Cassiopeia e as outras mulheres estavam aguardando.

* * *

HALE CHEGOU AO CONVÉS DE POPA. FOI ALI QUE LIDARA COM O CONtador traidor e seria ali que cuidaria daqueles três outros problemas. Ele dissera que tinha uma surpresa especial para elas e, sob o olhar vigilante de dois homens armados, elas já a estavam examinando quando ele se aproximou.

— Podem chamar esta couraça de gibanete — disse ele. — É feita em ferro no formato de um corpo humano.

Ele percebeu a aceleração dos motores. O *Adventure* podia navegar a quase 20 nós, e ele ordenara a velocidade máxima. A 50 quilômetros por hora, logo estariam em mar aberto.

— Muitos homens bons já foram presos a isso — continuou ele. — Depois eram pendurados numa estaca e deixados assim até a morte. Uma forma horrível de punição.

— Como fazer alguém engolir a própria orelha? — perguntou Cassiopeia.

Ele sorriu.

— No mesmo estilo, exceto pelo fato de o gibanete ter sido uma prática realizada por nossos perseguidores contra nós.

Ele fez um gesto e dois tripulantes agarraram os braços de Cassiopeia. Ela esboçou resistência, mas Hale ergueu um dedo em advertência.

— Seja uma boa menina.

Antes de chegar ao convés de popa, ele ordenara que as mãos dela fossem amarradas nas costas. As duas outras mulheres foram deixadas em seus lugares. Um dos tripulantes chutou os pés de Cassiopeia, e ela desabou sobre o convés. Em seguida, eles a seguraram pela cabeça e pelos pés, colocando-a dentro do gibanete, que estava aberto como um casulo. A tampa foi fechada e trancada com uma braçadeira e um pino. Sobrara pouco espaço para ela continuar se debatendo.

Ele se inclinou.

— Você matou dois de meus tripulantes. Agora vai experimentar o que meus ancestrais sentiram quando morreram dentro deste gibanete.

O vento percorria o barco, seguindo as linhas de seus contornos elegantes, cobrindo-o com seu ar fresco e úmido. Ele sentiu o cheiro acre do oceano e soube que logo estariam navegando em alto-mar. O nevoeiro estava sumindo.

Excelente.

Ele ficara preocupado, achando que não conseguiria ver a morte daquela mulher.

* * *

KNOX VIU A LUZ SURGIR NA ESCURIDÃO, DEPOIS SE MOVER UNS 3 METROS à direita. Ele não sabia ao certo quem era, mas isso não importava.

Ele atirou naquela direção.

Nada aconteceu.

A luz continuou seu caminho, focada na água. Sua bala não acertou alvo algum, simplesmente ricocheteou no muro com um silvo perturbador. Ele percebeu momentaneamente uma sombra à direita de onde a luz tocava a água. Outro movimento chamou sua atenção; a luz foi erguida e depois se apagou.

Aquilo era um alvo.

Ele disparou novamente.

* * *

Wyatt submergiu lenta e silenciosamente. No instante em que lançou a luz na direção de Carbonell, ele agarrou com os dedos a beirada de uma canaleta e se içou para cima. O último lugar em que queria estar era perto do chão.

A gravidade atraía as balas naquela direção.

Com seus óculos de visão noturna, ele via Knox e Carbonell, ambos carregando uma arma e uma lanterna.

Chances idênticas.

Ele aproveitou a enchente para facilitar sua retirada na direção do túnel pelo qual chegaram. Ele percebeu que nenhum deles se arriscaria acendendo a lanterna ou falando, e disparar uma arma no escuro era arriscado.

Ele se perguntou por quanto tempo permaneceriam ali.

Teriam eles noção do perigo?

Escapar pelas canaletas, como ele e Malone fizeram, não seria mais possível com a maré cheia. Enfrentar o fluxo da água dentro daquele lugar seria como nadar contra a correnteza; era impossível conseguir tomar fôlego suficiente para mergulhar até o outro lado.

Eles tinham se encurralado num local do qual não havia escapatória.

Somente a maré baixa os liberaria.

Mas então já estariam mortos.

* * *

Malone avançou lentamente pelo convés, usando os vãos escuros das portas como esconderijo. Ele passou por um teatro, uma sala de jantar e alguns camarotes. Não vira câmera alguma, mas ainda assim cada nervo de seu corpo retinia, o dedo no gatilho do revólver, pronto a reagir.

O corredor terminava num grande salão, uma decoração que unia madeira, marfim e couro. Havia um piano num canto. Tudo era elegante e brilhava, como o próprio iate. Ele precisava saber o que estava acontecendo no convés de popa. As paredes externas eram revestidas de janelas grandes, então ele se arrastou até a porta de vidro de saída, onde pôde divisar um convés, uma piscina e algumas pessoas.

À sua direita, uma escada em espiral levava até a parte superior do tombadilho.

Ele subiu lentamente os degraus íngremes, que davam em um pequeno terraço com vista para a popa da embarcação. Ele tentou registrar a localização deles. No meio do rio, ambas as margens visíveis ao longe, o sol nascendo à frente, a leste. E o nevoeiro desaparecera. Olhando para a proa, ele viu o oceano. Estavam chegando ao estreito, o que significava que se aproximavam do mar.

Ele permaneceu agachado e avançou até a amurada de popa.

Olhando para baixo, viu Stephanie e Shirley Kaiser, dois homens armados, quatro outros ao lado, Quentin Hale e...

Cassiopeia.

Presa numa couraça de ferro.

OITENTA E TRÊS

CASSIOPEIA ESTAVA À BEIRA DO PÂNICO. SUAS MÃOS ESTAVAM ATA-das, seu corpo encerrado numa espécie de gaiola de ferro. Os homens de Hale estavam ocupados, prendendo um cabo na parte superior do gibanete. Ele se virou para Stephanie, cujos olhos indicavam que ela, tampouco, podia fazer alguma coisa.

— Para que fazer uma coisa dessas? — gritou Shirley. — Por que você está fazendo isso, Quentin?

Hale virou-se para ela.

— É isso o que os piratas fazem.

— Matam uma mulher desarmada?

— Ensinam uma lição aos inimigos.

Os homens já seguravam o cabo com as mãos.

Hale se aproximou.

— Reis e governantes — continuou ele — adoravam usar o giba-nete para nos castigar, assim, ocasionalmente, fazemos o mesmo. Mas, em vez de deixarmos o prisioneiro pendurado até que morra, nós o arrastamos dentro d'água até que se afogue. Depois cortamos o cabo e ele vai para o fundo do mar.

A um sinal de Hale, seus homens içaram a couraça de ferro do convés.

* * *

MALONE NÃO PODIA ESPERAR MAIS. ESTAVA TOMADO POR EMOÇÕES confusas. Ele ergueu a arma e se preparou para atirar, mas, antes que pudesse puxar o gatilho, duas mãos agarram com firmeza seus ombros e o afastaram da amurada.

Um dos homens da tripulação.

Um chute rápido no seu braço direito fez a arma cair no chão.

A fúria irrompeu em seu interior.

Não havia tempo para aquilo.

Ele deu um pontapé na barriga de seu oponente, fazendo-o se dobrar, e, com uma joelhada no rosto, jogou o homem para trás. Em seguida acertou com o cotovelo a base do seu nariz e torceu-lhe o pescoço. Mais dois socos violentos e o homem passou por cima da amurada, caindo no convés inferior, a uma altura de uns 5 metros.

Os homens que erguiam Cassiopeia ouviram o estrondo e pararam momentaneamente. Hale se virou para cima, identificando a origem do problema.

Malone procurou seu revólver.

— Lancem esta mulher na água — ele ouviu Hale gritar.

Com a arma na mão, Malone pulou sobre a amurada, caindo no convés inferior. Rolou pelo chão e disparou contra os dois homens armados, abatendo ambos.

Depois de se levantar, seguiu adiante.

Hale tentou interrompê-lo, com uma arma em punho, mas foi atingido antes com uma bala no peito que o derrubou sobre o convés.

Malone continuou avançando.

— Rápido — disse Stephanie. — É preciso salvá-la.

Os quatro homens se aproximaram da amurada do navio com o gibanete.

Era tarde demais para usar o revólver se quisesse impedi-los.

E Cassiopeia foi lançada ao mar.

* * *

WYATT VOLTOU PELO MESMO CAMINHO, ATÉ O LOCAL ONDE A COR-
da o aguardava. A água alcançara sua cintura. Logo, as canaletas
superiores completariam a inundação. Era bastante conveniente que
aqueles dois encontrassem ali seu fim, ambos tão presunçosos. Carbonell contando com seus homens de apoio para salvá-la, Knox pensando dispor de uma bela oportunidade de eliminar dois problemas
de uma vez. Ainda mais conveniente que os dois estivessem equipados com lanternas e armas, e ambas não tivessem qualquer serventia
para eles.

Carbonell era responsável pelas mortes inúteis de vários agentes.
Knox, pessoalmente, havia matado dois também.

E ambos deviam pagar por isso.

Além disso, Knox tentara matar o presidente. E, embora Wyatt não
fosse um grande admirador do governo dos Estados Unidos, ele também era americano.

E sempre seria.

Esses dois problemas seriam encerrados ali. Quando finalmente se
dessem conta da situação terrível em que se encontravam e resolves-
sem salvar sua pele, já seria tarde demais.

Restavam somente mais alguns minutos.

Era maré cheia.

Com seus óculos de visão noturna, ele localizou a corda.

Agarrando-se a ela, começou a subir.

Quando chegou lá em cima, puxou-a do buraco e se foi.

* * *

CASSIOPEIA ESTAVA CAINDO. TENTOU SE MANTER FIRME, PREVENDO O
impacto na água. Suas mãos pouco podiam fazer, e ela se lembrou de
encher os pulmões de ar. Infelizmente, o confinamento exíguo não lhe

dava espaço para mexer as pernas. O gibanete era apertado demais e a tranca estava fora do seu alcance, além de ser externa.

Pouco antes de a lançarem ao mar, ela ouvira o disparo de uma arma e Stephanie gritando *Rápido. É preciso salvá-la.*

O que estaria acontecendo a bordo?

* * *

MALONE DISPAROU DUAS VEZES CONTRA OS QUATRO HOMENS, DIS-persando-os. Depois largou a arma e pulou da amurada, lançando seu corpo para fora e se agarrando ao gibanete que caía.

Seu peso acelerou a queda e, juntos, ele e Cassiopeia, despencaram no mar.

* * *

ALGUMA COISA ATINGIRA O GIBANETE, ASSUSTANDO CASSIOPEIA. UM corpo. Um homem. Juntos, caíram dentro d'água.

Então ela viu o rosto e se sentiu aliviada.

Era Malone.

* * *

MALONE SE AGARROU COM FIRMEZA. ELE NÃO A SOLTARIA DE JEITO nenhum. Eles oscilaram na superfície, movendo-se junto com as ondas, enquanto o cabo se mantinha preso ao iate.

— Estou feliz em ver você, finalmente — disse ela.

O olhar de Malone localizou a tranca.

O gibanete estava começando a afundar.

Ele tentou agarrar o cabo, mas este se distendeu.

E eles foram tragados pelo mar.

* * *

HALE ESTAVA ATURDIDO. O INTRUSO HAVIA ATIRADO NELE, MAS FE-
lizmente o acertara no peito. O colete de proteção que vestira antes, ao defender sua propriedade, acabara de salvá-lo, embora suas costelas doessem. Antes de tombar no convés, ele vira o homem saltar do navio na direção do gibanete.

Ele se ajoelhou e respirou fundo.

Virando-se para seus homens, percebeu que haviam sumido.

O que viu foi Stephanie empunhando uma arma e apontando-a contra ele.

— Eu falei que Cotton Malone seria um problema para você — disse ela.

* * *

MALONE MANTEVE-SE AGARRADO AO GIBANETE COM A MÃO DIREITA, tentando encontrar o ponto em que o cabo estava preso à couraça. Uma profusão de cores invadia seus olhos. Emergindo e submergindo, eles deslizavam na água, a cerca de 30 metros do *Adventure*, bem no meio da longa esteira deixada pela chalupa.

Ele tomou ar novamente e disse a Cassiopeia:

— Respire.

— É o que estou tentando fazer.

Ele não tinha mais espaço do que ela. A velocidade do barco lhes permitia planar por alguns preciosos segundos na superfície. Ele percebeu que, assim que a velocidade fosse reduzida, eles afundariam e seriam arrastados submersos.

Seu coração disparava no peito.

Era preciso abrir aquela tranca.

* * *

CASSIOPEIA ESTAVA ENGOLINDO TANTO AR QUANTO ÁGUA, E TENTAVA cuspi-la para manter os pulmões secos. Girava o tronco dentro do gibanete enquanto surfavam sobre as ondas. Uma forte cãibra tomou conta de suas pernas, e disse a si mesma para se acalmar. Ela queria que a velocidade aumentasse, pois a desaceleração significava submersão. Hale estava brincando com eles. Divertindo-se com seus apuros.

— Vou... te... tirar... daí — disse Malone, quando mais uma vez voltaram à superfície, sua voz entrecortada de soluços.

— Minhas mãos — ela conseguiu dizer.

Ela não poderia nadar por muito tempo com as mãos atadas.

* * *

HALE ENCAROU STEPHANIE NELLE.

— Vai atirar em mim? — perguntou ele.

— Eu não preciso.

Estranha resposta.

Ela fez um gesto com a arma e ele se virou.

Shirley Kaiser empunhava o rifle de um dos homens caídos. A mão enfaixada sustentava a arma pesada, a outra, pronta, com o dedo no gatilho.

Apareceram alguns homens vindos do salão.

Alguns armados.

Finalmente.

* * *

MALONE ENCONTROU A TRANCA. ELE A TORCEU E PUXOU. CONTInuou fechada. Ele fez força mais uma vez e conseguiu soltar o pino.

O gibanete se abriu e Cassiopeia escapou.

Ele largou a couraça e nadou até ela.

O gibanete desapareceu dentro d'água, mas logo reapareceu na superfície.

Em seguida, ele tomou fôlego e mergulhou, procurando por ela. Quando a viu, agarrou-a com um braço e, juntos, voltaram para a superfície.

Ambos haviam engolido água.

Ele os mantinha flutuando com fortes movimentos das pernas e agitando o braço direito.

— Tome fôlego. Vou soltar suas mãos — disse ele.

Eles afundaram outra vez, o tempo suficiente para Malone cortar a fita que amarrava os punhos dela. Depois subiram à tona e ficaram boiando. O *Adventure* estava a 200 metros de distância, as velas abertas no céu da manhã. Tudo estava sossegado, exceto o vento e o mar se agitando em torno deles.

Então ouviram outro som.

Fraco e rítmico.

Um som grave e profundo com intensidade crescente. Ao se virar, Malone viu quatro helicópteros vindo na sua direção.

Já era hora.

Eles avançaram em formação. Um deles ficou acima de onde Malone e Cassiopeia estavam, e os outros três sobrevoavam o iate.

— Vocês estão bem?

Era a voz de Edwin Davis num alto-falante.

Os dois ergueram os polegares.

— Segurem firme — disse Davis.

* * *

HALE OUVIU OS ROTORES DOS HELICÓPTEROS E OLHOU PARA CIMA. Viu três helicópteros do Exército pairando sobre os mastros do *Adventure*, espreitando-o como lobos.

Aquela visão o enfureceu.

Aquele governo ingrato ao qual sua família servira obedientemente não o deixava em paz. O que havia acontecido com Knox? E com o homem chamado Wyatt? Teriam conseguido o que era necessário para ratificar suas cartas de corso? E por que Bolton, Surcouf e Cogburn não estavam ali, combatendo com ele? Provavelmente aqueles três covardes o tinham denunciado.

Stephanie Nelle disparou contra o salão principal, destruindo os vidros das janelas e os revestimentos de fibra de vidro.

Os homens de Hale desapareceram no interior do salão.

Ele encarou Kaiser e seu rifle.

— Não é tão fácil assim, Shirley.

Ele se imaginava um Barba Negra diante do tenente Maynard no convés de outro navio com o mesmo nome. Aquela luta também tinha sido corporal e até a morte. Mas Barba Negra estava armado. O revólver de Hale tinha caído no convés, a pouco mais de 1 metro. Ele precisava pegá-lo. Seus olhos moviam-se de Shirley, à sua direita, para Nelle, à esquerda.

Ele só precisava de uma única oportunidade.

Shirley disparou seu rifle.

As balas perfuraram o colete protetor. As rajadas seguintes destroçaram suas pernas. O sangue começou a sair-lhe pela garganta e pela boca. Ele caiu no chão, cada nervo de seu corpo se tornando uma chama ardente e dolorosa.

Seu rosto revelava sua agonia.

A última coisa que viu foi Shirley Kaiser apontando a arma contra sua cabeça, dizendo:

— Matar você foi bem fácil, Quentin.

* * *

CASSIOPEIA OUVIU OS DISPAROS AO LONGE. EM SEGUIDA, VIU DUAS pessoas pularem do *Adventure*.

— Stephanie e Shirley conseguiram escapar — disse Davis pelo sistema de som do helicóptero.

Eles continuaram flutuando na água.

As velas do *Adventure* tinham se inflado com o vento. Não havia espaço entre elas. Funcionavam como um único aerofólio, impulsionando o impressionante casco verde pelas ondas. Era como uma galera bucaneira de antigamente, velejando para mais um dia de combate. Mas não estavam no século XVII ou XVIII, e Danny Daniels ficara muito irritado com tudo aquilo. Aqueles helicópteros não estavam ali para escoltar o navio de volta ao porto.

Mais pessoas pularam do iate.

— A tripulação — disse Malone. — Você sabe por que estão fazendo isso.

Ela sabia.

As aeronaves se afastaram.

Chamas irromperam das laterais de dois dos helicópteros. Quatro mísseis foram disparados. Segundos depois eles atingiram o *Adventure*, destruindo seu poder de artilharia. Uma fumaça negra e pungente subiu ao céu. Como um animal ferido, a chalupa pendeu para um lado, depois o outro, suas velas se desfraldando e perdendo a força.

Um foguete derradeiro lançado pelo terceiro helicóptero pôs fim à sua desgraça.

O iate explodiu, depois afundou. O oceano Atlântico engoliu a oferenda de uma só vez.

OITENTA E QUATRO

Nova Escócia
11H30

Wyatt desceu pela abertura no chão do forte Dominion. Cinco horas antes ele deixara a ilha e retornara à costa, livrando-se do barco roubado perto de Chester e alugando outro. Comprara também outras ferramentas, as quais colocou dentro de sua mochila, e então esperou a mudança da maré.

Uma última coisa a fazer.

Ele desceu até o chão de pedras.

Restavam apenas alguns centímetros de água, exatamente como ele e Malone já haviam presenciado. Ligando sua lanterna, ele seguiu até o entroncamento. No meio do caminho, encontrou o primeiro cadáver inchado.

Por volta dos 40 anos, cabelos pretos, rosto comum, ele o reconheceu.

O intendente.

Clifford Knox.

Deitado de costas sobre o chão rochoso, os olhos fechados.

Ele seguiu adiante e encontrou os cinco símbolos. Até então, nenhum sinal de Carbonell, mas havia dois outros túneis e nenhuma saída. Seu corpo poderia estar em qualquer lugar, ou poderia ter sido levado para o mar através de uma das canaletas.

Ele olhou o símbolo no teto.

Δ

Wyatt esperava que Malone estivesse certo e que o triângulo marcasse de fato o local. Ele rolou uma das pedras maiores para perto. O teto era baixo, pouco mais de 2 metros de altura, não precisaria de impulso para alcançá-lo. Pegando o martelo e a talhadeira que trouxera, ele começou a cinzelar a junção que contornava a pedra de forma irregular. Quase dois séculos sob a ação da maré tinham endurecido a argamassa, mas ela finalmente cedeu. Ele recuou e o bloco de pedra caiu no chão, espirrando a água e se partindo em vários pedaços.

Ele direcionou a lanterna para cima.

Uns 30 centímetros acima do teto, uma saliência havia sido escavada na pedra. Alguma coisa preta brilhava sob o foco da lanterna. Cintilante. Um reflexo esverdeado. Ele deixou a lanterna no chão e se esticou, apalpando o que estava lá em cima.

Escorregadio.

Então, ele percebeu.

Era vidro.

Ele o puxou.

Não pesava muito, 2 quilos talvez. Era algo sólido, com uns 30 centímetros quadrados, sua superfície e as laterais arredondadas. Ele se agachou ao lado da lanterna e jogou água sobre ele, removendo uma camada de sujeira.

Alguma coisa estava lacrada no interior.

Apesar de embaçada, a imagem era inequívoca.

Duas folhas de papel marrom.

Ele colocou o estojo de vidro sobre a pedra que usara para subir e chegar ao teto. Depois, com uma pedra menor, deu duas pancadas e partiu o vidro.

Pela primeira vez em mais de 175 anos, o papel entrou em contato com o ar fresco.

Havia duas colunas impressas sobre cada página, com um cabeçalho.

DEBATES DO CONGRESSO

E uma data:

9 de fevereiro de 1793

Ele examinou uma das páginas e leu:

Sr. Madison. O assunto da proposta apresentada à Casa será agora, eu suponho, senhor presidente, submetido à nossa deliberação. Acredito que seja da maior importância, um assunto, senhor, que requer nossa maior atenção e nossa mútua aplicação. Ao redigir nossa Constituição, este Congresso foi autorizado a exercer o poder específico de conceder cartas de corso, conforme a política atual das nações sanciona em todo o mundo. Na verdade, nossa vitória sobre a Inglaterra não teria ocorrido sem o empenho corajoso de homens empreendedores, com seus navios e habilidades suficientes para fazer uso apropriado deles. Felizmente para nós, essa autorização estava, e continua, em vigor. Estamos todos dolorosamente cientes de ainda não possuirmos homens e navios suficientes para formar uma força naval adequada à nossa necessidade defensiva, portanto, eu concordo com a proposta de conceder essas cartas de corso para Archibald Hale, Richard Surcouf, Henry Cogburn e Samuel Bolton, perpetuamente, de modo que prossigam com seus ataques severos aos nossos inimigos.

A solicitação foi encaminhada pelo presidente e aceita por todos os presentes. As mencionadas cartas de corso foram encaminhadas ao Senado para serem validadas. A Casa informa a interrupção dos debates.

Ele olhou a outra folha e viu que seu texto era similar, mas pertencia aos registros do Senado, onde as cartas também foram aprovadas por unanimidade. A última linha deixava claro "que o presente decreto-lei seja encaminhado para ser assinado pelo Sr. Washington".

Ali estava o que a Comunidade procurava. Quantos homens haviam morrido por causa disso. Aqueles documentos só causariam transtornos. O reaparecimento deles era sinônimo de problemas.

Bons agentes resolviam problemas.

Ele rasgou as duas folhas em pedacinhos e espalhou os fragmentos sobre a água ainda acumulada no solo. Viu-os se dissolver.

Pronto.

Ele saiu usando a corda e passando novamente pelo corpo de Knox

— Você morreu por nada — disse ele ao cadáver.

De volta à superfície do forte, notou que era hora de abandonar aquele posto. Os pássaros arrulhavam ao seu redor, se movimentando incessantemente pelas passarelas das muralhas.

Depois de recolher a corda do buraco, ele decidiu: *já basta.*

— Por que você não sai daí e nós conversamos? — disse ele.

Desde que retornara ao forte, ele pressentira que não estava só. Na extremidade do salão em ruínas, Cotton Malone surgiu.

— Pensei que você tivesse ido embora — disse Wyatt.

— Voltei para recuperar as páginas, mas me disseram que você viria pelo mesmo motivo.

— Suponho que as autoridades canadenses estejam, de certa forma, envolvidas nisso.

— Nós esperamos o máximo de tempo possível. O que aconteceu lá embaixo?

— A Comunidade perdeu um intendente.

Ele percebeu que Malone não carregava um revólver, mas nem precisava. Seis homens armados apareceram na passarela no andar superior.

Hoje não haveria combates.

— E as páginas? — perguntou Malone.

Ele balançou a cabeça.

— O receptáculo estava vazio.

Malone o analisou, estreitando o olhar.

— Imagino que seja o fim da Comunidade então.

— E mais nenhum presidente terá que lidar com isso a partir de agora.

— Sorte deles.

— Talvez você não acredite, mas eu nunca venderia aquelas páginas para Hale.

— Na verdade, eu acredito.

Ele riu e fez um movimento com a cabeça.

— Ainda o mesmo fariseu?

— É um velho hábito. O presidente agradece pelo que fez em Nova York e pelo que fez aqui com Carbonell. — Malone fez uma pausa. — Eu acho que ele deve mais um agradecimento a você agora.

O silêncio entre os dois confirmou o que ele havia feito.

— E pode ficar com o dinheiro da NIA — acrescentou Malone.

— Eu planejava fazer isso de qualquer modo.

— Ainda desafiando a autoridade?

— Nesse ponto, pelo menos, nenhum de nós jamais mudará.

Malone apontou para o buraco no chão.

— Os dois corpos estão lá embaixo?

— Nenhum sinal daquela mulher demoníaca.

— Você acha que ela conseguiu sair nadando?

Ele deu de ombros.

— As canaletas não estavam nas mesmas condições de quando eu e você estávamos lá embaixo. Portanto, só se ela tiver excelentes pulmões.

— Pelo que me lembro, ela tem.

Wyatt sorriu.

— É verdade.

Malone deu um passo para o lado. Wyatt perguntou:

— Será que tenho carta branca para sair do Canadá sem ser importunado?

— Pode ir tranquilo para a Flórida. Eu poderia oferecer uma carona, mas isso nos obrigaria a ficar tempo demais juntos.

Provavelmente, pensou ele.

Depois, ao fazer menção de ir embora, ouviu a voz de Malone.

— Você nunca me respondeu. Estamos quites?

Ele parou, sem se virar para trás.

— Por ora — respondeu.

Em seguida, se foi.

OITENTA E CINCO

CASA BRANCA
16H40

CASSIOPEIA AGUARDAVA NO QUARTO AZUL, O MESMO APOSENTO QUE ocupara na véspera para mudar de roupa, o mesmo em que ela e Danny Daniels haviam conversado. Shirley Kaiser estava ao seu lado.

— Como vai sua mão? — perguntou ela.

— Dói muito.

Assim que foram resgatados no mar, ela, Malone, Stephanie e Shirley foram levados para Washington. Shirley recebera cuidados por causa da amputação, mas o médico da Comunidade fizera um trabalho formidável ao suturar a ferida. Ela precisou somente de um remédio para dor e uma injeção, a fim de evitar infecções.

— Dentro do mar foi pior — disse Shirley. — Por causa da água salgada. Mas era melhor do que ficar a bordo.

A tripulação do *Adventure* também fora resgatada por uma embarcação da Guarda Costeira, que chegou ao local minutos após a destruição da chalupa. Os tripulantes foram avisados pelo rádio para abandonar o navio ou afundar com ele. Somente Quentin Hale naufragou com a embarcação. Mas já estava morto há um bom tempo. Stephanie contara que Shirley concluíra aquilo que Malone havia começado.

— Você está bem? — perguntou Cassiopeia.

Estavam ambas exaustas, o corpo dolorido.

— Estou feliz por ter atirado nele. Custou-me um dedo, mas acho que valeu a pena.

Cassiopeia não pôde se conter.

— Você não devia ter ido até lá.

— É mesmo? Se eu não tivesse ido, você não teria aparecido. E então quem pode dizer onde nós estaríamos agora, ou Stephanie?

A postura arrogante havia retornado.

— Pelo menos tudo está acabado — concluiu Shirley.

Isso era um fato.

O Serviço Secreto e o FBI invadiram o complexo da Comunidade e prenderam os outros três capitães e suas respectivas tripulações. Agora estavam ocupados vasculhando cada metro quadrado das quatro propriedades.

Uma leve batida soou na porta. Danny Daniels entrou em seguida. Ela sabia que fora um dia duro para ele também. Quando voltaram, Edwin Davis contou tudo ao presidente. A conversa foi confidencial e, depois, incluiu Pauline Daniels. Os três passaram uma hora juntos, a portas fechadas, alguns metros adiante no corredor.

— Pauline gostaria de ver você — disse Daniels a Shirley.

Ela se levantou para sair, mas parou em frente do presidente e lhe perguntou:

— Você está bem?

Ele sorriu.

— Vindo de uma mulher com nove dedos nas mãos? Estou ótimo.

Todos sabiam o que fora discutido atrás daquelas portas. Não fazia mais sentido fingir.

— Está tudo bem, Danny — disse Shirley. — Você continuará sendo um homem por muito tempo, após deixar de ser presidente.

— Pensei que você me detestasse.

Shirley tocou o ombro dele.

— Detesto. Mas agradeço pelo que fez por nós.

Daniels dera a ordem de mandar os helicópteros. Não quis confiar em nenhuma 'força policial local. Quando Davis lhe informou os problemas pelo rádio, ele passou instruções diretas ao exército no forte Bragg. Ele também ficara em contato o tempo todo, instruindo os pilotos e assumindo pessoalmente a responsabilidade pelo afundamento do navio.

— Apenas impedimos que alguns assassinos fugissem do país — disse ele.

— Você agiu bem, Danny.

— Isso é um grande elogio, vindo de você.

Shirley saiu.

Daniels fechou a porta.

— O senhor impediu muito mais do que a fuga de alguns assassinos hoje — disse Cassiopeia.

Ele sentou-se no outro lado da cama.

— O que você acha? Quem acreditaria? Davis e Pauline juntos.

Ela sabia que aquilo era difícil para ele.

— Mas estou feliz — prosseguiu o presidente. — Realmente. Acho que nenhum dos dois sabia como pôr um fim a este casamento.

Aquela atitude a surpreendeu.

— Eu e Pauline estamos juntos há muito tempo. — Sua voz ficou mais baixa. — Mas há anos não somos felizes. Ambos sentimos falta de Mary. Sua morte ergueu um muro entre nós que nunca poderia ser removido.

Ela reparou na hesitação da voz dele, ao pronunciar o nome da filha.

— Não se passa um dia sem que eu pense nela. Acordo à noite e a ouço me chamando em meio ao incêndio. Isso me aterroriza de um modo que nunca consegui entender. Até hoje.

Ela viu o sofrimento nos olhos de Daniels. Nítido. Profundo. Inequívoco. Podia imaginar sua angústia.

— Se Pauline puder encontrar um pouco de paz e felicidade junto a Davis, então desejo o melhor para ela. De verdade.

Ele olhou para Cassiopeia com uma expressão absorta e cansada.

— Davis me contou pelo rádio que Shirley e Stephanie tinham pulado no mar. Assim que soube que ela estava bem, devo dizer, minha raiva tomou conta de mim. Dei aos tripulantes a chance de escapar, mas eu não sabia que Hale já estava morto.

— E o que pensa em fazer quanto a Stephanie?

Daniels ficou calado por um instante.

— Não sei. Pauline me disse a mesma coisa que acabei de falar para você. Ela quer que eu seja feliz. Acho que podemos seguir em frente, sabendo que o outro estará bem.

Eles ficaram calados por alguns momentos.

— Obrigado — disse o presidente finalmente. — Por tudo o que você fez.

Ela sabia o que ele queria dizer. Ele precisara de alguém com quem se abrir. Alguém que não fosse tão íntimo, mas em quem pudesse confiar.

— Eu soube como Malone a salvou. Mergulhando do iate. Foi extraordinário. Um homem que colocou a própria vida em risco por você.

Ela concordou.

— Espero encontrar uma mulher assim.

— Encontrará.

— Isso nós veremos. — Ele se levantou da cama. — Está na hora de eu voltar a agir como um presidente.

Ela estava curiosa.

— Alguma notícia de Malone?

Ao sair da Carolina do Norte, ele retornara diretamente para a Nova Escócia, de manhã, bem cedo.

— Deve estar esperando você lá embaixo.

Ele viu seu olhar se tranquilizar.

— Cuide-se.

— O senhor também, presidente.

* * *

MALONE VIU CASSIOPEIA DESCENDO A ESCADARIA QUE LEVAVA AOS andares superiores da Casa Branca. Ele chegara do Canadá há meia hora e fora conduzido diretamente até ali pelo Serviço Secreto. No trajeto, falara com o presidente e relatara o que ocorrera no forte Dominion. Stephanie o encontrara do lado de fora da propriedade e agora estava ao seu lado.

— Fui informada do que houve em Nova York — disse ela. — Você vem sempre correndo quando eu chamo?

— Só quando você diz que é importante.

— Estou feliz que o tenha feito. Estava começando a me perguntar se eu conseguiria escapar daquela cela. E você se saiu muito bem, pulando do barco para salvar Cassiopeia.

— Não parecia haver opção.

Stephanie sorriu e apontou na direção de Cassiopeia.

— Ela está te devendo essa.

Seu olhar mantinha-se fixo na escada. Não, ninguém devia nada a ninguém. Estavam quites.

Virando-se para Stephanie, ele perguntou:

— Alguma notícia sobre Andrea Carbonell?

Ela balançou a cabeça.

— Estamos procurando. Até agora, nada.

Malone e vários homens da Polícia Montada Canadense tinham vasculhado as galerias sob o forte até a maré voltar a encher, sem encontrar nenhum vestígio de Carbonell. A baía ao redor fora esquadrinhada, na esperança de que seu corpo tivesse sido levado das galerias pelo mar.

Nada.

— Continuaremos procurando — disse Stephanie. — O corpo deve estar em algum lugar. Você acha que ela pode ter conseguido escapar?

— Não vejo como. Já era bastante difícil com as canaletas vazias.

Cassiopeia se aproximou.

— Reunião particular com o presidente? — perguntou ele.

— Precisávamos concluir algumas pendências.

Do outro lado do saguão, uma mulher fez um sinal na direção deles.

— Acho que é minha vez de falar com o presidente — disse Stephanie. — Vocês dois tentem ficar longe de encrencas.

Ele percebeu o olhar que as duas mulheres trocaram. Já o vira antes no rosto de Cassiopeia. Na Virginia, falando com Edwin Davis, e em Monticello, quando ela insistiu em conversar a sós com o chefe do gabinete. Depois que Stephanie se foi, ele disse a Cassiopeia:

— Suponho que, uma hora dessas, você vai me contar o que sabe.

— Uma hora dessas.

— E o que deu em você para ir até aquele complexo sozinha? Foi uma tremenda loucura, não?

Ela deu de ombros.

— O que você teria feito?

— Isso não importa.

— Sorte a minha que você apareceu.

Ele concordou com a cabeça e depois chamou a atenção dela para as bagagens, ao lado da porta de saída.

— Malas feitas, estamos prontos para partir.

— Para casa? — perguntou ela.

— De maneira alguma. Ainda temos um fim de semana nos esperando em Nova York. Um espetáculo, um jantar. E tem aquele vestido que você foi comprar e eu nunca vi.

— É preto. Com as costas nuas. Você vai gostar.

Com certeza gostaria. Mas ele tinha algo mais em mente.

— Antes de voltarmos para casa, gostaria de passar por Atlanta e visitar Gary. Só por alguns dias.

Ele não via o filho desde o verão, quando passaram várias semanas juntos em Copenhague.

Ela concordou.

— Acho que você deve fazer isso.

Ele pigarreou.

— Acho que *nós* devemos. Ele acha que você é demais, sabe?

Ela sorriu e segurou a mão de Malone.

— Você salvou a minha vida no mar — disse ela. — Que tal eu agradecer por isso de forma adequada em Nova York? Vou reservar de novo o quarto no St. Regis.

— Já fiz isso. Ele está esperando por nós. Assim como o Serviço Secreto. Eles nos ofereceram uma carona até lá.

— Você pensa em tudo, não é, Sr. Malone?

— Em tudo não. Mas tenho certeza de que você pode preencher as lacunas.

NOTA DO AUTOR

Este livro é diferente das outras seis aventuras de Cotton Malone, considerando que se passa basicamente nos Estados Unidos. Eu e Elizabeth exploramos Washington, Nova York, Richmond, Virginia, Bath, Carolina do Norte e Monticello.

Agora é hora de distinguir os fatos da ficção.

A tentativa de assassinato de Andrew Jackson (prólogo e capítulo 3) ocorreu conforme foi descrito, incluindo a presença de David Crockett, que ajudou a dominar o agressor e, presume-se, pronunciou as mesmas palavras citadas no texto. Jackson responsabilizou publicamente o senador George Poindexter, do Mississippi (capítulos 13 e 19), alegando conspiração, mas Poindexter foi absolvido num inquérito parlamentar. Resolvi manter a teoria conspiratória viva, envolvendo somente a Comunidade ficcional.

No livro, descrevo um vasto número de locais. Os hotéis Grand Hyatt (capítulos 1, 3, 5 e 6), Plaza (capítulo 24), St. Regis (capítulo 9) e Helmsley Park (capítulo 21), em Nova York, oferecem um excelente serviço. The Strand é um sebo extraordinário (capítulo 11), onde efetuo minhas pesquisas. Todas as particularidades da Casa Branca e do Salão Oval (capítulo 56) são exatas. Da mesma forma, o Grand Central Terminal é descrito com precisão (capítulo 8), incluindo a passarela para pedestres que dá acesso à rua 42 e à estreita saliência que leva ao nível térreo. O The Jefferson (capítulo 35), em Richmond, Virginia, é um hotel histórico, do tempo de... *E o vento levou*.

O rio Pamlico e a costa da Carolina do Norte são lugares adoráveis (capítulos 2, 5 e 13), assim como Bath (capítulo 15), que foi uma incubadora da política colonial e um refúgio para os piratas. Atualmente, é uma cidade pacata com menos de trezentos habitantes. O complexo da Comunidade teria ocupado os bosques a oeste da cidade. O aeroporto regional, situado perto de Greenville (capítulo 29), de fato existe.

As condições em que Barba Negra morreu (capítulo 77) na Enseada de Ocracoke são reais, assim como o que aconteceu com o crânio em seguida. *A General History of the Robberies and Murders of the Most Notorious Pyrates*, de Charles Johnson (capítulos 18 e 76), continua sendo uma fonte vital sobre a história da pirataria, embora ninguém saiba ainda quem foi Charles Johnson. A prática do garrote (capítulos 40 e 42), do desmembramento, de fazer os prisioneiros comerem as próprias orelhas e do suor (capítulo 76) eram torturas utilizadas rotineiramente pelos piratas. O gibanete (capítulos 2, 82 e 83), contudo, era uma pena aplicada aos piratas por seus crimes, assim que eram condenados.

O enigma de Jefferson (capítulos 10 e 22) existiu e foi criado por Robert Patterson. O próprio Jefferson o considerava indecifrável, e assim permaneceu de 1804 até 2009, quando foi finalmente decifrado por Lawren Smithline, um matemático de Nova Jersey. O modo como o código foi elucidado na presente história (capítulo 36) se espelha nos esforços de Smithline. O filho de Patterson, também chamado Robert (capítulo 23), foi de fato nomeado por Andrew Jackson diretor da Casa da Moeda dos Estados Unidos. Essa coincidência fortuita parece feita sob medida para o presente romance. A carta de Jackson para Abner Hale, citada no capítulo 5, é de minha autoria, embora composta com muitas das palavras que Jackson usaria. A mensagem codificada, obviamente, é fictícia.

A Baía de Mahone existe (capítulos 53, 55, 56 e 58), assim como a misteriosa ilha Oak. A ilha Paw é invenção minha, assim como o forte Dominion, embora a invasão da Nova Escócia durante a Guerra da Independência tenha de fato ocorrido. A tábua de pedra na ilha Oak, com suas inscrições estranhas (capítulo 56), faz parte da lenda da ilha, ainda que nunca ninguém a tenha visto. Sua tradução é igualmente real, embora, mais uma vez, ninguém saiba quem realizou a façanha.

A cidade de Ybor (capítulo 41) existe. A crise financeira em Dubai (capítulo 18) aconteceu, embora eu tenha acrescentado alguns elementos. O *Adventure* se baseia em vários iates do mesmo tamanho e modelo, todas embarcações extraordinárias.

Evidentemente, não existem páginas extraviadas dos primeiros Anais do Congresso (capítulo 19). Os trechos do *Debates do Congresso* (capítulo 84) são uma composição que compreende vários registros daquela época. Os problemas e as estatísticas citados por Danny Daniels em relação aos serviços de inteligência dos EUA (capítulo 54) vieram de uma revelação feita pelo *Washington Post* em 2010.

Monticello é um lugar incrível. Neste livro, ele é descrito com fidelidade, assim como seu centro de visitantes (capítulos 43, 44, 45, 47 e 49). O cilindro é verdadeiro também, e se encontra no local (capítulos 44 e 49), embora não dentro da casa. Existe uma réplica em resina no centro de visitantes (capítulo 52), mas não se sabe se se trata de uma cópia exata do original. A biblioteca de Jefferson (capítulo 44) foi vendida para os Estados Unidos após a Guerra de 1812, e é a base da atual Biblioteca do Congresso. Muitos dos volumes originais de Jefferson estão expostos em Washington, na biblioteca, em uma exposição especial.

Os assassinatos desempenham um papel essencial nesta história. Quatro presidentes dos Estados Unidos foram assassinados enquanto estavam no poder: Lincoln (1865), Garfield (1881), McKinley (1901) e Kennedy (1963). Criar uma associação entre eles foi um desafio, mas foi interessante descobrir que todos os assassinos eram fanáticos desequilibrados e que nenhum viveu por muito tempo após o atentado. Booth e Oswald morreram poucas horas depois, e os dois outros foram executados em algumas semanas, após rápido julgamento. O que Danny Daniels diz no capítulo 16 sobre os equívocos na proteção ao presidente é verdade. A excursão de Daniels a Nova York (capítulo 16) se baseia na viagem não anunciada de Obama para assistir a uma peça de teatro na Broadway com a primeira-dama, que ocorreu no início de seu mandato.

Andrew Jackson foi de fato o primeiro presidente a sofrer um atentado. A carta ameaçadora enviada por Junius Brutus Booth, pai de John Wilkes Booth, para Jackson é um fato histórico (capítulo 38). Ainda mais surpreendente, Booth ficou aborrecido com a recusa de Jackson em perdoar alguns piratas condenados. Os quatro assassinatos presidenciais reais são descritos fielmente, mas o envolvimento da Comunidade é fruto unicamente da minha imaginação.

Todas as informações sobre piratas e sua sociedade única e de curta duração correspondem à história. A ficção e Hollywood causaram a eles um grande prejuízo. A realidade era bem diferente dos estereótipos divulgados através dos tempos. O universo pirata mantinha-se em ordem graças aos artigos acordados entre os tripulantes, os quais regiam seus principais empreendimentos. Um navio pirata é um dos primeiros exemplos de uma democracia prática. A Comunidade, evidentemente, apesar de ser uma ficção, é inspirada pelos relatos de navios piratas que se uniam num esforço coletivo. A linguagem dos Artigos da Comunidade foi extraída de artigos verdadeiros escritos nos séculos XVII e XVIII.

Os corsários são um fato histórico, assim como a sua contribuição na Guerra da Independência e na Guerra de 1812 (capítulos 18 e 25). Aquilo que Quentin Hale diz a Edwin Davis no capítulo 18 é verdadeiro: tanto a Guerra da Independência como a Guerra de 1812 foram vencidas graças ao empenho dos corsários. As origens da Marinha dos Estados Unidos se encontram justamente nos corsários. O próprio George Washington reconheceu a grande dívida do povo americano para com eles. É claro, a concessão de cartas de corso perpétuas a qualquer grupo de corsários foi ideia minha.

O artigo I, seção 8, da Constituição americana autoriza de fato o Congresso a fornecer cartas de corso. A carta citada no capítulo 18 se baseia numa verdadeira. Da mesma forma, todas as histórias relativas às cartas de corso detalhadas ao longo do livro são reais. O corso foi uma arma comum utilizada durante séculos por países beligerantes. A Declaração de Paris de 1856 finalmente proscreveu a prática entre seus signatários, mas os Estados Unidos e a Espanha (capítulo 19) não tomaram parte nesse acordo. Um decreto do Congresso americano em 1899 proibiu essa prática (capítulo 19), embora talvez a lei não tenha resistido ao escrutínio constitucional, considerando o texto expresso no artigo I, seção 8. Durante os primeiros quarenta anos da república norte-americana, as cartas de corso eram comumente concedidas pelo Congresso. A partir de 1814, essa cláusula constitucional permaneceu latente, embora tenha havido uma tentativa de recorrer a ela após os atentados de 11 de Setembro.

Mas, apesar de todas as contribuições benéficas aos Estados Unidos durante os períodos de guerra, uma sombria realidade persiste.

Os navios corsários são os viveiros dos piratas.

Este livro foi composto na tipologia Palatino LT Std,
em corpo 10,5/15,95, e impresso em papel off-white
no Sistema Cameron da Divisão Gráfica
da Distribuidora Record.